El ritmo de Harlem

COLSON WHITEHEAD
El ritmo de Harlem

Traducción de Luis Murillo Fort

RANDOM HOUSE

Papel certificado por el Forest Stewardship Council®

Título original: *Harlem Shuffle*

Primera edición: marzo de 2023

© 2021, Colson Whitehead
© 2023, Penguin Random House Grupo Editorial, S. A. U.
Travessera de Gràcia, 47-49. 08021 Barcelona
© 2023, Luis Murillo Fort, por la traducción

Las octavillas de pp. 330 y 340 están tomados de
Fred C. Shapiro y James W. Sullivan, *Race Riots New York 1964*

Printed in Spain – Impreso en España

ISBN: 978-84-397-3971-5
Depósito legal: B-1.042-2023

Compuesto en La Nueva Edimac, S. L.
Impreso en Liberdúplex (Sant Llorenç d'Hortons, Barcelona)

RH39715

Para Beckett

ÍNDICE

PARTE UNO

LA CAMIONETA

1959

«En materia de delincuencia,
Carney no pasaba de pícaro…».

1

Fue su primo Freddie quien lo metió en el golpe una calurosa noche de principios de junio. Ray Carney estaba de ronda por la ciudad; de acá para allá, el downtown, el uptown. Que no se detenga la máquina. La primera parada fue en Radio Row, para descargar los tres últimos aparatos de radio, dos RCA y un Magnavox, y recoger el televisor que había dejado. Las radios ya no las tocaba, en un año y medio no había vendido ninguna por más que las tuviera marcadas a precio de regalo. Ahora ocupaban un espacio en el sótano que necesitaba para los sillones reclinables que Argent le iba a enviar la semana siguiente y lo que pillara por la tarde en el piso de la señora que había muerto. Las radios eran el no va más hacía tres años; ahora unas mantas acolchadas cubrían sus lustrosos muebles de caoba, atados con correas a la caja del vehículo. La camioneta iba dando tumbos por el infame pavimento de la autopista del West Side.

Precisamente el *Tribune* de aquella mañana traía otro artículo sobre los planes municipales de demoler la autopista elevada. Estrecha y no muy bien empedrada, la carretera fue una chapuza desde el primer momento. En un día bueno los atascos eran continuos, una agria discusión de tacos y bocinazos, y cuando llovía los baches se transformaban en lagunas traicioneras, un desagradable chapoteo. La semana anterior un cliente había entrado en la tienda con la cabeza vendada como una momia, culpa de un cacho de balaustrada que se había desprendido de la maldita carretera elevada mientras él pasaba por debajo. El hombre comentó que iba a poner una demanda. Carney le dijo: «Tiene usted todo el derecho del mundo». A la altura de la calle Veintitrés las ruedas de la camioneta pillaron un cráter. Carney temió que una de las RCA saliera volando y cayera al Hudson, pero finalmente respiró aliviado cuando pudo desviarse por Duane Street sin más incidencias.

El contacto de Carney en Radio Row estaba en Cortlandt, a la altura de Greenwich, en pleno meollo. Encontró sitio frente a Samuel's Amazing Radio –REPARAMOS TODAS LAS MARCAS– y fue a comprobar que Aronowitz estuviera dentro. El año anterior, en dos ocasiones, había hecho todo el trayecto para luego encontrar la tienda cerrada en horario de trabajo.

Tiempo atrás, pasear por delante de los atestados escaparates era como ir moviendo el dial de una radio: de una tienda salía jazz a todo volumen por unos altavoces de bocina; de la siguiente sinfonías alemanas; de la de más allá ragtime… S & S Electronics, Landy's Top Notch, Steinway the Radio King. Pero ahora era más probable oír rock and roll –un intento desesperado de atraer a los adolescentes– y que los escaparates estuvieran repletos de aparatos de televisión, las últimas maravillas de DuMont, Motorola y demás. Consolas de madera clara, elegantes diseños portátiles –el último grito– y combinados 3 en 1 de alta fidelidad: tubo de rayos catódicos, sintonizador y giradiscos en un mismo mueble, una idea brillante. Lo que no había cambiado era el serpenteante itinerario de Carney por los contenedores y cubos llenos de válvulas de vacío, transformadores y condensadores que atraían a los «manitas» de toda el área metropolitana de Nueva York. Cualquier pieza que necesites, todas las marcas, todos los modelos, y a precio razonable.

Había un agujero en el aire allí donde antes pasaba el ferrocarril elevado de la Novena Avenida. Aquella cosa desapareció. Cuando era pequeño, su padre le había llevado a verlo un par de veces durante uno de sus misteriosos recados. En ocasiones a Carney le parecía oír el estruendo del tren bajo la música y el bullicio del regateo callejero.

Aronowitz estaba encorvado sobre el mostrador de cristal con una lupa incrustada en un ojo, hurgando en uno de sus cacharros.

—Hola, señor Carney —dijo. Y tosió.

Eran pocos los blancos que le llamaban «señor». Al menos en el downtown. La primera vez que Carney fue a Radio Row, los dependientes blancos fingieron no reparar en él y atendieron a unos radioaficionados que habían entrado después. Carney carraspeó, agitó una mano, pero continuó siendo un fantasma negro, acumulando tienda tras tienda las humillaciones de rigor, hasta que subió los escalones de hierro que conducían a Aronowitz e Hijos y el dueño le preguntó: «¿En qué puedo servirle, señor?». En qué puedo servirle como diciendo: ¿En qué puedo servirle? No en plan: ¿Tú qué pintas aquí? Ray Carney, incluso a esa edad, ya sabía distinguir esos matices.

Aquel primer día, Carney le dijo que tenía una radio para reparar; llevaba un tiempo buscándose la vida con aparatos poco usados. Aronowitz no le dejó acabar cuando Carney intentó explicarle el problema y se puso a desatornillar la carcasa. En posteriores visitas Carney no malgastaba saliva y se limitaba a dejar los aparatos delante del maestro para que este hiciera lo que creyese conveniente. La rutina era más o menos esta: cansinos gruñidos y suspiros mientras inspeccionaba el aparato a reparar, hurgando aquí y allá con utensilios metálicos. Con su Diagnometer verificaba fusibles y resistencias; calibraba el voltaje; rebuscaba en las bandejas sin etiquetar de sus archivadores metálicos, que ocupaban buena parte de las paredes de la lúgubre tienda. Si el problema era gordo, Aronowitz giraba en su silla y salía disparado hacia el taller que había en la trastienda, sin dejar de gruñir. A Carney le hacía pensar en esas ardillas del parque que van corriendo como posesas en busca de algo que roer. Puede que las otras ardillas de Radio Row entendieran semejante comportamiento, pero para un profano como Carney era locura animal y nada más.

Muchas veces Carney salía a comprarse un bocadillo de jamón y queso para que el hombre pudiera trabajar en paz.

Aronowitz no fallaba nunca: arreglaba lo que fuera, encontraba la pieza. Eso sí, la nueva tecnología lo desconcertaba, y por regla general hacía que Carney volviera al día siguiente a por un televisor, o bien a la semana siguiente tan pronto llegaba el nuevo tubo catódico o la nueva válvula. Porque el viejo no quería pasar la vergüenza de recurrir personalmente a un competidor. Esa fue la razón de que Carney apareciese por allí aquel día. Le había llevado el Philco de veintiuna pulgadas la semana anterior. Con un poco de suerte, el viejo le quitaría las radios de las manos.

Carney entró en la tienda una de las enormes RCA y fue a buscar la otra.

—Le diría al chico que le echara una mano, pero tuve que reducirle el horario —dijo Aronowitz.

Que Carney supiese, el chico, Jacob, un huraño quinceañero picado de viruelas que vivía en una de aquellas colonias obreras de Ludlow Street, no trabajaba allí desde hacía más de un año. El «e Hijos» del rótulo no había surgido de aspiración alguna —hacía tiempo que la mujer de Aronowitz vivía en casa de su hermana en Jersey—, pero el estilo presuntuoso y fanfarrón era una constante en todos los comercios de Radio Row: Lo Mejor de la Ciudad, La Casa del Chollo, No Nos Gana Nadie. Décadas atrás, el boom de la electrónica había convertido el barrio en escenario de la ambición para todo inmigrante. Abres un chiringuito, sueltas tu rollo y adiós a la chabola. Si la cosa va bien, inauguras un segundo local, amplías el negocio a la tienda de al lado que no chuta. Delegas el negocio en tus hijos y vives como jubilado en una de esas nuevas casas residenciales de Long Island. Si la cosa va bien…

Para Carney, lo que tenía que hacer Aronowitz era pasar de lo de Hijos y poner algo más moderno: Atomic TV & Radio, o Electrónica a Reacción. Pero eso supondría un revés en la relación que mantenían, puesto que aquí quien daba los consejos era Aronowitz, de empresario a empresario, y generalmente en la onda «Médico, cúrate a ti mismo». Carney no necesitaba que el viejo le explicara cómo llevar la contabilidad ni dónde colocar la mercancía. Su título en administración de empresas del Queens College colgaba en la pared de su despacho junto a una foto firmada de Lena Horne.

Carney llevó las tres radios al interior de la tienda. El ajetreo de gente en la acera de Radio Row ya no era el mismo de antes.

—No, no están estropeadas —dijo Carney mientras Aronowitz desplegaba sus instrumentos. Los tenía envueltos en una funda de fieltro verde con ranuras—. Pero he pensado que quizá le gustaría tenerlas.

—Entonces ¿no les pasa nada? —Como si el hecho de que algo funcionara bien fuera la cosa más extraña del mundo.

—Tenía que pasar por aquí a recoger la tele, y he pensado que igual le interesarían. —Por una parte, ¿qué interés podía tener alguien como Aronowitz en una radio? Pero, por otra, todo hombre de negocios tenía alguna actividad suplementaria. Carney sabía que era así en el caso del viejo—. Si las desmonta, siempre puede aprovechar las piezas...

Aronowitz dejó caer los hombros antes de responder.

—¿Piezas? Está claro que no voy sobrado de clientes, señor Carney, pero piezas tengo para dar y vender.

—Yo soy cliente suyo, Aronowitz.

—Cierto, señor Carney. Y es un cliente de confianza. —Preguntó por la mujer y la hija de Carney. ¿La señora estaba embarazada? Enhorabuena. Se pasó el pulgar por sus tirantes negros y reflexionó. El polvo bailoteaba en la luz—. Conozco a un tipo en Camden —dijo—, especialista en radios. Le gustan las RCA. Quizá le interesen, o quizá no. Déjelas aquí y la próxima vez que venga le diré cómo ha ido la cosa. —Quedaba el asunto de la Magnavox. Mueble de caoba, woofer de dieciocho pulgadas, cambiador automático Collaro. Tres años atrás era lo mejor de lo mejor—. Déjela aquí también y ya veremos.

El viejo siempre había tenido una expresión mustia, con aquellos carrillos colgantes y los lóbulos de las orejas y los párpados flácidos, sin contar con su maltrecha postura. Como si los aparatos lo hubieran ido absorbiendo, de tantas horas encorvado sobre ellos. Y en las últimas semanas el tirón hacia abajo había ido a más, como si se rindiera a los hechos; la mercancía ya no era la misma, la clientela se había transformado por completo, y aspirar a algo no tenía tanto sentido como decían. Pero en aquellos días de su declive, Aronowitz sabía cómo entretenerse.

—Ya tengo su televisor —dijo, y tosió en un pañuelo amarillo descolorido. Carney lo siguió hacia el taller.

El nombre de la tienda —escuetas letras doradas pintadas en el escaparate— prometía una cosa, la dejadez del establecimiento prometía otra, pero el cuarto donde estaban ahora irradiaba algo más, algo que era por completo espiritual. La atmósfera era diferente, turbia y sin embargo reverencial, el bullicio de Radio Row un murmullo lejano. Tubos catódicos de varios tamaños, receptores de radio desmontados, tripas de aparatos diversos ocupaban los desordenados anaqueles metálicos. En mitad de la estancia, la mesa de trabajo dejaba ver un espacio libre iluminado por un foco, allí donde la madera vieja aguardaba al próximo paciente, y alrededor de dicho espacio herramientas e instrumentos de medir pulcramente dispuestos. Cincuenta años atrás la mayor parte de lo que había en el taller ni siquiera existía, no era sino un vislumbre en la imaginación de un inventor… y de un día para otro había estancias iguales que esta donde hombres como Aronowitz guardaban los secretos.

Hasta que llegara el siguiente invento.

Había un catre plegable del ejército donde antes estaba el escritorio del chico, y encima del mismo una manta de cuadros escoceses que dibujaba una S. ¿Habría dormido allí? Mientras Aronowitz le precedía, Carney reparó en que estaba más delgado aún que la última vez. Se le ocurrió preguntarle por su salud, pero no lo hizo.

Aronowitz tenía todo un polvoriento muestrario de radios a transistores junto a la puerta que daba a la calle, pero en la trastienda estaba todo muy revuelto. La Philco 4242 yacía en el suelo. Freddie la había transportado hasta la tienda de Carney en una desvencijada plataforma rodante, jurando que su estado era impecable. A veces Carney se sentía obligado a sacarle la verdad a su primo con calzador, mientras que otras la menor sombra de desconfianza le causaba vergüenza, hasta tal punto le quería. Al enchufar el televisor y ponerlo en marcha, le había sorprendido un punto blanco en el centro de la pantalla y un molesto zumbido. No quiso preguntarle a Freddie de dónde había sacado la tele. Jamás le preguntaba. Si Carney ajustaba el precio, los televisores desaparecían rápido de la sección de aparatos poco usados.

—Todavía por estrenar —dijo Carney.

—¿Qué? Ah, esos.

Junto a la puerta del lavabo había cuatro televisores Silvertone, uno encima de otro, muebles Lowboy de madera clara, todos los canales. El fabricante era Sears, y los clientes de Carney veneraban Sears desde que eran niños, cuando sus padres compraban por catálogo puesto que los blancos, en las poblaciones sureñas donde vivían, se negaban a vendérselos o subían el precio por la cara.

—Los trajo ayer un hombre —dijo Aronowitz—. Por lo visto se cayeron de un camión.

—Pues las cajas parecen intactas.

—Sería una caída muy leve, digo yo.

Ciento ochenta y nueve dólares venta al público, digamos veinte más con la tasa Harlem por ser tienda de blancos; cobrar de más no era una práctica limitada al sur de la línea Mason-Dixon.

—Tengo un cliente interesado al que quizá podría venderle uno —dijo Carney. Ciento cincuenta y a plazos, y seguro que les salían patas y desfilaban entonando el himno nacional.

—Puedo desprenderme de dos. Añadiré la reparación del Philco. Solo tenía un cable suelto.

Cerraron un trato por los televisores. Al salir, Aronowitz le dijo:

—¿Me ayuda a llevar sus radios al taller? La tienda me gusta tenerla siempre presentable.

Ya en la parte alta de la ciudad, Carney optó por tomar la Novena Avenida; no se fiaba de la autopista, con sus televisores nuevos. Tres radios menos, tres teles más: no estaba mal para empezar el día. Le dijo a Rusty que descargara los televisores y fue en la camioneta hasta la calle Ciento cuarenta y uno, donde vivía la señora que había muerto. Almorzó dos perritos calientes y café en Chock Full o'Nuts.

El 3461 de Broadway tenía el ascensor averiado. El letrero llevaba allí bastante tiempo. Carney contó los peldaños hasta el cuarto piso. Si compraba algo y tenía que llevarlo a la camioneta, quería saber cuántos peldaños maldecir mientras lo bajaba. En el segundo piso alguien estaba cociendo pies de cerdo y en el tercero calcetines viejos, a juzgar por el pestazo. Esto tenía pinta de ser un viaje en balde.

La puerta del 4G arañó el suelo cuando la hija, Ruby Brown, le abrió. El piso se había aposentado.

—Raymond —dijo ella.

Él no consiguió ubicarla.

—Estudiamos los dos en Carver, yo iba unos cursos más atrás.

Él asintió como si lo recordara.

—Te acompaño en el sentimiento —dijo.

Ella le dio las gracias y bajó un momento la vista.

—Vine para ocuparme de todo y Timmy James me dijo que te llamara.

Ese tampoco sabía quién era. Cuando consiguió la camioneta y empezó a prestársela a gente y después a comprar muebles, conocía a todo el mundo. Ahora llevaba tanto tiempo en el negocio que su fama había traspasado los límites de su antiguo círculo.

Ruby encendió la luz del pasillo. Dejaron atrás la pequeña cocina y las dos habitaciones. Se notaba que los Brown llevaban mucho tiempo viviendo allí, las paredes daban pena. En algunos puntos asomaba el yeso. Un viaje en balde. Por regla general, cuando le llamaban por muebles, la gente se hacía ideas extrañas sobre lo que Carney podía estar buscando. Como si fuera a llevarse cualquier trasto, el viejo sofá con muelles asomando obscenamente, la butaca reclinable de brazos impregnados de sudor. Pero él no era el trapero. Las cosas buenas, cuando las había, merecían la pena, pero siguiendo pistas falsas perdía mucho tiempo. Si Rusty tuviera dos dedos de frente, o un poco de buen gusto, Carney podría encargarle misiones como aquella, pero su ayudante no tenía ni sensatez ni buen gusto. Era capaz de volver con algo parecido a unos mapaches anidados entre el relleno de crin de caballo.

Esta vez Carney se equivocaba. La luminosa habitación delantera daba sobre Broadway y el sonido de una ambulancia se coló por la ventana. La cocina económica situada en un rincón era de los años treinta y estaba desportillada y descolorida, y la vieja alfombra con forma oval había sido objeto de un tráfico incesante, pero el sofá y el sillón estaban como salidos de fábrica. Marca Heywood-Wakefield, con ese acabado color champán ahora tan en boga. Y protegidos por fundas de plástico transparentes.

—Ahora vivo en el D.C. —dijo Ruby—. Trabajo en un hospital, pero llevaba años diciéndole a mi madre que se deshiciera del sofá, de lo viejo que estaba. Y hace dos meses le compré este conjunto.

—¿En el D.C.? —dijo Carney. Abrió la cremallera de la funda.

—Se está bien allí. Hay menos… ya me entiendes. —Hizo un gesto señalando hacia el caos de Broadway.

—Claro. —Carney pasó la mano por el terciopelo verde: estaba inmaculado—. ¿De la tienda del señor Harold? —La chica no le había comprado el sofá a él y en Blumstein's no tenían ese modelo, así que tenía que ser de Harold.

—Sí.

—Está visto que los cuidó muy bien.

Terminado el trabajo, Raymond le echó una nueva ojeada a Ruby. Llevaba un vestido gris y era toda ella curvas, rolliza. Cansancio en los ojos. Ahora llevaba el pelo rizado a la italiana, y fue entonces cuando le vino la imagen a la cabeza: Ruby Brown de adolescente, piernas como palillos, dos largas coletas y una blusa azul claro con cuello Peter Pan. Entonces salía con una pandilla de compañeras muy aplicadas. Padres estrictos, esa clase de chica.

—Sí. El instituto Carver —dijo. Pensó si habrían enterrado ya a Hazel Brown y qué se sentiría asistiendo al funeral del padre o la madre de uno, qué cara había que poner en tales circunstancias. Los recuerdos que acudían a la mente, una menudencia o algo muy gordo, qué hacía uno con las manos. Sus padres habían muerto y él no había vivido esa experiencia, de ahí que se lo preguntara—. Te acompaño en el sentimiento —volvió a decir.

—El año pasado el médico le dijo que tenía un problema de corazón.

Él estaba en último curso cuando ella hacía segundo. Once años ya, 1948, cuando él trataba de controlar un poco la situación. Hacerse a sí mismo unos remiendos para parecer presentable. Como nadie se prestó a echar un cable, tuvo que apañarse solo. Aprender a cocinar, pagar las facturas cuando llegaba el último aviso, soltar el rollo cuando aparecía el casero.

Había una banda de chavales que siempre se metían con él, compañeros de clase de Ruby. Los tíos duros de su propia edad lo dejaban en paz, le conocían de antes y además habían jugado juntos, no así Oliver Handy y su pandilla, que eran pura calle, salvajes. Oliver Handy (que había perdido dos dientes delanteros años atrás) no le dejaba en paz, siempre buscaba camorra.

Oliver y su camarilla se burlaban de las manchas que llevaba en la ropa, unas prendas que no le quedaban bien y eran por ello motivo de burla añadida; decían que apestaba como el camión de la basura. ¿Cómo era él entonces? Escuchimizado, tímido, apenas capaz de expresarse sin tartamudear. En tercero creció veinte centímetros, como si su cuerpo supiera que más le valía ponerse a la altura de sus responsabilidades de adulto. Carney en el viejo apartamento de la Ciento veintisiete, sin madre, el padre de ronda por ahí o durmiendo la curda. Cuando se iba al instituto dejaba unas habitaciones vacías, mentalizándose por el camino para lo que pudiera pasar. Pero el caso es que cuando Oliver se burlaba de él –frente a la tienda de golosinas, en la escalera de la parte posterior de la escuela–, Carney ya había aprendido por su cuenta a limpiar una mancha, a hacerse el dobladillo en el pantalón, a darse una buena ducha antes de salir para el cole. Oliver se reía del Carney anterior, el que era un desastre.

Hasta que un día le abrió la cabeza a Oliver con un trozo de tubería metálica. Tenía forma de U, como si procediera de debajo de un fregadero. Fue como si hubiera aparecido en las manos de Carney, un trozo de hierro desterrado del solar vacío en la esquina de Amsterdam con la Ciento treinta y cinco, donde lo habían acorralado. La voz de su padre: Así es como hay que tratar a quien te toca los cojones, hijo. Le fastidiaba ver a Oliver en la escuela, sacando pecho y haciéndose el chulo. Carney supo más adelante que su padre había timado al padre de Oliver en un chanchullo con neumáticos robados, y puede que de ahí viniera todo.

Fue la última vez que levantó la mano. Tal como él lo veía, vivir te enseñaba que no había que vivir como te habían enseñado a hacerlo. Cada cual venía de un lugar, pero lo importante era hacia dónde quería ir.

Ruby había decidido cambiar de ciudad y Carney había optado por el negocio de los muebles. Una familia. Aunque era lo contrario de lo que había conocido de pequeño, la idea le atraía.

Ruby y él intercambiaron chascarrillos sobre aquella época, los profesores a los que detestaban. Coincidieron en bastantes casos. La chica tenía una cara agradable, redonda, y cuando se reía él pensó que había hecho bien yéndose a vivir al D.C. Había razones de sobra para marcharse de Harlem si uno se lo podía montar.

—Tu padre trabajaba en el taller de la esquina —dijo Ruby.

Miracle Garage era donde su padre trabajaba a temporadas, cuando las cosas iban mal en lo suyo. Un empleo estable, por horas. Pat Baker, el dueño, había sido compañero de correrías de su padre antes de enderezar su vida. Bueno, enderezar más o menos; no es que todos los vehículos que había allí tuviesen los papeles en regla. El taller se había encogido, en palabras de Carney, igual que la tienda de Aronowitz. Y que este piso. Las cosas entran y salen, es como la marea.

Pat le debía un favor a su padre y por eso le daba trabajo cuando lo necesitaba. Carney respondió «Sí», esperando la continuación. Normalmente, cuando alguien sacaba a relucir a su padre era para contar alguna historia chunga. «Vi cómo dos policías se lo llevaban de Finian's a la fuerza», o «Estaba pegando a aquel mamón con la tapa de un cubo de la basura». Y entonces él tenía que pensar en qué cara poner.

Pero ella no explicó ninguna anécdota sórdida.

—El taller cerró hace unos años —dijo Ruby.

Hicieron un trato por el sofá y el sillón a juego.

—¿Y qué te parece esta radio? —preguntó ella.

El aparato estaba junto a una pequeña librería. Encima del mismo, Hazel Brown había puesto un jarrón rojo con flores artificiales.

—De la radio tendré que pasar —respondió.

Le dio unos dólares al conserje para que le ayudara a bajar el sofá y cargarlo en la camioneta; mañana enviaría a Rusty a por el sillón. Sesenta y cuatro escalones.

Muebles Carney ya era una tienda de muebles antes de que él asumiera el contrato de arrendamiento, e incluso antes de eso. Hacía cinco años que duraba en el negocio, así que Carney había superado a Larry Early, un personaje repelente y poco dotado para la venta al por menor, y a Gabe Newman, que una noche puso pies en polvorosa dejando tras de sí un puñado de acreedores furiosos, una familia, dos novias y un perro basset. El supersticioso de turno habría dicho que el local estaba maldito para la venta de artículos de uso doméstico. El inmueble en sí no era gran cosa, pero uno quizá podría ganarse la vida con él. Los planes y los sueños frustrados de sus predecesores sirvieron a Carney de fertilizante para sus propias ambiciones, tal como el roble caído nutre a las bellotas con su putrefacción.

El alquiler era razonable para ser la calle Ciento veinticinco, y la tienda estaba bien situada.

Rusty había encendido los dos grandes ventiladores; era junio y hacía calor. Tenía la fastidiosa costumbre de comparar el clima de Nueva York con el de su Georgia natal cuando se ponía a largar sobre aguaceros bíblicos y calores más que rigurosos. «Esto no es nada». Rusty se regía aún por un sentido provinciano del tiempo, ajeno al concepto de la prisa. Pese a no ser un vendedor nato, en los dos años que llevaba trabajando en la tienda había cultivado un tipo de carisma paleto que agradaba a un subconjunto de la clientela. Su nuevo estilo de peinado —artificialmente lacio, rojo y lustroso, cortesía de Charlie's en Lenox Avenue— le dio un plus de seguridad en sí mismo que contribuyó a un repunte en los encargos.

Con o sin pelambrera de moda, ese lunes no había movimiento en la tienda de muebles. «Ni un alma», dijo Rusty mientras llevaban el sofá de Hazel Brown a la sección de artículos poco usados; su voz fue un lamento, cosa que enterneció a Carney. Rusty reaccionaba a la rutina de los patrones de venta como el agricultor que escruta el cielo en busca de nubarrones.

—Hace mucho calor —dijo Carney—. La gente tiene otras cosas en que pensar.

Colocaron el Heywood-Wakefield en lugar preferente. La sección de artículos poco usados ocupaba el veinte por ciento del espacio de exposición (Carney calculaba siempre al milímetro), mientras que el año anterior ocupaba solo el diez.

La mercancía de segunda mano había tardado en ser rentable, una vez que Carney se fijó en que atraía a cazadores de gangas, a gente que salía a pasear en día de paga, a transeúntes que entraban a curiosear. Los artículos nuevos eran de primera calidad –Carney era vendedor autorizado de Argent y Collins-Hathaway–, pero las cosas usadas tenían gancho. Cuando te daban a elegir entre un envío desde fábrica o salir de allí ese mismo día con un sillón de orejas, era difícil sustraerse a la tentación. Carney tenía siempre muy buen género, ya fueran muebles o lámparas, aparatos electrónicos o alfombras de segunda mano.

Le gustaba pasearse por la sala de exposición antes de abrir la tienda al público. Aquella media hora de luz matutina entrando por los grandes ventanales, justo por encima del banco de la acera de enfrente. Movía un sofá para que no estuviera pegado a la pared, enderezaba un rótulo de GANGA, colocaba bien unos folletos de fabricante. Sus zapatos negros repicaban sobre la madera, se acallaban en la mullida zona de las alfombras, repicaban de nuevo. Carney tenía una teoría sobre los espejos y su capacidad de reflejar puntos de atención hacia diversos sectores del local; comprobó que fuera así. Luego abrió la tienda a Harlem. Aquel era su comercio, todo suyo, un reino improbable construido con uñas y dientes a golpe de ingenio y de laboriosidad. Su nombre afuera, en el rótulo, para que lo supiese todo el mundo, aunque por la noche las bombillas fundidas le dieran un aire tan solitario.

Después de comprobar que Rusty hubiera dejado los televisores en el lugar del sótano que él le había dicho, se encerró en su despacho. A Carney le gustaba mantener una apariencia profesional, vestir traje, pero ahora hacía demasiado calor. Llevaba puesta una camisa blanca de manga corta y una corbata de rayón remetida entre los botones centrales. Se la había metido por dentro para que no le estorbara cuando había acarreado las radios.

Sentado a su mesa, revisó las cifras del día: lo que había pagado por las radios años atrás, el dinero de los televisores y de los muebles de la señora Brown. La cantidad de efectivo no era para lanzar las campanas al vuelo, si el calor seguía aumentando y los clientes no acudían.

La tarde languidecía y los números no cuadraban; nunca cuadraban. Ni hoy ni ningún día. Volvió a comprobar los pagos atrasados. Más de los deseables. Llevaba un tiempo dándole vueltas y decidió que había llegado el momento: se acabó la venta a plazos. Sí, claro, a la clientela le encantaba pagar así, pero Carney no podía permitirse más atrasos. Mandar gente a cobrar le agotaba, le hacía sentirse como el mafioso que envía a un par de gorilas. Su padre había hecho algo de eso, aporrear puertas mientras asomaban cabezas aquí y allá para ver qué demonios era tanto alboroto. Incluso cumplir una amenaza de vez en cuando… Carney pensó: Hasta aquí hemos llegado. Tenía más deudores de los que deseaba y era blando a la hora de conceder prórrogas o dar segundas oportunidades. Ahora no había suficiente movimiento para ampliar negocio. Elizabeth le tranquilizaría e impediría que se sintiera mal por ello.

Y llegó casi la hora de cerrar. Mentalmente estaba ya a una manzana de su casa cuando oyó que Rusty decía: «Es uno de nuestros mejores vendedores». Carney miró por la ventana de su despacho. Los primeros clientes del día eran una pareja joven; la mujer embarazada, el marido asintiendo con gesto serio a lo que Rusty le iba diciendo. Seguro que compraban algo, aunque tal vez no fueran conscientes de ello. La esposa tomó asiento en el nuevo sofá Collins-Hathaway y se abanicó. Estaba casi a punto de caramelo. Igual le daba por parir sobre los cojines resistentes a las manchas…

—¿Le apetece un vaso de agua? —dijo Carney—. Soy el propietario, Ray Carney.

—Sí, muy amable.

—Rusty, ¿puedes traerle un vaso de agua a la señora? —Rescató su corbata de entre los botones de la camisa.

Eran el señor y la señora Williams, recién domiciliados en Lenox Avenue.

—Si ese sofá donde está descansando le suena de algo, señora Williams, es porque salió el mes pasado en *El show de Donna Reed*. ¿Recuerda la escena en la consulta del médico? Es una buena imitación.

Carney enumeró los atributos del modelo Melody. Silueta aerodinámica, comodidad científicamente comprobada... Rusty le dio el vaso de agua a la mujer. (Se había tomado su tiempo para que Carney pudiera llevar la conversación hacia donde le interesaba). La señora Williams bebió un poco, ladeó la cabeza y escuchó con gesto pensativo, tal vez a Carney o tal vez a la criatura que llevaba en el vientre.

—Le seré sincero, señor —dijo el marido—, hace tantísimo calor que Jane necesitaba sentarse un momento.

—Un sofá es un buen sitio para sentarse; para eso los hacen. ¿Puedo preguntarle a qué se dedica, señor Williams?

Era profesor de matemáticas en la escuela elemental de Madison Avenue, llevaba allí dos años dando clases. Carney mintió al decir que a él nunca se le habían dado bien las mates, y el señor Williams se puso a hablar de lo importante que era hacer que los críos se interesen por la asignatura a temprana edad, para que no le cojan miedo. Parecía decirlo de corrido, como si lo hubiera sacado de algún manual moderno de enseñanza. Cada cual vendía lo que podía.

La señora Williams salía de cuentas al cabo de dos semanas, primeriza. El bebé sería de junio. Carney intentó echar mano de algún dicho popular sobre los bebés nacidos en junio, pero no le salió nada.

—Mi mujer y yo esperamos el segundo para septiembre —dijo en cambio. Y era verdad. Sacó la foto de May que llevaba en la cartera—. Aquí el día de su cumpleaños.

—Mire —dijo el señor Williams—, la verdad es que de momento no vamos a poder permitirnos un sofá nuevo.

—Oh, no se preocupe por eso. Déjeme enseñarle lo que tenemos —dijo Carney.

No simular interés después de un vaso de agua sería de mala educación.

Era un poco difícil hacer un recorrido adecuado por la sala de exposición cuando una de las partes estaba jadeando en un sofá, incapaz de moverse. Y el marido, si se acercaba demasiado a la mercancía, retrocedía como si la proximidad fuera a sacarle el dinero de los bolsillos. Carney recordaba aquellos tiempos en que todo era demasiado caro y a la vez demasiado necesario, Elizabeth y él recién casados tratando de abrirse paso en la vida. Él ya tenía la tienda de muebles, la pintura fresca aún; nadie pensó que conseguiría montar aquel negocio, nadie excepto ella. Cuando al final de la jornada Elizabeth le daba ánimos y le decía que todo saldría bien, él rumiaba sobre esas extrañas cosas que ella le ofrecía: bondad, fe, artículos que no sabía en qué caja meter.

—Lo bueno de los muebles modulares es que dan vida hasta al último rincón de la estancia —dijo Carney.

Le vendió las virtudes del nuevo desmontable de Argent, virtudes en las que él creía sinceramente —el nuevo acabado en cuero y las patas ahusadas hacen que parezca como si flotara, fíjese— mientras sus pensamientos iban por otros derroteros. Estos jovencitos y sus apuros. Los actores, al menos los mejores, lo hacían a diario, pensó, recitar sus parlamentos mientras cavilaban sobre una discusión que habían tenido la noche anterior, o de pronto se acordaban de una factura pendiente porque un hombre sentado en la quinta fila se parecía mucho al del banco. Para detectar un error en la representación había que ir al teatro todas las noches; o ser otro miembro de la compañía, con tus propias cuitas y tus propios azares. Empezar de cero en esta ciudad, y sin ayuda, debe de ser difícil, estaba pensando…

—Déjeme verlo —dijo la señora Williams—. Solo quiero comprobar un momento qué sensación da.

Se había materializado como por arte de magia. Estaban los tres delante del Argent, cuyos cojines color turquesa parecían atraerlos como agua fresca en un día de mucho calor.

Había estado escuchándoles todo el tiempo, entre sorbo y sorbo. La señora Williams se quitó los zapatos y se tumbó recostada sobre el curvilíneo brazo izquierdo del sofá. Luego cerró los ojos y suspiró.

Al final acordaron una paga y señal menor de lo acostumbrado y un generoso plan de financiación. Una cosa de lo más ridícula. Carney cerró la puerta con llave cuando se marcharon una vez terminado el papeleo, no fuera a ser que se echaran atrás. El modelo Metropolitan de Argent era una muy buena inversión, con sus cojines de bouclé químicamente testado y su relleno de espuma, que cuatro de cinco encuestados habían votado como el más cómodo en una prueba a ciegas. Les duraría una eternidad, para todos los hijos que vinieran. Carney se alegró de no haber comentado con Rusty ni con Elizabeth lo de suprimir las ventas a plazos.

Rusty fichó antes de marcharse y solo quedó él en la tienda. El balance era negativo después de todo lo gastado, pero mañana sería otro día. No sabía de dónde iba a sacar el dinero para el alquiler, pero no estaban ni a mitad de mes. Nunca se sabe. Los televisores quedaban muy bonitos y la pareja era agradable y estaba bien hacer por ellos lo que nadie había hecho por él cuando era joven: echar un cable. «Puede que esté arruinado, pero aún soy honrado», se dijo a sí mismo, como solía hacer en ocasiones similares. Cuando se sentía como ahora. Cansado y un tanto desesperado, pero al mismo tiempo animoso. Apagó las luces.

2

—Ah, sí, Ruby. Era muy simpática —dijo Elizabeth. Le pasó la jarra de agua—. Jugábamos juntas al voleibol.

Efectivamente, su mujer se acordaba de la hija de la señora que había fallecido, pero no tenía recuerdos del instituto del hombre con quien acabaría casándose. Carney y su esposa habían coincidido en clase de biología y de educación cívica, y un jueves que llovía él la acompañó cuatro manzanas con su paraguas, desviándose de su camino habitual.

—¿Estás seguro? —dijo Elizabeth—. Pensaba que había sido Richie Evans.

Esa reminiscencia de sus años adolescentes le dejó a él un vacío, como el que quedaba cuando Elizabeth le recortaba a May un muñeco de papel. Carney no había hallado aún una respuesta ingeniosa para cuando ella le tomaba el pelo a expensas de su más que discreto perfil de aquella época: «No es culpa mía que tú fueras tú». Ya se le ocurriría alguna.

Cenaron pollo caw caw. La receta la habían sacado de *McCall's*, pero como May lo pronunciaba *caw*, así se quedó. Era bastante soso —por lo visto, el principal condimento era pan rallado—, pero a ellos les gustaba. Una noche Elizabeth le preguntó: «¿Y si al bebé no le gusta el pollo?», y él respondió: «A todo el mundo le gusta el pollo». Cañerías torcidas aparte, la vida les sonreía, a los tres. Era cierto que el nuevo retoño podía alterar la dinámica doméstica, pero de momento nada echaba a perder su disfrute del plato principal, servido esta vez con guarnición de arroz y judías verdes cocidas, unas tiras de beicon paliducho perdidas en la inmensidad de la cazuela.

May estrujó una judía hasta hacerla papilla. Una mitad fue a parar a su boca, la otra a su babero de lunares. Debajo de su trona, el linóleo era un mapa de manchas. May había salido a su madre, y a su abuela, con aquellos ojazos castaños de las Jones que lo absorbían todo pero no dejaban entrever más que lo que ellas decidían. Había heredado asimismo su fuerza de voluntad, una cosa terca e impenetrable. No había más que ver aquellas judías.

—Alma se ha marchado temprano, ¿no? —dijo Carney.

Como Elizabeth tenía que hacer reposo, la madre de ella iba casi todos los días a echar una mano. Cuidar de May se le daba muy bien, pero no así la cocina. Aunque la cena no había consistido en uno de los platos típicos de su mujer (algo que había puesto sobre aviso a Carney), la comida estaba rica y eso quería decir que Alma no había tenido nada que ver. La madre de Elizabeth cocinaba de la misma manera que lo hacía todo: con una saludable pizca de resentimiento. En lo culinario, eso se manifestaba en la lengua.

—Le he dicho que hoy no hacía falta que viniera —dijo Elizabeth. Un eufemismo para referirse a que Alma se entrometía demasiado y necesitaba un tiempo para serenarse después de que Elizabeth perdiera los estribos con ella.

—No habrás hecho excesos, ¿no?

—Solo he ido hasta la tienda. Tenía que salir.

Carney no pensaba armar mucho jaleo al respecto. Hacía cosa de un mes, a raíz de un desmayo, el doctor Blair le había dicho a Elizabeth que no trabajara, que estuviera de pie el mínimo posible. Su cuerpo tenía ahora otras prioridades. Estarse quieta no iba con su carácter; ella era tanto más feliz cuantas más cosas tenía que hacer. Había aguantado resignada unos meses de monotonía, pero eso la volvía loca. Y con Alma dando la tabarra continuamente, aún peor.

Carney cambió de tema y le dijo que hasta última hora no había entrado nadie en la tienda.

—Una pareja que vive en Lenox Terrace. Él comentó que le parecía que aún quedaba alguno de tres habitaciones.

—¿Cuánto?

—No lo sé, más de lo que pagamos ahora. Creo que iré a echar un vistazo.

Hacía más de dos semanas que no sacaba a relucir lo de mudarse. No pasaba nada por intentarlo de nuevo. Una de las quejas de Alma era que su apartamento era demasiado pequeño, y por una vez Carney le daba la razón a su suegra. Para ella, un piso tan pequeño era una muestra más de que su hija se había conformado con menos de lo que merecía.

Alma utilizaba la palabra «conformado» como otros menos finos utilizaban «hijoputa», a guisa de formón con el que hurgar en un determinado sentimiento. Elizabeth se había conformado con su empleo en la agencia de viajes después de todas las sutiles maniobras de sus padres, empeñados en ensalzarla, en convertirla en una honorable doctora negra, una honorable abogada negra. Y hacer reservas de hoteles y vuelos… en fin, no era lo que ellos tenían pensado para su hija.

Se había conformado con Carney, eso estaba clarísimo. Y con su familia. De tanto en tanto, Carney aún tenía que aguantar que su suegro se refiriera a él como «ese traficante de alfombras». Elizabeth había llevado a sus padres a la tienda justo el día en que Moroccan Luxury tenía que entregar una remesa. Eran una maravilla de alfombras, se las quitaban de las manos, pero los transportistas de turno iban desaliñados y resacosos —como casi siempre—, y al verlos lanzar el género por el tobogán del sótano el señor Jones masculló por lo bajo: «Pero este hombre qué es, ¿un traficante de alfombras?». Y eso conociendo perfectamente la amplia gama de artículos que Carney vendía, todo ello de excelente calidad, además. En una tienda de blancos del centro tenían lo mismo, Moroccan Luxury se vendía en todas partes. Por no hablar de: ¿y qué hay de malo en vender alfombras? Era un trabajo más honesto que estafar a los ciudadanos a golpe de impuestos, la especialidad del señor Jones, independientemente de los adornos con que él lo disfrazara.

Y su dulce Elizabeth se había conformado con un piso oscuro donde la ventana de atrás daba a un conducto de ventilación y la de delante miraba en diagonal a un tramo elevado de la línea 1. Por un extremo entraban olores raros y por el opuesto el estruendo del metro, a todas horas. Elizabeth rodeada precisamente de las cosas que ellos habían intentado evitarle toda la vida. O de las que, cuando menos, habían procurado mantenerla alejada. Striver's Row, donde Alma y Leland Jones la habían criado, era una de las zonas más bonitas de Harlem, pero era un islote: bastaba con ir andando hasta la esquina para que sus residentes recordaran que no estaban «por encima», sino «entre».

Al metro se acostumbra uno. Carney siempre decía lo mismo.

Él discrepaba de la impresión que Alma tenía de sus vecinos, pero sí, Elizabeth —y también ellos— merecía vivir en un sitio más agradable. Esto se parecía demasiado al lugar donde él se había criado.

—No hay ninguna prisa —dijo Elizabeth.

—Así cada cual tendría su habitación.

En el piso hacía mucho calor. Durante su periodo de reposo, Elizabeth solía ir en bata todo el día, ¿y por qué no? Era uno de los pocos gustos que podía permitirse. Se había recogido el pelo en un moño, pero llevaba algunos mechones rebeldes pegados a su frente sudorosa. Cansada, la piel rubicunda bajo el castaño oscuro de sus mejillas. De pronto le vino la imagen a la cabeza, como le había ocurrido con Ruby por la mañana, y Carney pudo verla como era aquella tarde lluviosa cuando le ofreció su paraguas: los ojos oscuros, almendrados y de largas pestañas, frágil con su cárdigan rosa, las comisuras de la boca apuntando al cielo cuando hizo una de sus extrañas bromas. Ajena al efecto que ejercía en los demás. En él, incluso después de tantos años.

—¿Qué? —dijo Elizabeth.

—Nada.

—No me mires así —dijo ella—. Las chicas son de compartir.

—Ya había decidido que el bebé era niña. Solía tener razón en casi todo, de ahí que fanfarroneara un poco respecto a su apuesta de doble opción.

—Quítale el caw caw y veremos hasta qué punto le gusta compartir. —A modo de demostración, Carney alargó la mano y cogió un trocito de pollo del plato de May. La niña se puso a chillar hasta que él le metió el trocito en la boca.

—Acabas de decirme que apenas ha entrado nadie en la tienda y ahora quieres mudarte. Estaremos bien aquí. Podemos esperar hasta que tengamos suficiente dinero. ¿Verdad que sí, May?

La niña sonrió, a saber por qué. Alguna jugada tendría entre ceja y ceja, menudas eran las Jones.

Cuando Elizabeth se levantó para prepararle el baño a la niña, Carney dijo:

—Salgo a caminar un rato.

—¿Se ha presentado Freddie? —Ella le había hecho ver que solo decía «salir a caminar» cuando se veía con su primo. Carney había intentado, en vano, inventarse una expresión diferente.

—Le dejó mensaje a Rusty de que quería verme.

—¿En qué anda metido?

Freddie se dejaba ver poco el pelo últimamente. A saber lo que estaría tramando ahora. Carney se encogió de hombros y se despidió de ellas con sendos besos. Cuando sacó la basura, dejó todo un reguero de puntos grasientos hasta la acera.

Carney recorrió el largo camino hasta Nightbirds. La jornada le había puesto del humor perfecto para ver el edificio.

Esta primera ola de calor del año era un ensayo general para el inminente verano. Todo el mundo un poquito oxidado pero cogiéndole el tranquillo otra vez a sus partituras y pasajes solistas de la sinfonía. En la esquina, dos polis blancos colocaban de nuevo la tapa de una boca de incendios, y no paraban de maldecir. Los críos llevaban días jugando con el chorro de agua. Las escaleras de incendios estaban cubiertas de mantas raídas. Hombres en camiseta bebían cerveza en los escalones de la entrada, bailoteando al ruido de unos transistores, los pinchadiscos parloteando entre canción y canción como amigos dando malos consejos. Cualquier cosa para demorar el momento de volver a sus cuartos recalentados, fregaderos repletos, tiras de papel atrapamoscas que ya no daban abasto, recordatorios del lugar que uno ocupaba en el escalafón social. Invisibles en las azoteas, los moradores de playas de asfalto señalaban hacia las luces de los puentes y los aviones nocturnos.

Últimamente había habido unos cuantos robos, como una señora mayor a la que golpearon en la cabeza cuando volvía del colmado, el tipo de noticia que preocupaba mucho a Elizabeth. Carney tomó una ruta bien iluminada hasta Riverside Drive. Rodeó Tiemann Place, y allí estaba. Unas semanas atrás, Carney había ido al 528 de Riverside, un edificio de seis plantas de ladrillo rojo con elegantes cornisas blancas. Halcones de piedra observando desde el tejado las figuras humanas que deambulaban a pie de calle. En esos momentos era partidario de los pisos en la cuarta planta, o más altos, después de que alguien comentara que las vistas desde allá arriba se alzaban por encima de los árboles de Riverside. Era algo que no se le había ocurrido. Así pues: ese apartamento en la cuarta planta de Riverside 528, que él se imaginaba como una agradable colmena de seis habitaciones, un comedor de verdad, dos baños. Un casero que alquilaba a familias de raza negra. Con las manos apoyadas en el alféizar, Carney contemplaría el río en noches como la de hoy, la ciudad a sus espaldas como si no existiera. Aquel gimiente y acelerado batiburrillo de personas y hormigón. O, bueno, la ciudad existía pero él le plantaba cara y la mantenía a raya a golpe de fuerza de carácter. De eso Carney sí era capaz.

Riverside, donde el siempre inquieto Manhattan descubría que por fin se agotaba, sus codiciosas manos incapaces de ir más allá del parque y del sagrado Hudson. Sí, un día él viviría en Riverside Drive, en aquel tramo tranquilo e inclinado. O quizá veinte manzanas más al norte, en uno de esos nuevos bloques de apartamentos, en un piso alto con la letra J o K. Todas esas familias que viven tras las puertas entre la suya y el ascensor, agradables o no, todos viviendo en el mismo lugar, nadie mejor o peor que nadie, estaban todos en la misma planta. O quizá más al sur, en las calles Noventa, en una de aquellas mansiones de antes de la guerra, o bien en un fortín de piedra caliza por la Ciento cinco o así, de eso que parecen sapos viejos malhumorados. Suponiendo que le tocara el gordo…

Carney hacía sus exploraciones al anochecer: estudiaba la hilera de edificios desde distintos ángulos, cambiaba de acera para mirar hacia lo alto desde el otro lado, trataba de imaginarse la vista al ponerse el sol, elegía un edificio concreto y luego un piso en concreto. El de los detalles azules en las ventanas, o el de la persiana medio bajada, con el cordel colgando como si fuera un pensamiento interrumpido. Ventanas abatibles. Y los aleros tan anchos. Se inventaba las escenas interiores: el siseo del radiador, la mancha de humedad en el techo allí donde los tíos raros del piso de arriba tenían la bañera, y el casero pasa de todo pero no importa. Es muy bonito. Él se merecía un sitio así. Hasta que se cansaba de mirar ese apartamento y, sin dejar la avenida, reanudaba su búsqueda de otro que fuera digno de su atención.

Algún día, cuando tuviera dinero…

En Nightbirds el ambiente siempre era como cinco minutos después de una bronca y que nadie te contara qué demonios había pasado. Cada cual en su rincón neutral revisando los KO y los golpes bajos y las fintas a destiempo. No sabías el motivo de la trifulca ni quién había ganado, solo que nadie quería hablar de ello; todos mirando a un lado y a otro mientras se masajean los nudillos rojos de rencor. En su apogeo, el local había sido un centro de inmundo comercio humano: rameras de tal o cual especie en una mesa, sus chulos en la de al lado, y clientes potenciales pululando entre medio. La hora de cierre una señal de que lo que allí pasaba allí se quedaba. Si volvía la cabeza, el sórdido panorama le hacía fruncir el ceño. Cerveza Rheingold de barril, neón Rheingold en las paredes en dos o tres sitios, la cervecería había hecho lo posible por ganarse a los negros. Las grietas en la tapicería de plástico rojo de las viejas banquetas estaban lo bastante tiesas y afiladas como para hacerte un corte en la piel.

Menos cutre tras el cambio de dueño, hubo de admitir Carney. La ciudad de su padre desapareciendo poco a poco. El año anterior Bert, el nuevo propietario, hizo cambiar el número del teléfono público, con lo cual echó a perder un montón de negocios turbios y turbias coartadas. En los viejos tiempos veías a hombres hechos polvo encorvados sobre el teléfono, esperando la llamada que cambiaría su suerte. Bert instaló un nuevo ventilador cenital y echó a las putas. Los proxenetas eran otra cosa porque dejaban buenas propinas. Retiró la diana de los dardos, una inescrutable renovación hasta que Bert explicó que a su tío «le habían sacado un ojo en el ejército». En su lugar colgó un retrato de Martin Luther King Jr., alrededor del cual quedó el contorno, a modo de halo, del tablero que había antes.

Algunos clientes habituales se largaron al bar más cercano, pero Bert y Freddie hicieron buenas migas enseguida. Freddie era todo un experto en evaluar las condiciones sobre el terreno y hacer los ajustes necesarios. Cuando Carney entró, su primo y el dueño estaban hablando de cómo habían ido las carreras del día.

—Ray-Ray —dijo Freddie, y le dio un abrazo.

—¿Qué tal, Freddie?

Bert saludó con un gesto de cabeza y se volvió sordo y mudo mientras fingía comprobar que hubiera whisky suficiente en la barra.

Freddie tenía muy buen aspecto, cosa que tranquilizó a Carney. Llevaba una llamativa camisa naranja con rayas azules y el pantalón negro del poco tiempo que había trabajado de camarero años atrás. Siempre había sido delgado, y cuando no se cuidaba su delgadez adquiría enseguida un aspecto enfermizo. «Mira mis dos flacuchos», solía decir tía Millie cuando volvían de jugar en la calle. Si Carney no veía a su primo, quería decir también que Freddie no paraba en casa de su madre. Aún vivía con ella en su antiguo cuarto, y tía Millie se aseguraba de que no se saltara ninguna comida.

Eran primos pero la mayoría de la gente los tomaba por hermanos, si bien tenían rasgos de carácter muy distintos. El sentido común, por ejemplo. Carney sí tenía. A Freddie el sentido común parecía que se le escapaba por un agujero en el bolsillo, nunca le duraba mucho encima. Era de sentido común, sin ir más lejos, no aceptar un trabajo que tuviera que ver con números si el patrón era Peewee Gibson. Como lo era que, en caso de aceptar un empleo semejante, más te valía no meter la pata. Pero Freddie había hecho una cosa y la otra y aún tenía cinco dedos en cada mano. La suerte compensaba sus muchas carencias.

Freddie respondió vagamente sobre lo que había estado haciendo: «Un trabajito por aquí, una parejita por allá». Para él, trabajo quería decir algún tejemaneje, y pareja era una mujer de natural confiada y con un empleo decente, además de poco perspicaz a la hora de interpretar pistas.

—¿Qué tal la tienda? —preguntó Freddie.

—Irá a mejor.

Dando tragos a sus cervezas. Freddie se puso a hablar con entusiasmo sobre el restaurante de comida negra que habían abierto en aquella misma manzana. Carney esperó a que soltara lo que tenía en mente. Fue justo cuando en la máquina de discos sonó aquella maldita canción de Dave «Baby» Cortez, con su pesado y frenético órgano. Freddie se inclinó sobre la mesa.

—Tú me has oído hablar alguna que otra vez de un tal Miami Joe, ¿no?

—¿Chanchullos tipo lotería ilegal?

—No, es uno que lleva un traje color morado. Y sombrero.

A Carney le pareció que le sonaba de algo. Aunque también era cierto que en el barrio se veía más de un traje morado.

Miami Joe, le explicó Freddie, no hacía chanchullos, lo suyo eran los atracos. La Navidad pasada asaltó un camión lleno de aspiradoras Hoover en Queens.

—Dicen que también fue él quien hizo lo de Fisher…

—No sé qué es eso.

—Forzó una caja fuerte en Gimbels —dijo Freddie, como si el otro tuviera que saberlo. Como si su primo estuviera suscrito a *Criminal Gazette* o algo así.

Un tanto desilusionado, Freddie continuó ensalzando al tal Miami Joe. Por lo visto tenía planeado un gran golpe y se había puesto en contacto con Freddie. Carney frunció el ceño. Un atraco a mano armada era algo de locos. En otros tiempos su primo no se metía en cosas tan gordas.

—Será dinero en metálico, y aparte un montón de joyas que habrá que colocar. Me preguntaron si sabía de alguien para eso y les dije que conocía al tío ideal.

—¿Quién?

Freddie enarcó las cejas.

Carney miró hacia donde estaba el barman. Una pieza de museo: Bert era un retrato barrigudo del mono que no oye maldades.

—¿Les diste mi nombre? —preguntó.

—En cuanto les dije que conocía a alguien, tuve que hacerlo.

—O sea que les diste mi nombre. Pero yo vendo sofás y tal, sabes perfectamente que eso no me va.

—Te llevé una tele la semana pasada y no oí ni una queja.

—Estaba muy poco usada. No había razón para quejarse.

—Y otras cosas, aparte de televisores. Nunca has preguntado de dónde salían.

—Porque no es asunto mío.

—Ni una sola vez me has preguntado, y han sido muchas veces, tío, porque sabes de dónde vienen. No te pongas en plan: «Oiga, agente, yo no sabía nada».

Planteado de esta manera, un observador imparcial podría pensar que Carney traficaba de forma muy frecuente con artículos robados, pero él no lo veía así. Entraban y salían artículos de la manera más natural, la gente compraba o vendía, las cosas iban de acá para allá, cambiando de dueño, y Ray Carney solo facilitaba ese ir y venir. Como simple intermediario. Un tío legal. Cualquiera que mirase su contabilidad llegaría a la misma conclusión. No en vano Carney se ufanaba del buen estado de sus libros de cuentas, algo que muy raras veces compartía con otros porque a nadie parecía interesarle cuando hablaba de su época de estudiante de administración de empresas y de las buenas notas que sacaba. En contabilidad, por ejemplo. Le dijo todo esto a su primo.

—Intermediario. Un perista, vaya.

—Yo vendo muebles.

—No me jodas.

Era verdad que su primo le llevaba un collar de cuando en cuando. O un reloj o dos, y de primera calidad. O unos cuantos anillos dentro de un estuche plateado con las iniciales grabadas. Como también era verdad que Carney tenía un socio en Canal Street que echaba una mano para que dichos artículos siguieran su curso. Solo de cuando en cuando. Claro que si sumaba las veces en que eso había pasado, eran más de las que él pensaba. Pero esa no era la cuestión.

—Nada como lo que me estás planteando ahora, Freddie.

—Tú no sabes lo que eres capaz de hacer, Ray-Ray. Nunca lo has probado. Y para eso me tienes a mí.

Unos encapuchados con pistolas y lo que podían conseguir con ellas, qué locura.

—Esto no es como mangar caramelos en la tienda del señor Nevins.

—Caramelos, no —dijo Freddie con una sonrisa—. Es el hotel Theresa.

Dos tipos entraron en el local armando camorra. Bert echó mano de Jack Lightning, el bate de béisbol que guardaba junto a la caja registradora.

Ya era verano en Harlem.

3

Él prefería las mesas que daban a la calle, pero Chock Full o'Nuts estaba a tope. Puede que hubiera una convención en el piso de arriba. Carney colgó su sombrero y se sentó a la barra. Sandra estaba de patrulla con su cafetera y le sirvió una taza. «¿Qué más te traigo, cariño?», preguntó. En sus años mozos había hecho revista en salones de primera como el Club Baron y el Savoy, y fue incluso primera bailarina en el Apollo. Cualquiera habría pensado que seguía bailando profesionalmente, dada la forma en que se deslizaba por el barato linóleo gris. Desde luego no había abandonado el mundo del espectáculo, pues el de camarera era un trabajo en el que tenías que actuar para la galería, por no decir el gallinero.

—Solo el café —dijo Carney—. ¿Qué tal la visita de tu hijo?
—El Chock Full o'Nuts del hotel Theresa venía formando parte de su rutina matinal desde que abriera la tienda.

Sandra chasqueó la lengua.

—Bueno, estuvo aquí, pero yo ni lo vi. Se pasó todo el tiempo con esos amigos suyos. —La cafetera quedó colgando, pero no se derramó ni una gota—. Me dejó una nota.

La ola de calor no remitía, por desgracia. De la cocina llegaba un aire caliente que empeoraba las cosas. Carney podía ver un trecho de Séptima Avenida desde su taburete; la entrada del hotel era un hervidero de gente dejando habitaciones, botones silbato en boca, taxis parando y arrancando de forma escalonada.

Carney raramente se fijaba en los detalles del hotel, pero su entrevista con Freddie le había sacado las antenas. Precisamente la primera vez que había sido testigo de la curiosa coreografía que se desarrollaba frente al Theresa se encontraba en compañía de su primo, un día que salieron de paseo con tía Millie. Carney debía de tener diez u once años, si su tía cuidaba de él. Aquella agitada época de su vida...

«Veamos quién es el causante de tanto revuelo», había dicho tía Millie. Los había llevado a tomar unos refrescos de helado en Thomforde's para celebrar no sé qué y estaban volviendo a casa. Tía Millie sintió curiosidad por la multitud congregada frente a la marquesina azul del Theresa. Jóvenes con uniforme del hotel mantenían a raya a los mirones, y entonces llegó un autocar enorme. Se acercaron los tres a mirar.

La alfombra roja del Waldorf de Harlem era escenario de espectáculos día sí y día también, se tratara del campeón de los pesos pesados saludando a sus admiradores antes de montar en un Cadillac, o una demacrada cantante de jazz emergiendo de un taxi a las tres de la mañana con las estrofas del diablo en sus labios. El Theresa eliminó la segregación en 1940 después de que el barrio se vaciara de judíos e italianos para convertirse en dominio de negros sureños y de antillanos. Todo el que llegaba a Harlem se había visto obligado a cruzar mares de violencia de alguna clase.

El establecimiento no tuvo más remedio que abrir sus puertas, y los negros ricos no tenían más remedio que hospedarse allí si querían ser tratados a lo grande. Todos los deportistas y artistas de cine negros dormían allí, los cantantes famosos, los empresarios; cenaban en la Sala de las Orquídeas de la tercera planta y organizaban veladas en el salón de baile Skyline. Desde las ventanas del Skyline en la decimotercera planta se veían las luces del puente George Washington por un lado, el Triborough por el otro, y al sur el Empire State montando guardia. La cima del mundo. Dinah Washington, Billy Eckstine y los Ink Spots vivían en la planta superior, según la leyenda popular.

Aquella tarde en Thomforde's con su tía marcó el regreso de la orquesta de Cab Calloway. Una agencia de relaciones públicas –o quizá un conserje a sueldo de la prensa amarilla– dio el soplo a varios fotógrafos para que el revuelo estuviera asegurado. El nombre del líder de la orquesta aparecía en gigantescas letras blancas en un costado del autocar, con alguna que otra mancha de los huevos que unos blancuchos les habían lanzado en algún pueblo de mala muerte; podría haber sido peor. La multitud congregada prorrumpió en gritos cuando los músicos se apearon del vehículo, elegantes a más no poder con sus trajes azul cielo y sus gafas oscuras envolventes. Freddie se sumó al gentío; ya entonces le impresionaba la gente con atuendo llamativo. Cab llegó más tarde, ya de noche, en un taxi. Tenía una mujer en el D.C. a quien se le daban muy bien los desayunos en plan hogareño y otros placeres matutinos, o eso decían por ahí.

Los músicos entraron de uno en uno en el vestíbulo como si estuvieran saliendo al escenario, pues aquello era un bolo como cualquiera de sus conciertos nocturnos, un espectáculo de glamour, una afirmación de excelencia negra. Terminado el número, el público fue desperdigándose y la acera no revivió hasta la llegada del siguiente famoso. A tía Millie le gustaba leer en voz alta lo que las columnas de chismorreo decían del Theresa: «Parece ser que cierto donjuán de voz aterciopelada armó un gran revuelo la semana pasada en el fabuloso hotel Theresa con una de las bellezas mulatas del Savoy. Por lo visto, su mujer decidió darle una sorpresa por su cumpleaños y apagó todas las velas de la pequeña tarta…». Carney vivió con su tía y su primo durante un par de años después de la muerte de su madre. Estaba en la cocina cuando tía Millie soltó un gritito al ver en la portada de *Courier* una foto de los músicos de la orquesta de Calloway llegando al hotel. «Yo creo que allí no había centenares de personas, ¿verdad que no?», dijo, extrañada, después de leer la crónica.

La noche en que Carney firmó el contrato de alquiler de la tienda, la Twentieth Century-Fox había montado una fiesta en el hotel para celebrar el estreno de *Carmen Jones*. A solo tres manzanas, en la Séptima Avenida, sesgaban la oscuridad unos focos inmensos. El tráfico en la Ciento veinticinco era un pandemónium de bocinazos, los polis agitando airadamente los brazos para hacer avanzar a los coches. La luz blanca que llegaba desde aquella esquina era tan potente que casi parecía que la tierra se hubiera abierto por la mitad, como si una erupción milagrosa estuviera a punto de ocurrir. El trato que Carney había cerrado con Salerno Properties Inc. tuvo mucha menos repercusión. La prensa no habló de ello, pero en su fuero interno Carney quiso creer que había sido algo trascendental a su manera. Como si aquellos focos hubieran estado allí para él.

Ahora rara vez había movidas en aquella acera. Los hoteles del centro vieron las ventajas de abrir a la clientela negra, y los años de sórdidas jaranas, póquer hasta la madrugada y carnaza para las páginas de cotilleos habían minado la reputación del Theresa. En el bar era más fácil codearse con un proxeneta o una chica trabajadora que con Joe Louis o una gran dama de la sociedad negra. La cafetería donde Adam Clayton Powell Jr. embelesaba con su encanto a los camareros pasó a ser propiedad de Chock Full o'Nuts. Tampoco era un drama, a juicio de Carney, pues el café era mejor y la manduca también. Aquello seguía siendo el hotel Theresa, cuartel general del mundo negro, y en sus trece plantas había mucho más potencial y esplendor del que podrían haber soñado sus padres y sus abuelos.

Atracar el hotel Theresa venía a ser como mearse en la Estatua de la Libertad. Como endiñarle un sedante a Jackie Robinson la noche antes de las Series Mundiales.

—¡Joder, Bill! —dijo Sandra. Algo se quemaba en uno de los fogones y un humo gris, preñado de grasa, escapó por la ventana hacia la zona de comedor.

—¡Oído, jefa! —dijo el cocinero, evitando su mirada.

Sandra sabía cómo apañárselas, ya fuera lidiando con el personal de cocina o con las vehementes atenciones de ciertos clientes. Al fin y al cabo, bailar en el Apollo había sido como hacer un curso intensivo sobre el macho. Teniendo en cuenta la fama del hotel en lo que a jolgorio nocturno se refería, era probable que muchos hombres la invitaran a un trago en el bar que había al fondo del vestíbulo; en aquel entonces todo el mundo alternaba allí. Encendiéndole un pitillo entre legañosas promesas. La época gloriosa, de ella y del hotel. Una vez Carney le preguntó por qué había dejado el baile. «Cariño —dijo Sandra—, cuando Dios te dice que es el momento de dejarlo, tienes que hacer caso». Colgó los zapatos de tacón alto y se puso un delantal de camarera, pero no pudo abandonar la Ciento veinticinco; desde allí se veía el Apollo.

El día siguiente a su encuentro con Freddie en Nightbirds, Carney se dijo que Sandra tenía mucha razón en lo de conocer tus limitaciones. O sea: aunque su nivel de corrupción estuviese a la altura de la propuesta de su primo Freddie, Carney carecía de los contactos necesarios para distribuir un botín procedente del Theresa. Trescientas habitaciones, sabe Dios cuántos huéspedes con objetos de valor y dinero en metálico guardados en las cajas fuertes que había en un cuarto detrás de la recepción: él no sabría qué hacer con todo aquello. Y su socio de Canal Street, Buxbaum, menos aún. Le daría un infarto si veía entrar a Carney con semejante material.

Sandra le sirvió más café sin que él se diera cuenta. En materia de delincuencia, Carney no pasaba de pícaro, no tenía ni la práctica ni la ambición. Alguna que otra joya, los aparatos electrónicos que Freddie y más adelante algunos otros personajes de la zona le llevaban a la tienda, eso podía justificarlo. Nada grave, nada que llamara demasiado la atención o pusiera en peligro el negocio. Si sentía cierta excitación al transformar dichos bienes ilícitos en mercancía legal —una descarga eléctrica como si hubiera metido los dedos en un enchufe— era porque podía controlar la situación y no al revés. Una embriagadora y poderosa sensación. Todo el mundo tenía rincones y callejones secretos que nadie más podía ver; lo importante eran las calles principales, las avenidas, lo que otros veían de ti en el mapa de tu persona. La cosa que llevaba dentro y que de vez en cuando le daba un tirón o le pegaba un grito no era la misma que tenía su padre. Esa náusea que tiraba a cada momento de ti para ponerte a su servicio. Esa náusea de la que Freddie dependía cada vez más.

Carney tenía cierta querencia por la personalidad de su primo, como no podía ser de otra manera, habiéndose criado con un padre como el suyo. Uno debía conocer sus propias limitaciones y ser dueño de las mismas.

Dos tipos con traje a rayas, probablemente vendedores tratando de colocar alguna póliza de seguros, entraron procedentes del bar que separaba la cafetería del vestíbulo del hotel. Sandra les dijo que se sentaran donde les viniera bien y cuando se dio la vuelta los dos tipos le miraron las piernas. Las tenía muy bonitas. Aquella puerta. Era por donde se pasaba del bar al vestíbulo. Había tres entradas al vestíbulo: el bar, la calle y la tienda de ropa. Además de los ascensores y las escaleras de incendios. Tres hombres en el amplio mostrador de recepción, huéspedes entrando y saliendo a todas horas… Carney se obligó a interrumpir sus pensamientos. Tomó un sorbo de café. A veces se dejaba llevar y su cabeza empezaba a divagar.

En Nightbirds Freddie le había hecho prometer que lo pensaría, sabiendo que Carney solía cambiar de opinión si le daba muchas vueltas a alguno de los planes de su primo. Una noche en vela mirando al techo fue suficiente para zanjar el asunto, la superficie agrietada sobre su cabeza como un esbozo de las grietas de su autocontrol. Era parte de su numerito a lo Laurel y Hardy: Freddie lo engatusa para llevar a cabo un plan condenado al fracaso y la extraña pareja intenta salvarse como puede de las consecuencias. *En menudo lío me has vuelto a meter.* Su primo era un hipnotizador: de repente Carney se encuentra vigilando mientras Freddie manga tebeos en una tienda, hacen novillos para ir a una sesión doble de pelis de vaqueros en el Loew. Un par de copas en Nightbirds y el día empieza a clarear por la ventana del tugurio de Miss Mary, el aguardiente rodando cual bola de hierro en sus cabezas. «Tengo un collar del que debería deshacerme. ¿Me echarías un cable?».

Cuando tía Millie interrogaba a Freddie sobre algo que le habían contado los vecinos, Carney salía siempre con una coartada. De Carney nadie sospechaba que pudiera decir mentiras, era un chico de lo más legal. A él ya le estaba bien así. Pero que Freddie hubiera dado su nombre a Miami Joe y a los compinches que hubiera podido reunir era algo imperdonable. Muebles Carney estaba en el puñetero listín telefónico, salía incluso en *Amsterdam News* cuando podía pagar un anuncio, y cualquiera podría dar con él.

Carney accedió a consultarlo con la almohada. Por la mañana el techo no había conseguido influir en su determinación, y ahora tenía que pensar en qué hacer respecto a su primo. Que un hampón como Miami Joe reclutara a un ladrón de poca monta como Freddie no tenía ni pies ni cabeza. Y lo peor era que Freddie había aceptado.

Esto no era robar chuches, y tampoco era como cuando se subían de chavales a un peñasco con el Hudson treinta metros más abajo, en la punta de la isla, Freddie retándole a saltar a la negra corriente. ¿Lo hizo Carney? ¿Saltó? Pues sí, y sin dejar de chillar mientras caía. Ahora Freddie quería que él se lanzara a una piscina sin agua.

En el momento de pagar, Sandra le guiñó un ojo como solo la práctica puede enseñarte a hacerlo. Cuando Freddie le llamó a la tienda por la tarde, Carney le dijo que nanay y lo puso a parir por ser tan insensato. Así quedó la cosa durante quince días, hasta que el golpe se hizo realidad y los matones de Chink Montague fueron a la tienda en busca de Freddie.

El robo fue noticia bomba. Carney tuvo que preguntarle a Rusty qué era eso del Juneteenth, y, efectivamente, eran cosas de pueblo.

—Es cuando los esclavos de Texas se enteraron de que la esclavitud había sido abolida —dijo Rusty—. Mis primos siempre organizaban una fiesta para celebrarlo.

No parecía muy razonable festejar el descubrir que uno era libre con seis meses de retraso. Más bien cabía entenderlo como una forma de fomentar la lectura de diarios. Para estar informado, Carney leía siempre el *Times*, el *Tribune* y el *Post*. Los compraba en el quiosco de la esquina.

ATRACO AL HOTEL THERESA
EL HARLEM NEGRO PASMADO ANTE LA AUDACIA
DE UN ROBO A PRIMERA HORA DE LA MAÑANA

La policía cerró el tráfico rodado en los aledaños del hotel hasta pasado el mediodía. Frente a la entrada, una coreografía muy diferente: inspectores y gente de las compañías de seguros entrando y saliendo a toda prisa, periodistas y sus inseparables fotógrafos de prensa intentando conseguir una primicia. Carney tuvo que ir al desastrado restaurante de más abajo para tomarse el café de la mañana.

Los clientes que entraban en la tienda traían consigo rumores e hipótesis variados. «Han irrumpido con metralletas» y «Dicen que se han cargado a cinco personas» y «Ha sido la mafia italiana, para que sepamos lo que es bueno». Esto último era cosecha de los nacionalistas negros de Lenox Avenue, siempre dispuestos a incitar al personal. «Por eso han elegido el Juneteenth, para tocarnos las pelotas».

No hubo víctimas, según la prensa. Gente acojonada, eso sí. Carney llamó a su tía para asegurarse de que Freddie no estaba implicado —alguien le había dicho que Freddie estaba viviendo allí otra vez—, pero nadie contestó al teléfono.

El robo fue un miércoles por la mañana temprano. Al mediodía siguiente los hombres de Chink se presentaron en la tienda y Rusty exclamó «¡Eh!» cuando uno de los dos matones lo apartó de un empujón. Se movían ambos con acechante pesadez, como dos fugitivos de la liga de lucha libre que se hubieran embutido en sendos trajes. La americana marrón prieta contra los antebrazos, la corbata aflojada, grandes círculos de sudor bajo las axilas. Yo no le debo dinero a nadie, fue lo primero que pensó Carney. Y lo segundo: Puede que sí.

Despidió a Rusty con un gesto y cerró la puerta del despacho. El hombre del mostacho tenía una cicatriz que le iba desde el labio hasta media mejilla, como si se hubiera arrancado un anzuelo de pescar. Sus ojos miraron el sofá pero no se sentó, como si eso fuera a romper el protocolo y algún superior pudiera llegar a enterarse. La cabeza ahusada y afeitada del otro relucía con gotitas de transpiración y sus cejas perfiladas tenían un aire femenino. Fue este quien llevó la voz cantante.

—¿Tú eres Ray Carney?

—Bienvenidos a la tienda. ¿Estaban pensando en un tresillo nuevo? ¿Una mesita auxiliar para el desayuno?

—Una mesita auxiliar... —repitió el tipo calvo, y al mirar por la ventana del despacho se percató de que estaba en una tienda de muebles—. No. —Se enjugó la frente con un pañuelo azul—. Trabajamos para un hombre al que conoces. O del que has oído hablar. ¿Te suena Montague?

—Chink Montague —aportó el de la cicatriz.

—¿En qué puedo ayudaros? —preguntó Carney.

O sea que tenía algo que ver con Freddie. ¿Les debería dinero su primo? ¿Iba a tener que apoquinar o los matones le darían una paliza? Pensó en Elizabeth y en May; aquellos hombres sabían dónde vivía.

—Sabemos que a veces manejas material tipo joyas, piedras...

Estaba demasiado alterado para hacerse el tonto. Miró disimuladamente hacia la entrada de la tienda; Rusty seguía allí cruzado de brazos, nervioso. Carney asintió en respuesta a los hombres.

—El robo de ayer en el Theresa —dijo Calvo—. El señor Montague quiere que se corra la voz de que hay algo que desea recuperar. Un collar con un rubí grande, de los gordos.

Lo quiere hasta tal punto que nos ha enviado por ahí para que hablemos con gente que sabe de este tipo de cosas. Dice que si alguien se topa con ese collar, a él le gustaría saberlo, y que le compensará.

Faltaba un «re» antes de la última palabra, pero eso era lo de menos.

—Yo vendo muebles, señor...

El tipo meneó la cabeza. Su socio imitó el movimiento.

—Pero en caso de que me tope con dicho artículo, les avisaré —dijo Carney—. Eso por descontado.

—Por descontado —dijo Calvo.

Carney pidió un número de teléfono. Como si estuviera solicitando las señas a un cliente.

—Vives cerca de aquí y sabes cómo ponerte en contacto —dijo Calvo—. Cosa que te recomiendo que hagas.

Antes de salir de la tienda, Cicatriz se detuvo junto a una de las mesas bumerán, un modelo bajo con un diseño radial multicolor en el tablero de cristal. Miró la etiqueta del precio y fue a decir algo, pero se lo pensó mejor. Era una bonita mesa de café y Carney había dedicado mucho tiempo a pensar dónde colocarla para que atrajera la atención.

Rusty se acercó a Carney.

—¿Y esos quiénes eran? —Si antes le había cabreado que le empujaran, ahora le podía la curiosidad del paleto en la gran ciudad.

—Venden seguros contra inundaciones —respondió Carney—. Les he explicado que ya tenía. —Le dijo al muchacho de Georgia que fuera a almorzar.

Carney volvió a llamar a tía Millie y le pidió que le dijera a Freddie que se pusiera en contacto con él. Por la noche se pasaría por Nightbirds, iría a Cherry's y al Clermont Lounge, todos los locales que frecuentaba su primo, hasta dar con él. Freddie en apuros y Carney buscándolo, como cuando eran adolescentes. «A veces manejas material...»: nadie salvo su primo estaba al corriente de esto. Bueno, su primo y los cuatro o cinco tipos que de vez en cuando se presentaban con artículos que, mira por dónde, se habían encontrado por ahí, material en excelente estado, cosas que Carney no tenía ningún problema en vender a clientes suyos. Es más, se sentía orgulloso de hacerlo. Pero nadie más. Aparte de su contacto en Canal Street, Buxbaum. Carney había mantenido siempre un perfil bajo, pero Freddie había puesto su nombre en el mapa.

A las seis cerró la puerta con llave, y casi había terminado de revisar desganadamente sus libros cuando apareció su primo. Solo Freddie llamaba de esa forma con los nudillos, desde que eran pequeños y daba unos toques al armazón de la litera: «Eh, oye, ¿estás despierto? ¿Te has dormido ya? Estaba pensando que…».

—Has hecho que esos gamberros vinieran a mi tienda —dijo Carney, empleando el epíteto que solía usar su tía para referirse a los matones. Unos gamberros habían pintarrajeado la boca del metro, unos gamberros le habían quitado la última botella de leche que quedaba en el colmado, era una verdadera invasión.

—¿Han venido a la tienda? —dijo, o más bien chilló, Freddie—. ¡Hostia!

Carney lo hizo entrar en el despacho. Freddie se dejó caer en el sofá Argent y expulsó el aire antes de hablar.

—Llevo mucho rato de pie, sabes.

—¿Has sido tú el del robo en el Theresa? ¿Te encuentras bien?

Freddie hizo bailar las cejas y Carney se maldijo interiormente. Se suponía que tenía que estar cabreado con su primo en lugar de preocuparse por la salud del hijoputa. Aun así, se alegró de ver que Freddie estaba ileso, al menos en apariencia. Traía la cara de cuando había echado un polvo o acababa de cobrar.

—¿Rusty ya se ha marchado? —dijo Freddie, incorporándose en el sofá.

—Cuéntame qué ha pasado.

—Ya va, ya va, pero hay una cosa que…

—No me hagas esperar.

—Enseguida te lo cuento, hombre. Es que… esos tipos van a venir.

—¿Que esos matones van a volver? —dijo Carney.

Freddie pareció hurgarse una caries con la lengua.

—No, me refiero a los tíos con los que di el golpe. A ver, tú dijiste que no, ¿vale? Pero no se lo dije a ellos. Siguen pensando que eres el tío adecuado.

Antes de que Miami Joe y su gente llegaran a Muebles Carney hubo tiempo para monólogos que fueron desde la repulsa hasta el sermoneo. Carney expresó su rabia hacia, y su decepción con, su primo y continuó con una disertación sobre la estupidez de Freddie, ilustrándola con numerosos ejemplos, pues habían nacido con solo un mes de diferencia y la testarudez de su primo fue uno de los primeros rasgos de carácter en aparecer. Carney se sintió asimismo impulsado a compartir con especial énfasis la razón de que temiera por sí mismo y por su familia, además de lamentarse porque su negocio encubierto hubiera perdido el anonimato.

Y también hubo tiempo para que Freddie contara la historia del golpe.

4

Freddie nunca había estado al sur de Atlantic City. Miami era un lugar inimaginable cuyas costumbres apenas si empezaba a entender gracias a lo que contaba Miami Joe. La gente de allí vestía bien, ya que Miami Joe vestía bien, sus trajes morados —lisos o bien a rayas de distintos grosores— hechos a medida y con el aditamento de una colección de corbatas cortas y extremadamente anchas. Pañuelos de bolsillo que sobresalían como mala hierba. En Miami, dedujo Freddie, abundaban las personas de fiar, tenía que ver con el agua, o quizá con la combinación del sol y el agua. Oír a Miami Joe explayarse sobre algún tema —ya fuera la comida o el carácter traicionero de las mujeres o la mera elocuencia de la violencia— era contemplar el mundo despojado de las trampas de la civilización. Lo único que adornaba de manera agradable era su propia persona, todo lo demás quedaba tan desnudo y tan simple como Dios lo había creado.

Después de abandonar su ciudad natal a resultas de una de sus correrías, Miami Joe había estado operando en Nueva York durante cinco años. Reggie Greene le proporcionó trabajo como recaudador; su misión consistía en dejar lisiados a morosos y tenderos que racaneaban a la hora de pagar protección. Cansado de una tarea tan sosa, Miami Joe volvió a los robos. En Nightbirds Freddie le había referido a Carney varias de las más recientes tropelías de su compinche: un camión lleno de aspiradoras, mangar la nómina de unos grandes almacenes. Los golpes más llamativos fueron los que decidió darle a conocer, si bien aludió a otros muchos de los que prefería no hacer publicidad.

Freddie y Miami Joe tomaban copas en el Leopard's Spots, siempre los últimos en marcharse, veladas eternas hasta que ambos quedaban transformados en cucarachas empapadas en whisky de centeno, huyendo tanto de la luz del sol como del decoro. Invariablemente, Freddie se despertaba con el temor de haber hablado demasiado de sí mismo. Quería pensar que el otro seguramente estaba demasiado ebrio como para acordarse, pero Miami Joe se acordaba de todo; era su forma de acumular pruebas para su pragmático estudio de la condición humana. Cuando Miami Joe le contó lo del golpe, hacía poco que Freddie había dejado de trabajar para Peewee Gibson.

—Pero si tú nunca habías participado en un robo... —dijo Carney.

—Él me dijo que yo haría de chófer, por eso le contesté que sí. —Freddie se encogió de hombros—. ¿Qué tiene de complicado? Solo necesitas dos manos y un pie.

La primera reunión de la banda se celebró en un reservado de Baby's Best, poco antes de que empezara la hora feliz. En el camerino las strippers se maquillaban las cicatrices; a unas manzanas de allí, sus fieles clientes esperaban el momento de abandonar sus convencionales empleos. Las luces, sin embargo, siempre giraban y giraban, tal vez no dejaban de hacerlo nunca, incluso con el local cerrado, rojas, verdes, naranjas, patrullando incansables y chillonas por las superficies. Era el mes de marzo y cuando Freddie entró Miami Joe tenía los brazos abiertos apoyados sobre el cuero rojo. Estaba tomando Canadian Club y haciendo girar los anillos de su meñique mientras escarbaba la oscura roca de sus pensamientos.

El siguiente en aparecer fue Arthur, quien se mostró muy cortado al ver el lugar como si jamás hubiera puesto el pie en un local semejante ni pasado allí más horas de las que podía contar. Tenía cuarenta y ocho años y el pelo entreverado de gris. Al verle, Freddie pensó en un maestro de escuela. Arthur tenía predilección por los chalecos de punto a cuadros y los pantalones oscuros, usaba gafas de empollón y cuando señalaba algún defecto en el plan lo hacía con especial delicadeza. «Un policía se daría cuenta al instante de que ese nombre del registro es falso; ¿no habría otra manera de solucionar este problema?». Acababa de cumplir su tercera condena en prisión, fruto de su debilidad por asociarse con tipos sobornables o, en todo caso, incompetentes. Pero esta vez no. Según Miami Joe, Arthur era «el Jackie Robinson de las cajas fuertes», pues había traspasado la barrera del color en lo tocante a cerraduras, alarmas y cajas de caudales, campo generalmente considerado del dominio del delincuente blanco.

Pepper fue el último en llegar y entraron en materia.

—¿Y qué me dices de ese tal Pepper? —preguntó Carney.

—¿Pepper? Uf. Espera y verás.

Los cócteles en el hotel Theresa eran todo un espectáculo, y Miami Joe se instalaba a menudo frente a la larga barra de madera lustrosa con el resto del contingente criminal del barrio, hablando de gilipolleces. De vez en cuando salía con una de las mujeres de la limpieza, Betty, una chica retraída y más bien flaca. Betty vivía en el Burbank, un edificio de Riverside Drive en otros tiempos señorial, reconvertido en alojamientos de una sola habitación. Muchos recién llegados iban a parar allí. A Betty le gustaba postergar el momento de encamarse con Miami Joe, lo cual dio lugar a largas conversaciones, y con el tiempo pudo reunir información suficiente para planear el robo. Fue un golpe que se le ocurrió nada más ver el hotel por primera vez. Donde otros veían sofisticación y autoafirmación, Miami Joe vio una oportunidad de sacar beneficio y de bajarle un poco los humos al Harlem negro. Aquellos «hermanos» del Norte, según había podido comprobar, mostraban por lo general una actitud condescendiente para con los llegados del Sur, cosa que le ponía a cien. ¿Así es como lo hacéis por allá abajo? ¡No me digas! Conque su hotel les parecía bonito, ¿eh? Pues él los había visto mejores. Claro que tampoco habría podido poner un ejemplo si le hubieran retado a hacerlo. En lo relativo a alojamientos de corta estancia, Miami Joe siempre optaba por moteles de puterío.

El bar del Theresa cerraba a la una de la noche, en el vestíbulo no había un alma hacia las cuatro y el turno de mañana empezaba a las cinco, que era cuando fichaba el personal de cocina y de la lavandería. Los fines de semana había más ajetreo, y los sábados por la noche el gerente del hotel abría salones de juego para clientes con la cartera llena. Eso implicaba guardaespaldas y malos perdedores: demasiada gente malhumorada yendo de acá para allá con un arma en el bolsillo. La noche del martes era la que le traía suerte a Miami Joe en cuestión de trabajitos, de modo que un martes.

Asignó veinte minutos a tomar el vestíbulo y asaltar la cámara acorazada. «¿Cámara acorazada?», preguntó Freddie. Bueno, no era exactamente eso, le dijo Miami Joe, era como llamaban a la habitación donde estaban las cajas fuertes, detrás de las oficinas de recepción. Como iban a abrir las cajas a golpes, Arthur no podría hacer gala de sus habilidades, pero era muy de fiar, una cualidad que escaseaba. Arthur no puso objeciones. Empleando un pañuelo con sus iniciales, se limpió las gafas y luego dijo: «A veces hace falta una ganzúa y a veces una palanqueta».

Veinte minutos, cuatro hombres. Cuando Baby, el epónimo dueño del bar, les llevó otra ronda, rehusó establecer contacto visual o cobrarles. La banda debatió los pormenores mientras la clientela de la hora feliz ocupaba la barra y la música subía de volumen. Pepper no dijo esta boca es mía salvo para preguntar por las armas. Escrutaba el rostro de sus socios como si estuviera sentado a una mesa de póquer, no a una tambaleante mesa de formica.

Arthur pensaba que sería mejor contar con cinco hombres, pero Miami Joe prefería la estrategia de cuatro. Después de que el ladrón de cajas fuertes lo sugiriera educadamente, sacaron a Freddie del coche y lo plantaron en medio de la acción del vestíbulo. Entre este y la calle no distaban más que unos pocos metros, pero la diferencia en peligro era mayúscula.

Pobre Freddie. Luces moradas y azules deslizándose por todas las superficies, la charla delincuente, era todo muy inquietante. No vio manera de protestar. Y Pepper lanzando aquellas miradas. La banda se percató de sus dudas, de ahí que cuando Miami Joe dijo que a su perista habitual lo habían trincado la semana anterior, Freddie propusiera a Carney como alternativa, aunque a su primo no se lo contó en estos términos.

La noche del golpe, a las 3.43, Freddy aparcó el Chevy Styleline en la Séptima enfrente del Theresa, en el lado de la avenida que mira al norte. Tal como Miami Joe había dicho que pasaría, había sitio de sobra donde aparcar. Era una hora en la que apenas había tráfico. Si King Kong hubiera pasado corriendo por allí, nadie lo habría visto. Al otro lado de la puerta principal, el guardia nocturno estaba junto al puesto del botones, toqueteando la larga antena de una radio. Freddie no podía ver la recepción, pero seguro que el empleado estaba por allí. El ascensorista estaba medio adormilado en su taburete, o bien de pie haciendo subir o bajar el ascensor. Miami Joe les dijo que una mañana nadie había utilizado el ascensor durante cuarenta y cinco minutos.

A Freddie le asustó de tal manera estar en el campo visual del vigilante, que movió el Chevy hacia la esquina para que el otro no pudiera verle. Fue la primera alteración en el plan maestro.

Un golpe en la ventanilla le sobresaltó. Dos hombres montaron detrás y Freddie fue presa del pánico, hasta que cayó en la cuenta de que era por los disfraces. «Tranquilízate», dijo Pepper. Arthur se había puesto una peluca de cabello largo con tupé y un bigotito; parecía Little Richard. Se había quitado veinte años de encima, como si le hubieran devuelto los años pasados en el trullo. Pepper llevaba un uniforme de botones del hotel Theresa; Betty lo había robado de la lavandería dos meses atrás. La noche en cuestión le pidió a Miami Joe que se lo pusiera y entabló un pequeño diálogo antes de permitir que la besara. Todo formaba parte de los gastos de la operación.

Pepper se hizo arreglar el uniforme. Lo que no cambió fue su aspecto facial. Aquellos ojos pétreos que le hacían bajar a uno la vista. Sobre su regazo descansaba la caja metálica con las herramientas.

Treinta segundos antes de las cuatro, Arthur se apeó del coche y cruzó la mediana. Corbata con el nudo aflojado, chaqueta arrugada, paso errático. Como un músico después de un bolo, o un agente de seguros venido de fuera tras pasar una noche en la Gran Ciudad; es decir, un huésped cualquiera del hotel Theresa. El vigilante le vio acercarse y fue a abrir la puerta principal. Chester Miller tenía cerca de sesenta años y era delgado a excepción de la tripa, que sobresalía como un huevo por encima de su cinturón. Soñoliento, pero no mucho. A partir de la una, que era cuando cerraba el bar del hotel, solo se permitía entrar a los huéspedes.

–Perry. Habitación 512 –dijo Arthur.

Habían reservado una habitación para tres noches a ese nombre. El recepcionista no estaba en el mostrador, y Arthur confió en que Miami Joe hubiera previsto esa contingencia.

El vigilante echó un vistazo a sus papeles y le abrió la puerta. Arthur le clavó el arma en las costillas en cuanto el vigilante se volvió para cerrar otra vez con llave. Le dijo que no se alterara. Freddie y Pepper estaban fuera, sobre la alfombra roja; el vigilante los dejó entrar y obedeció la orden de cerrar la puerta. Freddie llevaba los tres maletines negros y la cara cubierta por una careta de Howdy Doody; la banda había adquirido dos en una tienda de baratillo de Brooklyn un par de semanas antes. Pepper portaba la pesada caja de herramientas.

La puerta que daba a las escaleras de incendios estaba abierta. Solo un poco. Mientras se dirigían hacia la recepción Miami Joe abrió la puerta del todo y entró al vestíbulo. Llevaba escondido allí desde hacía tres horas. No se había puesto la careta de Howdy Doody hasta cinco minutos antes, pero a su entender iba disfrazado toda la noche porque no lucía uno de sus trajes morados. No hubo ningún mal rollo a la hora de decidir quién usaría careta. Algunos de la banda necesitaban llevar la cara descubierta para hacer su trabajo, mientras que otros no.

La flecha encima de la puerta indicó que el ascensor estaba en la duodécima planta. A continuación, la undécima.

Durante la mayor parte del día el vestíbulo del hotel parecía Times Square, huéspedes y hombres de negocios transitando por las baldosas blancas y negras, gente del barrio que había quedado para comer y charlar, todos ellos multiplicados por los enormes espejos que adornaban las paredes empapeladas de verde y beis con motivos florales. Las puertas de las cabinas de teléfono situadas junto a los ascensores se abrían y cerraban como extrañas branquias. Por la noche la marea humana se concentraba en las butacas y sofás de piel, entre combinados y cigarrillos, mientras la puerta del bar era un batir continuo. Botones transportando equipaje en carretillas, una hueste de empleados lidiando con conflictos grandes y pequeños en el área de admisión, el limpiabotas agraviando a gente calzada con zapatos llenos de rozaduras y discutiendo por sus servicios… un coro pletórico y variopinto.

Todo eso había quedado atrás, y ahora el elenco se había reducido a unos ladrones y sus rehenes.

El vigilante era maleable, como les había prometido Miami Joe. Conocía a Chester de las noches que había pasado en el hotel; haría lo que le dijeran. Esa era una de las razones por las que Miami Joe se tapaba la cara. La careta olía a ungüento con aroma a pino y le devolvía su propio aliento en ráfagas de putrefacta calidez.

Arthur hizo un gesto señalando el timbre que había sobre el mostrador, para que el vigilante llamara al recepcionista. Y cuando este salió de las oficinas, Miami Joe se abalanzó sobre él, con una mano tapándole la boca y con la otra hincándole el cañón del calibre 38 justo debajo de la oreja. Una escuela sostenía que el mejor punto era la base del cráneo, pues el metal frío provocaba una reacción física de miedo, pero los de la Escuela de Miami, a la que Joe era adepto, preferían la oreja. Era un punto que solo visitaban lenguas, y el metal de la pistola le confería un aura inquietante. El hotel disponía de una alarma conectada a la comisaría de policía; se activaba mediante un botón situado debajo del libro de registro. Miami Joe se colocó entre el empleado y el botón. Le hizo una seña al vigilante para que se acercara, de forma que Pepper pudiera vigilarlos a él y al recepcionista.

—Ascensor en la cuarta —anunció Freddie.

Miami Joe soltó un gruñido y entró en la parte de atrás. La centralita estaba a mano izquierda, y allí había alguien con quien no habían contado. Algunas noches la amiga de la operadora iba a hacerle compañía. Estaban tomando puré de guisantes.

La operadora de las noches entre semana se llamaba Anna-Louise y llevaba treinta años trabajando en el hotel Theresa, desde antes de que se aboliera la segregación. Tenía una silla giratoria. Le gustaba el turno de noche, bromear y hacer de mamá de los jóvenes recepcionistas que habían ido pasando con los años, y le gustaba escuchar las llamadas entre los huéspedes, las discusiones y la logística para una cita secreta, las solitarias llamadas a casa a través de los fríos, fríos cables telefónicos. Aquellas voces incorpóreas eran como un curioso serial radiofónico donde la mayoría de los personajes aparecía una sola vez. Lulu iba a verla a la centralita de cuando en cuando. Habían sido pareja desde la secundaria, y en la zona donde vivían se hacían llamar hermanas. Fue un embuste que coló al principio, pero ahora era una estupidez. Si uno lo piensa bien, a nadie le importa el resto de la gente; bastante tiene cada cual con sus propias fatigas. Las dos mujeres gritaron y, acto seguido, cuando Miami Joe las encañonó, cerraron la boca y levantaron los brazos. A mano derecha estaba el despacho del gerente. «La llave», dijo Miami Joe.

Pepper hizo entrar al recepcionista y el vigilante en la zona de oficinas. Miami Joe se situó junto a la pared de barrotes de hierro detrás de la cual estaba la cámara acorazada, lo bastante lejos para tener controlados tanto a los hombres como a las mujeres por si intentaban algún truco. De todos modos, creía que no iba a ser así. Eran conejos temblorosos y asustados. Miami les habló en un tono sereno, sin alzar la voz, no para tranquilizarlos sino porque le parecía más sádico así. Experimentaba la misma excitación sexual que en todos sus golpes, era algo que ocurría cuando la cosa se ponía en marcha y que se disipaba al terminar el trabajo, y Miami Joe ya no se acordaba de ello hasta el siguiente golpe. No conseguía que le ocurriera a no ser en pleno atraco, lo cual le hacía pensar que la idea del plan y su ejecución práctica estaban en armonía.

Cuando se abrió la puerta del ascensor, sus dos ocupantes vieron junto al mostrador a un joven delgado con una careta de risa, mirándolos. El joven les dijo hola. Arthur giró en redondo, pistola en ristre. Hizo un gesto indicando al ascensorista y su pasajero que salieran y que se situaran detrás del mostrador. Pepper ya tenía en la mano la llave del despacho del gerente y estaba conduciendo a los otros cuatro rehenes al interior del mismo.

Rob Reynolds, el gerente del Therese, se había montado un bonito refugio. No había ninguna ventana, de modo que las inventó: cortinas con borla, idénticas a las de las suites más caras, cuadros de escenas venecianas. Pasada la hora punta de la tarde, Reynolds se imaginaba a sí mismo con el típico sombrero de paja, conduciendo una góndola en silencio por salobres bulevares. El sofá con exceso de relleno era como los que había en el vestíbulo, aunque el suyo no tenía que soportar tanto desgaste; las siestas de un solo hombre y algún polvo rápido con residentes de larga estancia ya vencida no podían competir con el peso de multitudes. En las paredes había fotos autografiadas de huéspedes y residentes famosos: Duke Ellington, Richard Wright, Ella Fitzgerald con vestido de noche y unos guantes blancos que le llegaban hasta el codo. Reynolds había proporcionado un servicio ejemplar a lo largo de los años, en el sentido habitual del término y en el clandestino. Entregas de caballo a las tantas de la noche, intervenciones de última hora recurriendo al abortista jamaicano que tenía dos habitaciones en la séptima planta. En algunos círculos, poca gente se sorprendió al enterarse de que el caballero no era médico ni nada parecido. Muchas de las fotos mostraban a un Reynolds sonriente estrechando la mano de famosos visitantes del hotel.

Miami Joe comprobó que no hubiera un arma en el cajón del escritorio; se le acababa de ocurrir. No vio ninguna. Le preguntó al empleado dónde guardaban las fichas correspondientes a cada una de las cajas fuertes de los huéspedes. Toda su vida le habían llamado Rickie, pero ahora el joven quería que la gente le llamara Richard. No era nada fácil. Tanto su familia como los que le conocían de pequeño eran causas perdidas, y la gente que había conocido después saltaba al diminutivo como si hubiera recibido instrucciones por telegrama. El hotel Theresa era el único lugar donde le llamaban Richard. Por ahora sin deserciones. Este era su primer empleo de verdad, y cada vez que entraba por la puerta principal tenía la visión de transformarse en el hombre que ansiaba ser. Recepcionista, encargado, mandamás con despacho propio. El día después del golpe un botones le llamó Rickie y así se quedó. El atraco fue una maldición para él. Rickie señaló la caja metálica que había encima de la mesa, entre el teléfono y la placa con el nombre de Rob Reynolds.

Miami Joe hizo que los rehenes se situaran en la alfombra, entre la mesa y el diván: Tumbaos ahí y cerrad los ojos. Freddie los vigilaba desde el umbral. Él no era un pistolero, pero Miami Joe pensó que estaría lo bastante asustado como para pegar un tiro al primero que se moviese; daba igual si fallaba si con eso daba tiempo al resto de la banda para sofocar una insurrección.

El equipo procedió según el guion establecido. Llevaban guantes finos de piel. Pepper, vestido de botones, ocupó su puesto en la recepción. Arthur ya había abierto la puerta de la cámara acorazada y ahora Miami Joe y él estaban frente a la batería de cajas fuertes. Eran de un tono cobrizo, treinta centímetros de alto por veinte de ancho, y profundidad suficiente para guardar joyas, fajos de billetes, pieles baratas y notas de suicidio no enviadas.

—Estas cajas son Drummond —dijo Arthur—. Tú habías dicho que eran Aitken.

—Es lo que me contaron.

A una Aitken había que darle tres o cuatro porrazos a fin de tener agarre suficiente para una palanqueta. Quizá por eso las habían reemplazado por las Drummond, pensó Arthur, que requerían entre seis y ocho porrazos. El atraco, si se atenían al horario planeado, estaba dividido en dos partes. Miami Joe dijo: «La 78», y Arthur se puso a trabajar con el mazo. En cada ficha constaba el número de la caja, el nombre del huésped, el contenido y el día en que se había efectuado el depósito. La afeminada letra del gerente era fácil de leer. Arthur consiguió abrir la 78 después de seis mazazos y se puso con la siguiente mientras Miami Joe la limpiaba. El contenido era exactamente el que ponía en la ficha: dos collares de diamantes, tres anillos, varios documentos. Metió las joyas en un maletín negro y buscó en las fichas la siguiente caja que forzar.

Si Pepper se inmutó al oír los porrazos, nadie lo habría dicho. Llevaba apenas un minuto tras el mostrador de recepción y ya tenía claro que trabajar allí era un coñazo. De hecho, a su entender casi todos los trabajos lo eran, de ahí que en veinticinco años no hubiera tenido ninguno, pero lo de recepcionista era realmente espantoso. Todo aquel montón de gente. Venga ladridos y venga quejas, que si en mi habitación hace mucho frío, que si en mi habitación hace mucho calor, que si me pueden subir un periódico, que si se oye demasiado el ruido de la calle. Sueltan más de treinta pavos y se convierten en los soberanos de un reino de tres metros y medio por cuatro. Baño compartido en el pasillo a menos que pagues extra. El padre de Pepper había trabajado de pinche en un hotel, chuletas y filetes a la brasa. Por la noche volvía a casa apestando, aparte de las demás indignidades, pero Pepper preferiría ese trabajo antes que ser recepcionista. ¡Tener que hablar con esos putos muermos!

Pum, pum, pum.

La primera llamada quejándose del ruido se produjo unos cinco minutos más tarde. La centralita cobró vida y Freddie le dijo a la operadora que se levantara y fuese a contestar. Anna-Louise pasó la llamada de la habitación 313. «Recepción», dijo Pepper, con la voz que ponía cuando contaba un chiste o se burlaba de los blancos. Expresó sus disculpas por el ruido, explicando que unos operarios estaban reparando el ascensor pero que no tardarían mucho. Pásese usted mañana por recepción y le entregaremos un vale con un descuento del diez por ciento en el desayuno. A los negros les encantaban los vales de descuento. El entresuelo estaba ocupado por despachos y una sala de reuniones, ahora cerrada, y el Salón Orquídea ocupaba buena parte de la planta tercera, de lo contrario habrían recibido muchas más llamadas. El huésped de la 313, un tal señor Goodall, tenía voz de ardilla listada: quejosa y con humos. Pollo frito todo el santo día en aquel horno de cocina antes que trabajar en la recepción de un hotel.

—Que se quede ahí en la centralita por si llama alguien más —dijo Miami Joe.

Freddie estaba en el umbral del despacho del gerente. Tenía toda la camisa, e incluso el traje negro, empapados de sudor. Como no podía ver bien por las rendijas de la máscara, tenía miedo de que alguien fuera de su campo de visión pudiera golpearle en cualquier momento. Los rehenes tumbados en la alfombra no se movían. De todos modos, Freddie dijo: «¡No os mováis!». Era algo muy habitual en su madre, decirle que no hiciera tal o cual cosa justo cuando él se disponía a hacerla, como si fuera de cristal y su madre pudiera ver lo que pensaba. Pero tenía tantas cosas en la cabeza que su madre ni siquiera sospechaba, que no había vuelto a tener esa sensación en muchísimo tiempo. Hasta la noche anterior. Había saltado al vacío desde los riscos del Hudson, pero en lugar de chocar contra el agua no paraba de caer. Freddie no era capaz de apretar el gatillo, solo podía confiar en que los rehenes se portaran bien. En la centralita, Anna-Louise se llevó las manos a la cara.

Pum, pum, pum.

La alfombra estaba recién aspirada, lo cual era bueno para los rehenes, que tenían la cara pegada al suelo. El pasajero del ascensor, el huésped de la duodécima planta, se llamaba Lancelot St. John. Vivía a dos manzanas del hotel y su cometido consistía en instalarse en el bar hasta que divisaba a una posible presa de fuera de la ciudad. Si la dama en cuestión captaba sus eufemismos, Lancelot dejaba clara la cuestión del dinero antes de desnudarla; de lo contrario, luego mencionaba que quería comprar un regalo para su madre pero que esa semana no andaba muy boyante. En la industria de los servicios uno cambia de enfoque según el cliente. La dama de la noche del robo había venido desde Chicago para hablar con un abogado inmobiliario sobre una casa heredada recientemente. Su madre había fallecido. Eso quizá explicaba las lágrimas. No era la primera vez que Lancelot se topaba con un atraco. Pronto estaría en su cama. El hotel no tardaría en ponerse en marcha y los delincuentes necesitaban finiquitar su labor.

El ascensorista había estado en chirona por robar un coche, de modo que cuando horas después lo interrogaron los inspectores dijo que no había visto nada de nada.

Arthur sonrió. Qué bien ser libre y estar robando otra vez, aun cuando le hubiera bastado una ojeada para saber que la mitad de las joyas era de imitación. La otra mitad sí era auténtica, piedras de muy buena calidad. Él medía el tiempo pasado entre rejas no en términos de años sino de oportunidades perdidas. ¡Ah, la ciudad! Y toda aquella gente tan ajetreada, las cosas estupendas que guardaban a buen recaudo en cajas fuertes y demás, y el delicado talento de Arthur para hacer que aquellos objetos salieran de su escondite. Había comprado unas tierras de labor en Pennsylvania por medio de un abogado blanco, y aquella maravilla de verdor le estaba esperando. Arthur pegó en su celda las fotos que le había enviado el hombre. Su compañero de celda le preguntó qué diablos era aquello y Arthur le explicó que se había criado allí. De hecho, se había criado en un cuchitril del Bronx donde cada noche tenía que expulsar a las ratas, pero dentro de unos años se retiraría a vivir a la bonita casa de tablillas machihembradas y correría por la hierba como hacía de chaval. Cada mazazo era como si estuviera horadando el asfalto urbano para alcanzar la tierra viva de debajo.

Pum, pum, pum.

Hubo otras dos llamadas para quejarse del ruido. Los golpes rebotaban en las paredes de la cámara acorazada y hacían vibrar los huesos mismos del edificio. La excusa del ascensor averiado se les ocurrió después de que decidieran encerrar a la operadora en el despacho; al fin y al cabo, ¿cuántas personas iban a llamar al ascensor entre las cuatro y las cuatro y veinte de la mañana? Tal vez ninguna, tal vez muchas. ¿Cuántas iban a bajar por las escaleras para ser conducidas de buena manera por Pepper al despacho con los otros rehenes? Al final hubo una, a las 4.17, un tal Fernando Gabriel Ruiz, de nacionalidad venezolana y distribuidor de loza artesanal, que había jurado no volver nunca más a Nueva York después de lo ocurrido en su última visita, y ahora esto, joder. ¿Y cuántos huéspedes llamaron a la puerta principal para poder subir a sus habitaciones? Pues uno también: Pepper le abrió la puerta al señor Leonard Gates, de Gary, Indiana, que se hospedaba actualmente en la habitación 807, con aquel colchón lleno de nudos y el maleficio del tipo que había sufrido allí un infarto, y lo llevó a la parte de atrás junto con los otros. En la oficina del gerente había sitio de sobra. Unos encima de otros como leña apilada o, solo en caso necesario, de pie todos juntitos.

En vista de que solo había habido dos intrusiones en el plan, Miami Joe le dijo a Arthur que siguiera cuando este le comunicó que aún tenía para veinte minutos.

Miami Joe quería tentar a la suerte.

Arthur, pues, continuó con lo suyo. Freddie notó la vejiga llena. Pepper dijo: «Ya es la hora». No por su aversión visceral a todo lo que el trabajo en la recepción suponía. Si uno le decía a Pepper son veinte minutos, eran veinte minutos. Arthur siguió dándole al mazo.

Si la cosa se torcía, Pepper sabía cuidar de sí mismo. Ignoraba si el resto de la banda también, pero le daba igual. Y cuando llegó la cuarta queja en relación con los golpes, Pepper dijo a los de la habitación 405 que estaban reparando el ascensor y que si volvían a molestarle llamando, subiría él en persona y les daría unos azotes con el cinturón.

Pepper dejó que vaciaran otras cuatro cajas fuertes y luego dijo: «La hora». Pero no con su voz de chico blanco.

Tenían dos maletines llenos. Miami Joe dijo: «Ya». Arthur empezó a recoger las herramientas pero antes de que cerrara la caja Miami Joe metió también las fichas del hotel, para que al día siguiente se hicieran aún más lío durante la investigación. A punto estuvo de dejarse allí el tercer maletín, y entonces recordó que la poli podría rastrear su procedencia.

Pepper cortó el cable que conectaba con la comisaría y Freddie arrancó de la pared el teléfono del despacho. Con eso no estaban neutralizando la centralita, el riesgo prácticamente era el mismo, pero fue una muestra de entusiasmo que Freddie confiaba podía servirle llegado el momento de recapitular sobre el golpe en Baby's Best. Miami Joe quizá lo mencionaría, puntos buenos a su favor. Aquellas melancólicas luces revoloteando sobre él, rojas y moradas. Miami Joe recitó los nombres del personal —Anna-Louise, el recepcionista, el vigilante, el ascensorista— y enumeró sus respectivos domicilios. Si alguien movía un pelo siquiera, dijo, antes de que pasaran cinco minutos, no tendrían más remedio que hacer algo al respecto. Sabían dónde vivían.

Los bandidos estaban a casi dos kilómetros del hotel cuando Lancelot St. John se incorporó y dijo:

—¿Ya?

5

Los ladrones estaban tardando. A Carney se le ocurrió apagar las luces y esconderse en el sótano. Con suerte, cabría en el bufet de Argent que nadie compraba, entre las arañas.

—¿Y si alguien hubiera intentado algo? —dijo, refiriéndose a los rehenes.

Freddie meneó la cabeza. Como si le rondara una mosca pesada.

—¿Y qué esperas que haga yo cuando lleguen? —preguntó Carney—. ¿Examinar el botín? ¿Pagarles?

Freddie se inclinó para atarse los cordones de los zapatos.

—Al final siempre quieres participar —dijo—. Por eso les di tu nombre.

Pero el plan era que la banda no volviera a reunirse hasta la semana siguiente, una vez que se enfriaran las cosas. Freddie no sabía a qué venía todo esto.

Miami Joe llamó al telefonillo, con mayor insistencia que cualquier persona decente.

Venía con Arthur. El traje que llevaba ahora Miami Joe era también morado pero con grandes hombreras, solapas anchas y talle de pantalón alto. Era más bajo de lo que Carney recordaba: Freddie había conseguido pintarlo más grande en todos los sentidos. Cuando le estrechó la mano, sus anillos hincándose en la piel de Carney, este recordó la noche en que se habían conocido el invierno anterior, siquiera brevemente: el Clermont Lounge. Uno de aquellos locales donde su primo se topaba con tíos duros conocidos suyos, gente que miró a Carney por encima del hombro cuando los presentaron. Humo de tabaco en remolinos mágicos bajo las pantallas verdes de cristal; crueles risotadas de las dos hembras borrachas al final de la barra; y Carney diciéndole a su primo que May había dado sus primeros pasos. Una buena noche.

Tal como Freddie le había contado, la apariencia de Arthur era la de un maestro de escuela. Polvo de tiza bajo las uñas. Salvo por el bultito a la altura del tobillo donde guardaba una pistola. Cuando era pequeño, Carney y su padre jugaban a que el primero adivinara si el segundo llevaba su revólver bajo la pernera del pantalón. Durante años Carney pensó que era un intento de su padre, por lúgubre que fuera, de sentirse más unido a él. Pero ahora estaba convencido de que en realidad solo estaba poniendo a prueba la competencia de su sastre. Un tipo de Orchard Street que se encargaba de hacerle los retoques necesarios.

El artífice del atraco al Theresa y el hábil ladrón de cajas fuertes se adueñaron del sofá del despacho. Pepper llegó el último, como el día de la reunión en Baby's Best. Una táctica personal, dedujo Carney. Era fornido y patilargo e iba un poco encorvado para disimular su tamaño real. Había algo raro en él que te hacía mirarle dos veces, pero sus ojos negros te obligaban a apartar la vista antes de saber qué era. Alguien que no debía estar allí pero estaba. Un tipo de las montañas que se había equivocado de camino y había acabado en la ciudad, o una brizna de hierba arrastrada por el viento que había encontrado agarre en la grieta de una acera: un cuerpo extraño que se había adaptado a su nuevo hogar.

Cuando vio que no había sitio donde sentarse, Pepper cogió la otomana nueva de Headley de la sala de exposición y la arrimó a la pared del fondo del despacho. Se sentó a horcajadas, los labios apretados en una expresión que era de atención e impaciencia a partes iguales. Un mono descolorido de tela vaquera, una camisa de faena a cuadros oscuros, unas botas de cuero muy gastadas. Como si acabara de bajar del camión de los albañiles en la esquina de St. Nicholas al terminar la jornada. Podría haber sido un hombre cualquiera de Harlem huyendo de alguno de los variados demonios sureños, nuevo en la ciudad y necesitado de poner algo comestible sobre la mesa. No tanto un disfraz cuanto una biografía compartida.

Y sin embargo: algo raro.

Carney no estaba en compañía de hombres así desde hacía mucho tiempo. Antes, el delincuente era un individuo habitual en su vida. Su padre invitaba a compinches suyos al piso de la Ciento veintisiete; subían las escaleras pisando fuerte, aquellos rufianes de malévola mirada y estilo quiero y no puedo, con sonrisas tan falsas como los billetes de veinte que llevaban en el bolsillo de atrás. Arrodillado junto a la puerta de su cuarto, adonde su padre le había mandado, Carney les oía hablar y casi no entendía nada: «chorar», «pellizco»... ¿«Falangeta»? ¿Eso no tenía que ver con los dedos? Ah, palanqueta, para forzar cajas de caudales. Aquellos hombres se acordaban a veces de sus propios hijos perdidos y les hacían regalos peculiares: baratijas de puntas afiladas y peligrosos bordes que a los pocos minutos ya estaban rotas.

—Este sitio parece más o menos legal —dijo Miami Joe, y miró de reojo el diploma que Carney tenía colgado en la pared.

—Es legal —dijo Carney.

—Tienes buena mercancía —dijo Arthur—. Una tapadera estupenda para un aliviador. Televisores.

Freddie carraspeó. Pepper parecía perplejo; a Carney le recordó una foto que había visto en el *National Geographic*: un cocodrilo deslizándose hacia su incauta presa con los párpados apenas asomando sobre la superficie del agua.

—¿Por qué Juneteenth? —quiso saber Carney.

Miami Joe se encogió de hombros y dijo:

—No sabía que fuera ese día precisamente.

—Son rollos de la gente de campo —dijo Pepper—. Allí es día de fiesta.

Según la crónica publicada por el *Tribune*, la familia Brown, procedente de Houston, Texas, celebraba cada año el Juneteenth—

teenth. La fiesta que habían montado la noche del robo en el Salón Skyline era la vigésima que organizaban. Honrar el día en que los últimos esclavos tuvieron noticia de la emancipación era, pensaban los Brown, una tradición digna de llevar al Norte. El director de la orquesta había tocado con Duke Ellington, y aquello sonaba de maravilla. Su deseo era convertir la fiesta en un acontecimiento anual; simplemente eso. «Allí de donde venimos no ocurren estas cosas —le explicó la señora Brown al periodista—. ¡Levantarse y encontrarse con semejante espectáculo!».

—Si hubo gente que se cabreó, pues bueno —dijo Miami Joe. Si alguien pensaba que había un aspecto racial para desconcertar a todo el mundo, tanto mejor.

—Por qué no les cuentas por qué hemos venido —dijo Pepper.

Tenían un problema llamado Chink Montague, dijo Miami Joe. Al norte de la calle Ciento diez, todo el mundo conocía a ese gángster por haber leído algo en el periódico, un recuadro en la página de cotilleos sobre un gran baile de beneficencia celebrado en el Theresa, o un suelto publicado en el boletín de la policía sobre un tiroteo en un sótano donde se jugaba ilegalmente: «La víctima fue trasladada al Harlem Hospital, donde se la declaró muerta». Y si no lo conocían por las noticias, entonces por el día a día si jugabas a la lotería ilegal, y de esos había muchos, o por entregar cada semana un sobre a sus hombres con dinero para protección, y de esos también había muchos, o bien por necesitar un préstamo de vez en cuando, y quién no necesita una ayudita de tanto en tanto.

Miami Joe hizo un resumen más detallado a fin de explicar el problema. Chink era un protegido de Bumpy Johnson, dijo. Empezó como guardaespaldas para luego hacer de gorila en uno de los garitos de apuestas de Bumpy. Era tradición que matones y gángsteres dejaran los cadáveres en el parque Mount Morris; contaban en plan de broma que Chink tenía reservado su sitio particular, como quien tiene una plaza de aparcamiento propia. Un rápido ascenso lo había situado al mando de una de las rutas más buscadas de Lenox Avenue. Y cuando Bumpy fue encerrado en Alcatraz por tráfico de drogas, dejó al cuidado de Chink su cuartel general de apuestas ilegales. Que no se lo arrebataran mientras él estuviese en la cárcel, que se asegurara de cobrar su parte, que a su mujer le pagaran lo acordado todos los viernes. No ceder ni un ápice ante los italianos o los advenedizos locales. Que lo cuidara bien.

Chink era conocido por su pericia con la navaja de afeitar. «Llevaba encima esa cosa para mantener a raya a la gente —comentó Freddie—. Su padre es ese afilador de cuchillos de Barbados». Como si el hecho de ser de allí significara algo. Carney hizo la asociación pertinente: el padre de Chink y su sólida carretilla eran viejos personajes del barrio. Padre e hijo se habían forjado un nombre atendiendo necesidades básicas. T. M. CUCHILLERO, pintado en descoloridas letras doradas sobre listones de madera, AMOLAMOS Y AFILAMOS CUCHILLOS SIERRAS TIJERAS PATINES. El viejo se pateaba las calles de Harlem haciendo sonar una campanilla; nunca sabías de qué edificio podía bajar un cliente con romos instrumentos de acero… Tirando de la carretilla, dándole a la campana y gritando a voz en cuello: «¡El afilador! ¡El afilador!». Carney era cliente suyo desde hacía años, todo el mundo lo era. T.M. asentaba y pulía los cuchillos y demás, tarareando siempre un irreconocible canto religioso, y luego lo envolvía todo en páginas de *The Crisis* y lo entregaba con gesto solemne antes de reanudar su camino. «¡El afiladooor!».

Para Carney, que Montague padre supiera afilar cuchillos no justificaba que su hijo Chink supiese empuñar una navaja; solamente quería decir que sabría cuidar bien sus instrumentos. El padre de Carney era un mangante, pero eso no le convertía a él en uno. Simplemente quería decir que de esa materia sabía unas cuantas cosas.

—El hotel paga protección a Chink; sabíamos que iba a venir —dijo Miami Joe—. No puede permitirse el lujo de que unos negros asalten un sitio que está en su lista. Pero aquí se trata de otra cosa.

—Hay una chica —dijo Pepper.

—Chink se ha juntado con Lucinda Cole —dijo Miami Joe—. ¿Sabes esa que bailaba en Shiney's antes de que cerraran el local?

—Una mulatita, se parece a Fredi Washington —añadió Pepper.

—¿Fredi Washington? —dijo Freddie.

—Lo que yo no sabía —prosiguió Miami Joe— es que Chink ha intentado convertirla en actriz. Clases de interpretación, clases para hablar bien, todo ese rollo. Y desde hace medio año le paga una habitación en el Theresa. Y cada vez que alguien del mundo del cine para en la ciudad, él la presenta como si fuera a ser la Ava Gardner negra.

—¡Ava Gardner! —dijo Freddie. Aquellos jerséis ceñidos…

—Lo que no sabíamos —terció Arthur— es que ella guardaba sus joyas en la cámara del Theresa. Todo lo que Chink le ha ido comprando. «Miss Lucinda Cole». Y dice que va a despellejar a esos negratas que le robaron y que piensa hacerlo en plena calle Ciento veinticinco. Por andar jodiendo con sus inversiones.

Carney suspiró, con mayor vehemencia de la que pensaba.

—Bueno, yo no me preocuparía demasiado —dijo Pepper—. Tienes que ser un negro muy especial para despellejar a otro negro, y Chink Montague no lo es. —Dada su forma de hablar, uno no podía por menos de creer en su pericia sobre asuntos de despellejamiento humano y en su conocimiento del alma del gángster—. Pero Chink está muy calentito y lo que dicen de que sabe manejar una navaja es verdad. Hay toda clase de gente que querría cobrar esa recompensa. O que Chink les debiera un favor.

Pepper había estado siguiendo todo el día a los hombres de Montague mientras presionaban a los grandes peristas de la parte alta, a los de poca monta y a los extraoficiales como Carney. Estaba en la acera de enfrente bebiendo una cola de cereza cuando Delroy y Yea Big —que así se llamaban— entraron a la tienda de Carney. «Parecían un par de búfalos cabreados». Después pasaron a saludar al Árabe, en Lou Parks, y hasta subieron a las oficinas de Saul Stein, el autoproclamado Rey de las Gemas de Broadway, según la radio. Otros hombres de la organización de Chink Montague fueron a ver a los atracadores más conocidos en el ambiente.

—Seguro que van a por mí —dijo Miami Joe—. Puede que mañana, si consiguen dar conmigo.

—¿Le llaman Yea Big? —dijo Freddie.

—Por el tamaño del cipote.

—Chink tiene que salvar las apariencias —dijo Pepper—. No solo por la chica, sino porque se hizo cargo del negocio de Bumpy. Así que esto es lo que hay.

—¿A ti qué te dijeron? —le preguntó Miami Joe a Carney.

—Que estuviera atento por si aparecía un collar.

—Si supieran quién lo ha hecho, lo sabríamos —dijo Arthur—. Si hubieran asociado al señor Carney con nosotros, no se habrían ido sin más. —Cruzó las piernas y se pellizcó la pernera del pantalón para que cayese correctamente sobre el tobillo—. Puede que venga algún poli —le advirtió a Carney—. Tiene varios a sueldo en la comisaría. Vendrán a husmear, para ver si te pones en evidencia.

Carney sabía qué contestar sobre ciertos artículos de la tienda si se presentaba la poli y hacía preguntas, pero de poco le iba a servir si estaban decididos a apretarle las tuercas de verdad. Por ejemplo, podrían cotejar el número de serie de una tele Silvertone en una lista de mercancía robada. Le lanzó una mirada asesina a su primo.

—¿Ninguno de vosotros se ha ido de la lengua? —preguntó Miami Joe—. ¿Nadie?

Silencio. Pepper se metió un palillo entre los dientes y una mano en el bolsillo.

—Si lo supieran lo sabríamos —repitió Arthur.

—¿A quién se lo contaste, Freddie? —dijo Miami Joe.

—Yo no le he contado nada a nadie, Joe —dijo Freddie—. ¿Y tú qué? ¿Qué hay de la chica del Theresa que te pasó la información? ¿Dónde está?

—La mandé fuera de la ciudad para ir a ver a su madre. El Burbank donde vive está lleno de negros cotorreando sin parar todo el santo día, no podía quedarse aquí. —Miami Joe se giró hacia Carney.

Carney negó con la cabeza. Era lo que decía Arthur: si alguien se hubiera ido de la lengua, no estarían ahora en su despacho comportándose como gente civilizada. O semicivilizada. Además, tal como lo veía Carney, él no había hablado de nadie, pero otros sí habían hablado de él. Uno de los descuideros que habían llevado un reloj de oro o un Zenith portátil a la tienda de muebles había conseguido añadir, por fin, el nombre de Carney a la lista clandestina de intermediarios. Tarde o temprano tenía que ocurrir.

La última vez que se reunió tanta gente en su despacho fue aquella tarde aciaga en que Carney se las había tenido con las mismísimas leyes de la física: cómo sacar del sótano el maldito sofá cama. El mueble lo había dejado allí Gabe Newman, el anterior arrendatario, antes de largarse de la ciudad. Estaba claro que Newman había metido el sofá cama naranja por la rejilla metálica de la acera, o bien escaleras abajo a través de la trampilla de la oficina. A no ser que hubiera utilizado una máquina transportadora de materia, como en la película *La mosca*, o recurrido al vudú, opciones ambas muy improbables. El caso es que nadie sabía cómo sacar aquel mueble de allí, ni Carney ni los cuatro italianos de Argent que necesitaban espacio para terminar la entrega de primavera. No hacían más que resoplar y gruñir. El morrocotudo sofá no cedió, no se rindió, no quiso pasar por los dos tramos de escalera pese a los diferentes trucos —tan antiguos como infalibles en mil y una mudanzas— que intentaron los cuatro. Ni soltar tacos les sirvió de consuelo. La tarde avanzaba sin tregua y Carney decidió echar mano del hacha contra incendios y convertir el sofá en leña. Era un modelo raro y no gustaba a nadie. Aquello continuaba siendo todo un misterio.

Y ahora en el despacho había otros hombres reunidos y era solo cuestión de tiempo que advirtieran otra cosa que no encajaba: Carney. Su única esperanza era que el hacha no cobrara otra vez protagonismo.

Oyeron una sirena; bajaba por la Ciento veinticinco en dirección este. Nadie se movió hasta que estuvieron seguros de que se trataba de un camión de bomberos y no de un coche patrulla. Eran tipos duros, pero de repente venía una pequeña brisa y tenían miedo de que la cerilla pudiera apagarse.

Miami Joe se aflojó la corbata. Hacía mucho calor. El ventilador apenas si refrescaba el aire.

—Lo que quiero saber —dijo de nuevo dirigiéndose a Carney— es si puedes ocuparte de lo que afanamos. Nunca había oído hablar de ti hasta que Freddie nos dio tu nombre. ¿Lo haces a ratos perdidos o qué? No sé ni una mierda de ti.

No le faltaba razón, más de lo que se imaginaba. Porque Carney no era un perista.

De acuerdo, una parte de lo que tenía en la sala de exposición era robada. Teles, radios de cuando aún tenían salida, elegantes lámparas modernas y otros pequeños elementos de la casa en perfectas condiciones. Él era un muro entre el mundo criminal y el mundo decente, un muro de carga, necesario. Pero cuando la cosa iba de piedras y metales preciosos, entonces su papel era algo así como el de un agente de Bolsa. Freddie llegaba con algo y Carney se iba a pata hasta Canal, en el Bajo Manhattan, para llevárselo a Buxbaum. Buxbaum sacaba su lupa y su balanza, valoraba el botín y le daba a Carney cincuenta centavos por dólar para que este se los diera a Freddie. Carney obtenía un cinco por ciento de los beneficios de Buxbaum; de este modo el judío podía servir a clientela de color sin tener que desplazarse a sus dominios, sin tener trato directo con ellos, y así Freddie —y los escasos personajes del barrio que le llevaban plata o brazaletes incrustados de piedras— tenía otra salida para su mercancía, lejos del drama de Harlem.

Carney no daba explicaciones sobre el destino de las sortijas y collares que su primo llevaba a la tienda. Del mismo modo que Carney no le preguntaba de dónde procedían, Freddie no preguntaba qué hacía él con el material. Si pensaba que Carney disponía de una cadena secreta de abastecimiento con los distritos de los diamantes del centro y Canal Street, bueno, que lo pensara. Si Carney tardaba todo un día en conseguir la pasta, a él ya le estaba bien. Eran primos hermanos, ¿no? Ahora bien, los que estaban ahora en el despacho de Carney no eran parientes, ni siquiera lejanos, y no iban a poner cientos de miles de dólares en joyas en manos de un desconocido y fiarse de que sus cincuenta centavos por dólar estaban «de camino». Además, era demasiado botín para Buxbaum, que él supiese.

Durante la última hora, Carney había estado cavilando sobre cómo salir de aquel embrollo.

—Yo vendo muebles —dijo—. Hay gente que entra en la tienda, echa un vistazo y al final se va a comprar a otro sitio. El negocio es así. Si queréis acudir a otra persona, no me lo tomaré como algo personal.

Miami Joe arqueó una ceja.

—No veas —dijo Arthur.

Pepper miró detenidamente a Carney, inclinándose hacia delante sobre la otomana, rígido y alerta. Como si se hallara sentado sobre una caja de aguardiente ilegal en una choza de algún lugar perdido de la mano de Dios y un coche con funcionarios de Hacienda estuviera acercándose a toda pastilla, y no en un Headley nuevo con suntuoso relleno tipo era espacial. Pepper no le permitió escabullirse:

—Este tipo sabe de qué va la cosa, está en el ajo.

—Es un tío legal —intervino Freddie—. Ya os lo dije.

Carney había hablado en un tono demasiado distante. A ciertas personas eso les parecía un alarde de confianza en sí mismo. En la tienda, su tarea consistía en animar al cliente a hacer lo que no sabía que deseaba hacer, digamos apoquinar doscientos pavos por una mesita auxiliar nueva. Convencer a alguien de que hiciese justo lo contrario era harina de muy diferente costal. La banda había acudido a la tienda con el fin de comprobar que habían elegido bien. Carney tomó nota mental de que debía corregir su tono; además, le vendría bien para la próxima vez que Elizabeth dijera que nones a una de sus ideas o que May le pidiera una bola extra de helado. Con salir ileso de la reunión podía darse por satisfecho.

Arthur tomó la iniciativa de dar la clase por terminada.

—Nosotros, la boca cerrada —dijo—, a ver qué pasa. Y luego repartimos tal como estaba planeado.

Miami Joe nunca daba un trabajo por concluido a menos que estuviera razonablemente seguro de que habían salido indemnes. A veces postergar el reparto con la banda podía ser un problema, pero todos sabían que Arthur era un buen ladrón, un tipo serio a carta cabal, así que le confiaron el botín para que lo guardara hasta el lunes. De este modo daban tiempo a Chink Montague para distraerse con otros asuntos, y a la poli para hacer otra chapuza con un nuevo caso.

Cuatro días, a no ser que Chink consiguiera dar con uno de ellos y el nombre de Carney saliese a relucir.

Cuatro días para que Carney se las ingeniara para salir del paso.

6

—¿Te fijas, qué silencioso? —dijo Leland—. El vendedor dice
que lleva uno de esos compresores nuevos.

El Westinghouse estaba atornillado a la ventana del salón.
Era la primera vez que Carney veía un aparato de aire acondicionado en una casa particular; según Leland Jones, el de
ellos era el primero en toda la manzana, aunque su suegro no
tenía escrúpulos a la hora de exagerar. Estaban todos plantados frente a la rejilla de plástico del aparato, Elizabeth delante,
abanicándose con las manos. Por la mañana había estado a
punto de desmayarse y la habían puesto en tratamiento. May
estornudó al enfriarse el sudor que le cubría el cuerpo. Carney hubo de admitir que era un buen invento.

El aire acondicionado era una parte del tratamiento, el otro
la antigua casa de Elizabeth. Se había criado allí, en Strivers'
Row, y siempre que volvía a su casa se encontraba mejor al
salir. Su habitación estaba tal cual la había dejado, en la segunda
planta, con vistas al callejón. W. C. Handy había vivido en la
acera de enfrente y a Elizabeth le gustaba contar que había
visto muchas veces al Padre del Blues en su estudio, las manos
cual palomas revoloteando al son de las canciones de su Victro-
la. El artista evaluando un reino que solo él podía apreciar. En
cuanto a vistas se refiere, ganaba de lejos a la del tren elevado y
su disonante sinfonía de chirridos metálicos. La manta favorita
de Elizabeth sobre la cama, las marcas en la jamba de la puerta
señalando cómo había ido creciendo de año en año. Carney no
sentía ninguna nostalgia del piso en el que se había criado.

Leland giró el mando del aire acondicionado para hacer una demostración.

–Deberías comprar uno de estos –dijo, sabiendo que el presupuesto de Carney no daba para tanto.

–Todo llegará –dijo Carney.

–Se puede pagar a plazos –dijo Leland.

Elizabeth agarró a Carney por la cintura. Él puso una mano sobre el hombro de May. Ignoraba qué podía pensar la niña del toma y daca entre su padre y su abuelo, pero estaba claro que el aire fresco sí lo entendía muy bien. Se destapó la barriga ante el aparato y puso cara de soñar.

A pesar de la compañía, a Carney le gustaba ir a casa de sus suegros. De chaval se quedaba mirando las pulcras casas de ladrillo amarillo y piedra blanca de Strivers' Row, una curiosidad en medio de Harlem. Las aceras de la Octava Avenida se veían siempre bien barridas, las alcantarillas sin obstruir, los pasadizos entre las casas extraños dominios. ¿Qué manzana había en la ciudad que tuviera su propio nombre? ¿Cómo le habrían puesto al trecho de la Ciento veintisiete donde él había vivido? ¿«Vía Delincuente»? Un *striver*, una persona esforzada y perseverante, luchaba por conseguir algo mejor –tanto si tal cosa existía como si no–, mientras que el delincuente maquinaba sobre el modo de manipular el sistema imperante. El mundo como podría ser contra el mundo como era. Pero tal vez lo estaba pintando demasiado negro. Muchos delincuentes eran gente esforzada, y mucha gente esforzada quebrantaba la ley.

Su suegro, sin ir más lejos. Leland Jones era uno de los principales contables negros de Harlem; llevaba las cuentas de los mejores médicos, abogados y políticos, de los grandes negocios propiedad de negros de la Ciento veinticinco. Te sacaba de cualquier apuro. Se jactaba de su amplia colección de resquicios y artimañas legales, de los cuantiosos sobornos entregados en sobres cerrados en el salón principal del Club Dumas. Brandy y un puro habano: ya te tengo. «Que esto quede entre nosotros», pero a él le daba igual que hablaran de ello porque era publicidad casi gratuita. «Yo me como las auditorías como si fueran cereales –gustaba de decir Leland con una sonrisita–. Con leche y una cuchara». Era alto, de rostro ancho y redondo, con bigote y patillas blancos muy poblados. Su abuelo había sido predicador, y de ahí le venía cierto gusto por sermonear, el recto discurso desde el frente de la sala.

Alma les dijo que la cena estaba lista. Olía bien y tenía una engañosa buena pinta, servida en la loza nueva: un jamón grande con boniatos y verdura. Carney sentó a May en la vieja trona de Elizabeth, cortesía de un difunto catálogo de venta que la familia Jones tenía en gran estima, vista la admiración con que cacareaban al pronunciar su nombre. La silla crujía. Leland se sentó a la cabecera de la mesa y se metió la punta de una servilleta azul cielo por el cuello de la camisa. Preguntó para cuándo era el parto.

La conversación le permitió a Carney volver a su dilema personal. Esa mañana Rusty le había preguntado a qué venía tener la puerta de la tienda cerrada en un día tan caluroso. Carney se sentía vulnerable con la puerta abierta a la calle, por más que una cerradura sin la llave echada fuera una defensa muy endeble. Cada vez que entraba un cliente, Carney se ponía tenso. Ninguno estuvo mucho rato; el calor dentro de la tienda era insufrible, y ver que el dueño estaba tan nervioso desanimaba a cualquiera. Carney aprovechó el tiempo muerto para barajar distintos escenarios, como hacía a finales de mes para dar con la combinación de ventas que le sirviera para pagar el alquiler del mes siguiente: «Una mesita auxiliar, tres sofás… un tresillo, cinco lámparas y una alfombra…».

Escenarios:

Chink Montague descubre la identidad de los ladrones y se toma su venganza, pero la cosa no llega a Carney. A Freddie lo matan.

Chink Montague da con la banda, incluido el colaborador tangencial Ray Carney: ¿está libre de culpa si solo es el perista? A Freddie lo matan. «O solo lo dejan lisiado», dijo una vocecita optimista que sonó como la de tía Millie.

Chink Montague da con la banda, pero Carney tiene tiempo de largarse de la ciudad. ¿Con la familia? ¿Él solo? A Freddie lo matan.

Carney va a hablar con Chink Montague en persona, le cuenta al gángster que él no tenía ni idea del plan. A Carney le dan una lección, mejor no saber cuál. A Freddie lo matan: «O solo lo dejan lisiado».

«¿Qué te pasó?».

«Bah, una vez me dejaron un poquitín lisiado».

Cerró la tienda una hora antes y estuvo paseando por Riverside Drive para calmarse un poco. Ese apartamento… no, aquel. No conseguía centrar la vista. Un coche estuvo a punto de atropellarlo cuando estaba en la calzada mirando hacia lo alto. Luego fue a buscar a las chicas para la excursión hasta la Ciento treinta y nueve.

Alma le hizo volver en sí al mencionar el nombre de Alexander Oakes.

—Han aceptado a Alexander en el Club Dumas —dijo, dándose un toquecito con la servilleta en la comisura de la boca—. Dice tu padre que fue por decisión unánime.

—Así es —corroboró Leland—. Las cosas le han ido muy bien. Llevamos bastante tiempo intentando reclutar a la joven generación.

—Me alegro por Alexander —dijo Elizabeth—. A él le gustan mucho esas cosas.

Alexander y ella se habían criado juntos. La familia de él vivía tres puertas más abajo y era igual de esnob que los Jones. Alexander había estudiado en un instituto católico y por eso Carney no le conocía de entonces, pero con los años Alma le había ido contando cosas. Equipo de fútbol americano, presidente del club de debate y luego a la Universidad Howard, donde continuó su imparable escalada. Gracias a su licenciatura en derecho consiguió trabajo en la oficina del fiscal del distrito de Manhattan. Una vez que estuvieran atados todos los cabos, sería uno de los jueces de raza negra de la ciudad, aseguraba una reseña en el *Amsterdam News* acompañada de una foto con mucho grano. De trigo lo bastante poco limpio como para meterse en política. Ser miembro del Dumas quería decir que contaría con la ayuda de sus compañeros de club, y que echaría una mano si alguno de ellos se veía en un aprieto.

Alexander asistió a la boda de Carney y Elizabeth. Su mirada cuando Carney le estrechó la mano en el trámite de saludar a los invitados: seguía enamorado de ella. Pues te jodes, chato.

—Algún día tú también serás del club, Raymond —dijo Alma.

—Mamá... —dijo Elizabeth, fulminándola con la mirada. El Dumas era un club para negros no muy negros, o sea que le había tirado una pulla: a Carney no le admitirían jamás por ser de piel demasiado oscura.

—Estoy bastante ocupado con la tienda —dijo Carney—. Aunque parece ser que es un sitio muy agradable, por lo que cuenta Leland.

Solo un montón de hijos de papá, a cuál más estirado, a su modo de ver. Y aunque hubiera tenido la piel más clara, sus antecedentes familiares eran otra barrera. Y también su oficio. La humilde tienda de muebles no pasaría el corte; para acceder a la fraternidad del Dumas, Carney tendría que ser propietario de unos grandes almacenes, un Blumstein's para negros.

El linaje de la familia Jones era impecable. Desde su punto de vista, al menos. El abuelo predicador había sido uno de los líderes religiosos del viejo Seneca Village, comunidad de Manhattan integrada por negros liberados. Carney nunca había oído hablar de aquel sitio antes de conocer a los Jones, pero ellos sostenían la veracidad de la leyenda. En Seneca había unas doscientas personas, en su mayoría afroamericanos con algo de irlandés: los mestizos siempre vivían unos encima de los otros. Terratenientes negros, hombres y mujeres ahora libres, montándose la vida en la nueva ciudad. Tres iglesias, dos escuelas, un cementerio. No había nada igual en todo el país, aseguraba el señor Jones, aunque Carney sabía que no era así. En *Negro Digest* había leído algo sobre otras prósperas comunidades negras de la época. En Boston, en Filadelfia. Los negros siempre encontraban la manera de sobrevivir fueran cuales fuesen las circunstancias. De no ser así, el hombre blanco nos habría exterminado hace ya mucho tiempo.

Y entonces a alguien se le ocurrió crear un enorme parque en medio de Manhattan, un oasis dentro de la ya bulliciosa metrópolis. Hubo varias propuestas en cuanto a su ubicación, unas rechazadas, otras replanteadas, hasta que los dirigentes blancos se decidieron por un rectángulo de grandes dimensiones en el corazón de la isla. Allí ya vivía gente, pero les dio igual. Los ciudadanos negros de Seneca eran propietarios de tierras, votaban, tenían voz. Pero no la suficiente. El Ayuntamiento de Nueva York expropió las tierras, arrasó el poblado, y eso fue todo. Los habitantes de Seneca Village se dispersaron hacia un barrio u otro, o a otras ciudades donde poder empezar de nuevo, y Nueva York tuvo su Central Park.

Casi seguro que hay esqueletos. Basta con cavar debajo de los parques infantiles, los prados, las silenciosas arboledas, suponía Carney, y seguro que encuentras esqueletos.

A Carney le gustaba mucho esa historia, pero no tanto la estúpida complacencia de quienes la mantenían viva. Alma provenía de un linaje similar: maestros y médicos durante generaciones, un tío carnal que fue el primer alumno negro de una universidad de la Ivy League, un primo que fue el primer negro en obtener el título de médico en aquella facultad. El primer tal, el primer cual. Conscientes de su raza y orgullosos de ella... hasta cierto punto; lo bastante claros de piel para pasar por blancos, pero quizá demasiado ansiosos por recordarte que podían pasar por blancos. Carney introdujo una cucharada de potito Gerber en la boca de May y se miró la mano, comparándola con la mejilla de su hija. May era oscura, como él. Se preguntó si Alma aún sentía aversión cuando veía la piel de su nieta, si le entristecía que no hubiera salido más clara, como Elizabeth. Carney la vio dar un respingo en la habitación del hospital, después del parto. Tantos esfuerzos y quebraderos de cabeza y fíjate con quién se casa su hija. ¿Miraba tal vez la tripa de su hija pensando qué sangre ganaría esta vez, si la de Elizabeth o la de Carney?

—Ray —dijo Elizabeth, notando que él tenía la cabeza en otras cosas. Luego arqueó las cejas y sonrió, haciéndole volver a la mesa.

Carney había sido casi invisible para ella durante el instituto, incluso cuando ocupaban mesas contiguas o cuando la acompañaba a casa si llovía, pero se sentía agradecido de que ella ahora sí le viera. Aquella noche en casa de Stacey Miller, una fiesta organizada para ayudarla a pagar el alquiler, Elizabeth le ofreció una coqueta disculpa por no acordarse de él cuando Carney le dijo que habían ido al mismo instituto. Él había terminado la facultad y estaba currando como chico de almacén en la sección de muebles de Blumstein's. Hacía mucho tiempo que no iba a una fiesta. Freddie intentaba convencerlo para salir, para que fueran a un club nocturno o a una quedada, pero él entonces estaba demasiado liado con sus estudios —el instituto Carver no le había preparado adecuadamente para los rigores del Queens College—, y una vez que entró a trabajar en los almacenes el cansancio le podía. Muchas noches se quedaba dormido escuchando las noticias de la radio mientras el jolgorio y las risas del barrio se colaban por las ventanas.

Había ahorrado para comprarse un traje nuevo con el que ir a la fiesta; era de color marrón y raya diplomática y no hubo que hacerle arreglos, le sentaba estupendamente. Una vez allí, Freddie le presentó a todo el mundo. Salir ya no era un problema; le costaba menos charlar y relacionarse. Había ganado confianza en sí mismo gracias a terminar los estudios, aplicarse en el trabajo. Las corrientes lo depositaron al lado de Elizabeth en la cola para ir al baño. Alguien estaba fumando un canuto allí dentro. Freddie le había dicho que fuera a mear a la azotea. Hacer caso omiso de los consejos de su primo siempre daba buenos resultados; eso hizo que la noche de la fiesta se topara con su futura esposa. A diferencia de otros chicos de su curso, Carney no había estado pirrado por ella. Tíos como aquel Alexander Oakes y sus maniobras. Ella estaba fuera de su alcance, de modo que a él ni se le pasó por la cabeza. «¡Claro que sí!», dijo aquella noche Elizabeth en la cola para el baño, como si de pronto se acordara de Carney. Mentira. Estuvieron un par de horas en el incómodo sofá junto a la escalera de incendios —el piso a tope, el alquiler cubierto—, y él le propuso salir a cenar.

Elizabeth llevaba un par de meses en Black Star Travel, y a él le gustaba la seriedad con la que hablaba de su trabajo, de lo apremiante de su misión. La agencia Black Star organizaba viajes turísticos y de negocios para pasajeros de color, y reservaba habitaciones en hoteles propiedad de negros o sin segregación racial tanto en Estados Unidos como en el extranjero, sobre todo el Caribe, Cuba y Puerto Rico. La empresa proporcionaba diversas alternativas para el ocio; aconsejaba sobre bancos, sastres y restaurantes; tenía folletos indicando qué cines o teatros de Nueva Orleans y otros destinos aceptaban a gente de color y en qué otros no te dejaban entrar.

Un país tan grande como Estados Unidos estaba plagado de lugares en los que reinaban la intolerancia y la violencia raciales. ¿A Georgia para visitar a unos parientes? Pues te proporcionaban las rutas seguras a fin de evitar pueblos de blancos recalcitrantes o aquellos en los que por ley un negro debía abandonar el límite municipal antes de ponerse el sol; es decir, poblaciones y condados en los que te jugabas el pellejo. Más valía hospedarse en el Hanson Motor Lodge, por ejemplo, a ochenta kilómetros, y ponerse en camino hacia las cinco de la tarde para volver de una pieza. No era ni medicina ni derecho, como sus padres ambicionaban, pero prestaba un servicio, algo práctico y valioso. «Quiero que esa gente esté a salvo», dijo Elizabeth. Carney alargó el brazo por encima de la mesa y le cogió la mano. A la noche siguiente fueron juntos al cine, y a la siguiente también.

Carney conoció a los padres de ella. Tenían ideas preconcebidas sobre los jóvenes de hogares rotos. «¿A qué se dedicaba tu padre?», le preguntó Leland, conociendo la respuesta pero deseoso de saber cómo lo explicaría él. Que fue así: «A hacer trabajitos». Visto a toro pasado, Carney tenía que reconocer que no les faltaba razón. Al fin y al cabo, ahora mismo le perseguían unos gángsteres.

—¿Quién se va a terminar esto? —preguntó Alma.

El jamón, claro está, iba a durar días, para eso es el jamón, pero habían dado buena cuenta de casi todo lo demás. Quedaban unos trocitos de boniato caramelizado.

—Sé que a ti te gustan los boniatos, ¿verdad? —le dijo Leland a Carney.

Carney cogió la fuente y dio las gracias.

—¿No tenías una anécdota sobre boniatos, Carney? —preguntó su suegro, y miró de reojo a Alma.

—¿Perdón?

—Algo navideño, creo. Con tu padre, la mañana del día de Navidad.

Con el tiempo, Carney había ido contándoles peripecias de su infancia. La muerte de su madre cuando él tenía nueve años, las desapariciones de su padre, o que su tía Millie lo acogiera durante unos años. Y también el regreso de su padre, y diversos malos tragos que pasó. Cuando le mordió una rata, o cuando la enfermera de la escuela lo despiojó, los inviernos sin calefacción, o la vez que se había despertado en el hospital aquejado de neumonía sin saber cómo había llegado allí. Carney explicaba estas cosas sin la menor vergüenza; ¿por qué habría de avergonzarse de haber vivido solo tanto tiempo?

Había sido duro, pero otros lo pasaron peor.

En noches similares en torno a aquella misma mesa, Carney les había contado anécdotas de aquella época porque eran verdad y formaban parte de él, y ahora esas personas eran su familia. No comprendió hasta muy tarde que estaba revelando demasiadas cosas de sí mismo, puntos débiles en los que alguien podía hincar el diente. Sus anécdotas no eran sino un entretenimiento para sus suegros, una especie de vodevil. En efecto, un día de Navidad resultó que su padre solo tenía un harinoso boniato que compartir con él, lo partieron por la mitad y lo sirvieron en dos platos, y Carney vio su propio aliento humeando porque aquella helada mañana la caldera se había vuelto a estropear, y su padre se marchó al mediodía y hasta una semana después no apareció por la casa. Bueno, tal vez fuese una anécdota de lo más pintoresca, de acuerdo, pero también era verdad que quizá sería mejor no hablar tan a la ligera de aquella parte de su vida. El señor y la señora Jones sonreían ligeramente y a veces incluso reían cuando él contaba aquellas anécdotas, que, bien mirado, tenían su punto divertido aun siendo deprimentes. O tal vez había algo gracioso en su manera de contarlas, a saber. De eso hacía mucho tiempo. Ahora, lo que sentía él al explicar ese tipo de cosas —orgullo de haber sobrevivido a todo ello— y el placer que les reportaba a Leland y su esposa oírselas contar era poco en comparación con lo que Carney había conseguido en la vida. Tenía a Elizabeth y a May, y si le entraban ganas de enumerar sus problemas, los había más apremiantes que una triste Navidad de hacía muchos años.

Declinó la invitación. El bufón pidió la baja temporal. Le dijo a Leland que no sabía de qué le estaba hablando y luego comentó que había visto muchos carteles de *Porgy and Bess* en el metro, lo cual provocó que sus suegros explicaran —como Carney había previsto— que años atrás un cliente de Leland les había conseguido entradas para el estreno de una reposición de la obra en Broadway.

—Estoy cansada —dijo Elizabeth. El tratamiento de una dosis de familia había funcionado, la paciente se sentía mucho mejor, pero se estaba haciendo tarde—. Ya va siendo hora de que acostemos a May.

Por una vez, los Jones se abstuvieron de hacer comentarios sobre la camioneta de Carney. La había hecho repintar recientemente, de azul oscuro. Leland y Alma les despidieron desde los escalones de la entrada, murmuraron algo que Carney no alcanzó a oír y volvieron a meterse en su fresca burbuja.

El trayecto era corto pero le dio tiempo a tomar una decisión. Haría dos llamadas. La primera a uno de los garitos de Chink Montague para darles el nombre de Arthur. La segunda al propio Arthur para decirle que los gángsteres iban a por él. El experto en cajas fuertes tendría que salir de la ciudad; era un hombre muy sensato. Arthur tendría tiempo para rescatar el botín de donde lo tuviera escondido, o quizá no; a Carney eso le daba igual. Si Arthur repartía después con la banda o lo que fuera que hubiesen acordado de antemano, eso no era de su incumbencia. Dar un chivatazo le aislaría, y Carney quería pensar que era lo mejor que podía hacer para no mezclar a Freddie en aquel asunto. Trazarle una ruta segura a su primo: era lo mismo que hacía Elizabeth. Al igual que él había hecho en los viejos tiempos, manteniendo a Freddie lejos del cepillo con que tía Millie solía azotarlos. Lo consultaría con la almohada, sopesaría los obstáculos, pero estaba casi seguro de que por la mañana todo estaría mucho más claro.

Freddie estaba paseándose por delante del edificio donde vivían cuando Carney aparcó. Les sorprendió verle: Carney alarmado, Elizabeth contenta.

—Hola, Freddie —dijo ella—. ¡Cuánto tiempo!

—¿Cómo te va, preciosa?

Freddie le dio un abrazo, haciendo un cómico alarde de evitar la tripa de Elizabeth. Carney llevaba en brazos a May y Freddie la besó en la mejilla. Su sobrina se lo quedó mirando medio dormida.

—No quiero despertarla —dijo Carney.

Freddie torció el gesto.

—Oye, que no soy el ogro —dijo.

—Espera, que las acompaño arriba —le dijo Carney.

Al llegar al portal, se volvió. Freddie ya no estaba. Cuando Carney bajó, su primo estaba en la otra acera, sentado en las escaleras del albergue para indigentes. Había habido un incendio (un yonqui fumando en la cama) y las ventanas ahora vacías estaban chamuscadas todo alrededor.

—He visto que las luces del piso estaban apagadas y he decidido esperar. —Freddie miró a un lado y a otro de la calle y arrimó un tembloroso Zippo a su cigarrillo.

—¿Qué pasa?

—Arthur ha muerto.

7

A veces la carretera se le aparecía mentalmente, pandeada y llena de baches, maltratada por los monzones, con la selva abrazada a ella y cubriéndola de besos verde oscuro. Deshaciéndose. Pepper oía cantar a los chicos:

Los zapadores tienen las orejas peludas
viven en cuevas y en zanjas
se limpian el culo con cristales rotos
aguantan lo que les echen, los muy jodidos.

Nadie sabía por qué las tropas de los Servicios de Abastecimiento se llamaban a sí mismas «orejas peludas»; Pepper se enteró más adelante de que todo el Cuerpo de Ingenieros utilizaba ese apodo, pero lo que sí entendía era el verso final. Fue precisamente por aguantar lo que le echaban, el muy jodido, por lo que fue a parar a Birmania.

Pepper había nacido en Newark, en una casa de madera pintada de gris de Hillside Avenue. Recién salido del útero y temblando todavía, le dio un bofetón a su madre en la cara cuando ella lo levantó para besarlo. «El primer puñetazo», le dijo él años más tarde, harto de oír contar la anécdota. En su oficio, saludar a hostia limpia era un requisito, y su aprendizaje empezó a muy temprana edad.

Dejó la escuela en quinto para pasar la escoba en la Celluloid Manufacturing Company. Durante la pausa para almorzar se sentaba en la plataforma de carga sobre una caja de teclas blancas y negras destinadas a la fábrica Ampico de pianos y veía entrar y salir a los vividores de Hank's Grill, en cuya parte trasera se jugaba habitualmente a los dados y había un par de máquinas tragaperras, así como una puta que se llamaba Betty y que era conocida por susurrar canciones de cuna después del coito. Eran tiempos extraños, la Gran Depresión, y Betty era más extraña aún. Tenía incluso admiradores devotos.

Una tarde Pepper cruzó por fin la calle y las visitas en la hora del almuerzo se convirtieron en jornada laboral. Delincuentes de diverso pelaje le mandaban hacer recados a cambio de calderilla; tenía que ir a viviendas como pocilgas para entregar una nota escrita en papel de estraza o un sobre que le advertían no debía abrir. Como si a él le importaran una mierda sus chanchullos; pues no. Lo que le gustaba era el dinero. De las monedas pasó a los billetes cuando la pubertad le hizo crecer un palmo de golpe y le volvió agresivo. Fue gorila en clubes de negros de Barbary Coast como el Kinney o el Alcazar Tavern y pronto se hizo un nombre por sus golpes bajos y su revés demoledor. Los dueños le rogaban que se vistiera mejor, pero él siempre aparecía con su uniforme preferido: mono y camisa de trabajo. Metida por dentro si tenía el día inspirado.

No iba a la iglesia. Él era su propio sermón. La quinta vez que Pepper pegó a un hombre hasta dejarlo inconsciente, el juez dijo que o iba a la cárcel o se apuntaba al esfuerzo bélico. Entrenamiento militar y una litera en el buque *Hermitage*. El juez cobraba una comisión ilegal por cada nuevo recluta.

Durante la travesía, Pepper y el resto de los soldados negros comían galletas y alubias en la sórdida bodega mientras los blancos se zampaban raciones decentes en cubierta. Las duchas eran con agua salada y Pepper no paraba de maldecir, sin sospechar que anhelaría estos lujos tan pronto chapoteara en el fango y el cieno birmanos. Había soldados negros que querían matar nazis y nipones y a quienes les tocaba las narices no estar en primera línea de combate. En cambio, Pepper se sentía la mar de a gusto allí donde nadie le miraba, los lugares intermedios, ya fuera el callejón que separaba la iglesia de una hilera de garitos o alguna cuadrícula del mapa de la que nadie había oído hablar, como el paso Pangsau en los montes Patkai. Difícil encontrar un sitio más «intermedio» que una carretera que aún no existía, difícil encontrar una misión más peligrosa que crear líneas de abastecimiento entre la India y China. Una cosa era creer que el mundo era indiferente y cruel, y otra ver a diario las pruebas de ello en las pérfidas laderas montañosas, los ávidos barrancos y desfiladeros, las mil y una traiciones de la jungla. Solo un Dios perezoso era capaz de producir tanta maldad y exponerla tan al desnudo.

Ninguno de los chicos negros había visto nada igual. El Servicio de Abastecimiento estaba allí para restablecer una ruta a China tras la invasión de Birmania por los japoneses, inventarse una carretera donde no había nada, habilitar pistas de aterrizaje para descarga de equipamiento bélico, tender kilómetros y kilómetros de tuberías para combustible. El material de segunda mano era de chiste: los picos se les partían en las manos, los buldóceres se estremecían y temblaban mientras los oficiales blancos se dedicaban a mirar. Pero los trabajadores nativos, los culíes birmanos y chinos, tenían equipo de tercera mano, o sea que era como para dar gracias al cielo. Siete días a la semana, día y noche: horario de casa de putas. La carretera, decían, se cobraba un hombre cada kilómetro o dos, y cuando el cupo disminuía, ya se ocupaba la jungla de aumentarlo con creces. Malaria, tifus. Al final de la jornada, un desprendimiento de tierras podía dar al traste con el trabajo de todo un día, llevándose consigo también a más de uno. Si conseguías encontrar los cadáveres, los enterrabas.

La noche del terremoto Pepper pensó que el demonio en persona había venido a reclamarlo, pero luego se acordó de que él no creía en demonios ni en ángeles ni en santos, y siguió durmiendo.

Antes de todo esto, Pepper tenía dos enemigos fiables: la poli y la mala suerte. En el Servicio de Abastecimiento encontró sus contrapartidas en el mando militar, cuyas descabelladas operaciones estaban pensadas para acabar con él, y en la jungla, con su aleatoria sed de sangre. Haz el trabajo, sobrevive de un día para otro: él estaba acostumbrado a vivir así, y ahora los demás tenían que ponerse a la par. Trabajar y dormir. No había burdeles ni juegos de dados que mereciesen la pena, nadie a quien darle una somanta de hostias. No había otra cosa que hacer aparte de quejarse, fumar hierba y arrancarte sanguijuelas de los huevos. Aquellas sanguijuelas eran míticas. «Es como estar en casa», les decía Pepper a sus compañeros de litera mientras arrimaba un Zippo a un ejemplar especialmente grande. Pero esto era cuando Pepper aún hacía chistes. Nadie se reía porque estaban hechos polvo o porque pensaban que hablaba en serio. El grueso de su unidad lo formaban zopencos salidos del campo.

No vio un solo combate, y aun así cometió su primer asesinato. Estando a cincuenta kilómetros de Mongyu, llegó un nuevo destacamento de obreros nativos, esforzados birmanos para reemplazar a los que se había zampado la jungla. Al final de la jornada casi todos se quedaban en su campamento, pero había un tipo joven de rasgos delicados que siempre se escabullía para estar con ellos. Quería aprender inglés, decía. La pandilla de oficiales blancos solía mofarse de él y le hacían gestos obscenos con la lengua. No era el primer hombre afeminado que Pepper veía en su vida; en Warren Street había un sitio para tíos a los que les iba ese rollo. Para practicar inglés, el birmano solo se acercaba a los soldados blancos, como si los de color hablaran otro idioma. (Hasta cierto punto, era verdad). Pasaron semanas, y aquellos oficiales continuaban con la broma, lanzándole besitos ruidosos, burlándose de él. El otro simplemente sonreía e inclinaba lentamente la cabeza en un gesto servil, ocultando así su triste mirada.

No hubo la menor duda sobre el autor de la paliza. Una brumosa tarde hacia el final de los monzones Pepper salió a fumar un canuto al Patio; así llamaban a la zona de las desvencijadas grúas y buldóceres, como si fuera un parque móvil de verdad. No había nadie. Nunca había un alma cuando alguien ponía a prueba a Pepper, y él no era de los que hablan de lo que dicen o hacen, de modo que lo que pasó después fue a sumarse a los otros recortes de su sórdido álbum personal. Cuando Pepper lo encontró, los sesos de aquel hombre estaban esparcidos por el suelo embarrado. El pantalón por las rodillas. De haber habido un hospital para obreros nativos, Pepper quizá lo habría llevado allí. De haber habido alguien a quien hacer responsable, Pepper habría dado parte. Si un soldado blanco llama a alguien espía japonés, no le cae un puro ni nada.

De los orificios nasales del birmano asomaban burbujitas rojas que se agitaban y estallaban al compás de sus estertores. Pepper le tapó la boca con la palma de una mano, le apretó la nariz con la otra y luego clavó una rodilla sobre su pecho cuando empezó a convulsionar. Pepper tenía las manos callosas de trabajar en la carretera. Era como si llevara puestos unos guantes de goma gruesos; no sentía la piel del birmano.

A veces se oye decir: «Pues nuestro hijo, cuando volvió de la guerra, no era el mismo». Pepper siguió siendo el mismo después de la guerra, pero más completo. De vuelta en Estados Unidos, se metería en otras cuevas y zanjas diferentes, más oscuras, dando así comienzo a su carrera en serio.

La lluvia le limpió las manos de sangre birmana. En los barracones, la emisora de las fuerzas armadas informó del resultado del partido entre los Dodgers y los Giants a casi trece mil kilómetros de allí. Como estar otra vez entre personas normales con sus diversiones. El mundo normal seguía girando mientras él hacía de las suyas, y luego Pepper se reincorporó como si nada hubiera sucedido. Un truco digno de Houdini.

El día que se enteró de lo de Arthur, los Dodgers estaban jugando en Cincinnati.

Era viernes por la noche, tres días después del golpe, y Pepper estaba en el Donegal's, en Broadway. Todo el mundo pendiente del partido. ¿Qué clase de subnormal animaba a los Dodgers en territorio de los Giants? Que los Dodgers hubieran abandonado Brooklyn por Los Ángeles era un crimen, y vitorear al equipo perdido significaba que uno era cómplice de ese crimen, pero el grueso de la clientela de Donegal's lo formaban autores materiales y cómplices. Para ser parroquiano de ese templo había que tener cierta inclinación por la herejía. Pepper estaba sentado en un taburete ante la barra de caoba junto a los habituales timadores, ladrones y chulos; los oídos bien abiertos por si pescaba algún comentario sobre el atraco al hotel.

Banjo, un viejo rufián que aseguraba ser el primer hombre que robó un coche en la «Isla de Manhattan», entró cojeando en el local y anunció que alguien se había cargado a Arthur. La cojera era cortesía de los miembros de la brigada antirrobo que habían ido a arrestarlo la última vez y se tomaron a mal que Banjo les echara al perro. Tan mal como para dejarle un souvenir de por vida.

Banjo se puso la boina de cuadros escoceses sobre el corazón en homenaje a Arthur. El ladrón era bien conocido y tenía sus propios hinchas entre aquellos hinchas de los Dodgers. Tributo al Jackie Robinson de los ladrones de cajas fuertes. Pepper engulló su cerveza en dos tragos y se encaminó hasta el lugar donde el difunto había aparecido muerto. Octava entrada, Dodgers ganando por seis a uno.

Frente al edificio de Arthur, en la Ciento treinta y cuatro, había dos coches de policía con las luces rojas y blancas girando en los rostros de los mirones. Las luces estaban de más; los polis estaban esperando a la ambulancia, pero disfrutaban con la ostentación de poder. Como si no bastara con que los blancos les recordaran constantemente a los otros cuál era su lugar. En el trabajo, en el banco, en el colmado cuando el dependiente les explicaba que no podía fiarles más. Pepper se abrió paso a codazos. Escenas así congregaban a un montón de gente, era un modo de pasar el rato, especialmente en noches tan calurosas y aburridas. Uno de los polis —mofletudo, caracapullo— reparó en Pepper y le dio un buen repaso. Sin inmutarse, Pepper le devolvió la mirada hasta que el madero bajó la vista a su lustroso calzado negro reglamentario.

El borrachín que se tambaleaba a su lado informó a Pepper de los detalles. Si quieres saber lo que pasa, nada como preguntar al borrachín del barrio. Ellos lo ven todo y luego la priva lo pone en escabeche y lo mantiene fresco para más tarde. El borrachín le explicó que a un tal Arthur −«parece un maestro de escuela»− le habían pegado un tiro en la cama. La casera vio la puerta abierta y telefoneó a comisaría. «El cráneo reventado como una sandía caída de la carretilla». El borrachín lo ilustró con un elocuente «plaf». Luego añadió que la casera era una mujer muy simpática y que siempre le saludaba amablemente aunque él temblara de mala manera.

−Hay que ver −le dijo Pepper al borrachín.

Era una verdadera lástima, aparte de no saber dónde estaba su maldito dinero. Arthur le caía bien, aquel gesto que hacía de frotarse las yemas de los dedos cuando se ponía a pensar, como si estuviera a punto de abrir una caja fuerte. La víspera, después de que la banda fuera a conocer al hombre de la tienda de muebles, Arthur y él habían ido a tomar una copa, y el hombre no paró de hablar de una granja que tenía en el campo. «Pienso comprarme un caballo y unas cuantas gallinas». Hacia principios de septiembre, había dicho Arthur, cuando las cosas se calmaran, quería volver a la tienda de ese Carney para hablar con él de mobiliario para la casa. «No diremos ni una palabra de lo del atraco. Incluso fingiremos no conocernos de nada: un vendedor de muebles y un tío con ganas de comprar. En plan: ¿Es cómodo, sí? ¿Me durará?». Y brindó por la idea.

Se compra unas tierras y luego va y la diña aquí. Primero soltó la pasta y luego soltó el pellejo. Más pruebas para la filosofía pepperiana respecto a hacer planes. ¿Un delincuente criando gallinas? Eso es como rezar para que Dios te aniquile por tu arrogancia. La carretera en Birmania, por ejemplo. Tres años para terminarla, centenares de vidas perdidas y al cabo del mes los japoneses se rinden. Solo servía para la guerra, y una vez terminada la guerra la jungla volvió a engullirla. ¿Qué era ahora? Una simple franja de cascotes en medio del barro.

Hacía un calor criminal cuando Pepper se despertó a la mañana siguiente, y solo eran las siete. Buen día para ir de caza. Cazar a un rata, hacer salir a un judas de su escondrijo; no había practicado en bastante tiempo. A Pepper le gustaba el calor porque hacía que las alimañas asomaran la nariz. Hoy, además, dispondría de vehículo. Esperó frente a la tienda de muebles a que llegara Carney, y luego fueron a hacer un recorrido por posibles escondites: las tapaderas, pensiones de mala muerte y picaderos de esta cacería.

Harlem era un horno. Pepper iba de copiloto.

Pepper se había acercado a Carney cuando este estaba abriendo la puerta de la tienda y le saludó con un «Señor Empresario». Carney dio un respingo, alertado como estaba por la visita de Freddie la noche anterior. Las llaves en su mano, un talismán del mundo normal perdido para siempre. Todo el mundo sabía cómo dar con él, ese era uno de los inconvenientes de tener tu nombre en letras de dos palmos de alto en plena calle Ciento veinticinco. Los hombres de Chink Montague, o este maleante. Freddie tenía todas sus direcciones y en los últimos tres días se había presentado con una mala noticia cada vez. A Carney nunca le había preocupado especialmente ser tan accesible, pero ahora comprendía que en el ámbito de la delincuencia eso era un riesgo.

Era algo que Miami Joe tenía muy claro. A él no había dónde encontrarle.

—Quiero hablar con ese tío —le dijo Pepper a Carney después de saludarlo—. Tú conduces.

—Es que no puedo —dijo Carney.

—Tienes la camioneta, ¿no?

Carney señaló hacia la tienda con el pulgar.

—¿No tenías un ayudante? —dijo Pepper—. Tú eres el jefe.

Sí, Rusty podía ocuparse de la tienda. Dos minutos después, Carney y Pepper estaban montados en la camioneta Ford.

—Al norte —le dijo Pepper, dejando una tartera metálica a

su lado sobre el asiento. Un día de trabajo cualquiera–. Tu primo te explicó lo que le ha pasado a nuestro amigo. –Dicho a modo de exposición de los hechos.

–¿Adónde del norte? –preguntó Carney. Como si no darse por enterado del asesinato de Arthur pudiera alargarle la vida un poquito más.

–Ya se me ocurrirá –respondió Pepper–. De momento sigue todo derecho. –Bajó la ventanilla para recibir en la cara una tremenda bofetada de aire caliente.

Pepper le contó lo de Donegal's y la escena frente a la pensión de Arthur, interrumpida cuando una botella de refresco detonó contra un coche patrulla y los mirones hubieron de ponerse a cubierto. Chavales subidos a la azotea de enfrente, provocando a la poli.

–Eso antes lo llamábamos «toma bombardeo» –dijo Pepper.

–Lo sé.

Carney tenía trece años cuando los disturbios del 43. Un poli blanco disparó contra un soldado negro que había intervenido en el arresto de una señora negra con algunas copas de más. Fueron dos noches de locura en Harlem. Su padre dijo que se iba «de compras» y volvió con ropas nuevas para los dos. En ese contexto, ir de compras quería decir pasar por encima de los cristales rotos de un escaparate y no tener que preguntar al dependiente de la tienda. Su padre llevó aquel sombrerito hasta el día de su muerte, uno de color chocolate con una pluma verde en el ala que siempre enderezaba antes de salir de casa. A Carney le duraron menos el pantalón y el jersey porque enseguida le quedaron pequeños. Hasta el día de hoy, siempre que pasaba por delante de Nelson's o de T. P. Fox se preguntaba si su padre les habría arrancado la ropa a los maniquíes.

–Qué buenos tiempos –dijo Pepper. Lanzar bombas a los polis desde arriba. Rio entre dientes y desvió la vista con aire melancólico, recordando alguna trastada. A Carney le pareció ver la mirada de su padre–. Y entonces aparece tu primo Freddie –continuó Pepper–. ¿Ha sido Chink? ¿Va a por nosotros o ha sido cosa de algún viejo colega de Arthur? Le dije a

Freddie que te avisara y yo me fui a buscar a Miami Joe. Pero el muy cabrón parece Houdini.

De ahí la excursión mañanera en sábado. Seguramente Freddie estaría aún durmiendo después de haber echado un polvo en el Village. Se había presentado en casa de Carney, nervioso a más no poder, y tras contarle lo de Arthur había salido a escape en dirección al metro. Demasiado acojonado para ir a casa de su madre: ¿y si estaban vigilando el edificio? Freddie tenía una amiguita rubia en Bank Street, una estudiante de Fordham a la que se había ligado una noche en el Vanguard. La primera vez que salieron, ella le preguntó si tenía cola. Su padre le había hablado de los negros y de sus colas de mono. «Yo le enseñé otra cosa, no te digo más».

Freddie estaba a salvo, o no, en el downtown, en un barrio diferente con sus propios peligros. Carney había vuelto a subir al apartamento: ¿debería coger a las chicas y salir de la ciudad? Un par de veces había viajado hasta New Haven para ir a un mercadillo y junto a la carretera había un pequeño motel. El rótulo parpadeaba. Siempre que lo veía, se decía a sí mismo en broma que si alguna vez tenía que salir por piernas, era ahí adonde iría. TELE EN COLOR PISCINA DEDOS MÁGICOS. Ahora no le parecía tan gracioso, cuando significaba tener que explicarle la situación a Elizabeth.

Dormir poco le convertía en un conductor brumoso. Pepper dijo: «Billares Grady en la Ciento cuarenta y cinco», y luego desglosó la situación. Podía ser que Chink Montague los hubiera descubierto, eso por un lado.

—Pero si Miami Joe nos está haciendo la cama, entonces la cosa cambia —dijo Pepper—. ¿Quién tiene el botín? —Tanto en un caso como en el otro, ahora Carney era de la banda y tenía que mojarse, en opinión de Pepper.

Carney cerró los puños sobre el volante, aflojó, apretó con más fuerza. Había recurrido durante años a este ritual para acallar los temblores que le acometían en momentos de ansiedad.

—Puta camioneta, está embrujada —masculló.

—¿A qué viene eso?

—Calle Ciento cuarenta y cinco —dijo Carney.

Si querían encontrar alguna pista de dónde se metía Miami Joe, tenían que hablar con gente. Pepper no le conocía bien, le había visto por primera vez cuando se le acercó en Baby's Best y le dijo que tenía un trabajito que no podía rechazar. «¿Baby's? ¿Tú ibas a ese sitio? Todo lo que empieza allí acaba de mala manera». Pepper debería haber sabido que la cosa saldría mal, dijo. Tamborileó en la tartera.

Primera parada, un salón de billar en Amsterdam. Carney había pasado a pie muchas veces por aquella manzana y le parecía increíble que no se hubiera fijado antes en aquel antro, pero allí estaba, con sus ventanas hollinientas y un rótulo muy viejo: BILLARES GRADY. Más viejo que él. Pepper le hizo esperar en el vehículo. Carney creyó oír un fuerte chasquido, pero un concierto de bocinazos —un sedán verde se había calado en el semáforo— tapó el ruido. Pepper volvió a salir, limpiándose la sangre de su mono azul oscuro. Montó en el asiento del acompañante y abrió la tartera. Dentro había un sándwich de huevo envuelto en papel encerado, un termo descolorido y una pistola. Pepper no dijo nada mientras se comía la mitad del sándwich y tomaba unos tragos de café. Y luego:

—A tres manzanas de aquí hay otro tipo.

La siguiente parada fue uno de esos colmados puertorriqueños. Carney consiguió aparcar casi enfrente, con vistas al interior. Pepper ignoró al tipo de la caja y se metió por la puerta del fondo donde ponía SOLO EMPLEADOS. Volvió a salir, cabeceando, un minuto después. Ni él ni el tipo de detrás del mostrador se miraron.

Siguiente parada, una barbería —Carney no podía ver nada desde donde estaba, pero sí vio a los cinco clientes que salieron nada más entrar Pepper—, y luego otro billar en el que Carney jamás se había fijado. La ciudad de Pepper tenía lugares que no constaban en el mapa de Carney.

—Vamos a Mam Lacey's, ese que tiene abierto toda la noche —dijo Pepper—. ¿Sabes dónde es?

Carney había estado allí un montón de veces; era uno de

los locales favoritos de Freddie. Y también de Carney, sobre todo por su alegre propietaria, Lacey, una mujer sociable y grandota que se acordaba de lo que bebía cada uno de sus clientes. Su puesto estaba detrás de una destartalada barra, hecha a base de viejas cajas de avena, desde donde susurraba ofertas demasiado eufemísticas para que Carney, tan mojigato él, pudiera descifrarlas. Chicas en el piso de arriba, narcóticos. Él decía: «No, gracias, señora», y ella le guiñaba el ojo: «Un día de estos, jovencito…». Pero el local había estado varios años cerrado a raíz de un tiroteo. O una pelea a navajazos. Y cada dos por tres se abrían nuevos garitos.

El mal se originó en Mam Lacey's y sus zarcillos fueron extendiéndose. En los viejos tiempos aquella zona residencial era pulcra y agradable, chavales jugando al béisbol y bonitas jardineras. Ahora las ventanas del local estaban reventadas, los dos edificios contiguos padecían la misma desgracia, tapiados y deshabitados, mientras que los adyacentes a estos se veían también muy maltrechos. Carney frunció el ceño. Más que «deterioro urbano» aquello era una plaga: como chinches saltando de edificio en edificio.

—Venga, entra tú también —dijo Pepper, haciéndole una seña mientras atisbaba por las oscuras ventanas del sótano.

Acelera y lárgate. Coge a las chicas y lárgate.

Pero Pepper acabaría cazándolo aunque Carney hundiera el pie en el acelerador.

Sacó la llave del contacto.

En su época de esplendor, la sala principal apestaba a humo de tabaco y a la cerveza barata y el matarratas que impregnaban el suelo de madera, pero el hedor de ahora era fruto de una fetidez de origen muy distinto. El enorme sofá donde Carney solía sentarse con su copa y menear la cabeza viendo las payasadas de los otros clientes estaba medio reventado y cubierto de manchas repugnantes, los espejos oscuros de las paredes estaban rotos y la superficie de la barra hecha de cajas de avena era un altar de liturgia yonqui: cucharillas renegridas, pelotas de papel, pitillos vaciados. Dos tipos esqueléticos dormían en el suelo, sucios y harapientos. No se movieron cuando Pepper los giró para verles la cara.

—Yo venía a este local —dijo Carney.

—Antes estaba bien —dijo Pepper.

Se dirigieron al jardín, Pepper en cabeza, dejando atrás un cuartito repleto de basura y luego la cocina donde Mam Lacey solía tirarse toda la noche friendo pollo. Ahora no se freía allí otra cosa que la pura miseria. Carney se metió las manos en los bolsillos para no tocar nada, procurando respirar por la nariz; cuando salieron afuera, a la luz, suspiró aliviado. El jardín casi daba miedo, con tanto hierbajo. Una estatua alta que representaba a un ángel estaba rota por la mitad. Las piernas sobresalían de un trecho de maleza; las blancas alas apuntaban aquí y allá. En un banco de piedra adosado a la pared del fondo dormía un hombre, tapado con una manta de lana pese al calor.

Pepper le despertó de un par de manotazos.

—Eh, Julius.

El hombre se removió un poco; no parecía sorprendido por la intromisión. Carney vio que se trataba del hijo de Lacey, el quinceañero que antaño se ocupaba de recoger los vasos vacíos y de encenderles los cigarrillos a las damas. Un chico alegre y entusiasta en los viejos tiempos, una especie de hermano pequeño de los clientes que vivía aún en el pueblo y alucinaba cuando le contaban cosas de la gran ciudad. Ahora, al sol de la media mañana, se veía más viejo que Carney.

—Despierta, Julius —dijo Pepper—. Estoy buscando a tu amigo Miami Joe.

Julius se incorporó, palpándose los bolsillos como si buscara algo. Paseó la soñolienta mirada por el jardín.

—Te estoy hablando —insistió Pepper.

Julius se acomodó la manta sobre los hombros.

—No soy «de fiar» —dijo. Las palabras sonaron agrias en sus labios; se pasó la lengua por los dientes como para quitarse el sabor—. Ya no me deja ir con él.

—Sí, eso ya lo sé —dijo Pepper—. Quiero saber dónde duerme por las noches.

—Miami Joe está demasiado ocupado para dormir…

El bofetón que le propinó Pepper resonó en los patios traseros de la Ciento cuarenta y cinco entre la Octava y la Séptima. Una ventana se abrió unos cuantos edificios más allá, un mirón. Pepper ni siquiera levantó la vista. La ventana se cerró.

Carney recordaba cómo era el chico no hacía tanto tiempo: risueño, los dientes separados.

—Oye, ¿hace falta eso? —le dijo a Pepper.

Pepper le miró con frialdad, acero puro, y se dirigió de nuevo al inútil vástago de Mam Lacey.

—Tu madre tenía un buen antro.

—Debería haberme alistado en la marina —dijo Julius.

Muere su madre, supuso Carney, Julius se hace cargo del local y, en vez de escuchar las historias de delincuencia de los clientes, decide participar. Y una cosa lleva a la otra. ¿Y las habitaciones de arriba, las chicas que trabajaban allí? ¿Quién o qué vivía allí ahora?

—¿Dónde duerme Miami Joe? —dijo Pepper.

—Le pregunté si tenía algo entre manos —respondió Julius—, y Joe me dijo que no volvería a contar conmigo si estaba como estoy. Qué buenos tiempos aquellos… —Se quedó pensativo, pero el revés que le propinó Pepper le devolvió al mundo real—. Está en esa pensión de la Ciento treinta y seis con la Octava, la que tiene el rótulo del médico en la fachada. Tercer piso… —Dicho esto, se fabricó una almohada con un extremo de la manta.

Antes de entrar de nuevo con Pepper en el edificio, Carney se volvió: Julius estaba fuera de combate otra vez, acurrucado en su madriguera tóxica.

Ya en la calle, Carney puso el motor en marcha y dijo:

—Era un chaval feliz.

—A esos hay que vigilarlos —dijo Pepper—. Si empiezan tarde, les cuesta mucho volver a encarrilarse.

La vieja camioneta dio una sacudida, como solía hacer, y se incorporaron a la calzada. Julius había heredado un edificio y un bar ilegal, Carney heredó la Ford. Cuando terminó de estudiar en el Queens College, apenas veía a su padre. Mike Carney se había ido a vivir con Gladys a Bed-Stuy y Brooklyn era ahora su territorio de caza. Carney estaba trabajando en la sección de muebles de Blumstein's y guardaba el dinero ahorrado en un calcetín metido dentro de una bota, debajo de la cama. Lo que no sabía era para qué ahorraba.

Y entonces, una tarde, Gladys fue a los almacenes para decirle que la poli había matado a tiros a su padre. «Ha venido alguien a verte». Su padre había allanado una farmacia para robar una caja de jarabe para la tos, que estaba muy de moda entre los drogadictos.

—Veo que aún trabajas aquí —dijo Gladys.

—Voy abriéndome camino —dijo Carney.

A finales de año le habían encargado hacer de Santa Claus, señal de que Blumstein le daba su visto bueno. El viejo Santa se había dado a la bebida y los jefes querían darle una lección. «No podemos tener a gente echando su aliento a matarratas en la cara de los hijos de nuestros clientes».

—«Abriéndose camino», es lo que decía él.

Gladys era todo un monumento, una jamaicana de habla tan dulce como espeso era su acento. Carney padre siempre había sentido debilidad por las antillanas. «Bueno, Manhattan también es una isla; supongo que por eso tenemos mucho en común. Aunque no entienda ni la mitad de lo que dicen».

Carney no se atrevió a pedirle detalles a Gladys. Abatido por la policía: así era como sospechaba que su padre abandonaría el planeta. Por la poli o por otro granuja. La última vez que vio a Gladys fue el día en que iba a recoger la camioneta de su padre. La caribeña se arrojó sobre el capó de la Ford como si fuera el ataúd. Dos vecinos tuvieron que arrancarla de allí.

Hacía un año que Carney tenía la camioneta cuando conduciendo por Lenox Avenue pisó un clavo y pinchó. Y al ir a buscar la rueda de repuesto en la parte de atrás, descubrió el dinero. Treinta mil dólares en metálico. El banco en la rueda de repuesto. Si hubiera vendido la camioneta, no habría encontrado el dinero. Muy típico de su padre, hacer que Carney se ganara su paga y señal. Tres meses después firmaba el contrato de arrendamiento de la tienda de la Ciento veinticinco.

El acompañante de Carney mostraba un semblante contento, moviendo la cabeza para contemplar los traseros de las bellezas del barrio mientras relataba sus viajes por las avenidas. «Ese es un buen sitio para comer pollo —dijo Pepper—. ¿Has estado alguna vez?». La sangre del pantalón se había ido secando, ahora era una mancha oscura que desde lejos podía parecer aceite o roña. Pepper iba en el asiento del copiloto, pero era él quien conducía.

Dijo que quería parar en Jolly Chan's a comer chop suey. El dueño le conocía y les dio una mesa del rincón, junto a la ventana. Había un pequeño acuario de agua verdosa junto a la puerta de la cocina, y dentro se movía algo. El empapelado de las paredes mostraba airados dragones de colores rojo y naranja, retorciéndose como las nubes.

No hablaron mucho. Carney sentía demasiada acidez de estómago y apenas si probó lo que tenía en el plato. También Pepper estaba inquieto y se dejó la mitad. Se había sentado de forma que pudiera controlar la calle.

—¿Cómo es que te dedicaste a vender sofás? —preguntó, hurgando en el chop suey con sus palillos.

—Soy un emprendedor.

—¿Emprendedor? —dijo Pepper, como si hablara en ruso—. Bah, eso es solo un embaucador que paga impuestos.

Carney le explicó que alguien le había hablado de una tienda de muebles que iba a quebrar. El anterior arrendatario se había largado una noche. El alquiler era barato. Un chollo. Carney estaba bastante nervioso, balbuceaba, y eso le impidió observar el pétreo rostro de Pepper. ¿Qué tenía aquel tío en la cabeza? Era como hablar con los adoquines. Carney le contó cosas que había aprendido en la escuela de negocios sobre la logística de hacerse cargo de una empresa en quiebra. Mantener o cortar relaciones existentes con proveedores, evitar las responsabilidades asumidas. Por ejemplo, el sofá del sótano. Era un problema heredado y allí estaba, y Carney había tenido que descubrir la manera de solventarlo.

—Cómo fue a parar allí no era el problema —dijo Pepper—. Lo que debe importarte es cómo ocuparte de él. Un hacha es buena cosa. Fuego y una cerilla, también.

Carney tomó un sorbo de agua.

—Aunque a mí me han dicho que a veces echo mano demasiado rápido de la lata de gasolina. —Pepper señaló la cuenta con un gesto y luego derramó kétchup sobre lo que no había comido—. Así Chan no podrá servírselo al que venga después.

Estaba claro que Pepper tenía un tipo de cerebro diferente.

—¿Y tú de dónde eres, tío? —preguntó Carney.

—De New Jersey. —Como si aquella fuera la pregunta más tonta que había oído en su vida.

Las galletitas de la suerte estaban rancias y los mensajes de dentro eran descorazonadores.

El rótulo del médico había desaparecido; dos cadenas metálicas pendían del soporte metálico. Carney fue con Pepper sin que este se lo pidiera. La puerta principal no estaba cerrada. El dueño de la pensión, un gnomo de cabellos blancos, barría el vestíbulo. Apartó la mirada cuando se fijó en Pepper. Carney empezaba a acostumbrarse al efecto que producía su compañero en la gente.

—Al tres —dijo Pepper. El suelo crujía mientras subían, como si un gigante le hubiera dado una buena sacudida al edificio y después lo hubiera dejado otra vez en su sitio.

Las dos primeras veces que Pepper llamó a la puerta, nadie respondió.

—¿Sí?

—Soy Pepper. Vengo con Carney.

—No conozco a ningún Pepper. Ya os estáis largando.

La voz no era la de Miami Joe. Este tipo parecía que hubiera leído un libro alguna vez.

Pepper pasó un dedo por el marco de la puerta, sopesándola, y luego le dio una patada.

Los inquilinos debían de alquilar la habitación amueblada, supuso Carney al ver el batiburrillo de estilos. El viejo sofá Morgan de los años treinta, antes de que el fabricante se hundiera por aprovechar el relleno de colchones viejos y sucios; el rayadísimo escritorio de pino; y la mesita baja de contrachapado, que daba la impresión de que podía volcarse solo con que alguien pusiera encima un simple cenicero. Pasar unas semanas o meses allí, y luego partir camino de una nueva y lóbrega correría. Entretanto, el manchado mobiliario circulaba de habitación en habitación; si necesitas una cama serán dos dólares extra a la semana, y si quieres otra lámpara, tranquilo que lo solucionamos también.

El inquilino se ajustaba a ese perfil, brazos escuálidos y tripa, gafas negras de montura gruesa, desconcertado frente a aquel par de desconocidos, plantado allí en calzoncillos y camiseta amarillentos.

—¿Se puede saber por qué ha hecho eso? —dijo el hombre, señalando la puerta reventada.

—Busco a Miami Joe —dijo Pepper.

—Pues ya lo ve; aquí no está.

Dijo que se llamaba Jones y que conocía a Miami Joe de Florida. Estaba de paso por un asunto de ventas y Miami Joe le había dicho que podía dormir en el suelo. Él no iba a estar mucho por aquí, o eso le dijo a Jones.

—¿Ventas de qué? —quiso saber Pepper.

—Si permite que se lo muestre…

Jones fue a coger la maleta azul que había a los pies de la cama. En la sábana se veía la vaga y mugrienta silueta de una forma humana.

Pepper había sacado su pistola.

—Ya lo hace él —dijo.

Carney procedió a abrir la tronada maleta del viajante. La mercancía iba en varios bolsillos acolchados, ampollas de unos fluidos de color oscuro. Carney sostuvo una a la luz de la ventana, el polvo bailoteando en los rayos de sol: AGUA VIRIL.

—Bonito, ¿eh? —dijo Jones. Se apoyó en la maltrecha mesita de noche, acribillada a quemaduras de cigarrillo que recordaban a un enjambre de cucarachas marrones—. Soy proveedor de tónicos masculinos certificados —continuó Jones—, tanto si lo que necesitan tiene que ver con sus deberes conyugales o con dejarse barba.

—Qué chorrada. Yo me apaño muy bien —dijo Pepper.

Jones se giró hacia Carney.

—¿Y usted, caballero? Estoy seguro de que su esposa le agradecería ese nuevo empuje en la cama. ¿Sabe cuando lo miran a uno con ojos de deseo? Pues multiplíquelo por diez.

Sin dar tiempo a que Carney respondiera, Jones abrió el cajón superior de la mesita, buscó algo dentro y Pepper se lo cerró de una patada, pillándole la mano. A Carney se le cayó la ampolla de Agua Viril, que rebotó en el suelo de parquet pero sin llegar a romperse. Lo único que se rompió fueron unos huesos de la mano de Jones, a juzgar por el sonido. El vendedor cayó al suelo, dejando escapar un aullido de dolor.

Pepper presionó con su bota el cuello de Jones y le dijo a Carney que mirara en el cajón de la mesita. Dentro había un cuchillo de caza medio oxidado y unas tarjetas de un club para caballeros en el Bronx.

—No sé quién coño sois, cabrones —dijo Jones. Sin las gafas parecía un topo—. Con menuda panda de locos se junta Miami Joe.

—¿Cuándo volverá? —preguntó Carney.

—Nunca; se marchó ayer —dijo Jones—. La habitación está pagada hasta final de mes.

—¿Adónde ha ido? —dijo Pepper.

—Me dijo que añoraba su casa.

—¿Ha vuelto a Miami? —preguntó Carney.

—A ese negro no lo llaman Chicago Joe, ¿verdad que no? —dijo Jones.

—¿Qué opinas? —le preguntó Carney a Pepper una vez en la camioneta. Tenía un bulto en el bolsillo. En algún momento le había birlado a Jones unas cuantas ampollas.

—No hay duda de que Miami Joe se trae algo turbio entre manos —dijo Pepper—. Pero ¿se cargó él a Arthur, o fue Chink quien lo hizo y luego se cargó a Miami Joe? Lo único que sabemos es que está enterrado en el parque Mount Morris.

Con la cara rajada, añadió Carney. Le importaba un carajo dónde estuvieran el dinero y las joyas. Solo quería saber si esa noche iba a dormir bien.

Pepper decidió por su cuenta:

—No, ha sido Miami Joe. Mató a Arthur y se llevó el dinero.

—Tengo que volver —dijo Carney.

—Claro.

Recorrieron dos manzanas en silencio y luego Pepper dijo:

—Sigues teniendo ese gesto pensativo…

—¿Qué?

—Nos conocimos hace mucho —dijo Pepper—. Con tu padre, en ese piso que teníais en la Ciento veintisiete. Recuerdo que en la fachada ponía «The Montgomery». Como si fuera un edificio de lujo.

Estaban parados en un semáforo detrás de un camión cisterna.

—No era nada lujoso —replicó Carney.

—He dicho como si fuera.

—¿Le conociste, a mi padre?

—¿A Big Mike Carney? Cualquiera que diese un golpe en Harlem tenía que conocer a Mike. Mangamos cantidad de cosas. Tu padre era bueno.

—¿Bueno?

—Has conservado la camioneta.

—La dejó al morir.

Pepper dio una palmada en el salpicadero.

—Todavía funciona.

Quizá le sondearía sobre su padre más adelante. Ahora intentó imaginarse a un joven Pepper en el piso donde habían vivido; se preguntó si sería uno de los hombres que le llevaban juguetes y si la baratija se le rompió en las manos al cabo de diez minutos o solo cinco.

8

Rusty era un tipo respetuoso con la ley, pero le disgustaban enormemente sus representantes: sheriffs y ayudantes allá en su tierra natal, polis e inspectores aquí en la ciudad. Cuando el Klan incendió la tienda de comestibles de su padre —era un comercio con clientela mixta, y por tanto quitaba clientes blancos a Myrtle's, en la calle mayor—, el sheriff les dijo que se lo pensaran dos veces antes de abrir de nuevo. Después escupió jugo de tabaco en las cenizas y puso cara de aburrido. Probablemente era él quien había rociado la gasolina. Los padres y la hermana de Rusty se mudaron a Decatur y Rusty cogió el portante y se fue a Nueva York. Cuando era un bebé su madre le había puesto por mote «El Fenómeno», y al verle subir al autobús de Greyhound que iba hacia el norte la mujer exclamó: «¿Lo ves? Yo ya te lo decía». La policía era más o menos igual aquí que en todas partes, pero Harlem era tan grande y el caos tan tremendo que Rusty se dijo que no darían abasto a tocar las narices a todo el personal por mucho que eso les gustara. Había demasiados habitantes a los que fastidiar, cosa que Rusty consideraba una gran ventaja. El inspector que se presentó aquella tarde en la tienda ni siquiera tuvo tiempo para intimidarle como debía. Salió disparado en cuanto Rusty le informó de que Carney había salido.

—¿Y qué quería? —preguntó Carney. Acababa de llegar a la tienda después de dejar a Pepper y no estaba de buen humor.

Rusty le pasó la tarjeta que le había dado el poli. Inspector William Munson, Distrito 28. Arthur había advertido a Carney de que alguien a sueldo de Chink le haría una visita. Para sondearle sobre lo del Theresa, pero su visita también podría estar relacionada con cierta mercancía en venta. Había tentado a la suerte y ahora se las veía con lo contrario de la suerte.

—¿Ha llamado Freddie?

—No.

Rusty añadió que esa tarde había hecho una venta importante, pero Carney no estaba para nada. Cerró la puerta de su despacho y se puso a meditar sobre su excursión con Pepper, y otros problemas, hasta que fue hora de cerrar.

La puerta del piso quedó trabada por la cadena —Alma era la única que la ponía cuando él estaba fuera— y Carney tuvo que llamar con los nudillos para entrar en su propia casa. Por la mañana aquel rufián, y por la noche la señora. Esperó. La extraña pareja de al lado había dejado fuera una bolsa con algo maloliente, y las marcas y la mugre del pasillo destacaban más de lo habitual. A veces el tren elevado, al pasar por el hormigón y las traviesas, hacía temblar todo el edificio y notabas el traqueteo en los pies, como ocurría ahora. ¿Cómo había tolerado que su mujer y su hija vivieran tanto tiempo en un sitio así?

Alma le miró por el resquicio de la puerta durante más tiempo del que él consideró necesario; ese fue el primer indicio.

—May se ha quedado dormida en vuestra cama —dijo Alma. Elizabeth parecía estar tomándose su tiempo para asomar la nariz, o quizá también se había quedado dormida—. Yo estaba limpiando.

Carney intentó sacudirse el mal humor. Fue con Alma a la cocina y le echó una mano. Estofado y guisantes para cenar. Carney y su suegra ocupaban su propio territorio en la pequeña cocina y se disculpaban cada vez que el uno tenía que pasar demasiado cerca del otro. A juzgar por lo callada que estaba, su suegra debía de tener algo entre ceja y ceja, pero, cosa rara en ella, parecía reticente a soltarlo. Ese fue el segundo indicio.

—Ha refrescado un poco —dijo Carney.

—Pero hace tanto calor… —dijo Alma, frotando con el paño de cuadros rojos y blancos la enorme fuente blanca de servir. La fuente había sido uno de sus regalos de boda. Ahora estaba desportillada y se veían líneas negras en su superficie.

Carney esperó, como hacía cuando un cliente se mostraba esquivo. Todo lo de la tienda le parecía demasiado caro, o quizá había entrado por capricho y buscaba alguna excusa para marcharse.

—Elizabeth se desmayó el otro día —dijo Alma—. Menudo susto. —Eso había pasado el día anterior. ¿Por qué no decía «ayer»?

—Unas semanas más y habrá pasado todo —dijo Carney. Depositó los cubiertos en el fregadero de forma que no hicieran ruido.

—Leland y yo estábamos pensando —dijo Alma—, ¿y por qué no se viene Elizabeth a casa hasta el momento del parto? Ha sido todo muy complicado desde que el médico le dijo que guardara reposo. Y este calor… —El tono afable y dulce. Alma nunca había intentado venderle nada y dudaba de cómo enfocar la cuestión—. Allí estará cómoda, y además tú tienes trabajo en la tienda. Yo cuidaría de ella y así tú irías más descansado.

—Te lo agradezco mucho, Alma, pero estamos bien como estamos.

—Para May también sería mejor —dijo ella—, con la habitación de invitados. Las construyeron así, para que corriera el aire.

—¿May también? ¿Así que se trata de eso?

—Seguro que no querrá separarse de su madre. Es muy pequeña. Y tú todo el día en la tienda. Es más lógico.

—Lógico…

—A nosotros nos parece razonable. Mi madre siempre decía que…

—¿Tu madre nunca te enseñó a meterte en tus putos asuntos?

—¡Raymond!

—«Y tú todo el día en la tienda». ¿Tu madre nunca te enseñó a meterte en tus putos asuntos?

—Vas a despertar a May —dijo Alma.

—Ella duerme como un tronco. ¿Con ese tren toda la noche? Duerme como un tronco. —Carney nunca le había hablado así a su suegra, pero llevaba tiempo esperando el momento.

Ella también. Se secó las manos con el trapo de cocina, lo dejó perfectamente alisado sobre el grifo del fregadero. Luego dijo:

—Hablarme a mí así, ¿quién coño te has creído que eres? He visto negros callejeros como tú toda mi vida, vagando por ahí con las manos en los bolsillos. —Ilustró sus palabras encorvando la espalda y su voz adquirió un tono grave y racial—. «Si yo solo intento ganarme el pan». Pero bueno, ¿tú te crees que me chupo el dedo? ¿Que no me doy cuenta de que nos tomas el pelo?

Por un lado, su sinceridad. Por el otro...

En ese momento sonó el teléfono del salón. Y luego otra vez. Alma se enderezó el vestido y fue a contestar. Carney metió las manos en el fregadero. Por la ventana, en el edificio de al lado, pudo ver las ventanas de cocina de cuatro plantas: una a oscuras; una segunda encendida pero sin nadie; en la siguiente unas manos metidas en un barreño de agua jabonosa; y en la última una mano delgada y morena vaciando las cenizas de un cenicero en el exterior. Gente que intentaba sobrevivir un día más. El metro de la línea 1 se había detenido en la estación de la Ciento veinticinco. Carney lo notó en los pies. No podía ver la hilera de ventanillas de los vagones, ni a los pasajeros saliendo al andén, camino de las escaleras, pero se los imaginó dirigiéndose cada cual hacia su drama particular. Un movimiento tan regular como la puesta de sol y las discusiones. Gente que se dirigía a los vagones privados de sus casas, la luz derramándose por las ventanas cuadradas de cada cocina. Como si vivieran en trenes dispuestos uno encima de otros.

No solo perista, sino encima ladrón. Al fin y al cabo, les había robado a la hija.

Y no pensaba devolvérsela.

El ardiente relato de Alma halló un oído afín; Carney supuso que era Leland quien telefoneaba. Si las voces no habían despertado a Elizabeth, eso quería decir que dormiría de un tirón hasta la mañana, los brazos tendidos hacia May, el nuevo bebé en medio. Carney se largó del piso.

El primer turno de transeúntes del sábado noche era abundante y ruidoso: abucheos burlones, rhythm and blues, disputas que podían acabar a puñetazo limpio. Carney anduvo entre las parejas que se dirigían a una cena especial, o a los restaurantes donde acostumbraban, donde sabían qué debían evitar de la carta. Esquivó a los chavales que deberían haber estado ya en la cama, sucios, corriendo y gritando a pleno pulmón, a los adolescentes que exprimían los últimos minutos antes de volver al nido y respirar jadeantes junto a la ventana contigua al catre. En pisos de alquiler y en casas divididas en apartamentos, el segundo turno hacía sus preparativos para la noche. Holgazaneando en la bañera, planchando sus mejores trapos, ensayando coartadas, confirmando la orden del día: «Quedamos en Knights y luego ya veremos». Sin contar los hombres y mujeres del segundo turno que no habían quedado con nadie y tras una última confirmación frente al espejo se entregarían a lo que el destino les deparara esa noche.

Y luego estaban los maleantes, atándose los cordones de los zapatos mientras tarareaban alguna canción animada, pues la sirena nocturna de la fábrica no tardaría en llamarles al trabajo.

Estaba muy claro hacia dónde se dirigía: Riverside Drive. Cruzó la calle para evitar al predicador callejero y luego cambió una vez más de acera para rodear la iglesia de la Ciento veintiocho y la congregación nocturna que entraba en su interior. Por hoy ya había escuchado suficientes sermones. «No me hagas daño, hablaré. Dime lo que quiero saber o si no…». Y luego Alma con «Deja que las chicas se queden con nosotros». Démosle tiempo a Elizabeth y ya verás cómo cambia de opinión, debían de haberse dicho Alma y Leland. Para que ella comprendiera las pocas opciones que tenía. Él era la rata que salió de la alcantarilla y se coló por debajo de la puerta.

La propuesta de Alma tenía sentido, aunque no por los motivos que ella daba. Carney había puesto en peligro a su familia, y esa era la razón de que la hubiera insultado. Ahora los malos podían seguir el rastro hasta su casa. Uno de la banda muerto, otros dos desaparecidos… Pero no, en eso Pepper llevaba razón. No había duda de que había sido Miami Joe. Él no estaba desaparecido. Había matado a Arthur para hacerse con el dinero y las joyas del atraco. Tal vez le había hecho daño a su primo. Y si Miami Joe estaba todavía en la ciudad, si no se había largado al Sur, entonces necesitaba liquidar al resto de la banda y de ese modo atajar el desquite de Chink. O impedir que ellos –bueno, Pepper– se vengaran de su puñalada trapera. Carney ignoraba el funcionamiento de esta faceta del mundo criminal. Quizá Miami Joe estaba ya en Florida, o quizá no se marcharía de la ciudad hasta estar seguro de que nadie le iba a seguir.

Soplaba brisa de la parte del río. Pestilente pero fresca. La excitación de la cacería y de la discusión posterior con Alma se había desvanecido. Un poquito mareado: no había comido nada desde el desayuno. Carney pasó al lado oeste de la calle y miró hacia el norte, siguiendo el muro de Riverside Drive, aquella hilera desigual de majestuosos edificios de ladrillo rojo y caliza blanca. El perímetro de un fortín para proteger a los buenos ciudadanos de Harlem. Error, una vez más: una jaula para impedir que la turba de locos que consideraban aquellas calles su casa pudieran escapar al mundo de más allá. A saber qué caos no sembrarían, qué perdición, si los soltaban entre la población decente. Mejor tenerlos a todos aquí encerrados, en esta isla comprada a los indios por veintisiete pavos, según cuentan por ahí. En aquel entonces veintisiete pavos daban para eso y más.

Deambuló hasta llegar a la acera de enfrente del 528 de Riverside Drive, su último objetivo. Si trabajaba era con esa meta. ¿A quién no le gustaría vivir en Riverside Drive? Volver a casa después de cerrar la tienda, abrir la puerta y ser recibido por el aroma a pollo caw caw. La radio encendida, música de big band, y May abrazándose a una de sus piernas mientras el nuevo miembro de la familia (él soñaba con que fuera niño) se le agarraba a la otra. Luz crepuscular de poniente entrando por la ventana, aunque eso supusiera mirar hacia New Jersey. Una vivienda bonita, sin comparación con ninguna de las que había conocido hasta ahora. «Negro callejero», había dicho Alma.

Una mujer alta con un vestido verde salió en ese momento del portal y sus tacones altos repicaron en el pavimento. Buscó dentro de su bolso —llaves, pintalabios, tabaco— y siguió andando. Carney estaba situado en un punto en diagonal con respecto a una gárgola de una cornisa del 528, y sus miradas se encontraron. Ni asomo de aprobación pétrea por parte de la bestia. ¿Qué haría su padre? Big Mike Carney. No se iría a su oficina (tampoco es que tuviera), no se iría a casa, eso seguro. No se iría a acostar hasta dar con el hombre que le había traicionado. Al igual que Pepper, pondría todo el barrio patas arriba hasta sacar a la presa de su madriguera

¿Quién no querría vivir en Riverside Drive? Unas manzanas más al norte estaba el Burbank. Allí donde el contacto de Miami Joe en el hotel Theresa tenía una habitación. Estaba a dos pasos.

El vestíbulo del hotelucho registraba el ajetreo habitual de un sábado noche: inquilinos dirigiéndose hacia sus bares de costumbre, o volviendo a casa después del trabajo para emperifollarse con vistas a sus correrías nocturnas. El perdulario encargado ocupaba su puesto de guardián tras un mostrador más que arañado, a su espalda una colmena de casillas para la correspondencia. Un ventilador diminuto soplaba en dirección a su desdichada cara, haciendo ondear dos cortas serpentinas que parecían tentáculos. Carney le dijo que estaba buscando a su amiga Betty pero que no se acordaba del número de la habitación.

—¿Betty qué más?

—Trabajo con ella en el Theresa. Se ha dejado el bolso allí.

El encargado bajó la vista al periódico que tenía delante.

—Por aquí no ha venido.

—También se lo puedo dar a Joe.

El encargado se subió las gafas por el puente de la nariz y esperó a que el recién llegado reparara en el fallo de su plan.

—¿Y el bolso? —preguntó.

Carney señaló hacia la calle.

—En mi camioneta.

Dos mujeres con el pelo crepado salieron del ascensor y caminaron como flotando hacia el vestíbulo, dos reinas en resplandeciente traje de gala.

—No conozco a ningún Joe —dijo el encargado.

Carney se detuvo al doblar la esquina y pensó. Al hablar del robo, Freddie había mencionado el Baby's Best. Eso estaba en la Ciento treinta y seis o treinta y siete, a la altura de la Octava. Carney no pensaba enfrentarse al tío, de eso que se ocupara Pepper. Pero era mejor colaborar un poco en la cacería antes de avisar al matón que estar dando vueltas por su sala de estar. Alma solía irse antes de las diez. El piso pronto estaría tranquilo. Decidió qué ruta seguir hasta Baby's Best.

Miami Joe no era un tipo respetuoso con la ley y a él tampoco le gustaban sus representantes terrenales: sheriffs y ayudantes allá en su tierra natal; polis e inspectores aquí en la ciudad. Si tenían la mala suerte de pararle llevando su pistola en el bolsillo, pobres de ellos. Su desdén hacia aquellos a quienes robaba era de otra índole, más próximo a lo que siente un niño cuando aplasta una cucaracha con el zapato. Eran víctimas insignificantes, indefensas, desaparecían de su mente una vez dado el golpe, tanto si el trabajo en cuestión era un timo como si se trataba de liquidar a alguien. Por ejemplo, en su cabeza había ahora un espacio vacío que antes ocupaba Arthur. El próximo golpe acabaría llenando ese hueco... hasta que ese golpe quedara atrás también. Miami Joe se lanzó escalera de incendios abajo después de que Gibbs, el encargado, llamara al cuarto de Betty. Sujetando su pistola contra la pierna. Era una cuestión de rapidez. Miami Joe se llevó una sorpresa al divisar al vendedor de muebles en la Ciento cuarenta. Pepper debía de haberse olido algo. Chink hubiera enviado a dos tipos. Estaba de suerte. Miami Joe se le acercó todo lo que pudo, hincó una rodilla en tierra, apoyó el cañón de la pistola en el antebrazo para apuntar bien y apretó el gatillo.

9

El día terminó igual que había empezado: con hombres de fuerte carácter sujetándolo bajo las grandes letras que deletreaban su apellido.

Como la mayoría de los harlemitas, Carney había crecido entre cristales rotos en el parque infantil, el espectáculo de la crueldad callejera cada vez que salía de casa, el chasquido de los disparos. Reconoció el sonido. Se agachó rápidamente y corrió en zigzag hacia los cubos metálicos de basura. Cuando volvió la cabeza, allí estaba Miami Joe, y una fracción de segundo después la segunda bala extraía un «zing» de la tapa del cubo que Carney tenía al lado. La esquina no quedaba lejos; esprintó sin pensárselo más.

Nueva York era a veces así: doblas una esquina y, como por arte de magia, te metes en una ciudad que no tiene nada que ver. En la calle Ciento cuarenta reinaban el silencio y la oscuridad, mientras que Hamilton era una fiesta. Había cola para entrar en un bar dos puertas más allá —a juzgar por lo que sonaba, era uno de esos garitos de bebop—, y justo al lado unos hispanos bebían vino y jugaban al dominó a la luz de una barbería. Los que jugaban eran empleados de la barbería; de día trabajaban para pagar el alquiler y por la noche se refugiaban allí de sus familias. Carney se abrió paso a empellones entre la gente que hacía cola y empezó a andar deprisa. Un coche patrulla pasaba por el otro lado de la calle. Carney volvió la cabeza: ni rastro de Miami Joe. Si Carney había visto a los polis, el otro también. Echó a correr tan pronto el coche se hubo alejado lo suficiente.

Carney bajó hacia el centro zigzagueando al azar por calles y avenidas. Aquella tarde, antes de separarse de Pepper, este le había dicho que le dejara cualquier mensaje en Donegal's. «No importa quién esté trabajando; es mi contestador automático». Lo de ahora —tiros y demás— era más de la jurisdicción de Pepper. Cuando se trataba de hacerle daño a alguien, aquel tío era el puto amo. Carney no podía volver a casa y que Miami Joe supiera dónde estaba su familia. Si es que Miami Joe le seguía hasta allí... Había bares llenos de gente; podía esconderse en uno hasta el último momento, pero ¿y luego? Se dirigió hacia la tienda, o eso fue al menos lo que sus pies decidieron por él. Telefonearía a Pepper desde el despacho y esperaría.

La esquina de Morningside con la Ciento veinticinco parecía tranquila cuando llegó al cabo de diez minutos. Toda la actividad estaba concentrada en las cercanías del Apollo, unas calles más abajo. Carney no consiguió recordar quién tocaba esa noche, el nombre pintado en el autocar de la gira, pero por la multitud y sus gritos debía de ser alguien importante. Las manos le temblaron cuando fue a meter la llave en la puerta.

Miami Joe dijo: «Date prisa». Estaba junto a la acera, entre dos coches oscuros. No le había dado tiempo a ponerse la americana; llevaba una camisa blanca con la pechera abierta, empapada de sudor, y un pantalón a rayas de color morado. Tenía a Carney encañonado con su pistola a baja altura, de forma que los coches la ocultaran a la vista.

Gritos de la muchedumbre del Apollo y bocinazos de los coches que pasaban por delante. El artista en cuestión habría salido a saludar a sus admiradores.

Una vez dentro de la tienda, Miami Joe le dijo que no encendiera las luces, que se veía suficiente. Normalmente, la luz de las farolas acariciando las bellezas de su sala de exposición hacía que Carney se pusiera sentimental: él a solas en su rinconcito de la gran ciudad. Miami Joe le hundió el cañón del arma en la espalda.

—¿Hay alguien más? —dijo.

—La tienda está cerrada.

—¿No te enteras? He preguntado si hay alguien más.

Carney dijo que no. Miami Joe le hizo detenerse cuando llegaron al despacho, a fin de cerciorarse de que no hubiera nadie dentro. Ordenó a Carney que encendiera la lámpara del escritorio. La puerta que daba al sótano estaba abierta y Miami Joe miró abajo, inclinándose un poco hacia atrás.

—¿Ahí abajo qué hay?

—El sótano.

—¿Y hay alguien?

Carney negó con la cabeza.

Miami Joe pareció por fin convencido.

—No has tenido tiempo de llamar a nadie.

Se sentó en el sofá. A juzgar por su expresión, le sorprendía lo cómodo que era el Argent. Carney tuvo que aguantarse las ganas de cantarle las alabanzas de la espuma Airform.

El otro hizo un gesto con la pistola: Siéntate a la mesa. Carney obedeció, y fue entonces cuando reparó en el albarán que Rusty le había dejado al lado del teléfono. Esa tarde había vendido todo un tresillo Collins-Hathaway.

—Mírame —dijo Miami Joe. Comprobó que nadie pudiera verlos desde la calle—. ¿Cómo supiste lo del Burbank?

—Me acordé de la chica.

Miami Joe torció el gesto.

—Eso siempre —dijo. Se frotó la clavícula, más relajado—. ¿Quieres saber por qué?

Carney guardó silencio. Pensó en su mujer y su hija, a salvo de todo en su cama. Aquel pequeño bote salvavidas flotando en el oscuro y turbulento mar de Harlem. Él no vendía muebles de dormitorio, pero un conocido del barrio le había hecho un buen trato. Carney estaría ahora durmiendo allí con las dos, apaciblemente, si su suegra no hubiera empezado a joderle. Que no estuviera en casa era culpa de ella. Y antes de ella, de Freddie y de los años que llevaba presionando a Carney para meterse en líos a cuál más estúpido. Y también de él mismo por aceptar. ¿Estaría vivo aún su primo?

—En cuanto Chink empezó a seguirnos el rastro —dijo Miami Joe—, no quise esperar al lunes para repartir el botín. Después tuve que pensar en cuál de vosotros sería tan idiota como para irse de la lengua. El tonto de tu primo. Y si tenía que hacer callar para siempre a uno de vosotros… —Se frotó la sien como si estuviera lijando las rebabas de un dolor de cabeza—. ¿Sabes qué? La mitad de esas piedras eran de imitación. Menuda putada. ¿A qué capullo se le ocurre meter sus joyas falsas en una caja de seguridad de un hotel?

—Tengo familia —dijo Carney.

Miami Joe asintió, hastiado, con la cabeza.

—De todos modos estoy hasta los huevos de Nueva York —dijo—. En invierno te hielas. Y sois todos unos estirados. Odio a la gente estirada que no tiene nada en absoluto que ofrecer. Es absurdo. Para poder ir con esa actitud arrogante hay que ganárselo, digo yo. Bah, que os den a todos. Yo soy descendiente de africanos; necesito que me dé el sol. —Se incorporó en el sofá y se frotó la barbilla con el cañón del arma—. Quiero que telefonees a Pepper a Donegal's, es donde pide que le dejen los mensajes. Que le llames y le digas que tienes información sobre mí, que venga cagando leches, ipso flauto. Podemos terminar con esta historia. Vosotros dos, y después Freddie. Yo agarro el botín que está donde Betty y subo al primer tren que me saque de este vertedero. ¿Dónde para tu primo?

—No lo sé.

—Sí lo sabes. Y después de que me haya ocupado de ese cabrón de Pepper, haré que desembuches.

Carney telefoneó al bar. Se oía mucho alboroto, pero en cuanto mencionó a Pepper, el barman mandó callar a todo el mundo. Le dijo a Carney que le pasaría el mensaje.

—¿Dónde guardas el dinero? —preguntó Miami Joe.

Carney señaló el cajón inferior del escritorio.

—No te importa, ¿verdad? —Miami Joe rio entre dientes—. Familia, ¡uf! Yo tenía un primo así: mi primo Pete. Nos metimos en todo tipo de historias, dimos algún que otro golpe. Pero él era tonto perdido y se enganchó a esa mierda. No te puedes fiar de un tío cuando empieza con la aguja.

La mano de Miami Joe había quedado colgando mientras desenhebraba recuerdos, pero enseguida apuntó de nuevo a Carney con su pistola.

—Hice lo que tenía que hacer —continuó—. Lo enterré en un sitio al que solíamos ir a pescar. Le gustaba mucho ese sitio. A veces se lo huelen y saben que es para bien. Sobre todo viniendo de un pariente.

Carney tuvo que apartar la vista. Sus ojos volvieron a posarse sobre la magnífica venta de Rusty. Todo un tresillo Collins-Hathaway. Con eso tenía asegurado el alquiler.

Ambos vieron a Pepper asomar del sótano al mismo tiempo, pero Miami Joe no pudo apretar el gatillo. La primera bala le alcanzó por encima del corazón, la segunda en el vientre. Se vio lanzado contra el respaldo del sofá, intentó ponerse de pie y finalmente cayó de bruces. Pepper acabó de subir los últimos peldaños hasta el despacho y apartó con el pie la pistola de Miami Joe. Carney la encontraría una semana después mientras barría.

—Estaba en la acera de enfrente —dijo Pepper. Agitó la mano, molesto, para apartar de su cara el humo del cañón de la pistola—. Alguien iba a presentarse —añadió—. Si eras tú o era tu primo, me quedaría una mano libre para la cacería. Turno de noche. Si era él, llegaría hasta el final. —Ladeó la cabeza hacia la calle—. Vas a tener que cambiar la cerradura de esa puerta.

La sangre de Miami Joe discurría en lenta marea hacia el escritorio. Carney soltó un taco y fue al cuarto de baño a por una toalla.

—Haz un pequeño dique —dijo Pepper—. Es lo que suelo hacer yo. —Se metió un palillo entre los dientes—. ¿Dónde vive esa Betty?

Carney hizo un dique antes de responder.

—En el Burbank, en la Ciento cuarenta.

—¿Qué apartamento?

—No lo sé.

Pepper se encogió de hombros.

—Tu primo está bien, o eso parece.

—Suele estarlo.

Pepper se dirigió hacia la sala de exposición.

—Espera —dijo Carney—. ¿Qué hago con este?

El otro bostezó.

—Bueno, tienes una camioneta, ¿verdad? Eres hijo de Mike Carney. Ya se te ocurrirá algo.

Carney se apoyó en el umbral del despacho mientras Pepper cerraba la puerta de la calle y se encaminaba hacia el río. Dos tipos jóvenes pasaron frente al escaparate en la otra dirección, entre bromas y gritos.

La noche seguía su curso habitual. Pura física.

La camioneta de su padre le vino como anillo al dedo. Antes de que amaneciera, siguiendo la costumbre local, ya había dejado el cadáver en el parque Mount Morris. Por lo que la prensa escribía sobre aquel lugar, pensó que quizá encontraría cola. Resultó más sencillo de lo que esperaba, librarse de un cadáver, o eso le dijo a Freddie cuando volvió de su escapada al Village. A Carney casi lo pillaron dos tíos que estaban copulando al pie de un abedul, un puto de aspecto andrajoso a la caza de clientes en los lavabos, y un hombre con alzacuellos que maldecía a la luna y que en nada parecía un hombre de Dios. Había perdido el dinero de la alfombra Moroccan Luxury con la que había envuelto al mafioso, pero aun así resultó fácil. Si algo había aprendido en los últimos días era que el sentido común y el sentido práctico eran toda una bendición a la hora de llevar a cabo empresas criminales. Y también que a ciertas horas de la noche las demás personas son menos visibles, en comparación con los vívidos fantasmas personales de cada cual. Limpió la sangre que Miami Joe había dejado en el despacho. Se fue a casa y se acostó junto a Elizabeth y May. Dos segundos después estaba roque.

El relato de lo ocurrido el sábado por la noche hizo que Freddie meneara la cabeza y soltara un suspiro. Parecía ansioso. Luego preguntó:

—¿En una alfombra?

Al final, después de que se hubieran calmado los ánimos, resultó ser un buen mes. Volvieron los clientes, y entre Rusty y él hicieron algunas ventas interesantes. Algunos repetían. Vende productos de calidad y la gente volverá. Las dos Silvertone encontraron pretendiente un jueves por la tarde, uno detrás del otro. Aronowitz le dijo que había más de la misma procedencia.

Elizabeth no volvió a sufrir desmayos, y si su madre le contó lo de la discusión con su marido, ella se lo guardó para sí. Esa factura llegaría a su debido tiempo.

Como un mes más tarde, Carney recibió un paquete. Tuvo un mal presentimiento y cerró la puerta del despacho y la persiana que daba a la sala de exposición. Dentro de la caja, envuelto en papel de periódico como si fuera un pescado, estaba el collar de Lucinda Cole. El rubí destelló, lanzándole una mirada torva de lagarto. La letra de Pepper era infantil. Decía la nota: «Te lo puedes repartir con tu primo». Carney no hizo tal cosa. Lo tuvo guardado durante un año, hasta que el asunto quedó atrás. Buxbaum le pagó un dinero que Carney apartó para la compra del piso. «Puede que a veces esté arruinado, pero aún soy honrado», se dijo a sí mismo. Hubo de reconocer, sin embargo, que quizá no lo fuera.

PARTE DOS

DORVEY
1961

«Un sobre es un sobre.
Si se altera el orden, todo el
sistema se resquebraja».

1

Quinientos dólares, pago único. En el ámbito de sobornos y chantajes, ese «único» era un punto a favor. El inspector Munson iba personalmente a recoger su sobre semanal, y cada viernes Delroy y Yea Big se presentaban en la tienda para recoger el de Chink Montague; Carney no quería ni pensar en la cantidad que había pagado a aquellos tipos en los dos últimos años. Gastos generales. El precio de tener un negocio, como el alquiler y el seguro y el teléfono. Según se mirara, los quinientos que le daba a Duke eran una inversión.

«Las ventajas llegarán por sí solas», fue lo que le dijo Pierce sobre la conveniencia de ser miembro, cuando el abogado captó su reacción a las palabras «Club Dumas». El gesto de Carney: desdén entreverado de repugnancia.

—Yo no tengo el color de piel adecuado —dijo Carney.

—Eso ha ido cambiando —dijo Pierce, y sonrió—. Mírame a mí, si no.

Cierto, Pierce era un espécimen más negro que el común de los miembros del Dumas. Y, desde luego, el abogado no era tan estirado ni tan arrogante como, digamos, Leland Jones.

—¿Es tu suegro?

—Sí —dijo Carney.

—Pues lo siento, hermano.

Se habían conocido en la reunión inaugural de la Asociación del Pequeño Comercio de Harlem, celebrada en el sótano de la iglesia A.M.E. Zion, en St. Nicholas. Calvin Pierce se había prestado a ofrecerle sus conocimientos legales. Sin cobrar. «No vamos a crecer si no damos todos la talla, ¿me explico?».

Carney estaba sentado en la primera fila, como hacía cuando estudiaba. Pierce llegó cinco minutos tarde y ocupó el único asiento libre, al lado de Carney. En vez de aplaudir a los oradores, Pierce dio unos golpecitos con un Chesterfield en su pitillera de plata con monograma. Era alto, y su larga cabellera ondulada parecía resaltar sus facciones aguileñas. Lucía un traje caro, gris con raya diplomática de un gris más claro; Carney llevaba un tiempo pensando en mejorar su armario y le preguntó a qué sastre iba.

Se pusieron los dos a hablar mientras el resto del personal —comerciantes, restauradores, políticos locales— exponía planes y hacía llamamientos. Hank Diggs, presidente de una empresa fabricante de gomina y autor del eslogan «¡Haz que brille!», ocupó el estrado. «Con todas las luminarias que hay en esta sala —dijo—, ¡podríamos iluminar Times Square!». Su voz era un retumbo que evocaba su propia escasez de vatios intelectuales y restaba peso a su discurso. Carney adoptaba un punto de vista cínico en lo tocante a grupos (más concretamente, a grupos y resultados), pero Elizabeth le había instado a ir, diciendo que así se daría a conocer. Aunque de la reunión no saliera nada, valía la pena que la gente asociara su rostro al cartel de la tienda. Las letras del nuevo rótulo que Carney acababa de encargar se inclinaban como un avión a reacción elevándose de la pista de despegue.

El mismísimo Adam Clayton Powell Jr. apareció hacia el final entre vítores de los congregados. Regio y elegantísimo. Carney admiró su exhortación; el día menos pensado iban a poner su nombre a una calle. «Es un nuevo día en Harlem —dijo el congresista—. Si tenemos al presidente Kennedy en Washington prometiendo una Nueva Frontera, ¿por qué no podemos tener nosotros una Nueva Frontera en nuestros patios traseros, en las calles de Harlem, algo nunca visto en el mundo?». Una semana antes había empleado la misma analogía en la inauguración de un supermercado en la Novena.

Carney lo había leído en la *Harlem Gazette*. Entonces apareció un ayudante, le susurró algo al oído y Powell abandonó a los comerciantes para ir a fomentar la revolución económica mundial.

La asociación perdió fuelle tras el tercer encuentro —el tesorero tenía un lío con la mujer del vicepresidente—, pero Carney y Pierce siguieron viéndose para almorzar en Chock Full o'Nuts. Eran los primeros de sus respectivas familias en haber cursado estudios universitarios, aunque el padre de Pierce era un ciudadano de pro. En lugar de dar palizas al prójimo, había trabajado como un esclavo durante cuarenta años en la planta embotelladora que Anheuser-Busch tenía en Newark. Pierce estudió de firme y le concedieron una beca para la Universidad de Nueva York, y finalmente obtuvo la licenciatura de Derecho en la facultad de St. John. «Quería ser el Clarence Darrow negro», dijo Pierce, encogiéndose de hombros.

Franklin D. Shepard, el extravagante abogado neoyorquino, le dio trabajo. «Una vez entré en el bufete, ¡me agarré allí como una garrapata!». A Shepard le gustaba ver su nombre en los periódicos y se dio el caso de que el chico de Newark tenía afinidad por los casos relacionados con los derechos civiles, esos que siempre salían en primera plana. La NAACP contrató a Pierce para sus cruzadas contra la discriminación en la vivienda, el mundo laboral y los créditos bancarios. Defendió a los Seis de Dyckman en el juicio contra el Ayuntamiento de Nueva York —agua color marrón en las cañerías y ratas grises en los pasillos— y perdió el célebre caso de brutalidad policial contra Samuel Parker, aunque le hizo «una buena publicidad». En 1958, cuando el alcalde Wagner anunció la nueva ley no discriminatoria de vivienda para la ciudad y desveló el Comité de Relaciones Intergrupales, Pierce era ya un rostro conocido en la prensa y solía aparecer junto a los líderes de la NAACP hecho un figurín y luciendo sonrisa acerada.

Por su forma de hablar, Pierce podría haber trabajado en la radio. Mientras tomaban pastel de manzana, Pierce le contó a Carney que un profesor de lengua del instituto le había convencido para apuntarse a clases de elocución. «"Si quieres triunfar, tienes que hablar bien", me dijo. "Olvídate de esa jerga de Newark". Como si en Newark hablaran otro idioma, pero entendí lo que quería decir».

Carney asintió. El señor Liebman, su profesor de economía en primer año, le había dicho lo mismo, solo que sustituyendo «Newark» por «calle». Era un judío del Lower East Side que declamaba desde el atril como un blanco protestante de Boston, y sabía de lo que hablaba. Carney no tenía dinero para clases extra; vivía solo, ¿y de dónde iba a sacar tanta pasta? En lugar de eso estudiaba las noticias radiofónicas de la CBS y las películas de William Holden. Bien mirado, en un momento dado, el mundo es como un aula. Carney se miraba en el espejo tratando de abrir bien la boca al pronunciar, marcando bien las pausas y tomando aire entre una palabra y la siguiente. Siempre que decía «Heywood-Wakefield» en la sala de exposición de la tienda, recordaba su cara ante el espejo: la lengua bien pegada a los dientes delanteros mientras la luz del respiradero entraba renqueante por el opaco cristal de la ventana del cuarto de baño.

Una pareja bastante extraña: Pierce en el juzgado y Carney en su tienda de muebles. «Ni él ni yo estamos donde se supone que deberíamos estar, teniendo en cuenta de dónde venimos –le dijo Carney a Elizabeth–. Por eso congeniamos». Al igual que Carney, el abogado era padre de familia y se le iluminaba la cara cuando sacaba fotos de su mujer y sus críos. Carney no llevaba fotos encima para enseñar, y decidió comprarse una de aquellas cámaras nuevas. Para tener por fin unas cuantas fotos de sus dos hijos: el pequeño John, con sus dos dientes y un vocabulario de diez palabras; y May, cuya oscura inteligencia parecía crecer día a día tras aquellos ojos castaños.

Que Pierce le propusiera como miembro del Dumas fue toda una sorpresa. La gente como ellos no pintaba nada en lugares así.

Pierce le explicó que llevaba dos años en el club. Franklin D. Shepard le había propuesto a pesar de su color y de sus humildes orígenes, insistiendo ante los otros socios en que las cosas habían cambiado. No le fue necesario dar explicaciones. Hasta el momento, Pierce estaba satisfecho con su experiencia en el Dumas. «Como esa asociación de Harlem donde nos conocimos. Algunos hombres solo saben hablar de lo que se proponen hacer, y luego están los que lo llevan a cabo. Bueno, pues en el Dumas te encuentras a los que hacen lo que se proponen».

Carney le dijo que no, gracias.

Su amigo tenía mucha paciencia. «Ven a la fiesta, hombre —le dijo—. Tómate una copa al menos. Tú y yo llevamos toda la vida metiendo el pie en la puerta porque sabemos que es la única manera de entrar en la habitación. Pero entrar ahí lo es todo. Si entras en la habitación, vas a ser tú quien mande».

Carney telefoneó a su suegro para darle la noticia; el traficante de alfombras metiendo baza otra vez: primero su hija y ahora su club. Alma le pasó el teléfono a Leland, y estas fueron sus palabras: «Cuando Wilfred me comunicó que vendrías, le dije que me entusiasmaba la idea».

El Club Dumas, según la placa de latón de la verja negra del edificio, se fundó en 1925. A Carney le sonaron los nombres de los fundadores; le habían sermoneado en las asambleas del instituto sobre el valor del trabajo bien hecho y de la fortaleza moral, eran los maestros de ceremonias en los pícnics del Cuatro de Julio y los bailes del día del Trabajo en el parque Mount Morris. El edificio databa de 1898, cuando el barrio pertenecía a italianos e irlandeses. Sangre nueva que entra, sangre vieja que sale; aquella visita al Dumas supuso para Carney convertirse en el recién llegado que lo pone todo patas arriba.

Se había puesto su traje nuevo, uno de color canela, ligero. Comprobó una vez más que el sudor no hubiera manchado la tela. A juzgar por el calvario de aquella semana, iba a ser otro verano de aúpa. En la esquina, un hombre mayor rebañaba bolas de helado para unos críos que no paraban de chillar; los frascos de sirope iban de una mano a la otra como mazas de malabarista. Un jovencito vestido de frac esperaba en lo alto de los escalones de entrada al club y le hizo señas con un guante blanco.

A la derecha del vestíbulo, la sala de recepción estaba repleta de miembros del Dumas controlando a sus candidatos. En un rincón, el pianista atacaba un ragtime en el piano de media cola, el ritmo frenético una suerte de nervioso comentario sobre aquel paripé. Carney fue rescatado por Pierce, quien le fue presentando a todo el mundo. Carney conocía a Abraham Frye por la prensa; era uno de los pocos jueces negros de la ciudad. Y aquel que estaba junto a la barra, señalando la botella de su ginebra favorita, ¿no era un concejal? Carney ni se acordaba de la última vez que había votado, pero seguro que había dado su voto a aquel hombre, por la manera en que la maquinaria lo tenía todo controlado. Dick Thompson, de Thompson TV & Radio, la tienda de electrónica de Lenox Avenue, intercambiaba chistes verdes con Ellis Gray, director de la empresa de construcción propiedad de negros más importante de la ciudad. Sable Construction había hecho la última reforma en la tienda de muebles, y Carney supuso que gracias a ello Gray se habría comprado, cuando menos, una corbata o un pañuelo para la americana.

Los miembros del Dumas llevaban su anillo del club en el meñique; las letras eran tan diminutas que debías tener el tuyo propio para distinguir el sello. O acercarte mucho, muchísimo, cosa que Carney había tenido ocasión de hacer. Louie el Tortuga le había traído uno al despacho para que Carney se deshiciera de él, junto con un botín de lo más variado. Louie, que tenía una manera de picotear muy enigmática, se presentaba siempre con cosas rarísimas. La frase grabada en la sortija estaba en latín y a Carney no le había interesado conocer el significado. Podría haber sacado algo por el oro, pero para fastidiar al Tortuga le dijo que era un objeto demasiado fácil de rastrear y que no se lo quedaba.

Carney estrechó la mano de Denmark Gibson, de quien sabía que era el propietario de la funeraria más antigua de Harlem. Gibson había incinerado a su padre y a su madre.

—¿Qué tal el negocio? —le preguntó Carney.

—El negocio siempre va bien —dijo Gibson.

Y, cómo no, el amigo de la infancia de Elizabeth, Alexander Oakes, que estaba probando unas chuletas de cordero. Oakes le saludó con un gesto desde el otro extremo del salón. Aquello era, sin duda, una reunión de Esforzados; el único representante de la Vía Delincuente era Carney. Políticos, agentes de seguros de las compañías negras más influyentes, y un amplio surtido de abogados y banqueros, como Wilfred Duke, de cuya nueva aventura empresarial parecía hablarse mucho. Había sido un pez gordo de Carver Federal Savings, donde supervisó durante veinte años la mayor parte de los créditos del vecindario. Si un negro quería poner en marcha alguna iniciativa, tenía que pasar por Wilfred Duke tarde o temprano. Las conversaciones giraban en torno a su idea de redactar los estatutos de un nuevo banco propiedad de negros a fin de competir con su antiguo patrón: Liberty National, o Liberty a secas para los entendidos. Hipotecas, créditos a la pequeña empresa, desarrollo comunitario. Según le contó Pierce, muchos de los presentes estaban interesados en meter la pezuña como inversores o miembros del consejo de administración.

—¿Solo agua? —preguntó el barman.

—Y un poco de hielo si tiene —dijo Carney.

Alguien le tocó el codo. Era Leland, enseñando la sonrisa que solía reservar para sus nietos.

—Me alegro de verte, Raymond —dijo, y salió disparado en busca de uno de sus camaradas.

Durante cosa de una hora, la conversación versó en torno a costes estimados, política exterior suicida, lo típico, hasta que Wilfred Duke se situó ante las ventanas que daban a la calle Ciento veinte y tomó la palabra. Empezó hablando de aquellos que habían renunciado a asumir el liderazgo del club, así como de sus sucesores. De los que habían fallecido recientemente, como Clement Landford, que había asesorado a cuatro alcaldes de la ciudad sobre el punto de vista de la población negra. Anunció después la iniciativa de crear una beca a nombre de Landford para que un estudiante neoyorquino aventajado pudiera matricularse con todos los gastos pagados en Morehouse. Aplausos generalizados. Pierce dio unos golpecitos con un Chesterfield en su pitillera.

Carney no era el único, desde luego, que creía estar viendo a Napoleón. La *Harlem Gazette*, periódico adversario de Duke desde muy antiguo, antes de que Carney se convirtiera en lector habitual, tenía un caricaturista que solía representar al banquero como el poderoso general, mano metida en la americana, gorra con hélice en la cabeza en lugar del bicornio. Lo clavaba. Duke era bajo de estatura y más bien delgado, y tenía una manera de hablar dictatorial y vehemente. En el joven Harlem negro de tres décadas atrás habría sido una rara avis, un precursor del cambio; no era difícil entender que hubiera llegado a convertirse en un hombre tan influyente. Y que se hubiera ganado tantos enemigos. La *Gazette* describía el plan bancario de Duke como una estafa al estilo P. T. Barnum.

Duke se alisó el bigotito, aquellos pelos de rata, y dio la bienvenida a los candidatos. Les recordó que el club debía su nombre a Alejandro Dumas, el que fuera hijo de un oficial del ejército francés y una esclava haitiana y que alcanzó la cumbre de la literatura mundial.

—Si recuerdan la historia del conde de Montecristo, y soy consciente de que algunos de ustedes dejaron la escuela hace muchos años —hubo algunas risitas—, era un hombre que llevaba a cabo cuanto se proponía una vez que decidía el plan de acción. Y ese es el espíritu al que aspiramos en nuestra hermandad: la capacidad de iniciativa con que nuestros antepasados se libraron del yugo y que ahora nos inspira también a nosotros en nuestro objetivo de hacer un Harlem mejor.

—Muy bien dicho, así se habla.

Después de animar a los presentes a tomar una copa, Duke recorrió la sala inspeccionando a los aspirantes. Carney fue una de las últimas víctimas. Pierce le guiñó un ojo y se escabulló.

Estaban junto a la ventana, lo que permitía cierta dosis de ventilación.

—¡Raymond! —exclamó Duke—. Me cuesta creer que no nos hayan presentado antes. —La mano era pegajosa y la colonia de primera calidad—. ¿Cómo está Elizabeth? Tenéis dos hijos, ¿verdad?

—Está muy bien.

—Dile a tu señora esposa que tío Willie le manda saludos.

Algo atrajo su atención en la calle.

—Es horrible. —Señaló hacia abajo, donde un joven andrajoso se tambaleaba tentándose los bolsillos en una pantomima grotesca. La Danza del Yonqui, el nuevo baile que estaba arrasando—. Es una verdadera plaga —dijo Duke—. Hay sitios, solares vacíos donde solía jugar a la pelota cuando era un chaval, por donde ya no me atrevería a pasar de noche.

—Wagner habla de crear una fuerza especial antidroga —dijo Carney. Personalmente no se lo creía, pero era una manera de meter baza.

—Ese necio lo que busca es la reelección. Delante de esos gacetilleros de la maquinaria demócrata sería capaz de decir cualquier cosa.

—Es un desastre —dijo Carney, recordándose a sí mismo que debía telefonear a Freddie.

Duke dio la espalda a la calle y le preguntó por la tienda de muebles. Carney supuso que el banquero sabía ya todo lo que necesitaba saber sobre él, pero le explicó que acababan de terminar una ampliación aprovechando el local contiguo, una antigua panadería. Tenía una nueva secretaria que trabajaba bien, pero a él le costaba renunciar a tareas que había estado haciendo solo durante tanto tiempo.

—Uno dice adiós a viejos retos y afronta otros nuevos.

—Sí, en eso consiste ser empresario —dijo Carney.

—Pues espero que le hagas la competencia a ese viejo judío de Blumstein. —Duke había tenido bastante trato con los almacenes Blumstein's a lo largo de los años, desde las protestas del 31 por la falta de dependientes y cajeros de raza negra. Era todavía joven cuando se produjo aquel boicot bajo el lema «Compre Donde le Dejen Trabajar», pero ya entonces conocía la importancia de ver las cosas con perspectiva de futuro—. Blumstein's no iba a ninguna parte, ¡y nosotros tampoco! —le dijo a Carney, una frase que le sonó a tópico recurrente.

Duke comprobó que nadie pudiera oírle y luego adoptó un tono cómplice:

—Me alegro de tenerte entre nosotros, Raymond. Estamos intentando ampliar nuestras filas, para que haya más variedad. Pero solo aceptamos unos cuantos miembros nuevos al año, eso es lo malo.

Carney tuvo un presentimiento.

—Siendo tan selectivos, si uno quiere ser de los primeros, a veces le conviene untar bien la tostada. Para que no le pasen por alto.

—¿Cómo de untada?

—Bueno, eso depende de cada cual y de lo cerca que uno quiera estar de la primera fila. El año pasado un miembro del club… no diré su nombre, soy discreto, en la banca hay que serlo… llegó al número cinco.

Después de haber sido chantajeado por delincuentes de pro —polis corruptos, tíos que le rajaban la cara a la gente—, esa refinada extorsión por parte de Duke casi le hizo reír. Como la semana anterior, cuando May se enfadó porque él no la dejaba saltar en el sofá y la niña le atizó en el brazo con el puño: ¿eso tenía que hacerle daño? Había muchas clases de dolor; magnitudes diversas que podías soportar o no. Una cosa era coger tu porción de tarta, y otra comerte medio pastel.

Carney le pidió una tarjeta a Duke. El banquero había arrendado una oficina en el Edificio Mill, en Madison, tras dimitir de Carver Federal para abrir el banco de la comunidad. Hubo un cambio de vector en las fuerzas circundantes y Duke fue arrastrado hacia otro lugar de la sala. Para chuparle la sangre a otro. ¿O acaso lo de untar era solo para hijos de maleantes?

Quinientos dólares. Las mismas reglas para el mundo de la delincuencia y para el mundo normal: todo quisque con la mano tendida para recibir el sobre. Una inversión de futuro para Muebles Carney si las ventas se mantenían como ahora. ¿Abrir una segunda tienda, una tercera? Miembros del Club Dumas pasaban junto a él whisky en mano, repartiendo elocuentes codazos. Menuda colección de tontos del culo. Pero los iba a necesitar para conseguir permisos, créditos y que el Ayuntamiento no le tocara las narices. Para dar algún visto bueno más adelante, o como cobradores de sobornos al inspector de tal o cual cosa, a gente de departamentos de los que él jamás había oído hablar. Departamento de Sacar Tajada, Oficina del Chantaje Esporádico.

John no había cumplido aún dos años. Para cuando fuese lo bastante mayor para echar una mano en el negocio familiar —pero no como chico de almacén, que era como Carney había empezado—, la semilla de lo que él plantara en el Club Dumas ya habría dado fruto. Sí, por supuesto, era una traición a determinados principios, una filosofía sobre cómo alcanzar el éxito a pesar de —y para fastidiar a— hombres como aquellos. Paternalistas tipo Leland, o Alexander Oakes y sus perritos falderos. Pero los tiempos habían cambiado. La ciudad está en perpetua transformación, todo y todos han de seguir el compás a riesgo de quedar rezagados. El Club Dumas necesitaba adaptarse, lo mismo que Carney.

Cuando le contó a Elizabeth lo de la invitación de Pierce, ella dijo: «Mmm…». El Dumas era algo impropio de Carney, como podría atestiguar cualquier extracto de lo que había comentado sobre el club a lo largo de los años. Una parte de él pensó que a Elizabeth le gustaría. Era sin duda un signo de madurez dejar a un lado rencores arraigados en aras del pragmatismo. Despojarse de cierta coraza. Ante él no se extendía ninguna Nueva Frontera, pródiga e infinita (eso era para los blancos), pero al menos este nuevo país estaba a solo unas manzanas, y en Harlem unas cuantas manzanas lo eran todo. Era la diferencia entre esforzados y maleantes, entre oportunidades y una vida de miseria.

Ella tenía otra cosa que compartir cuando Carney volvió de la fiesta en el club y le dijo que pensaba conseguir un anillo de aquellos.

—¿Y para qué quieres uno, si se puede saber? Esos hombres son horrendos.

—Dijiste que me diera a conocer, ¿no? —Carney se aflojó el nudo de la corbata—. Pues eso hago.

—Pero no así. En ese club hay verdaderos hijos de puta. Los he tenido cerca toda mi vida.

—¿El tío Willie, por ejemplo?

—Ese es el más cabrón de todos —dijo Elizabeth.

Últimamente estaba muy deslenguada. Había vuelto a la agencia de viajes seis meses después de nacer John y el trabajo había cambiado durante su ausencia. Conservaban su antigua clientela, pero ahora la empresa hacía reservas para grupos pro derechos civiles, el Comité Coordinador Estudiantil No Violento y el Congreso para la Igualdad Racial, buscándoles rutas y alojamientos seguros para sus incursiones en los lugares más hostiles y atrasados del país. Los intereses habían cambiado. Un hotel de Mississippi que nunca les fallaba había sufrido un atentado con bomba incendiaria. Fue solo una advertencia; no hubo daños personales. Pero podría haberlos habido. Y hacía solo un mes, el Klan paró un autobús de Viajeros por la Libertad en Anniston, Alabama, e intentó quemarlos vivos dentro del vehículo. Un poli que iba de incógnito a bordo sacó su pistola y logró ahuyentar a la turba antes de que el depósito de combustible explotara. Las fotos salieron en la prensa, testimonio de la locura del supremacismo blanco, y Elizabeth se sentía responsable. Black Star Travel no había organizado el viaje a Anniston, pero sí muchos otros parecidos. En fin, que ella ahora no se mordía la lengua. Resultaba más interesante así.

—Yo creo que será bueno tener a algunos de ellos de mi lado —dijo Carney.

—Mmm... ¿Tengo que pedirle a mi padre que te recomiende? ¿Se lo has contado a él?

—Ha dicho que se alegraba de verme allí.

Carney insistió en que no tenía que molestar a su padre con eso. Y entonces uno de los críos se puso a llorar a moco tendido y ya no hablaron más.

La siguiente vez que almorzaron juntos en Chock Full o'Nuts, Pierce le dijo que nunca había oído que nadie entregara un sobre.

—Me parece que fue para ver si tú lo harías o no, una especie de prueba, aunque sé que a ese hombre le va el dinero cosa mala. —Se encogió de hombros—. Hemos ido suficientes veces al circo para saber qué hace cada cual... incluido «Duke el Comunitario».

Pierce no dijo: «Paga». Y Carney no dijo que no lo haría. Hicieron señas a Sandra para que les sirviera otro café.

Carney reunió el dinero. Eso provocó un descenso en los ahorros para el apartamento nuevo, sin contar los gastos de la reciente ampliación, pero ya lo repondría. La cuenta de ahorro que habían abierto para el piso —ya no escondía billetes dentro de una bota debajo de la cama— fue menguando. Tirar el muro entre la tienda y la panadería costó más de lo previsto. A Carney le dolía muchísimo cada dólar extra que le sacaba Gray. Añádase a eso el sueldo de Marie todos los viernes. Elizabeth no estaba para mudanzas mientras duró el embarazo, y la llegada de John tampoco facilitó las cosas. Todo se fue complicando. «Quizá mejor esperar a que Elizabeth vuelva a incorporarse al trabajo». «Quizá mejor aplazarlo hasta que se acaben las obras». Cada vez que el dinero ahorrado menguaba, menguaba también su actual piso: el pasillo se le hacía más estrecho, la sala de estar se encogía. Elizabeth pensaba que el cuarto de los niños era suficientemente grande, pero Carney apenas si cabía entre las camitas de May y John, y con todos aquellos malditos juguetes por el suelo. Ah, y el cuarto de baño: cada vez que iba a mear se sentía como una sardina enlatada.

Eso sí, el dinero procedente de su trabajo extra como perista le vino como llovido del cielo. En ese sentido el negocio iba de perlas, con su nuevo contacto. Por un lado más delincuente, por el otro más legal: ojo, Carney, no vayas a partirte en dos. Metió los cinco billetes de cien en un sobre para documentos, enroscó el cordel alrededor del botón de la solapa y dobló el sobre hasta tres veces.

Ese mes Carney hizo dos visitas al Edificio Mill. La primera fue para dejar el sobre; la segunda para recuperarlo.

El Mill, en la esquina de Madison con la Ciento veinticinco, era donde se establecían ahora los caballeros negros respetables: en lugar de una tablilla con el nombre pintado a mano, eran letras doradas en una puerta de vidrio esmerilado. En una planta había solo médicos; en otra, dentistas; y Duke se instaló en un pasillo exclusivo para abogados, en un despacho esquinero con las mejores vistas. Carney solo pudo imaginárselas, ya que no le dejaron pasar de la pequeña recepción. Candace, la secretaria, era una joven vivaracha y lucía un vestido a cuadros rojos y blancos y un peinado *bouffant*: parecía la cuarta Supreme. Duke estaba casado —su mujer era una gran dama de la buena sociedad negra, y a los actos benéficos que organizaba acudían los nombres de rigor que luego podían leerse en las páginas de cotilleos—, pero tenía fama de mujeriego. Carney ató cabos.

Candace asomó la cabeza al despacho de su jefe. Carney no llegó a oír lo que decían.

—El señor Duke dice que me lo deje a mí —dijo Candace, cerrando la puerta con sumo cuidado, como si acabara de acostar a un bebé.

—¿Ah, sí?

Ella asintió con la cabeza. Carney entendía que se sintiera predilección por los intermediarios, puesto que él lo era. Le entregó el sobre.

Una semana después un mensajero se presentaba en la puerta del despacho de Carney. Este lo tenía visto de la fiesta en el club, era uno de los jóvenes que atendían la barra. Había que pagar la tarifa. Cogió el sobre y le dio un dólar de propina al chaval por las molestias.

A veces encargas algo de un catálogo de Sears y cuando llega resulta que no es lo que tú has pagado. Él no había pagado por lo que tenía en ese momento entre las manos: una carta del Club Dumas lamentando profundamente no poder prorrogar su oferta de admisión.

Carney no salió de su despacho durante una hora. Cuando sonó el teléfono, fue Rusty quien atendió la llamada; le dijo que era Pierce, pero Carney indicó con un gesto que no estaba para nadie.

Fue andando hasta el Mill. Cuando llamó a la puerta con los nudillos, Candace dijo: «Adelante». Acababan de terminar de almorzar: sándwiches, envases cuadrados de papel encerado, ahora vacíos, abiertos como girasoles. Duke estaba aposentado en una esquina de la mesa de su secretaria, comiendo gominolas de un tarro de cristal que ella tenía junto a una lamparita metálica. Duke se señaló la boca —«no puedo hablar»— y se llevó a Carney a su despacho.

Quinta planta, o sea que Duke gozaba en efecto de una estupenda vista del Bronx. En la otra orilla del río Harlem, almacenes y edificios industriales, y más allá robustos bloques de viviendas baratas envueltos en la calima, asomando entre el aire cada vez más amarillento y polucionado.

En el centro de una de las paredes, rodeado de diplomas, distinciones y testimonios diversos sobre su persona, había un retrato de Duke como Napoleón, tan enorme que no habría cabido en las páginas de la *Harlem Gazette*. Debía de habérselo encargado al caricaturista del periódico. Tamaño

Godzilla y con el puente George Washington de fondo, Duke-Bonaparte en el acto de vadear el Hudson y pisoteando con su pie gigante la autopista del West Side. Esta vez, en lugar del gorrito con la hélice, el sombrero del célebre general.

—Siento no haber podido ayudarte, Raymond —dijo Duke en cuanto hubieron tomado asiento—. En el fondo, no soy más que una voz entre muchas.

—Me has timado.

—¿Tú que esperabas de todo esto, Raymond?

—Que al menos respetaras lo acordado.

—Te dije que pondría tu nombre en los primeros puestos, y eso fue lo que hice.

—Cuando uno acepta que le unten, debe responder. —Aquella bruma amarillenta y tóxica: era como ver los malos pensamientos del prójimo acechando en el aire.

—¿Tú de dónde eres?

—De la Ciento veintisiete.

—Ya. ¿Y cómo pensabas que iba a ir la cosa?

Duke era experto en conversaciones así. En el banco, negando préstamos, incautándose de esperanzas ajenas. En este caso se trataba de una desapasionada declaración de hechos.

—Me llevo mi dinero —anunció Carney.

—Eso es de locos.

—Ya me has oído.

Cuando Carney se puso de pie, Duke le miró desde el otro lado de la mesa como si lo hiciera desde lo alto de un castillo. Sus ojos refulgían. Desde que había dejado el banco, el mundo solo le proporcionaba ocasiones para ser malvado una o dos veces al día; con suerte, tres.

—Candace, ¿puedes llamar a comisaría? —dijo, ladrando casi.

—¿Vas a hacer que me detengan? —dijo Carney.

Candace entreabrió la puerta del despacho.

—¿Está usted bien, señor Duke?

Llamar a la policía por el padre de Carney, vale, pero no por el hijo.

Duke se lo quedó mirando fijamente y, muy despacio, abrió el cajón superior de su escritorio. Introdujo la mano como si dentro le esperara un arma. En Harlem, los que trabajan en un banco están preparados.

Ya en la calle, Carney apenas si podía ver. Los transeúntes eran como sombras moviéndose a su alrededor. Era una tarde normal y corriente y él se había visto apartado de un empujón. Un taxista machacó el claxon al ver que una vieja cruzaba por en medio de la calle, y ella le mandó a freír espárragos mientras tiraba de su andrajosa maleta verde. Un predicador callejero bramaba: «¡Salvo almas! ¡Venid!», alzando los brazos como si quisiera dividir las aguas. Un poco más allá, dos vendedores de periódicos rivales se peleaban por un lugar preferente delante de un estanco. Sus respectivas pilas de ejemplares empezaron a abrir sus fauces en la acera y el tubo de escape de un autobús las hizo temblar. Carney entornó los ojos. Tenía ante sí la clásica esquina de su ciudad, poblada de ruidosos e irascibles personajes que eran, todos ellos, vendedores tratando de colocar su mercancía de mierda a unos clientes que no tenían ni puta calderilla en los bolsillos. Carney avanzó un pie y luego el otro.

Qué imbécil. El error había sido pensar que ahora era otra persona; que las circunstancias de su biografía habían sido otras, o que superar dichas circunstancias era tan fácil como mudarse a un edificio mejor o aprender a hablar correctamente. «Marcando bien las pausas y tomando aire entre una palabra y la siguiente». Ahora sabía cuál era su lugar; lo había sabido siempre, aunque por momentos hubiera sido presa de la confusión. Quedaba el asunto de cómo resarcirse.

Su padre… ¿qué palabras habría empleado él? «A ese negro hijo de puta le quemo la casa con él dentro». En tiempos más inocentes Carney prefería pensar que solo era una forma de hablar; pero era más que probable que su padre hubiera hecho semejante cosa una o dos veces. Wilfred Duke vivía en un elegante y señorial edificio de ocho pisos en Riverside Drive, el Cumberland, y quemarlo planteaba un

sinnúmero de complejidades incluso si Carney hubiera tenido en su repertorio la condición de pirómano, que no era el
caso.

No. El fuego era demasiado rápido. Además, Carney era de
los que se toman su tiempo.

2

El Big Apple Diner estaba frente a una hilera de brownstones construidos por la misma promotora hacia finales del siglo anterior. Idénticas escaleras de entrada en zigzag, dovelas y soportes de hoja de acanto, cornisas de madera, una casa detrás de la otra desde una esquina hasta la siguiente. Vistas desde la acera opuesta, las casas se habían ido diferenciando entre sí con el paso de los años por las plantas colocadas en la parte delantera, la decoración entrevista tras el cristal de la puerta principal, la ornamentación de las ventanas; la suma, en fin, de decisiones tomadas por los inquilinos y de modificaciones hechas por los propietarios. Un pobre descarriado había hecho pintar la fachada de un amarillo melocotón y ahora destacaba entre el resto, la manzana podrida dentro del barril. Un proyecto de casas idénticas —financiado por especuladores y hecho realidad por cuadrillas de inmigrantes— había generado una divergente prodigalidad.

Carney se imaginó más allá de las fachadas; estaba buscando algo. Algunos brownstones seguían siendo unifamiliares, otros habían sido divididos en apartamentos individuales, las habitaciones diferenciadas entre sí según el mobiliario, el color de la pintura, lo que había en las paredes, la función que cumplía uno u otro espacio. Luego estaban las marcas invisibles dejadas por quienes habían vivido allí, fantasmas tenaces. En esa habitación, el hijo mayor había venido al mundo en una incómoda cama con dosel junto a la ventana; en ese salón el viejo soltero se había declarado a su novia por correspondencia; aquí, la tercera planta, había sido escenario indistintamente de divorcios a fuego lento, planes de suicidio e intentos de suicidio. También indetectables eran las marcas de otras y más vulgares actividades: los sustanciosos desayunos y las confidencias a medianoche, la realización de sueños y propósitos diversos. Carney se imaginaba dentro porque buscaba indicios de sí mismo. ¿Habría un sillón de orejas Argent o un guardarropa Heywood-Wakefield en una de ellas, quizá junto a la ventana, prueba de una venta que él había hecho? Era un nuevo tipo de juego que practicaba paseando por esta despiadada ciudad: ¿Hay muebles míos ahí dentro?

Carney se planteaba la siguiente ecuación: X número de artículos vendidos a X número de clientes en X número de años. El negocio iba lo bastante bien como para que él pasara dos o tres veces al día por delante de donde vivía un cliente suyo. Quizá no en esta manzana pero sí en la siguiente, pasado el semáforo. A alguna parte tenían que ir a parar los muebles de su tienda; no es que los clientes los encadenaran a un yunque y arrojaran al Hudson esos preciosos sofás con brazos de haya. Algún día, habida cuenta de la distribución de su clientela por todo Harlem, quizá habría alguna mercancía suya en todas las manzanas del barrio. No sabía cuándo conseguiría ese hito, pero tal vez sintiera un agradable cosquilleo de satisfacción mientras recorría las calles.

Algún día.

El Big Apple Diner estaba en Convent, cerca de la Ciento cuarenta y uno, hacia la mitad de la manzana. Carney se había sentado a una mesa con vistas a la calle. Había quedado con Freddie. Su primo tardaba, y no estaba claro si iba a presentarse o no. Pero al menos Carney habría aprovechado la excursión.

El local daba pena: las grietas en el suelo rebosantes de mugre, las ventanas empañadas. Olía como a pelo chamuscado, pero no era eso, sino la comida que servían. Probablemente hacían negocio en los desayunos y también en el almuerzo, pero a las tres aquello estaba muerto. La camarera iba medio pedo y farfullaba. Cuando no gruñía si Carney le pedía algo amablemente, se dedicaba a tirar la ceniza del cigarrillo en un cenicero metálico y espantaba las moscas del mostrador. A esa hora del día el tráfico de moscas estaba en su apogeo, pero Carney no creía que con esa clientela les llegara para el alquiler.

Carney cogió dos periódicos de la mesa de detrás. Tenía por costumbre consultar los anuncios de muebles para ver qué ofertas especiales hacía esa semana la competencia. Fischer, un outlet de Coney Island, vendía mobiliario para terraza. Curioso que la empresa se hubiera volcado en la fabricación de muebles para exterior; el negocio les iba bien. Carney no vendía productos Fischer, pero convenía estar al tanto de lo que hacían los grandes. El de All American ocupaba un cuarto de página —no era barato— y anunciaba descuentos en todos los productos Argent. El sofá lo vendían diez pavos más barato que Carney, y no era habitual en ellos, esa rebaja. Pero All American estaba en Lexington; los clientes de Carney no iban hasta tan lejos para que luego el dependiente blanco fingiera que no los veía o los tratara como a una mierda. Carney no se preocupó. Ahora no pasaba tanto tiempo en la tienda, pero Rusty era competente y podía hacerse cargo. Iba a casarse pronto, de modo que cualquier dinero extra era bienvenido. Y Marie le había hecho ver que debería haber contratado a una secretaria mucho tiempo antes.

La primera plana del *Times* traía un par de columnas sobre el anuncio del alcalde Wagner de presentarse a una segunda reelección y quitarse a la maquinaria demócrata de Tammany Hall de encima. Todas esas intrigas municipales eran demasiado para Carney. Igual que comprar cuando entras en una tienda de blancos: en la parte baja de Manhattan las reglas eran diferentes. En el uptown, el tío del camión de la basura también era un buen cliente. Carney no tenía buena opinión de Wagner. ¿Le caían bien los negros al alcalde? Al menos no nos la tenía jurada, eso era lo importante. El objetivo de la reciente campaña antidroga era salvar del peligro a la población blanca, pero sus beneficiarios inmediatos fueron las buenas personas a quienes les daba miedo caminar por su propio barrio, que se preocupaban si uno de sus hijos se alejaba de los escalones de la entrada. Siempre viene bien que alguien te ayude, aunque sea sin querer.

Carney había terminado su sándwich de jamón y queso cuando por fin apareció su primo.

—¿Tú no tendrías que estar trabajando? —dijo Freddie.

—Hoy almuerzo tarde. ¿Por qué no pides algo?

Freddie negó con la cabeza. Atravesaba una de sus fases de delgadez, el cinturón en el último agujero. Carney estaba acostumbrado a las rachas de su primo; la novedad, en este caso, era que no parecía preocuparle nada su aspecto. El arrugado polo gris seguro que era de prestado, y le convenía ir cagando leches a cortarse el pelo. Tal vez acababa de levantarse.

—Elizabeth me ha dicho que quizá estarías de mal humor —dijo Freddie, interpretando su entrecejo fruncido.

—¿Qué?

—La he visto por la calle. Me ha dicho que estabas pasando por uno de tus malos momentos.

—Cuando trabajas todo el santo día, a veces ocurre. —Carney se preguntó si lo que preocupaba a Elizabeth era su mal humor o su nuevo horario.

—Bueno, yo de eso no sé —dijo Freddie, y ambos rieron.

La camarera se acercó a su mesa y farfulló algo. Freddie le guiñó un ojo, pellizcó un resto de corteza de pan que quedaba en el plato de Carney y se lo comió. Cuando la camarera se hubo alejado, Freddie dijo:

—¿Qué se cuece por ahí?

Eso, en su jerga, quería decir «Dame carnaza fresca». En relación con maleantes a los que ambos conocían, Carney le explicó que habían trincado a Lester y a Birdy y que estaban los dos cumpliendo condena en Rikers. Lester siempre perdía la cabeza por las chicas, desde que eran unos críos. Pero esta vez no había sido por echar un polvo: el día de los Caídos, en Gravesend, había apuñalado a la hermana de su novia en plena barbacoa por burlarse de sus pantalones.

—La ambulancia se la llevó al hospital y luego ellos volvieron para seguir comiéndose el pollo.

En cuanto a Birdy, se había caído de una escalera de incendios cuando salía de robar en un tercer piso. El tío estaba tieso cuando llegó la policía, le informó Carney, y de un bolsillo le asomaba una cartera que no era suya.

—A Zippo lo cogieron por colar cheques sin fondos —dijo Freddie—. Estaba en casa de su vieja cuando lo arrestaron. —Los primos soltaron un pequeño gemido y torcieron el gesto.

—Debería haber seguido con las películas —dijo Carney.

Antes de que los apuros económicos le llevaran a trapichear con cheques sin fondos, Zippo hacía fotos de alcoba —«glamurosas», las llamaba él— y también vendía pelis porno clandestinas a quienes les iba ese rollo. La primavera anterior había contratado a una chica que quería sacarse un dinero extra, y el novio de la señorita en cuestión se enteró de lo que pasaba y armó la de Dios. Le hizo una cara nueva a Zippo y se cargó la cámara y todo lo demás. De eso hacía tres meses, y Zippo aún no había levantado cabeza.

—¿Y a ti qué tal te va el negocio? —preguntó Freddie.

Freddie no había pasado por la tienda desde la reforma, una parte de la cual había consistido en abrir una puerta en la pared que separaba el despacho de Carney de la calle. Así Carney podía salir a Morningside entre la Ciento veinticinco y la Ciento veintiséis sin tener que pasar por la sala de exposición. Y también podía entrar gente por ella a partir de las seis de la tarde, que era cuando se marchaban Rusty y Marie.

—Piensan que soy un buen jefe porque no les hago trabajar hasta muy tarde —dijo Carney.

Los primos volvieron a reír como en los viejos tiempos, cuando tenían sus propios chistes privados. Uno de ellos era imitar a James Cagney en *Al rojo vivo* —«¡En la cima del mundo!»— siempre que algún inútil hacía algo particularmente estúpido.

Carney no estaba seguro de si debía decirlo, pero finalmente lo hizo: Chink Montague se había discutido con Lou

Parks, su perista de muchos años, y ahora le estaba derivando mercancía a él. A cambio de una parte.

—O sea que Chink recibe un sobre mío cada semana, y aparte de eso una comisión —dijo Carney—. Es peor que el Tío Sam.

Fue un cambio de papeles. En otros tiempos era Freddie el que tenía material para colocar.

—Me alegro por ti —dijo Freddie—. Si ese tío supiera…

En los dos últimos años casi nunca habían hablado del atraco al Theresa. Freddie todavía hacía algunos robos de vez en cuando, pero ahora eran collares y pulseras, no electrodomésticos. No había vuelto a reclutar a su primo para un golpe desde aquella vez y, que Carney supiese, no había trabajado más con una banda. Hasta el invierno anterior, Freddie había estado involucrado en apuestas ilegales por cuenta de Chet Blakely; tenía una buena ruta en la zona de Amsterdam a la altura de las calles Ciento treinta, con dos residencias de ancianos y estudiantes de la facultad. Pero a Chet lo habían trincado el día de Año Nuevo delante del Vets Club, y ahí terminó una historia que prometía mucho. Carney ignoraba en qué había andado metido su primo desde entonces. Quedar ese día no había sido posible hasta que Carney le dejó seis o siete mensajes en Nightbirds, después de haber agotado todas las vías.

—¿Te estás cuidando? —preguntó Carney.

—Eso debería preguntártelo yo: tú eres el que trabaja con Chink. —Freddie comprendió el propósito de la reunión. Frunció los labios—. Veo que mi madre ha hablado contigo.

Carney reconoció que esa era la razón por la que quería verle. Hacía tres meses que tía Millie no sabía de él. Normalmente no pasaba tanto tiempo sin que Freddie se dejara caer por su casa, aunque fuera solo para comer o cenar.

La puerta de una de las casas de enfrente se abrió y dos quinceañeras con vestidos a rayas de vivos colores bajaron los escalones de la entrada y se dirigieron hacia el norte.

—¿Qué miras? —preguntó Freddie.

Carney meneó la cabeza: nada.

—Le dije a tía Millie que hacía tiempo que no sabía nada de ti. —Si Freddie se preguntó por qué le había citado en el Big Apple, y no en cualquiera de los sitios habituales, no lo dejó traslucir—. ¿Dónde te estás quedando últimamente?

—En casa de mi amigo Linus. Vive por Madison.

—¿Quién es Linus?

—Sí, hombre, uno que conocí en el Village.

Freddie le contó la historia como si fuera una aventura. Después de asistir a una exposición en una cafetería de la calle MacDougal, habían ido al apartamento de una estudiante blanca rica de la Universidad de Nueva York.

—La cafetería se llamaba Magic Bean, o Hairy Toledo, no sé.

Freddie era el único negro de la reunión, y después de charlar un poco («¿Qué tal se lleva eso de crecer siendo de color?», «Mi papá trabajó en el caso de los Chicos de Scottsboro»), se dio cuenta de que estaba allí para dar espectáculo, y se esmeró en montar un numerito de auténtica magia negra. ¿Qué era Nueva York si no ibas al teatro por la noche?

—Igual podría haberme sacado la polla —dijo Freddie, pero el canuto le había dejado un poco aturdido. Aquel mes corría buena hierba por el Village. Les preguntó si habían oído hablar del monte de tres cartas. La chica blanca trajo un baúl grande, sacó una baraja y encendió unas velas votivas. Todas aquellas tías blancas tenían velitas de esas. Freddie, en realidad, no sabía hacer lo del monte de tres cartas—. Ya me conoces, tantos naipes volando por ahí me marean. —Pero lo estaba pasando en grande. Les largó un rollo que había oído contar muchas veces en la Ciento veinticinco e intentó aguantarse la risa viendo la cara de bobos entusiasmados que ponían.

Y ahí entró en juego Linus. El monte de tres cartas requiere un ayudante para dejar a los catetos con el culo al aire, y de repente allí estaba aquel blancucho desgreñado soltando billetes de dólar sobre el baúl. Él sabía de qué iba la cosa —qué papel jugaba Freddie y cuál los demás— y le sacó las castañas del fuego cuando su mala técnica le ponía en evidencia. No era nada fácil elegir una y otra vez la carta mala, pero Linus lo hizo muy bien. Una vez en la calle, después de quedar claro que allí nadie iba a acostarse con nadie, con magia o sin magia, Linus sacó un porro y estuvieron riendo y dando vueltas por ahí hasta que se hizo de día. Freddie incluso le devolvió el dinero, tal fue el sentimiento de camaradería entre ambos.

Linus, dijo Freddie, acababa de pasar una temporada en un psiquiátrico por «tendencias invertidas». Su familia tenía dinero y también paciencia, y pensaron que el chico había hecho ciertos progresos después del tratamiento con electroshock, aunque todo fue un número que él se montó. Era más fácil hacerse el normal y quedarse la pasta.

—¿Lo del electroshock? Pues te atan a una camilla y te meten diez viajes seguidos que no veas.

—Esos blancos... —dijo Carney, meneando la cabeza.

—Blancos que torturan a otros blancos: ¿no hablabas de igualdad de oportunidades?

El tal Linus parecía un tipo bastante desequilibrado, pero por lo demás era un personaje muy en la onda de Freddie: un poco papanatas pero inofensivo.

—Dice tía Millie que últimamente vas por ahí con Biz Dixon —dijo Carney, retomando el hilo.

Alice, la madre de Biz Dixon, era del mismo grupo parroquial que tía Millie. Ambas habían cuidado de los hijos de la otra cuando eran pequeños, y seguían cuidando de ellos ahora que habían crecido y tomado el mal camino. Un «mal elemento», era la manera eufemística con que aquella generación se refería a Biz. Otra manera habría sido decir que era camello. Había estado dos veces en prisión por vender jaco y cada vez que lo soltaban volvía a lo suyo con renovado entusiasmo. Intentaba hacerse un nombre en el mundillo de la delincuencia como el músico que aspira a tocar en el Carnegie Hall: metiéndole horas y horas de práctica. Por cosas que Freddie le había ido contando, Carney sabía que a Biz le gustaba rondar por la margen inferior de Harlem, cerca del metro, para que a los blancos les fuera más fácil pillar. Cinco minutos y ya estaban otra vez en el andén para volver a sus barrios. Cinco minutos que se les hacían cinco horas si estaban con el mono.

Biz, por supuesto, también vendía a gente del barrio. Conocidos suyos de cuando era un chaval, cualquiera que necesitase una dosis. Más de uno de los que pasaban por la tienda de Carney iba después en busca de Biz.

Carney intentó elucidar si el aspecto de Freddie se debía a haberlo pasado demasiado bien o demasiado mal.

—Biz corre por aquí —dijo Freddie—. Siempre anda por aquí. ¿Y qué?

—Es muy chapucero —dijo Carney—; seguro que lo trincan otra vez. Y, si no, al tiempo. Vende material en parques infantiles. —Esto último era una sandez propia de ciudadanos íntegros, pero Carney no pudo evitarlo.

—Lees demasiados periódicos —dijo Freddie—. ¿Que Biz intenta sacar dinero fácil? Bueno, él no se esconde de nada. Lleva un disfraz, como tú. Traje y corbata todos los días, una bonita mujer e hijos, para disimular. Él solo intenta metértela doblada, igual que tú.

—¿Trabajas para él?

—¿Qué?

—Que si trabajas para él.

—¿Cómo se te ocurre?

—¿Sí o no?

—Biz y yo pillamos algo de comer en el chino y salimos por ahí. A veces tomamos copas juntos, ¿qué pasa? Sabes que siempre hemos tenido muy buen rollo. —Freddie volvió la cabeza hacia la calle, y cuando miró de nuevo a Carney vio la expresión asqueada de su primo—. Pues claro que vendo para él. Parques infantiles, iglesias, donde haga falta. Busco a una cría y le meto esa mierda en el coño. Pincho a las putas monjas. Ellas se levantan las faldas y llaman a Cristo a grito pelado.

Detrás de la barra, la camarera escupió algo húmedo que tenía en los pulmones y el cocinero exclamó: «Virgen santa».

—Mira que preguntarme eso —dijo Freddie.

Carney le miró fijamente. No estaba seguro de si aquella era la voz de mentir de Freddie. No lo tenía claro. Si uno se lo trabaja, puede cambiar la voz y la cara de mentir.

—Me obligas a hacerlo —dijo Carney.

—Mira que preguntarme eso —repitió Freddie—. Qué cojones tienes. Eres tú a quien habría que vigilar. Yo hago mis trapicheos, pero a mí no me verás en la Ciento veinticinco con un cartel así de grande que ponga: «¡Eh, aquí estoy, venid a cogerme!».

Una aparición surgió de repente y aporreó el cristal frente a ellos; un tío blanco larguirucho, de grasienta melena rubia, vestido con una cazadora y pantalones vaqueros. Meneó los dedos desde el otro lado de la ventana y sonrió. Tenía una dentadura blanca perfecta.

Freddie le indicó por señas que esperase fuera.

—Ese es Linus. Tengo que largarme.

—¿Ese es Linus? Pues dale unos bongós y parecerá un beatnik de la revista *Life*.

—Tiene pinta de eso, sí —dijo Freddie—. Todo el mundo tiene pinta de algo. —Su silla arañó ruidosamente el linóleo cuando se levantó. Antes de salir, se detuvo y dijo—: Ahora podrás decirle a mi vieja que me has visto. —Freddie y Linus chocaron palmas en alto y se alejaron contoneándose.

La camarera no había perdido detalle. Vio que Carney la estaba mirando, levantó una ceja y reanudó cansinamente su tarea de rellenar un servilletero.

Los primos ya no congeniaban. Sus madres eran hermanas y, por tanto, ellos compartían parte del mismo material, pero con los años habían ido tomando caminos diferentes. Un poco como los edificios de la acera de enfrente, que se alejaban paulatinamente de los planos originales conforme pasaban los años y cambiaban los inquilinos. La ciudad lo cogía todo entre sus garras y unas veces estaba en tu mano elegir adónde ibas a parar, pero otras no.

Casi las cuatro de la tarde. Era su tercera visita a Big Apple. ¿Podía considerarse un cliente habitual? Esto no era Chock

Full o'Nuts y la camarera no tenía nada que ver con Sandra. Era el personal, no tú, quien decidía si eras o no un habitual. Más adelante, tal vez, la camarera actuaría con más amabilidad. O, cuando menos, le reconocería. En esta zona tan al norte no iba a toparse con Pierce. Habían pasado tres semanas desde que recibiera el sobre del Club Dumas. Había pegado la nota bajo la ventana que daba a la sala de exposición, junto a los papelitos amarillos donde constaban los clientes morosos y las letras impagadas. Era toda una exposición del dinero que se le debía, deudas pendientes. Clientes, comerciantes: hay una cierta morosidad, un impedimento, una traba, pero no bien cobras lo que se te debe, es como si nada hubiera pasado. Otras veces, en cambio, recibes lo que te toca y haces cruz y raya.

Justo un minuto antes de las cuatro en punto, Wilfred Duke salió de uno de los brownstones, el número 288 de la calle. El banquero se ajustó la corbata y comprobó que llevaba encima la cartera palpándose los bolsillos del pantalón gris de raya diplomática. Hay personas que cuando salen de un sitio en el que no deberían estar, miran a su alrededor por si alguien los ha pillado. Se escabullen. Pero Duke no. Echó un vistazo a su reloj y empezó a andar en dirección sur, camino de su oficina.

Carney había contratado a un hombre para que siguiese a Duke, y la información era correcta: martes y jueves a las tres de la tarde, nunca más de una hora. Pagó la cuenta. Carney caminó a paso ligero. Fue por Amsterdam para no adelantar al banquero camino del centro. Además, en la Ciento treinta habían abierto una nueva tienda de muebles. Nunca venía mal echar una ojeada a la competencia.

Sí, señor, la excursión había merecido la pena.

3

La última vez que había estado en Times Square, la sirena antiaérea empezó a aullar y de repente los respetables ciudadanos de Manhattan se transformaron en cucarachas tan pronto Dios hubo encendido la luz de la cocina. Corrieron a meterse en hoteles y salas de cine, a agazaparse en bocas de metro, a apiñarse en portales. Otro tedioso simulacro que les robaba diez preciados minutos de la hora de almorzar. Los últimos civiles en desaparecer de la vía pública eran taxistas, camioneros y automovilistas, que después de apartar sus vehículos de la calzada iban a apretujarse junto al resto. Esto último —despejar las calles para la evacuación— a Carney le parecía extraño. Si los rusos lanzan la bomba, lo de menos es si hay poco o mucho tráfico en Broadway.

Y había un solo policía, allí plantado en el cruce, controlando la nada.

Ensayo para el día del juicio. Cuando la sirena empezó a sonar, Carney corrió hacia el Horn & Hardart y buscó un sitio junto a la ventana. En un refugio antiaéreo, o en el sótano de un rascacielos, uno al menos podía hacerse la ilusión de que tenía una oportunidad, pero ¿qué protección podía dar una hoja de vidrio contra la Bomba de las Bombas? Carney visualizó cómo estallaban las ventanas de los edificios altos, llenando el aire de añicos asesinos. Las casillas de los expendedores de autoservicio eran como pisos enanos para sándwiches y sopas, y Carney hizo que también sus diminutas ventanas explotaran, salpicando el gastado linóleo. Todo el mundo mirando la calle. Es lo que se hacía durante un ataque aéreo: mirar como tontos la calle. Como si esta vez fuera a ocurrir algo. Carney apretujado con ciudadanos blancos desconocidos: en ascensores, en el metro, y también el día del juicio. La señora mayor que estaba a su lado, sosteniendo en brazos a su caniche, dijo: «Espero que tiren la bomba de una vez». El perro sacó la lengua.

Una vez que la sirena hubo callado, el enorme artilugio de la ciudad resopló y dio varias sacudidas para ponerse otra vez en funcionamiento. Carney prosiguió su camino; había quedado con Harvey Moskowitz, y de vuelta a casa vio a Ernest Borgnine en el metro comiéndose dos perritos calientes.

La de hoy era otra cita con Moskowitz, solo que Times Square a eso de la medianoche era una criatura muy distinta, un increíble bazar incandescente. Bombillas blancas parpadeaban a oleadas en las vistosas marquesinas, finos tubos de neón hacían cabriolas −una copa de martini rosa, un caballo al galope− entre un clamor de bocinas y silbidos y metales de big band saliendo de los salones de baile. La última proyección de *Un lunar en el sol* tocaba a su fin en la acera de enfrente (Carney había prometido a Elizabeth que la llevaría, pero no había encontrado el momento), al lado de *Los cañones de Navarone* (que en otra época habría sido un estreno perfecto para Ray y Freddie), y el público estaba saliendo a la calle recién regada y reluciente. Unos se dirigieron hacia bocas de metro mientras que para otros solo era el principio de la velada, que continuaría en tabernas de calles secundarias y clubes clandestinos. Allá en lo alto, en la Cuarenta y cuatro, el enorme anuncio medio roto de Timex volvía a funcionar; el brazo mecánico con su reloj futurista en la muñeca se movía arriba y abajo: «El reloj activo para los hombres de acción». Sin duda, la Gran Vía Blanca estaba repleta de hombres de acción, teatroadictos y ludópatas, matones y borrachos... además de gran número de delincuentes varios, siempre de servicio en busca de la siguiente presa.

Medianoche, vamos, espabila. Carney llevaba un horario

de maleante desde que entrara otra vez en *dorvey* después de todos aquellos años. Había oído la palabra por primera vez en clase de contabilidad financiera, que se impartía en una sórdida sala de conferencias del sótano de la facultad. Carney dedujo que a nadie le asignaban semejante aula si se le tenía en alta estima, pero el profesor Simonov estaba habituado a todo tipo de humillaciones tras haber vivido en un país nunca especificado de la Europa del Este. De cuando en cuando el profesor les contaba anécdotas de aquellos años de su vida: vigilancia a todas horas, humor negro en la cola del pan, una esposa postrada en cama. A la policía secreta la llamaban «la Muntz» o «la Mintz», Carney no estaba seguro. Cada vez que el radiador provocaba una interrupción con sus ruidos, Simonov paraba la clase hasta que las cañerías se rendían a su implacable mirada. Decían que nunca ponía una nota inferior a 10, como si con ello quisiera dotar de una constante al caprichoso orden de este mundo.

Un día de octubre, mientras recalcaba la importancia de una escrupulosa supervisión de las cuentas, Simonov les recomendó que eligieran un momento concreto para la teneduría de libros y que se ciñesen a él. «No importa cuándo, pero háganlo». Su padre, comerciante en géneros de punto allá en su país (¿Rumanía?, ¿Hungría?), prefería la duermevela, ese intervalo de la medianoche, para cuadrar los números. «Ya no nos acordamos, pero hasta el advenimiento de la bombilla eléctrica era habitual dormir en dos turnos —explicó Simonov—. El primero empezaba poco después de oscurecer, una vez terminada la jornada laboral; si no había luz y no se veía nada, ¿para qué estar despiertos? A eso de la medianoche se levantaban de nuevo y pasaban unas pocas horas en vela antes de la segunda fase de sueño, que duraba ya hasta la mañana. Ese era el ritmo natural del cuerpo humano antes de que Thomas Edison nos permitiera organizar nuestro propio horario».

El profesor Simonov dijo que ese intervalo de vigilia se llamaba, en francés antiguo, *dorvey*. Uno revisaba sus cuentas, o lo que fuera: leía, rezaba, copulaba, atendía algún trabajo urgente o recuperaba momentos de ocio. Venía a ser un respiro del mundo normal y sus exigencias, un espacio para empeños privados hecho de horas perdidas.

Simonov retomó el tema central de la clase, que incluía su singular pronunciación de la palabra «impagados». Carney quería saber más de las escapadas nocturnas. Era de los que levantaban la mano para preguntar en clase, pero no en la de Simonov: el viejo imponía demasiado. Su excursión a la biblioteca resultó infructuosa hasta que otra bibliotecaria le oyó dando la tabarra a la empleada del mostrador de referencias y le dijo que esa palabra francesa se escribía así: *dorveille*, de *dormir* y *veiller*, «duermevela». O sea que el profesor no se lo había inventado: antiguamente el cuerpo tenía un reloj distinto del de ahora. Medievalistas daban fe de ello; Dickens, Homero y Cervantes hacían también alusiones. Carney no había leído a Homero ni a Cervantes, pero recordaba con cariño *Grandes esperanzas* (humildes comienzos) y *Un cuento de Navidad* (fantasmas arrepentidos). En sus diarios, Benjamin Franklin hablaba entusiasmado de la *dorveille*; él dedicaba esos interludios a andar desnudo por la casa y pergeñar inventos.

Caballeros doctos aparte, Carney sabía de sobra que para delinquir no había mejor momento que la *dorvey*, cuando los virtuosos dormían y los malhechores obraban. El escenario ideal para robos y trapicheos de drogas, allanamientos y secuestros, cuando el timador perfecciona el cebo y el malversador maquilla los números. Cosas intermedias: entre la noche y el día, entre el descanso y la obligación, entre el que va de cara y el que te la mete. Si agarras una palanqueta, sabes que donde se cuece todo es en lo de en medio. Mentalmente, Carney se había ceñido a la mal deletreada *dorvey* porque siempre había sido fiel a sus propios errores.

En aquellos tiempos estudiantiles, Carney era un joven que estaba solo, libre de otras cargas salvo la de su ambición. Decidió prestar oídos a la llamada primitiva interior y, sin que le costara apenas, se acostumbró a dormir en dos turnos. El arte perdido de la *dorvey*. Él se veía reflejado en ella, y ella en él. Las horas de oscuridad eran para los trabajos de curso y la superación personal. Afuera correteaban gatos callejeros y ratas de alcantarilla, el chuloputas del piso de arriba arengaba a su nueva pupila, y Carney diseñaba estrategias de negocio, anuncios para productos improbables, además de subrayar cual poseso el *Richmond's Economic Concepts*. Ni fiestas para cubrir el alquiler ni novias que le hicieran trasnochar; solo él y la palanca con que intentaba abrir su futuro. Nueve meses dedicó a mejorar sus perspectivas de éxito: todo dieces. Por la mañana se despertaba descansado y con energías, pero luego, cuando entró a trabajar en Blumstein's en el turno de mañana, no pudo seguir adelante con sus correrías nocturnas y la *dorvey* se convirtió en un souvenir de aquella época de aspiraciones en solitario, antes de que llegaran Elizabeth, la tienda, los hijos…

Pero tres semanas atrás se había ido al catre nada más llegar del trabajo y había dormido de un tirón hasta la una de la noche. Al despertar, todo él vibraba, alerta; sus antenas captaron un ir y venir de extrañas transmisiones por encima de las azoteas. Elizabeth se movió un poco en la cama, a su lado, y le preguntó si pasaba algo. Pues sí y no. Carney fue a la sala de estar, y lo mismo la noche siguiente, cuando se despertó, y se puso a caminar nervioso hasta que comprendió la razón de haber vuelto a la *dorvey*. El banquero, la ofensa. Convirtió la habitación del fondo del pasillo en un segundo despacho para la segunda fase de su venganza, sin otra compañía que el tren elevado y su traqueteo de subida y de bajada. Carney había retomado su antiguo horario nocturno con un propósito. Así como en otro tiempo estudiaba siglos de principios económicos, ahora repasaba sus notas sobre Wilfred Duke y tramaba planes al respecto.

La tienda de Harvey Moskowitz estaba en el Distrito de los Diamantes, en la Cuarenta y siete entre la Quinta y la Sexta, segunda planta. A aquellas horas todo estaba muy solitario, pero en el despacho del joyero había luz. Ir así por la calle en la parte alta de la ciudad era arriesgarse a que algún drogadicto se te echara encima y te abriera la cabeza, pero la epidemia no había alcanzado todavía al centro. Eso no quiere decir que no hubiera malos elementos en aquellos aledaños. Verbigracia: Carney pulsó el timbre del telefonillo. Había descuidado un poco el negocio, obsesionado como estaba con el asunto de Duke, y esta visita debería haberla hecho antes. Rusty se manejaba bien en lo referente a las ventas, pero había cosas de las que solo podía ocuparse Carney.

Uno de los sobrinos de Moskowitz bajó a abrirle y, una vez que llegaron arriba, se escabulló al cuarto de atrás. La mayoría de los establecimientos del Distrito de los Diamantes habían adoptado la moda del acero y el cristal, pero Moskowitz permanecía fiel a la tradición, con aquellos paneles de madera oscura y las pantallas verdes con forma de globo. Las tablas del suelo crujían de viejas; allí no había moqueta blanca estilo cadena de montaje. En horario de tienda, la de Moskowitz estaba generosamente iluminada, las joyas relucían en sus lechos de terciopelo bajo la estratégica iluminación, y aquello parecía un estadio, con el griterío de los sobrinos que siempre andaban a la greña entre bravatas e insultos, sin importarles que hubiera clientes o no. De hecho, se trataba de una especie de truco publicitario, porque cuando Moskowitz establecía contacto visual contigo y tú le mostrabas una sonrisa de circunstancias por las bufonadas de sus sobrinos, pasabas a convertirte en uno más de la familia.

La joyería era un circo durante el día, pero por la noche, cuando el trabajo de verdad iba disminuyendo, era un remanso de paz. El tiempo, las reglas del mundo normal, lo que marcaba su reloj, todo eso quedaba trastocado. El temperamento y el espíritu de las horas nocturnas, lo que uno metía en ellas, importaban más que el hecho de que cayeran en un punto u otro de la esfera del reloj.

El despacho de Moskowitz daba a la calle, separado de ella por tabiques de vidrio esmerilado que dejaban entrar la luz del sol en la zona de exposición. Dado el volumen de negocios ilícitos que pasaba por su mesa, y teniendo una agencia de viajes en la segunda planta del edificio de enfrente, Moskowitz se veía obligado a subir y bajar las persianas varias veces al día. Siempre que entraba Carney, el joyero llevaba a cabo su ritual como si fuera un robot, incluso a altas horas de la noche, cuando los edificios de la otra acera eran como barcos con las escotillas cerradas.

—A ver qué te parece esto —dijo Moskowitz. Sobre su mesa había algo envuelto en un pañuelo blanco con iniciales.

De cuando en cuando, pese a que sus clases habían terminado, al joyero le gustaba poner a prueba a Carney, tomarle un poco el pelo. Carney cogió la lupa y desenvolvió el paquete: una pulsera. Era una bonita pieza. Diamantes y rubíes rojo sangre de pichón, alternando, engastados en canal sobre platino. Contó quince eslabones ovalados. ¿De los años cuarenta, tal vez? Liviana, pero no muy delicada; le quedaría de maravilla a una chica de la alta sociedad, pero también a una mujer que se ganara la vida trabajando y no hubiera visto de cerca nada igual en toda su vida.

Era una pieza muy buena, nada que ver con el variopinto surtido que Carney solía llevarle. Pero este no se tomó el desafío como una falta de respeto hacia él, sino como una oportunidad de evaluar el trabajo artesanal.

—Es nacional —dijo—. ¿Raymond Yard, quizá? Por el diseño.

Moskowitz era un gran admirador de Yard; le había enseñado a Carney una revista en la que se hablaba de las piezas que Yard había hecho para Rockefeller y Woolworth. «No te precipites —decía Moskowitz a menudo—. Se ha tardado un millón de años en hacer esta joya, lo menos que puedes hacer es tomarte tu tiempo».

Carney volvió a examinar la pulsera y aventuró otro nombre.

—Casi —dijo Moskowitz—. Por poco. A precio de platino, quizá más.

El joyero era un hombre enjuto de cincuenta años largos y cara de zorro. Aunque el pelo le había encanecido, conservaba un lustroso bigotito negro, muy pasado de moda pero religiosamente teñido y bien cuidado. Era una curiosa mezcla: simpático pero reservado, como si quisiera dar a entender que ser amable era un acto de voluntad.

Moskowitz guardaba un tarro de huevos duros en vinagre dentro de un archivador. Cogió un pie de rey a modo de pinzas y extrajo uno. Carney siempre ponía reparos (le recordaba los bares de mala muerte a los que su padre le obligaba a ir), y Moskowitz no le dijo si quería.

El joyero dio un mordisco al huevo y se pasó la lengua por los dientes.

—He comprado un ventilador nuevo —dijo—. ¡Qué calor!

—En Times Square todo el mundo sudaba.

—Te creo —dijo Moskowitz—. Bueno, ¿qué me traes?

Carney apenas había salido del barrio con lo de Duke, y por eso su maletín pesaba más que de costumbre. Después del atraco al Theresa, Chink le envió a sus gorilas para cobrarle por operar en su territorio, pero también empezó a derivar a todo tipo de ladrones al despacho de Carney. A cambio de una comisión. Con el tiempo, Chink le fue mandando más y más cosas, y el negocio empezó a ser lucrativo. La mitad de lo que llevaba en el maletín esa noche era cortesía del gángster: pulseras, varios collares que no estaban mal, y un puñado de cronógrafos y anillos de hombre, cortesía de Louie el Tortuga, quien probablemente había desvalijado a algún magnate de la industria… o robado al que lo hizo. Algunas piezas buenas. Carney pensaba venderle las de menor valor al caballero de Hunt's Point por un precio módico.

Moskowitz encendió un cigarrillo y procedió a examinar las piezas. No era amigo de la cháchara, otro motivo por el que Carney no echaba de menos a Buxbaum. Carney detestaba a la gente que iba de lista, especialmente los malhechores que se reían de la estupidez de sus víctimas, y el origen de cuya paranoia era menos la prudencia que un exagerado sentido de su propia importancia. «El bocazas poco caza», como decía su padre. Buxbaum le había estafado, cosa previsible dado que Carney desconocía el negocio. Y cuando el joyero le contaba anécdotas sobre timos a tal o cual socio, Carney supo que él mismo debía de protagonizar anécdotas similares que Buxbaum compartía con otros elementos turbios.

Esa era otra: había demasiados personajes turbios rondando por Top Buy Gold & Jewelry, blancos sin afeitar y con petaca en el bolsillo, hombres que olían a ginebra y que se apretujaban al entrar Carney. Una tienda —más aún una joyería— está hecha para mirar. La gente que se esforzaba escrupulosamente en no mirar nada se delataba al momento. Rehuían el contacto visual, echaban una ojeada de vez en cuando a la calle por si algún error les estaba pasando factura. ¡Disimulad un poco, caray! Perdedores a porrillo, tráfico denso de perdedores con tendencia a que se les suelte la lengua.

Sin embargo, Carney había sido fiel a Buxbaum, y el hombre lo sabía. El número de joyerías de Canal Street iba decreciendo —comerciantes que se iban a pique, o bien se sumaban a la banda de la calle Cuarenta y siete—, de modo que cuando se produjo la redada en la tienda de Buxbaum, Carney lo interpretó como parte de un proceso de selección natural: así es como funciona la ciudad. El joyero acabó en la trena y a Carney se le terminó la buena suerte. Carney decidió contactar con el abogado de Buxbaum, y de ahí surgió un nombre: Moskowitz.

Dos cosas le sorprendieron: la cantidad de veces que Buxbaum le había estafado; y la negativa de Moskowitz a hacer otro tanto. Tal vez el comerciante de la Cuarenta y siete encontrara indigno aprovecharse de la gente. La primera vez que Carney fue a verle con unas piedras —mencionar a Buxbaum fue suficiente para que el otro bajara las persianas—, el joyero le preguntó cuánto le habría ofrecido Buxbaum. Carney dijo una cifra.

—Usted no tiene la menor idea de cuánto puede valer esto, ¿verdad? —dijo Moskowitz.

El tono del joyero blanco cabreó a Carney, pero más adelante supo que no era paternalismo por su parte sino pura franqueza.

—Lo que quería Buxbaum era tenerle bien atado —dijo Moskowitz—. Pero si usted se pega toda la caminata para venir hasta aquí, yo no le voy a engañar.

Buxbaum le había estafado de mala manera, eso estaba claro, pero no hay mal que por bien no venga, porque ahora Carney tenía un nuevo contacto y las tarifas eran más razonables. En muy poco tiempo logró compensar el déficit.

Una noche Moskowitz le preguntó de qué cantidad de efectivo disponía. «Mire —dijo—, está dejando que se le caiga un montón de dinero de los bolsillos». Según el trato que tenía con Buxbaum, Carney no era más que un mensajero y cobraba como tal. Hacía de intermediario entre maleantes, ponía su negocio legal como tapadera, transportaba mercancía y dinero de acá para allá... por un mísero cinco por ciento.

—Usted acude a Buxbaum —dijo Moskowitz— y él directamente endosa la mercancía a la gente con la que trabaja: su contacto para el oro, su contacto para piedras preciosas... Y a veces a mí. —Si Carney podía mantener ese volumen, y si el vendedor de muebles era capaz de adelantar el dinero a sus «socios» (así llamaba el joyero a los elementos del inframundo harlemita), él no veía inconveniente en asumir la parte de Buxbaum—. ¿Usted dispone de esa cantidad de dinero?

—Sí.

—Me lo figuraba. Bien, pues hagámoslo así. —Se estrecharon la mano para sellar el trato—. Y la basura ya sabe que se la voy a devolver, o sea que no vale la pena que me la traiga. Perdemos tiempo los dos.

Buxbaum solía cogerlo todo, incluso la chatarra. Moskowitz no estaba para tonterías. Su frase preferida era algo así como: «Ni siquiera pienso tocar eso, señor», con el tono de escarnio que el objeto en cuestión merecía.

—Le pagaré para que me enseñe —dijo Carney—. A distinguir a simple vista.

—¿Enseñarle, yo? —dijo Moskowitz.

—Soy licenciado en administración de empresas por el Queens College.

El joyero sonrió, sin que quedara claro si se sentía halagado o desconcertado. Sellaron este segundo trato con un nuevo apretón de manos.

Ascender en la cadena de suministro supuso un nuevo recorte en los ahorros para el piso, pero no por mucho tiempo. Carney ya no era el chico de los recados, sino un intermediario de verdad. ¿Cómo había aguantado tanta humillación? Y es que subir peldaños hace que uno se dé cuenta de la cantidad de mierda que ha tenido que tragar. Alguien le habló de un tipo de Hunt's Point dispuesto a quedarse con la bisutería, anillos de club y prendas de vestir, y de otro interesado en las monedas raras. Al poco tiempo ya tenía cómo dar salida a aquello que Moskowitz consideraba basura.

El joyero ganaba un montón de pasta, incluso descontando la tajada más cuantiosa que le daba a Carney. La mayor parte del negocio clandestino de Moskowitz acababa fuera del país. Un francés venía dos veces al mes y se lo quitaba de las manos; a saber adónde iba a parar todo aquello. Pese a sus intereses internacionales, Moskowitz no escatimaba en las cosas pequeñas, como las clases que daba a Carney. Durante seis meses, Carney cerraba la tienda de muebles, tomaba la línea 1 en dirección centro y soportaba el humo de los cigarrillos que se liaba el joyero. Moskowitz le enseñó a apreciar el color, la transparencia y la talla; le explicó de qué forma el engaste en grano resaltaba las facetas de la gema, o por qué el engaste a bisel se prestaba especialmente al oro de muchos quilates. Sin saberlo, en el último año y medio Carney había asimilado muchas cosas; Moskowitz hizo acopio de toda la jerga del oficio y dio cuerpo a conceptos que flotaban en la cabeza de Carney, ligando una cosa y otra a objetos sólidos y concretos. Sabía distinguir bastante bien entre lo auténtico y lo falso, lo valioso y el oropel, y Moskowitz le animó a confiar en su propio instinto. «Tienes olfato –le dijo–. La vista se puede adiestrar, pero el olfato ya es otra cosa. Y para esto se necesita una buena nariz». No quiso aclararle más.

Pero la mayor parte de los conocimientos que impartía eran menos etéreos. Por ejemplo, cómo diferenciar un rubí birmano de uno tailandés, un lapislázuli de buena calidad de otro mal teñido (muy abundante en todas partes). Luego estaba la escurridiza ciencia de la cultura y de la moda, lo que hacía que gustaran más unas cosas que otras según el momento, las mil y una maneras con que la historia dejaba su impronta. «La Gran Depresión —dijo un día Moskowitz— produjo un gran número de diseños extravagantes; la idea era que el vestido de tu mujer pareciera carísimo aunque se lo hubiera hecho ella». ¿Cuál fue la causa del boom de las joyas de fantasía durante la posguerra? «La gente quería alardear de rica, tuviese dinero o no. Lo de menos era que fuese auténtico o de imitación; lo que importaba era cómo te hacía sentirte».

Carney le dijo a Elizabeth que estaba asistiendo a un curso nocturno de marketing. A veces uno de los sobrinos de Moskowitz, Ari, un joven de mofletes como manzanas, participaba también para aprender la faceta clandestina del negocio familiar. Carney se fijó en cómo el joyero los miraba a los dos mientras examinaban una gema, uno al lado del otro, el negro y el judío, y en que el rostro de Moskowitz mostraba una extraña sonrisa, como si le complaciera el sesgo que había tomado su vida: enseñar a un caballero de raza negra y al hijo pequeño de su hermana los entresijos de su comercio ilegal. En clase, Ari y Carney se llevaban bien. Cuando sus primos rondaban por la tienda, el muchacho fingía no conocer a Carney.

«Es todo lo que necesitas saber, creo, en lo que a ti te concierne», le dijo Moskowitz al término de una de las sesiones. El maestro sacó una botella de jerez dulce y brindaron.

«En lo que a ti te concierne». Los gángsteres que entraban por la puerta de servicio de la tienda de muebles tenían un rol, Moskowitz tenía otro, y Carney el suyo propio.

Moskowitz puso precio al alijo y cerraron un trato por las joyas. Ahora venía la parte que más le gustaba a Carney, dinero aparte: el ritual de abrir la caja fuerte Hermann Bros. La Hermann era un auténtico carro blindado, un artefacto de metal negro y puerta cuadrada que se sostenía sobre unas patas increíblemente finas. La utilitaria carcasa encerraba en su interior el lujo, gavetas de madera de nogal con apliques de latón, compartimentos forrados en seda. El dial hizo clic clic clic clic. Carney se sintió como el segundo de a bordo de un barco de mucha categoría; la combinación de la caja era una brújula señalando la ruta, el asa de cinco brazos un timón para guiarlos hasta un continente de dinero del que no existía constancia cartográfica. ¡Tierra a la vista!

Una vez había preguntado por la procedencia de la caja fuerte, y el joyero le dijo que ya no las fabricaban. Hermann Bros. había tenido su sede en San Francisco. En sus anuncios salía Houdini con cara tristona, confuso ante la línea de productos de la casa. Luego Aitken compró la fábrica, pero con el tiempo las Hermann fueron desapareciendo de su catálogo. Carney no era dado a sentir envidia, pero cada vez que veía la caja fuerte de Moskowitz experimentaba verdadero anhelo.

Moskowitz le había dicho: «Si te compras una nueva, asegúrate de que sea del tamaño adecuado. Un hombre debe tener una caja lo bastante grande para guardar sus secretos. O mayor aún, por si la cosa va a más».

El joyero retiró un taco de billetes de la caja fuerte y contó el dinero. Luego depositó las ofrendas de Carney con sumo cuidado en sus correspondientes gavetas. Los cajones de nogal emitieron un susurro al ser abiertos y cerrados, de una elegancia tal que Carney experimentó un leve estremecimiento.

—Mi mujer opina que deberíamos ir a ver esa película de Sidney Poitier —dijo Moskowitz.

—Las críticas son buenas. En el *Times* ponía que él está muy bien.

—Pero mi mujer sabe que yo no voy al cine; no sé por qué me lo dice.

—¿Qué ocurre? —dijo Carney.

—A Buxbaum le han caído siete años.

—Oh.

—El abogado, que no era muy bueno.

—Sing Sing —dijo Carney.

Ninguno de los dos manifestó conmiseración por Buxbaum; tampoco hicieron conjeturas sobre qué información podría compartir el convicto. Aún no había largado. Tendrían que contentarse con eso.

Moskowitz cerró la puerta de la caja fuerte e hizo girar el asa.

—Mi amigo el francés va a venir este fin de semana.

—Muy bien —dijo Carney, levantándose.

—Tienes buen aspecto —comentó Moskowitz—. ¿El negocio bien?

—El negocio bien, o sea que yo también —dijo Carney.

Cuando por fin llegó a Broadway, era casi la una y media de la madrugada. Ni un alma por la calle. Pronto sería hora para la camioneta que repartía periódicos, para la camioneta del pan, y para que los del turno de noche ficharan antes de salir. Carney bostezó; el hechizo de la *dorvey* estaba perdiendo fuerza. Hora de volver a casa.

Al lado del metro había una tienda de cámaras fotográficas. Carney probó la puerta y se echó a reír. Hacía rato que la tienda estaba cerrada; no todo el mundo llevaba un horario tan canalla. Se contentó con mirar el escaparate. ¿Le había dicho Pierce qué cámara utilizaba para sus fotos de familia? Carney no conseguía recordarlo, y no pensaba pedirle ningún favor a aquel cabrón engominado.

Le disgustaban los escaparates abarrotados. ¿Qué sentido tiene, si no se ve nada? Pero con la cantidad de transeúntes que pasaban por Times Square, con el mercado cada vez más amplio, y con los diferentes tipos de cliente que había ahora en el mundo de la fotografía, quizá sí tenía sentido apretujar ahí tantas cosas. En su campo era un poco lo mismo; actualmente había un exceso de mobiliario y accesorios para el hogar. Estuvo mirando un rato las máquinas. La Nikon F tenía un sistema llamado «réflex automático». A saber qué demonios era eso. «Con el control de Vista Previa es *imposible hacer una exposición incorrecta*». Él no era un aficionado a la fotografía; necesitaba una cámara sencilla.

Dos borrachos blancos que se tambaleaban en la esquina salieron disparados hacia Broadway para coger un taxi. Últimamente Carney llevaba mucho dinero encima, un maletín con piedras preciosas, oro o billetes, lo que antes equivalía al salario de todo un año, pero no quería llegar al punto de descuidar la vigilancia. Volvió al escaparate. Todo el mundo hablaba de la Polaroid y su película instantánea, era el último grito. La pantalla de la Polaroid Pathfinder mostraba a una familia de raza blanca disfrutando de un pícnic junto a un lago muy azul. Ahora salían blancos haciendo pícnics en todos los anuncios. Como el de la red de autopistas interestatales. Todo sonrisas en el póster del escaparate, el papá con un polo a rayas dirigiendo a su prole.

Carney decidió que una Polaroid estaría muy bien. Vendría a por ella en horario laboral. Es decir, horario laboral de personas normales.

Un poco más abajo, el espectáculo luminoso de Times Square resplandecía a medio gas, pero aun así espléndido. Nunca lo había visto desde donde estaba ahora, la Cuarenta y siete: las luces emergían desde el recodo de la Séptima como si más allá acechara una especie de monstruo radiante. Últimamente Carney tenía a menudo la sensación de estar abriéndose paso hacia alguna otra parte. Sale uno de las calles que conoce y las leyes cambian. Distorsión de la lógica. Se puso a pensar en eso que dicen los niños, que sus juguetes cobran vida cuando los humanos se van a dormir, y se preguntó qué silenciosas e inesperadas mutaciones tenían lugar en aquellas grandes marquesinas y vallas publicitarias cuando nadie estaba mirando.

Estaba bajando al metro cuando oyó que llegaba uno y se dio prisa para cogerlo. Arriba en la calle, como en un cuento para niños, las grandes letras negras tal vez estuvieran reordenándose para formar otros nombres, otras palabras, y diez mil luces parpadeantes se explayaran en una función sin público, fuera del horario normal. Quizá deletreando declaraciones filosóficas. Proclamaciones de verdad universal. Peticiones de ayuda y comprensión. Y tal vez, entre ellas, alguna afirmación pensada para él y solo para él: un perfecto mensaje de odio inscrito en la ciudad misma.

4

A la madre de Marie le gustaban las cosas hechas al horno. Pasteles, galletas, tartas de frutas o de productos de temporada cuyo olor le trajera recuerdos de su Alabama natal. Y Marie la complacía. Desde que empezara a trabajar como secretaria, Muebles Carney contaba con una pequeña provisión de alimentos horneados tanto para Carney y Rusty como para clientes, hampones y algún que otro policía blanco. Casi todas las mañanas, Marie dejaba una bandeja de vidrio sobre la mesita que había delante de su despacho, y a la hora de almorzar solo quedaban migas de lo horneado durante la víspera. Su especialidad era el bizcocho ligero de limón y naranja.

Al inspector Munson le encantaba. Cuando Carney llegó a la tienda para reunirse con él esa mañana de agosto, el poli ya estaba allí, intentando sacarle la receta a Marie. Munson tenía todo un arsenal de métodos de interrogatorio, pero esta vez se estaba aplicando a ello con suavidad; y ni que decir tiene que de entre sus diversas investigaciones, esta era la más dulce. Marie no soltó prenda.

—Básicamente, se trata de prestar atención a lo que uno está haciendo —le dijo al poli con una sonrisa escueta.

Carney llegaba puntual a la reunión; Munson se había adelantado. No estaba claro si el poli trataba de sacar ventaja o si simplemente tenía hambre.

Lo de las tartas no era la única mejora de los últimos meses en la tienda. Sable Construction le había pasado una factura colosal por sus servicios, pero es cierto que habían hecho un excelente trabajo; no se notaba para nada que el espacio de exposición fuera antes la mitad de grande. Los últimos modelos de Argent y Collins-Hathaway, las sillas de comedor con sus patas de gacela, las mesas en forma de bumerán, todo ello lucía elegantemente en el espacio de la antigua panadería. Un chatarrero había comprado los hornos, fogones y demás, y las paredes pintadas de azul turquesa resultaron ser un buen complemento a lo que se llevaba esa temporada, muy de tonos pastel. Mientras acompañaba a sus clientes por la sala de exposición, Carney había empezado a decir: «Si no lo encuentra es que no lo necesita», y la reacción –una breve sonrisa y una prolongación del recorrido por la tienda– le había decidido a incluir esa frase en sus anuncios de prensa. Al fondo de la tienda había reservado espacio para Marie y los cada vez más numerosos archivadores. Teniendo en cuenta su amor por los horneados, haber contratado a Marie era casi un homenaje a la desaparecida panadería.

Carney tenía su despacho donde siempre, con el único añadido de la puerta que daba a Morningside, aquella entrada para clientela especial.

Sabían que debían ir por la noche, los ladrones, y solo con cita previa; si llamaban a la puerta en horario comercial, Carney les decía que se buscaran a otro. Si Rusty o Marie se hacían preguntas sobre aquellos sospechosos visitantes, se las guardaban para sí. Rusty estaba un poco agobiado; su boda era inminente y no pensaba en otra cosa que en tener un buen colchón de dinero ahorrado. Su prometida, Beatrice, era una chica muy melindrosa, un discreto pajarillo de un pueblo cercano al de Rusty allá en Georgia. Se habían conocido un año atrás en el coro de la iglesia mientras hacían cola para el ponche. Descubrieron que compartían el gusto por ciertos lugares de su tierra natal, y aquí en la ciudad habían encontrado una melodía común. Beatrice se reía mucho con el humor paleto de su novio; Rusty la llamaba «mi peluche», de haberlo oído en alguna película. Las últimas semanas, cuando Carney le pidió que redoblara esfuerzos en el trabajo, Rusty no protestó.

En lo tocante a Marie, Carney dedujo que la chica estaba demasiado agradecida por el empleo y demasiado agotada como para sentir curiosidad. Vivía con su madre y su hermana pequeña en la avenida Nostrand, en Brooklyn; una era coja y la otra estaba enferma. Marie no daba abasto y era la única que llevaba dinero a casa. Solo las frases que citaba de su madre podían dar una imagen aproximada de cómo era su vida doméstica: «Dice mi madre que estas galletas son complicadas de hacer si no se usa manteca», «Dice mi madre que hay que dejarlo reposar cerca de una ventana para que el airecillo le dé el toque final». Carney reconocía en ella aquel aire de ensayada solvencia que él mismo había cultivado en sus años de instituto después de morir su madre, con su padre siempre fuera y él criándose sin ayuda de nadie. El peso de llevar una casa sobre tus hombros; a veces te hace tambalear, pero aceptas el reto porque ¿qué vas a hacer si no? Veintidós mujeres jóvenes respondieron al anuncio. El diploma de la Escuela de Mecanografía de la calle Cuarenta y cuatro fue lo que le hizo decidirse por Marie: «Adiestrando los dedos para la industria». La futura secretaria lo llevaba metido en una carpeta de piel de imitación.

Marie era una chica de espaldas anchas, torso breve y piernas flacas. Con su forma cónica, era como un árbol surgido de la tierra. Eso sí, un árbol robusto y de tupida sombra, dado su carácter sumamente afable. Era rápida, eficiente y, sí, hacía la vista gorda cuando algún personaje raro llamaba a la puerta del despacho del jefe. Marie se adaptó al método Pepper sin hacer comentarios.

Y es que no mucho después del atraco, Pepper había empezado a utilizar la tienda como servicio de contestador. Una noche de noviembre, a punto ya de cerrar, sonó el teléfono.

—Soy Pepper —dijo, aunque si no hubiera dicho nada Carney le habría reconocido igual. Sus silencios eran de lo más reveladores.

—Hola, Pepper.

—¿Tienes algún mensaje para mí?

—¿Cómo dices?

—Que si tienes algún mensaje para mí.

Patidifuso. Carney miró hacia la Ciento veinticinco para ver si Pepper le estaba llamando desde la cabina de la acera de enfrente. Empezó a balbucear cuando Pepper, con un suspiro, lo cortó.

—Mira, si me llaman coge el mensaje. —Y colgó.

Al día siguiente, Rusty le dijo a Carney que alguien había preguntado por un tal Pepper, pero que sonaba como un borracho con ganas de juerga. A partir de entonces, Carney dejaba un bloc al lado del teléfono para apuntar los inescrutables mensajes para Pepper. Llamarlos «enigmáticos» habría sido como vestir a un cerdo con esmoquin. Eran más bien un heterogéneo código de horas, lugares y objetos sin más referencia, el mundo reconocible reducido a una serie de gruñidos. Meras indicaciones del Trabajo.

«Dile a Pepper que a las once. Que traiga el estuche».

«Ya está en el sitio. Yo llegaré a la media».

«Asegúrate de que Pepper trae las llaves. Estaré en la parte de atrás, debajo de la cosa».

Carney le dijo a Rusty, y luego también a Marie, que el misterioso destinatario de los mensajes era un viejo amigo de su padre, un vejestorio medio idiota. Sin familia digna de tal nombre, una pena. Cuando Pepper telefoneaba a la tienda horas más tarde, primero se identificaba y después de recibir el mensaje lo repetía con su propia entonación, como si sopesara enigmas milenarios. Después colgaba. Podían pasar meses hasta que se producía un nuevo contacto.

El inspector Munson introdujo en su boca el último trocito de una delicia horneada.

—Podría estar todo el día comiéndome tus galletitas —dijo. Si Marie captó la insinuación, fingió que no se había enterado.

—Inspector —dijo Carney.

—Este hombre solo piensa en el negocio —dijo Munson, para hacer cómplice a Marie de la formalidad de su jefe.

Ella cerró la puerta cuando los otros dos entraron en el despacho.

Había una butaca de lona Collins-Hathaway para los invitados, pero Munson prefirió sentarse sobre la caja fuerte Ellsworth. Era muy sencilla, de color gris oscuro con un tirador de palanca. Carney no tenía delante un manual de urbanidad, pero estaba seguro de que era de mala educación sentarse encima de una caja fuerte ajena.

El inspector se acomodó la americana sobre el brazo. Carney fue a bajar la persiana.

—Tendría que venir cada día a desayunar aquí —dijo el poli—. ¿No le parece?

—Eso es para los clientes.

—¿Acaso no intenta usted venderme algo? ¿Qué es eso tan importante que no podía esperar al jueves?

Los jueves era cuando Munson pasaba a recoger su sobre. Tras el golpe al Theresa, Chink Montague había difundido los nombres de todos los peristas de la zona, en busca de pistas sobre el collar de su novia. Ello tuvo como consecuencia que Carney apareciera en las páginas amarillas de la delincuencia. Y un día se presentó Munson.

En aquella primera entrevista, el inspector tuvo a bien perdonar a Carney por no haber pagado tributo hasta entonces.

—Quizá es que no sabía usted cómo funcionan las cosas. Ahora se lo voy a explicar.

—Bueno, algunos de los artículos que vendo no son de primera mano —había dicho Carney.

—Sí, ya sé. A veces alguien le deja una cosita en la puerta. A saber de dónde sale o por qué. Pero ahí está, como un pariente que no da golpe, y algo tiene que hacer con él.

Carney se cruzó de brazos.

—Me pasaré los jueves. ¿Los jueves está usted aquí?

—Todos los días, ya lo dice el rótulo.

—Vale, el jueves entonces. Puntual. Como quien va a misa.

Carney no era religioso. Una rama de la familia, blasfemos; la otra, escépticos. Y a ambas les gustaba dormir hasta muy tarde. Pero sabía que las facturas hay que pagarlas puntualmente y ahora tendría que hacer frente a un nuevo gasto cada semana.

Desde entonces, la transacción siempre había tenido lugar los jueves. Hasta ahora.

Munson se despatarró, las piernas estiradas. A Carney le vino la imagen del bocazas ayudante de sheriff en una peli del Oeste, arrogante y bromista, firme candidato a que se lo carguen antes del último rollo de película. Pero Munson era demasiado listo para hacer mutis de manera tan indigna; cuando los forajidos llegaban a la ciudad, él se escondía en los establos hasta que cesaba el tiroteo y luego salía al descubierto para tantear el terreno.

Carney sabía por sus socios de las andanzas del inspector. Antes de ser transferido a Harlem, Munson había estado destinado en Little Italy. Trabajar en la brigada antivicio de la ciudad era como sacarse un doctorado en Extorsión y Chantaje. Con vínculos con la mafia, por supuesto. Ahora, en su nuevo destino, además de resolver algún caso de vez en cuando, ejercía de «diplomático» para la facción criminal de esta parte de la ciudad; intervenía en disputas territoriales entre bandas y camellos, o se cercioraba de que los itinerarios de dos redes de apuestas ilegales no se entrecruzaran. Había un ir y venir de sobres con dinero, y la paz hacía posible el libre flujo de dichos sobres. Un tipo que mantenía la paz era sumamente valioso.

—No es sobre lo suyo —dijo Carney—. Tengo cierta información que le podría interesar.

—Usted. Para mí.

—Siempre me dice eso de «Si se entera de algo...».

—Y usted siempre responde que solo es un humilde vendedor de muebles que trata de ganarse la vida.

—Y así es. Tengo algo que le va a gustar, seguro. Y usted quizá también podría echarme una mano.

—Suéltelo de una puñetera vez.

Era Biz Dixon. Carney dijo que podía guiarlos hasta él para que lo arrestaran.

—No tengo que convencerle de la conveniencia de trincar a un pez gordo, ¿verdad? En Albany, el cuerpo especial antidroga del gobernador Rockefeller está tratando de infiltrarse, la cámara baja destina millones de dólares para tratamientos de rehabilitación y las cosas no mejoran, sino que van a peor. Los periódicos hablan cada día de chavales enganchados al caballo, de lo peligrosas que se han vuelto las calles…

—Estoy al tanto de esa plaga, Carney.

—Claro, claro. La droga está destrozando Harlem. Como lo del tiroteo en Lenox la semana pasada. A plena luz del día. La gente dice que fueron los hombres de Biz Dixon los que dispararon a la niña que pasaba por allí. —Carney acompañaba sus palabras con ademanes de típico vendedor, como si quisiera colocarle al otro una mesa o unas sillas—. Quiero decir que sé dónde opera Dixon y dónde guarda su alijo. —El término «alijo» no estaba en su vocabulario y se le notó—. Creo, inspector, que le gustaría que su nombre estuviera vinculado a una redada así. Redada, batida, como sea que lo llamen.

—¿Y cómo sabe lo que me gusta o lo que no me gusta? —Munson se incorporó—. ¿Qué tiene que ver usted con Dixon?

—Bueno, nos criamos juntos. Le conocí de chaval y sé de qué va ahora.

—¿Y qué me propone?

Carney le dio un nombre: Cheap Brucie.

Munson ladeó la cabeza.

—¿El proxeneta? ¿Y a usted qué más le da ese tío?

Era una buena pregunta. El propio Carney se la había hecho últimamente en más de una ocasión. Hasta hacía un mes ni siquiera sabía que aquel individuo existiera.

—Es un delincuente —respondió.

—Si eso fuera delito, todos estaríamos en la cárcel —dijo Munson—. Brucie tiene amigos.

—Ah, y como tiene amigos, ¿usted no piensa hacer su trabajo?

—No es mi trabajo trincar a un tío porque un civil, que me consta que es corrupto, me pide que lo haga. Su sobre no es tan gordo, Carney.

—Ese tendría que estar encerrado.

—Y yo también, pero en el manicomio.

Al ver la cara que ponía Carney, el inspector se quitó el sombrero e hizo girar el ala sobre las yemas de los dedos.

—Las cosas son así —dijo—. Hay todo un movimiento de sobres gracias al cual la ciudad sigue funcionando. El señor Jones, que es propietario de un negocio, tiene que repartir buen rollo, entregar un sobre a tal o cual persona, alguien de la comisaría o donde sea, para que todo el mundo disfrute de su parte. Sobornos los paga todo el mundo, de una manera u otra. A no ser, claro, que estés en la cima. Los del montón, como nosotros, no tenemos que preocuparnos de eso. Y luego está el señor Smith, dueño también de un negocio, que hace exactamente lo mismo si es listo y sabe cuánto son dos más dos y quiere seguir donde está. Repartiendo buen rollo. El movimiento de sobres, vaya. ¿Quién puede decir cuál de los dos es más importante, si el señor Jones o el señor Smith? ¿A quién le debemos lealtad? ¿Juzgamos a la gente por el grosor del sobre… o por el destinatario del mismo?

Munson parecía estar diciendo que Dixon pagaba por tener protección, que había otro traficante distribuyendo drogas, y que se imponía algún tipo de arbitraje. ¿Cómo quedaba la cosa, entonces?

Manson introdujo los brazos en su americana, listo para ir a recoger el siguiente sobre. La chaqueta era de cuadros escoceses; parecía Victor Mature en la segunda peli de una sesión doble. Carney estaba casi convencido de que Victor Mature había hecho de ayudante de sheriff bocazas. Seguro, más de una vez.

—Investigaré. Me refiero a las dos cosas —dijo Munson—. Preguntaré por ahí a ver si Dixon está en activo. Y puede que a alguien le interese su información.

Al salir, el inspector le preguntó a Marie cuándo volvería a hacer aquellos pastelillos, los que llevaban esa cosita encima.

El movimiento de sobres. Eso hizo pensar a Carney en su idea de ajetreo, el vaivén de mercancías —televisores, sillones reclinables, piedras, pieles, relojes— que iban de mano en mano y de vida en vida entre compradores, comerciantes y quien fuera que los comprase después. Como aquella ilustración que acompañaba a aquel reportaje del *National Geographic* sobre el clima global, mostrando las invisibles estelas de los aviones a reacción y las profundas corrientes que determinan la personalidad del mundo. Si uno tomaba distancia, si uno estaba enchufado, podía observar esas fuerzas secretas en acción y cómo funcionaba todo ello. Pero había que estar enchufado.

¿Había sido una tontería soltarle todo aquello a Munsen? La noche anterior Carney se había pasado todo el tiempo entre el primer y el segundo sueño analizando la estratagema como si fuera una valiosísima joya sacada de la caja fuerte de Moskowitz. Inclinándola a este lado y al otro, retando a la luz a revelar sus planos y facetas. Buscando errores de color, identificando defectos. La dio por buena. Y así, sus planes de medianoche se abrieron paso finalmente hacia su otra vida, la de vigilia.

El resto del día se lo ocupó la tienda. Quiso conocer la opinión de Rusty sobre cuándo pensaba él que debían exponer el resto de los modelos de otoño.

—A mí me gustaría verlos ahí —dijo Rusty—. Creo que quedarán estupendamente.

Parecía seguro de sí mismo. Daba gusto verle. Carney le dio las gracias por asumir el trabajo extra las últimas semanas.

—Gracias a ti por dejarme hacer más, Ray —dijo Rusty—. Siempre que quieras pasar más tiempo con la familia, aquí me tendrás.

—Ha sido agradable poder verles cada noche. —Carney le explicó su nueva rutina. Estar con la familia, acostarse temprano, levantarse otra vez. No mencionó la parte de la venganza.

—Entonces ¿te vas a la cama a las ocho? ¡Son muchas horas de sueño!

—No, no, me levanto y hago papeleo. O leo algún libro. Y después vuelvo a la cama.

—¿Por qué no te acuestas más tarde? Todo eso puedes hacerlo antes de irte a la cama.

—No, es el cuerpo el que te dice lo que quiere, y luego tú vas y lo haces. Antiguamente funcionábamos así.

—¿Así, cómo?

En estas apareció un posible comprador para un reposapiés y tuvieron que aparcar el asunto. Hacia el final del día entraron bastantes clientes, y casi sin darse cuenta a Carney le llegó la hora de marcharse.

Lo primero que oyó al entrar en casa fueron los berridos de John. Según la versión de May, John se había metido en la boca la mano de su muñeca Raggedy Ann, y cuando ella se la quitó el niño no soportó la pérdida. Elizabeth lo mecía para consolarlo; Carney, en un gesto de presunción, se lo arrebató de los brazos. Eso hizo que el niño llorara todavía más. Y eso hizo que Carney se lo devolviera a su madre. Después fue a colgar la chaqueta al recibidor.

La cena consistió en terminarse el rosbif con patatas de la noche anterior. Como últimamente se acostaba muy temprano, Carney no se quedaba en la tienda hasta tarde, de modo que durante casi todo el verano cenaron los cuatro juntos. Era una agradable novedad, y probablemente el motivo de que Elizabeth no se metiera con él por su insólito horario nocturno. Hacia finales de julio, Carney se dio cuenta de que nunca había cenado tantos días seguidos en familia. Antes de morir su madre, Carney padre apenas si se sentaba a comer o cenar con ellos, y, después de que muriera ella, menos todavía. *Dorvey* era un periodo de rabia contenida; su contrapartida era la hora de la cena, deleitarse en compañía de su mujer y los críos.

Le gustaba mirarlos detenidamente cuando podía, y siempre se preguntaba: ¿cómo es posible que alguien a quien quieres tanto te parezca tan extraño? De recién nacido, John tenía los ojos y la nariz de Carney; dicen que la naturaleza lo tiene previsto así, para que el padre sepa que ese bebé es suyo. Un certificado de autenticidad. Al cabo de dos años escasos, Carney ya no estaba tan seguro de que su hijo hubiera salido a él. Por su parte, May conservaba las bellas facciones y la mirada intensa de su madre. Pero John ya empezaba a seguir su propio camino, y eso que apenas sabía hablar. ¿Cómo será dentro de veinte años, hasta qué punto se habrá apartado del molde? ¿Quedará en él algo de Carney? En cambio, Carney cada vez se parecía más y más a Big Mike. Bueno, no es que se dedicara a cascar rodillas con un hierro, pero los cimientos originales, por más que invisibles en la tierra, lo sostenían en pie.

Acostar a los niños solía dejar a Elizabeth agotada, por eso la cena era un buen momento para ponerse al día. El trabajo estaba remontando, menos mal. Estar mano sobre mano la ponía de los nervios. Sentada en la oficina, sin otra cosa que hacer salvo arrimar la cara al ventilador. Como la temporada de verano tocaba a su fin, Black Star tenía ya la vista puesta en los viajes de otoño e invierno y había reservado un montón de congresos. El de la Asociación Estadounidense de Directores Negros de Funerarias, o el de la Asociación Nacional de Dentistas Negros. Puerto Rico estaba muy solicitado este año gracias a los folletos nuevos, y también Miami. Varios de los grupos que habían tenido el año anterior —los Abogados Negros, los Contables Negros— se lo habían comentado a sus amistades. El boca a boca les conseguía muchos clientes.

—Tendríamos que ir este año —dijo Elizabeth, refiriéndose a Miami. Hacía tiempo que intentaba convencerle—. Hay hoteles nuevos que buscan clientela negra.

—Ya veremos. Me gustaría —dijo Carney.

Por Navidad había mucho trabajo, la gente gastaba el dinero extra en artículos prácticos que habían ido dejando para otro momento. Carney estaba probando lo de «Me gustaría» como respuesta para dar largas a Elizabeth, en vez de su acostumbrado «Ojalá pudiéramos».

Elizabeth lo tomó como un sí y dijo que se ocuparía de buscar el sitio ideal.

—Hoy he tenido que tirarle de las orejas a mi padre —añadió.

Por lo visto, Leland había ido a visitar a un cliente en Broadway, cerca de la agencia de viajes, y había entrado a saludar a su hija. Entre otras cosas, había mencionado que estaba invirtiendo en Liberty National y lo comparó con que te den el soplo sobre un caballo ganador. Como si él hiciera algo tan vulgar como apostar en las carreras. Elizabeth no había sacado a relucir el asunto del Dumas, pero él la pinchó.

—Le pregunté que cómo se le ocurría darle dinero al hombre que había humillado a su yerno…

—Yo no diría…

—… que eso era una mezquindad. ¿Y sabes lo que me contestó? «El Club Dumas tiene una reputación». Así que le pegué la bronca.

—Vale.

—Estaba tan enfadada que tuve que echarlo de la oficina. Luego mamá me telefoneó para suavizar las cosas, pero el enfado me ha durado todo el día.

Carney le dijo a su mujer que había sido todo un detalle que saliera en su defensa, pero que no era necesario. Cambió de tema:

—Al día siguiente sabe mejor.

Había aceptado que Leland obtuviera cierto placer al enterarse de que su yerno el traficante de alfombras había sido rechazado, pero por otra parte se negaba a admitir lo evidente: que su suegro había hecho lo posible por desprestigiarlo. Permitirse dicho pensamiento era aceptar que Leland nunca sería otra cosa que su padre político en un sentido meramente legal.

Elizabeth empezó a retirar los platos, señal de que iba a preparar a los niños para acostarlos. Carney les dijo que esperasen: era el momento de probar por fin la Polaroid.

Había echado un vistazo al interior de la caja en varias ocasiones pero se había echado atrás: el manual era muy complicado. Pero también había aplazado hablar con Munson y la cosa no había salido del todo mal. ¿Por qué no tentar a la suerte una vez más? John fue a coger la cámara cuando su padre la dejó sobre la mesita baja, y Carney le dijo que no con una voz tan cortante que ambos dieron un respingo. No era una cámara barata, que digamos.

Carney abrió la parte trasera de la Polaroid e introdujo la película mientras el resto de la familia se acomodaba en el sofá Argent. Tenía un tapizado de color menta suave, muy apropiado para la piel marrón de su esposa y sus hijos, pero la cámara solo hacía fotos en blanco y negro. John en la falda de Elizabeth, y May a su lado. La niña no sabía aún cómo sonreír; cuando le daban instrucciones, el resultado era una cosa inquietante, toda una exhibición de encías más propia de un vagabundo durmiendo la mona en algún portal del Bowery.

—Estaos quietos —les dijo Elizabeth a los niños.

—Puedo pedirle a Rusty que nos haga una a los cuatro —dijo Carney.

En la Ciento veinticinco, con la tienda de fondo, en plan elegante. También quería tener una de la tienda. Buscarle un buen marco y ponerla en la pared de su despacho. Quedaban muy bien, los tres sentados en el sofá. Le sobrevino una sensación de indignidad que lo dejó por los suelos. Suerte que no iba a salir en la foto, porque no se merecía aquella familia. Se acordó de que tía Millie tenía varias fotos de su madre; Carney no, ninguna. Las había sacado su padre, a saber adónde habrían ido a parar tras morir él. Últimamente le estaba costando visualizar la cara de su madre. La próxima vez que fuera a ver a su tía, pensaba pedirle que le diera una foto.

¿Qué clase de hombre era, que no tenía fotos de su familia?

Tanto el mecanismo del obturador como el objetivo respondían suavemente; no era una cámara tan frágil como había pensado.

—¿Listos?

—Sí, antes de que empiecen a alborotarse —dijo Elizabeth.

Carney metió la pata. En el dorso de la cámara había un botón rojo para iniciar el proceso de revelado, y según las instrucciones había que esperar sesenta segundos. Carney no lo hizo. La próxima vez no cometería ese error, pero hoy ya no había nada que hacer porque John se había puesto a berrear otra vez. Joder, si Carney hubiera llorado de esa manera, su padre le habría cruzado la cara; solo de pensarlo, sintió la bofetada reverberando a través del tiempo: el zumbido en los oídos, la mejilla latiendo con el calor. Volvió al presente.

Arrancó la tira del respaldo de la cámara y formaron corro alrededor del fragmento de película húmeda. Esperaron, pero no pasó nada. La fotografía seguía siendo un cuadrado de color marrón claro con tres finas siluetas en lugar de su mujer y sus hijos. Fantasmas, parecían.

5

La mujer que vivía en el tercer piso del 288 de Convent no era la arrendataria. Oficialmente, el inquilino era un tal Thomas Andrew Bruce, conocido en sórdidas esquinas y pasajes mal iluminados de la ciudad como Cheap Brucie. Cuando el dueño del apartamento se enteró de cómo se ganaba la vida y montó un escándalo, Cheap Brucie le dijo que pagaría cincuenta pavos más al mes y ahí se acabó el problema.

Como ya llevaba tres años viviendo allí, miss Laura consideraba que una tercera parte del piso era suya por derecho propio. La sala delantera era para los negocios, así como la cocina. La nevera emitía un zumbido desolador pero la cocina disponía de un pequeño bar, por si querías refrescar el gaznate antes de entrar en faena. El cuartito del fondo, que daba al jardín, era su territorio. Nadie podía traspasar la puerta. Allí era donde dormía —nunca demasiado bien— y donde soñaba; bajo la cama tenía una caja blanca de cuero con pequeños recuerdos de su vida anterior. Con el paso de las décadas, la parte del apartamento que daba a la calle se había inclinado un poco, pero su habitación estaba a nivel.

Cada vez que llamaba a la puerta, Carney dudaba un momento antes de entrar, como si pudiera haber alguien agazapado detrás de la puerta para darle un buen susto: la brigada antivicio, o tal vez su mujer. Miss Laura se había acostumbrado ya a sus remilgos. Veía que aquel hombre tramaba algo turbio pero que en el fondo era un tipo básicamente legal. Carney le había dicho que se dedicaba al comercio. Miss Laura también se dedicaba a eso, y sabía distinguir un blanco fácil nada más verlo. Le dejaba a su aire, hacerse el duro, pero sabía cómo era, lo que valía como hombre, conocía las rutas de aproximación.

Era una mujer difícil. Carney no supo cómo interpretarla aquel primer día, y aún no tenía claro a qué atenerse.

La abordó entre la hora punta del mediodía y la salida del trabajo, la zona horaria intermedia. En el Big Apple solo había otro cliente, un blanco ya mayor con un anorak amarillo que dormitaba con la cabeza apoyada sobre el mostrador de formica. Como de costumbre, Carney estaba sentado junto a la ventana y levantó la vista hacia el 288 de Convent. Ella vivía en la tercera planta. Las cortinas rosas de la habitación principal dejaban pasar el sol de julio.

Ese día la camarera era una inquietante versión en pequeño de la habitual camarera desgraciada, tanto en proporciones como en parecido, como si hubieran contratado a unas muñecas rusas: le quitabas la parte de arriba a una y dentro había otra. Carney recibía a veces la visita de un ladronzuelo que le llevaba horteradas como esas muñecas o piezas de bisutería. Finalmente tuvo que decirle a aquel idiota que se largara y no volviera a poner el pie en la tienda. Una cosa era que su suegro le menospreciara por comerciar con alfombras, pero que un ladrón de tres al cuarto pensara que a él podía interesarle semejante basura era un verdadero insulto. La camarera torció el gesto cuando Carney le pidió un poco de leche para el café. ¿En qué fábrica hacían monstruos vivientes como ella y sus dobles? Seguro que en algún lugar de Jersey.

El cocinero y la camarera se pusieron a discutir, y los epítetos que se lanzaban el uno a la otra eran tan feos y tan precisos que a Carney no le quedó más remedio que cruzar por fin la calle.

Ella le abrió desde arriba y no pareció sorprendida al verle aparecer en el descansillo. Tenía la puerta abierta, no le daba miedo ver a un desconocido en la escalera. Carney dijo que era amigo de Wilfred Duke y ella le dejó pasar.

Ese día la tal miss Laura estaba hecha un pimpollo. Llevaba un vestido de cóctel rojo y blanco, y pequeños pendientes de aro bailoteaban bajo su melenita rizada. De uniforme y a punto. «Hola», dijo. A primera vista, Carney la tomó por una adolescente —era menuda y delgada—, pero la impaciencia que impregnaba cada una de sus sílabas era tan ancestral como para exterminar a la raza humana.

Una enorme cama Burlington Hall con dosel y cortinajes de color malva con borlas dominaba la sala de estar, centrada sobre una alfombra Heriz de un carmesí exuberante. Quienquiera que hubiese amueblado aquello tenía que haber ido por fuerza a una tienda de blancos del centro; al norte de la Setenta y dos no había nadie que vendiera muebles Burlington Hall. El armarito lacado, las sillas y el confidente tapizado en felpilla eran del catálogo de 1958 (o de 1959). En los tres retratos que decoraban las paredes se veía a rollizas mujeres de raza blanca, desnudas, reclinadas en sendos divanes, mientras sirvientes de piel negra las bañaban o atendían de una forma u otra. «Ambiente».

Ella le preguntó si le apetecía tomar algo y él aceptó una lata de Rheingold. Miss Laura abrió otra para ella y tomó asiento en el confidente. «¿Quieres que ponga música?», dijo. Al lado del guardarropa había un mueble tocadiscos de alta fidelidad Zenith RecordMaster del 58, provisto de unos separadores metálicos en la parte de abajo para almacenar elepés.

Carney negó con la cabeza. Tenía que soltar su discurso.

Había barajado diversos enfoques durante sus laboriosas sesiones nocturnas, entre sueño y sueño, ese nuevo horario que había redescubierto hacía poco. Sacar a relucir el dinero: «¿Cuánto cobrarías por…?». Ella tenía un precio para sus clientes, o quizá una lista de precios. También pensó en apelar a su sentido de la justicia: «Tal vez no lo sepas, pero ese Duke es un mal hombre». Solo tenía que dar su conformidad para que su banco pusiera de patitas en la calle a viudas y familias enteras. Yo decido quién vive y quién palma, como Dios. Carney guardaba en la manga una anécdota sobre un chico con parálisis cerebral al que habían desahuciado mientras le estaban operando. Caso famoso. Verificable. En la *Harlem Gazette* habían salido dos reportajes al respecto. Desde luego, la ofensa de la que Carney había sido víctima no podía compararse con eso, pero tampoco había necesidad de concretar cuál era su queja contra Duke.

Si ella decía que no, entonces es que no sabía quién era Carney. Podría averiguarlo pero le llevaría tiempo, y había otras maneras de vengarse del banquero. Carney tenía una libreta llena de posibles estrategias. Los dos primeros ardides no habían salido bien; esta era la siguiente intentona.

Carney intentó ver de qué iba aquella mujer escrutando sus pequeños ojos castaños, pero fue en vano.

Al final no tuvo que soltarle ningún discurso. Lo que uno quiere en este oficio, esa cosa tan perfecta, es un producto que se vende solo, un artículo tan bien confeccionado y tan novedoso que el vendedor está de más. Apenas había empezado su perorata cuando vio claramente que, después de todo, «Joder a Duke» era un mueble que se vendía solo.

—Ve al grano, tú tranquilo —había dicho miss Laura—. Como si me estuvieras vendiendo un sofá.

—¿Estás pensando en comprar uno?

—¿Y qué salgo ganando yo?

—Quinientos dólares.

La cifra pareció impresionarla.

—¿Quién eres? —preguntó.

Carney no se lo dijo.

—Está bien. Aquí suben hombres —dijo miss Laura—. Acepto cualquier nombre que quieran darme; también acepto su dinero. —Tomó un poco de cerveza—. Pero esto es un negocio de verdad y yo necesito saber cómo se llama mi socio. Igual que te lo pediría un banco.

Era lo mismo que con Freddie y el atraco al Theresa: una cosa es estar esperando fuera en el coche, y otra estar en el meollo de la acción.

—Raymond Carney. Soy el dueño de la tienda de la calle Ciento veinticinco… ¿Muebles Carney?

—No me suena de nada.

A menudo en las negociaciones se produce una pausa, un intervalo de silencio que ambas partes aprovechan para estudiar el siguiente movimiento y sus posibles implicaciones. Es como la pausa antes de un beso o antes de meter la mano en una cartera.

—Yo ya sabía que no eras amigo de Willie —dijo ella—. ¿Sabes por qué?

—No.

—Porque a Willie no le gusta compartir.

Sonrió por primera y última vez, una forma de decir que lo tenía calado y de regodearse en su superioridad. Sus labios se curvaron y una chispa de malicioso deleite iluminó sus ojos. Luego hicieron un trato sobre el asunto de Duke.

El primer sueño fue un vagón de metro que lo dejó en diferentes barrios de conducta criminal, y el segundo sueño lo devolvió con estruendo a la vida normal. ¿El Dorvey Express? No, demasiado lujoso e iluminado cruzando raudo la medianoche. Este era un tren local: traqueteante, mugriento, y no paraba en ningún sitio donde no hubieras estado antes.

Carney se despertó, y fue la primera noche del verano que era más otoño que verano, con esa brisa que te hacía cerrar enseguida la ventana y sacar del armario una manta con olor a cerrado. Elizabeth no se movió mientras él se vestía. Los niños estaban totalmente despatarrados, con la cara pegada al pliegue del codo. Todos los Carney dormían así, como si aún les asustara una fealdad primigenia.

No conocía Convent de noche y decidió ir por Amsterdam, entrando y saliendo de trechos animados y trechos desolados: hombres bebiendo cerveza en sillas plegables metálicas, jugando al dominó, y luego varias manzanas de un vacío de cráter, garitos en pleno bullicio nocturno al lado de bloques de pisos incendiados para cobrar el seguro… hasta que llegó a la Ciento cuarenta y uno.

Su primer encuentro con miss Laura tuvo lugar en julio, y posteriormente se habían visto varias veces. Ahora, casi un mes después, ella le había dicho que fuera a verla. Carney se olía la razón; la cosa no pintaba bien. Ella respondió enseguida al timbre. Carney había propuesto el restaurante de abajo en varias ocasiones, pero ella nunca quiso que se vieran durante el día. Eran cerca de las doce de la noche.

Le recibió con un irritado gesto de cabeza. Llevaba una bata fina de color azul y el pelo recogido con horquillas. Era espigada, y con la bata parecía más frágil aún, a la vista la línea de sus clavículas y un racimo de pecas debajo de la garganta.

Del aparato de alta fidelidad Zenith salía esa demencial música de saxofón que sonaba por el Village. Freddie podría haber identificado quiénes eran los músicos y en qué local de bebop los había visto tocar, pero cuando Carney oía aquellos sones le parecía estar encerrado en una sala del manicomio. El grifo de la bañera estaba abierto, y miss Laura le dijo que esperara un momento y fue hacia el fondo del pasillo.

La nariz de Carney reaccionó al untuoso aroma que subyacía al del humo de tabaco. Dedujo que venía de las flores moradas que había en un jarrón sobre la repisa de la chimenea. Miss Laura le pilló olisqueando.

—Mi madre tenía un jardín lleno de esas flores –dijo–. Allá en Wilmington. En esta época del año las encuentras en la floristería que hay en Amsterdam.

—¿Tú eres de allí, de Wilmington? –dijo Carney.

Ella juntó las yemas de los dedos.

Después de su primer encuentro, ella le hacía pagar por las conversaciones, aunque no hicieran más que eso, hablar. El negocio es el negocio. A veces diez pavos, a veces treinta, era sorpresa. Carney le pidió que le explicara a qué respondía esa variación de tarifa y ella le dijo que no todo cuesta lo mismo. Esa noche Carney se aventuró a pasarle uno de veinte.

La cantidad pareció satisfactoria.

—Sí, soy de Wilmington —dijo miss Laura. Carney fue a sentarse en el confidente junto a ella. Normalmente elegía una de las butacas Burlington Hall que había enfrente, y de inmediato lamentó haber cambiado de hábito. El confidente era un sofá para dos, pensado para que una pareja estuviera bien juntita, pero él era un hombre casado y ella una «trabajadora», como habría dicho su padre—. Me largué de allí —continuó—, pensando que Nueva York sería más a mi medida. Cuando yo era pequeña, mi tía Hazel hizo las maletas y se vino a vivir aquí, y cada vez que volvía a Wilmington traía vestidos y sombreros preciosos y muchas anécdotas sobre la Gran Manzana. Fue el primer lugar que se me vino a la cabeza: Nueva York.

Al percatarse de que Carney se sentía incómodo, ella se incorporó en el asiento y cruzó las piernas de forma que el deshilachado borde de su bata dejó al aire un par de centímetros de muslo.

—Es bueno tener familia —dijo Carney— cuando uno llega a un sitio nuevo.

—«Bueno» es la palabra. Ella no me reconoció en absoluto cuando llamé a la puerta. Supongo que todavía no se había acostado, pero me dijo que podía dormir unos días en el sofá, hasta que encontrara donde quedarme. Estuve allí seis meses. —Aunque tía Hazel estuviera hecha unos zorros por la mañana, continuó explicando, cuando salía de casa era la viva imagen del glamour—. Hay que tener un yo interior y un yo exterior, decía ella siempre. A nadie le importa cómo eres en realidad, o sea que depende de ti darles una cosa u otra.

—¿Todavía vive aquí? —preguntó Carney. Miss Laura le había pedido que se vieran, y estaba impaciente por conocer el motivo de la reunión. Se le ocurrió pensar que seguramente no se llamaba Laura.

—Hasta hace poco sí, pero ya no —dijo—. Ella fue quien me consiguió trabajo en Mam Lacey's. ¿Lo conoces?

—Pues claro —dijo Carney.

Él entornó los ojos y ella dijo:

—Yo no trabajaba abajo. —Refiriéndose al bar.

—Está bien.

Freddie y él habían bromeado más de una vez con lo de «ir arriba», pero no querían saber nada de furcias. Bueno, Freddie se apuntaba a un bombardeo. Conocían a muchos tíos que iban al piso de arriba o que frecuentaban otros burdeles más o menos conocidos. Cuando Carney cumplió catorce años, su padre le propuso llevarlo a «un sitio que conozco», pero Carney dijo que no y pasaron años hasta que comprendió lo que se proponía Big Mike. ¿Era Freddie el que se había burlado al ver a tal o cual mujer que bajaba del autobús o entraba en la farmacia, diciendo que «trabajaba para Mam Lacey»? Culo gordo, demasiado maquillada, un cierto brillo en los ojos. Sí, seguro que sí. Le pegaba decir esas cosas. Y seguro que Carney se había reído. Luego uno se va haciendo mayor y las bromas de antaño ya no te hacen tanta gracia.

—Me tiraba horas tumbada allá arriba, escuchando la música —dijo miss Laura—. Abajo todo el mundo se lo pasaba en grande. Ah, aquella música… Si me aburría, o si ese día me tocaba estar con algún bruto, me imaginaba formando parte de uno de aquellos grupos de chicas. Con vestido largo. Guantes hasta aquí arriba. —Encajó otro cigarrillo entre sus labios—. Abajo lo pasabas bien, y arriba lo pasabas diferente.

—Hace tiempo que lo cerraron —dijo Carney.

—Ya era hora. La gente siempre hablaba muy bien de ella, y eso me sacaba de quicio.

La última vez que Carney había ido a Mam Lacey's, el local había estado cerrado un tiempo y daba auténtica pena. Pepper y él estaban buscando alguna pista sobre el botín del atraco al Theresa y fueron a parar allí. Mam Lacey había muerto y el colgado de su hijo, Julius, había convertido aquello en el hogar del yonqui. En el jardín de atrás había una estatua rota de un ángel blanco, y Julius estaba tirado en un banco totalmente colocado; las piernas de la estatua estaban separadas del cuerpo y, al lado, el torso y las alas emergían de entre la perversa maleza de Harlem. ¿Estaba entera la estatua cuando miss Laura miraba abajo desde la habitación? ¿Y cómo fue que se partió en dos? Carney no sabía por qué se había puesto a pensar en el triángulo formado por él, Julius y miss Laura allá en Mam Lacey's, los tres contemplando la escultura desde su perspectiva particular. Según se mirara, aquel no era lugar para un ángel, pero visto desde otro ángulo tal vez sí que aquel sitio necesitaba uno. Y otro punto de vista era que, si la estatua era bonita, probablemente no duraría mucho allí.

Carney estuvo a punto de mencionar a Julius, pero lo descartó.

—¿Has venido a decirme lo que quiero oír? —preguntó miss Laura.

—Todavía no —respondió Carney. Se había producido una demora.

El último jueves el inspector Munson había pasado por la tienda a recoger su sobre semanal. Carney le recordó su propuesta con respecto a Biz Dixon. «Prometí ocuparme de ello —dijo el inspector—. Ya le advertí de que esa gente tiene amigos. No es que sea un obstáculo insalvable, pero complica las cosas. De vez en cuando hay que trincar a este o aquel, independientemente de la pasta que apoquinen, para dejar claro que este es un país democrático».

Carney había pensado ofrecerle algo más a Munson para endulzar el trato, pero ¿qué podía ofrecerle? Gente de segunda categoría, delincuentes del tres al cuarto. ¿Qué habría pensado su padre de que estuviera dando carnaza a la poli? ¿Que iba a convertirse en un soplón con todas las letras?

Pero aunque Carney pudiera explicarle el porqué del retraso, miss Laura no era la persona más empática del barrio.

—¿Una «demora»? —dijo, convirtiendo el cigarrillo en una L al aplastarlo contra el cenicero. Encendió otro—. Pero ¿tú de qué vas?

En resumidas cuentas, tenían un trato y Carney no había cumplido. Si las ventanas hubieran estado abiertas, el olor de las flores y el tabaco habría resultado menos empalagoso. Es un telegrama, pensó Carney. Era algo que solía decir su madre, respecto a noches como esta. Solo recibía telegramas cuando eran malas noticias, por eso dijo que aquella fresca noche de finales de agosto era un «telegrama», avisando de que el verano tocaba a su fin. Rompías el papelito y lo tirabas a la basura, pero el mensaje estaba claro.

Miss Laura se arrebujó en su bata.

—Me preguntabas si mi tía vive aún en Nueva York —dijo—. Un día se marchó del piso dejando a deber dos meses de alquiler. No dijo una palabra. Yo no tenía ni calderilla para vivir. O sea que no fue mi tía la que me llevó a Mam Lacey, pero no me quedaba otra salida. Así empezó todo. Y aquí estamos ahora.

Estaba dando pasos hacia un ultimátum. Moviéndose en el periodo de vigilia de la medianoche, igual que Carney. Él supuso que ya habría dormido su primer sueño, y ahora estaba echando cuentas antes de acostarse para el segundo. Había personas como ellos por toda la ciudad, un malvado ejército de intrigantes y de cerebros nocturnos maquinando chanchullos. Millares y millares conspirando en sus pisos y pensiones y antros abiertos día y noche, a la espera del momento de plasmar sus planes a la luz del día.

Miss Laura se levantó para acompañarle hasta la puerta.

—El tiempo pasa —dijo—, y una se pregunta si a un hombre como Willie le gustaría saber que alguien le está acosando. Es tacaño de cojones, pero supongo que eso tendrá algún valor, ¿no? Me refiero a saber que alguien va a por ti.

Le llamó cuando él estaba ya abajo, con la mano en la puerta de la calle.

—Acaba con esto de una vez, Carney. Acaba con esto.

6

Marie le dio a Carney el recado de que su tía le esperaba a las cuatro. Le dijo también que ella y tía Millie se habían puesto a hablar y que su tía pensaba hacerles una visita a la tienda la semana siguiente y almorzar un sándwich o algo. «Cuando me dijo que no había venido desde antes de las reformas, le hice prometer que vendría». Carney, por su parte, hacía tiempo que no iba a casa de su tía. Últimamente solo se comunicaban cuando ella le telefoneaba preguntando por Freddie. ¿Dónde andará? ¿Tú le has visto? Y ahora quería que Carney saliera temprano, precisamente cuando estaban preparando las ofertas para el fin de semana del día del Trabajo. ¿En qué lío se habría metido su primo? La última vez que había visto a Freddie fue en junio, en el Big Apple.

Tía Millie llevaba viviendo en la Ciento veintinueve desde antes de que naciese Carney. A dos manzanas de donde él se había criado. En aquel entonces las hermanas Irving cenaban con los chicos casi cada domingo –a saber dónde estarían sus maridos–, por regla general en casa de Millie. Big Mike era impredecible y no le gustaba llegar a casa y encontrar a gente en la cocina, tanto si eran parientes como si no.

Carney evitó pasar por la manzana donde se había criado; solo lo hacía cuando estaba preocupado por la tienda, o por el dinero, y le fallaba el mecanismo de volver a casa. Era más seguro derivar la nostalgia hacia la casa de su primo en la Ciento veintinueve. Conocía de memoria el tramo de la calle entre su edificio y Lenox Avenue y todavía lo consideraba su reino, aunque nadie le rindiera pleitesía. Era fácil distinguir a los inquilinos nuevos por las cortinas y lámparas diferentes y por los cuadros de Jesús visibles a través de la ventana, la aparición de una intrépida planta en un alféizar, una bandera de Puerto Rico colgando de una escalera de incendios. El casero del número 134 había soltado por fin la pasta para comprar cubos de basura nuevos. Carney y Freddie habían reventado los antiguos con petardos el 4 de julio de 1941. En su vida habían corrido tanto los dos primos.

—Pero mírate —dijo tía Millie, dándole un repaso en el recibidor. Luego lo atrajo hacia sí y le plantó un beso—. Ser padre de esos dos críos parece que te sienta de maravilla: estás hecho un pincel.

La que fue a hablar. Carney echó cuentas: si su madre, Nancy, había nacido en 1907 y su hermana era dos años mayor, entonces tía Millie tenía cincuenta y seis. Cuando olió la tarta, supo de qué iba la cosa. No era para hablar de Freddie: era el cumpleaños de su madre.

—Ya conoces el camino —dijo ella, refiriéndose a la cocina. Cómo no iba a conocerlo si había vivido dos años en aquel apartamento. Cuando su madre falleció, su padre se largó de casa como hacía a veces, solo que en esa ocasión no volvió el día o la semana siguientes. Dejó a Carney en casa de Millie y ya no se le vio el pelo hasta dos meses después. Bien pensado, se dijo ahora Carney, tal vez habría estado en la cárcel. Cuando su padre volvió, tía Millie le propuso que el niño se quedara a vivir con ellos. Big Mike no protestó.

Fue divertido. Tío Pedro construyó una litera para el cuarto de Freddie. En aquel entonces rondaba más por allí y hacía cosas de padre, como llevarlos al parque o al cine. Tía Millie cocinaba muy bien, y Carney no volvería a disfrutar de esa suerte hasta que se casó con Elizabeth. Lo mejor de todo fue la relación de hermanos entre Freddie y él. Freddie pateaba la litera de arriba: «Eh, ¿estás despierto? Pero ¿tú has visto la cara que puso? He tenido otra idea...». Se habían inventado una manera de ver el mundo desde la broma. Cuando compartían habitación era como si su peculiar mitología privada estuviese grabada en tablas de piedra junto a unas llamas danzarinas, como en *Los Diez Mandamientos.*

El día que su padre fue a buscarlo, Carney lloró. Vivían a dos manzanas, en un edificio y un piso idénticos, pero dos plantas más abajo. Tan cutre como todo lo demás.

Carney y tía Millie se sentaron a la mesa de la cocina donde solían hacerlo antes. En el asiento de Freddie había una pila de revistas, y encima de todo el *Amsterdam News* de la última semana. Tía Millie llevaba un sencillo vestido azul y el pelo recogido en un moño, lo cual quería decir que Pedro no estaba en casa. Ella solo se arreglaba cuando su marido venía de visita; ¿para quién si no iba a ponerse guapa? Últimamente Pedro pasaba mucho tiempo en Florida, donde tenía otra mujer y una hija.

Tía Millie había preparado un pastel de mantequilla con glaseado de cerezas. Carney la elogió vigorosamente.

Ella le preguntó por los niños y Carney le contó las novedades sobre May y John. El padre de Elizabeth había hecho un comentario despectivo en su boda y ahora no era fácil juntar a su tía y a su mujer en la misma habitación. Los cuatro —Elizabeth, él y los críos— se habían encontrado de casualidad por la calle con tía Millie el 4 de julio, y eso estuvo bien.

—¿Esta noche te toca hospital? —preguntó él.

—A las seis.

Su tía había hecho el turno de día durante un montón de tiempo, pero se había pasado al de noche. Unos años atrás la habían ascendido y era una especie de supervisora, pero seguía trabajando mayormente de enfermera.

—Me gustó charlar con esa Marie. ¿Y viene desde Brooklyn, con lo lejos que está?

—Todos los días.

—¡Raymond con empleados que vienen en metro nada menos que desde Brooklyn! —Dijo que su madre estaría orgullosa de él, de su formación, de su tienda, de que se ocupara de su familia. Lo que equivalía a decir: justo lo contrario de la vida que había llevado su padre.

La madre de Carney había muerto de neumonía en el 42, y fue un año después cuando empezaron a reunirse por su cumpleaños, en torno a la mesa de la cocina, Millie y los chicos. Nada del otro mundo y tampoco mucho rato; a veces ni siquiera hablaban de la madre de Carney. De cine, sí, sobre todo. Freddie fue el primero en faltar a la cita, cuatro años atrás. Y el año anterior Carney estaba con bronquitis y no pudo ir. Esta vez se le había olvidado por completo.

Estaba avergonzado, dijo.

—¿Y Freddie? —Quiso desviar la atención hacia el que no se había presentado esta vez.

—No me devuelve las llamadas. Me encuentro con alguien y me dice que le ha visto en tal sitio o tal otro. Pero él no me llama.

—La última vez que le vi estaba bien.

Tía Millie expulsó el aire. Zanjado el asunto de Freddie, ambos hicieron lo que parientes y amigos hacen a veces: fingir que el tiempo y las circunstancias no los habían llevado por caminos diferentes, que tenían tan buena relación como antaño. Para Carney fue sencillo; en las últimas semanas no hacía casi otra cosa que maquinar planes. Para su tía fue, probablemente, un solaz bienvenido. Le contó que un puertorriqueño había comprado el colmado de Mickey y que ahora solo vendían alimentos y bebidas hispanos; que la señorita Isabel, la del piso de arriba, se había mudado a los nuevos bloques públicos de la Ciento treinta y uno, donde antes estaba Maybelle's Beauty; y que no fuera a comer a ese sitio que habían abierto delante del Apollo, porque a Jimmy Ellis le sirvieron un pastel de carne en mal estado y tuvieron que llevarlo al hospital para hacerle un lavado de estómago.

Cosas que ella les habría contado a su marido, a su hijo, a su querida hermana pequeña, si los hubiera tenido allí. Pero solo estaba él, Carney.

Para convencerla de que le entusiasmaba el encuentro anual, Carney le pidió que sacara el álbum de fotos. Tía Millie se puso a buscar pero no consiguió encontrarlo. Cuando ella le telefoneó por la noche, Carney pensó que sería para decir que lo había encontrado. Pero no: lo que le dijo fue que habían cogido a Freddie. La policía iba a por Bismarck Dixon y resulta que él estaba allí y no quiso soltar prenda, ya sabes cómo es. Total, que se llevaron a Freddie también.

Pepper fue la primera persona en quien Carney pensó para lo de Duke. A principios de junio, tres días después del fallido intento del vendedor de muebles por recuperar sus quinientos dólares. Pepper utilizaba la tienda de vez en cuando como contestador automático. Y esta vez le salió un trabajo allí.

La cosa ocurrió del siguiente modo: Pepper llamó a Muebles Carney para recibir instrucciones en relación con su último golpe, el robo a un almacén. Todo había salido como estaba planeado. Royal Oriental, un mayorista de alfombras de Atlantic Avenue, en Brooklyn, recibía dos veces al año un cargamento de un proveedor particular de fuera del país. Llega el barco, atraca en la aduana, descargan las alfombras, esteras y lo que sea, y Royal Oriental suelta la pasta. El día antes de pagar todo ese material, la caja fuerte del almacén está a rebosar de billetes; como es sabido, las alfombras extranjeras son un modo de blanquear dinero.

Algunos trabajos eran como estar otra vez en Birmania. Gente cuya cara no ves nunca, y con la que ni siquiera hablas, organiza un golpe y tú confías en que lo hayan previsto todo... cuando sabes que no es así. Pepper no llegó a conocer a quien financiaba el robo en Brooklyn, y tampoco al infiltrado en el almacén que pasó la información sobre el dinero de la caja. Su socio esta vez era Roper, un experto en cerraduras con quien había trabajado en un par de ocasiones. Roper tenía la cabeza sobre los hombros; él no había tenido la culpa de que la cosa se fuera al garete aquella vez. Los cerebros del golpe ficharon a Roper, Roper fichó a Pepper, y mientras le dieran su parte a Pepper le daba lo mismo no saber cómo se llamaban los cerebros del golpe.

Había luna llena. Una brisa empujaba el aire húmedo hacia Jersey. Era una noche estupenda para salir a hacer fechorías. Pepper redujo al vigilante nocturno y lo quitó de en medio. Roper reventó la caja fuerte. En un momento dado hubo un perro guardián. Lo principal fue que nada se torció. Visto y no visto, estaban otra vez en el Chevy Bel Air y cruzando el puente. Dos días después, el momento previsto para cobrar su parte, Pepper recurrió a Carney como receptor de mensajes. Solamente utilizaba la tienda de muebles cuando no había peligro. Claro que, en su oficio, el nivel cero de peligro no existía. Pepper no quería complicarle la vida a Carney, si podía evitarlo. Si no, qué coño, no iba a sudar la gota gorda para quitarle de encima a la poli.

Roper había dejado una dirección para que Pepper recogiese su dinero. Carney le pasó las instrucciones. Luego carraspeó y dijo:

—Me gustaría contar contigo para un trabajo.

—¿Qué, necesitas mover un sofá?

—No, hablo de un «trabajo».

Pepper prometió pasarse por allí una vez que recogiera el dinero.

De vez en cuando se dejaba ver por la tienda. Qué menos que eso, si iba a servirse de Carney como mensajero ocasional. Además, Carney era hijo de Big Mike.

Ampliar la tienda había sido una buena idea; la venta de muebles estaba yendo bien. Rusty, el empleado, había conocido a una chica que parecía recién salida de un vagón de patatas. Puro campo. La nueva secretaria caminaba por la calle con una expresión dolida, pero tan pronto ponía el pie en la tienda lucía una sonrisa. Sin embargo, Pepper habría puesto un rótulo diferente; las letras más gruesas, para que se vieran bien, y con un toque de rojo. Había leído en un artículo que la naturaleza se decantaba por el rojo para que los animales prestaran atención, y para vivir en la ciudad de Nueva York uno debía ser un poco animal. Tenía lógica emplear el rojo en carteles y señales, pensaba Pepper. Claro que a él nadie le pedía su opinión.

La puerta de Morningside Avenue que Carney había hecho abrir era muy útil, pues proporcionaba una salida adicional. Se contuvo de hacer comentarios sobre la caja fuerte.

—¿Tuviste que deshacerte de la otra alfombra? —dijo Pepper.

Carney seguramente había envuelto a Miami Joe en ella para tirar el cadáver en Mount Morris. Eso era lo que él habría hecho.

—Sí, esta es nueva —dijo Carney.

El vendedor le explicó en qué consistía el trabajo. Al principio, no parecía Carney. Claro que Big Mike había cuidado su cosecha de rencores como un buen agricultor, inspeccionando los bancales, procurando que no les faltara riego ni fertilizante para que así crecieran fuertes y sanos.

—Necesitas algo para hacerle chantaje —aventuró Pepper.

—No. Chantaje es cuando intentas conseguir algo de alguien. Lo que yo quiero es prender fuego a su casa.

—Pero no literalmente. Quieres joderle a base de bien.

—Exacto. No prenderle fuego literalmente, sino incendiarla hasta los cimientos.

—No sabía que fueras así.

Carney se encogió de hombros.

De tal palo, tal astilla. Acordaron una cifra por las labores de vigilancia y seguimiento.

Pepper nunca había oído hablar del tal Duke. Será que nos movemos en círculos diferentes, se dijo. Apoyado en la fachada del restaurante barato que había frente al Edificio Mill en la Ciento veinticinco, podía controlar la ventana de la oficina del banquero y la entrada al edificio.

Su abuelo Alfred había tenido una barbacoa de barril en Newark, en Clinton Avenue. Hacía costillas, falda, e incluso sus propias salchichas. El padre del abuelo Alfred había sido carnicero y cocinero en una plantación de índigo en Carolina del Sur y le transmitió los trucos del oficio. «Puedes colocar unas chuletas directamente encima del carbón –decía el abuelo de Pepper–, esa es una manera de asar una pieza de carne. A los pocos minutos ves que se ponen negras y ya están a punto. Pero la barbacoa es un proceso lento. Si las colocas en un asador de este tipo, debes tener paciencia. El calor y el humo harán su trabajo, muchacho, pero hay que esperar».

Una manera era rápida y la otra lenta, un poco como los atracos y la vigilancia. El atraco venía a ser como las chuletas: se cuecen rápido y a fuego vivo, visto y no visto. La vigilancia era como las costillas: fuego lento, paciencia, tomárselo con calma.

Pepper era un sibarita en el sentido de que le gustaban las chuletas y le gustaban las costillas. Hacía años que no planeaba un golpe, con todos los preliminares que eso entrañaba: estudiar el sitio en cuestión; cronometrar el tráfico de vehículos y pasajeros y la frecuencia con que el coche patrulla hacía la ronda; el horario del personal, ejecutivos y guardias de seguridad. Pensar en qué momento ir a echar una meada. Antiguamente le gustaba mucho esta faceta del trabajo: concebir el plan, atar todos los cabos sueltos, elegir los miembros de la banda. Ahora se encomendaba al azar laboral. Ya no era tan listo ni tan entusiasta como antaño. Si no le proponían un plan, pues bueno, ya llegaría algo. Un tío que había salido del penal de Dannemora y quería volver a entrar, u otro tipo que estaba planeando una gran venganza. Sí, Pepper tal vez no fuera tan listo como antes, pero comparado con la clase de maleantes que corría hoy día, lo era más que suficiente. No había hecho costillas en bastante tiempo, pero enseguida le cogió el truco otra vez.

Esperar y vigilar por cuenta de Carney. Buscó las diminutas libretas que utilizaba antiguamente para tomar notas. El buen tiempo ayudaba. Hacía calor, era junio, pero apenas llovía. Los dos primeros días Tommy Lips le prestó su Ford Crestliner, pero resultó que a Duke le gustaba caminar, uno de esos tíos bajitos acomplejados por el tamaño que necesitaba demostrar que él era el gallo del corral. Una cabecita asomando por encima del volante de un coche podría haber hecho que volvieran las mofas de los abusones. Lo cual fue una suerte para Pepper porque odiaba el Crestline de Tommy Lips, era una puta tartana.

Pasaron días. Una nueva versión de aquella esquina de la Ciento veinticinco había surgido mientras él no miraba, porque muchos de los viejos antros habían desaparecido y ahora había cafeterías elegantes y tiendas de discos y de electrodomésticos. Pepper, que no era precisamente un sentimental, se permitió no obstante rememorar su última visita al Edificio Mill. O, en todo caso, lo intentó. Pepper tenía a aquel pringado colgando por fuera de la ventana agarrado de los tobillos (zapatos negros de cordones y calcetines negros sujetos con ligas), y le estaba amenazando con dejarlo caer a Madison Avenue (la ventana miraba al este); de eso sí se acordaba. Y de que el tipo se llamaba Alvin Pitt y era osteópata de profesión, pero ni que le mataran era capaz de entender por qué lo tenía colgando en el vacío. Ni puñetera idea. Bueno, quizá cuando terminara este trabajo localizaría a Alvin Pitt y le preguntaría a qué vino toda aquella historia.

Los días laborables, hacia las doce, Duke comía con otros jefazos por el estilo. Algunos le sonaban a Pepper de haber visto su foto en la prensa: jueces, abogados, políticos. Iban a restaurantes famosos de Harlem en los que Pepper nunca había entrado: bogavante a la Thermidor en el Palm, solomillo Wellington en el Royale, brandy del caro en el Salón Orquídea del hotel Theresa. Y después, otra vez al Mill. El banquero era miembro del Dumas, un club de la Ciento veinte que, tras la debida observación, resultó ser una fábrica de hijoputas. Los andares del gallito del corral se volvieron algo tambaleantes tras una visita al club, y Pepper dedujo que los ricos también disfrutaban de la hora feliz. Luego Duke se dirigió hacia su casa en Riverside Drive, uno de esos edificios monumentales con un portero soñoliento y entrada de servicio con la cerradura rota. Una vez en casa, Duke ya no salió hasta el día siguiente.

Eso fue todo, bueno, salvo un par de visitas semanales a una prostituta que se hacía llamar miss Laura y que trabajaba en un loft de Convent con la Ciento cuarenta y uno. En cuanto Pepper tuvo claro el programa de Duke, Carney le habló de la chica.

—Vale, pero ¿qué quieres que le haga al banquero? —preguntó Pepper.

Estaba en una cabina del vestíbulo del Maharaja Theater, en la Ciento cuarenta y cinco con Broadway. Esa semana ponían *El abrazo del muerto* y *El monstruo del mar encantado*. Aquello había sido una glamurosa sala de vodevil, y ahora sus virtudes más destacadas eran la hilera de teléfonos públicos del vestíbulo y el oscuro auditorio más allá. Un local muy apropiado para que individuos freelance hicieran sus negocios.

—Nada —respondió Carney—. Tú solo vigila a la dama de Convent.

Dama...

—¿Al banquero se lo va a cargar otro?

—No. Solo estoy tanteando el terreno.

Pepper colgó el teléfono y abrió la portezuela de la cabina. La luz se apagó. El Maharaja estaba en franco declive, ahora que se fijaba bien. A esa hora del día en el vestíbulo todo eran putas y yonquis. Camellos y clientes. Dentro del cine gente haciendo o recibiendo mamadas, o metiéndose un pico, con o sin triunfo cinematográfico de *El abrazo del muerto*.

¿Tendría que buscarse otro sitio, o en todas partes era igual de sórdido, triste y peligroso? La última vez que Pepper estuvo en el Maharaja vio dos ratas grises fornicando entre las palomitas de la grasienta vitrina amarilla. Quizá tendría que haber hecho caso de esa señal.

Los teléfonos seguían funcionando y nunca había cola. Un motivo para volver.

Pepper se convirtió en cliente habitual del Big Apple Diner, un antro que no estaba del todo mal. La comida era decente, las camareras eran simpáticas, y desde su mesa podía ver el 288. No le sorprendió que apareciera aquel chulo para reclamar su tajada. Resultó que era Cheap Brucie.

Brucie era la clase de tío que les ponía un piso a sus chicas y les mandaba clientes. Llevaba ejerciendo como proxeneta desde hacía mucho tiempo, desde antes de que Pepper volviera de la guerra del Pacífico. Por él no pasaban los años; sus chicas curraban a destajo. Pepper había oído contar más de una historia sobre Cheap Brucie tirando cadáveres en Mount Morris. Seis años atrás Pepper le había visto rajarle la cara a una de sus pupilas en el Hi Tempo Lounge a las tres de la mañana. Le abrió una cremallera en la mejilla. Una de esas noches que se habrían alargado de no ser por el grito de la pobre mujer. Como para quitarte la borrachera de golpe.

Miss Laura tenía un par de citas por día. Sus clientes le llevaban cosas que él la veía tirar más tarde a los cubos de basura: grandes ramos de flores, cajas rojas de caramelos de Emilio's. Los que iban a echar un polvo dos veces por semana, como Duke, solían ir mejor vestidos. Cuanto mejor vestían, más vacías llevaban las manos.

A veces miss Laura se asomaba a la ventana del tercer piso para verlos alejarse, y su cara de rabia incandescente hacía que Pepper bajara la vista a su taza de café.

A principios de julio, Pepper se presentó en la tienda de muebles. Marie lo vio acercarse cuando atravesaba la sala de exposición. Él la saludó con un gesto de cabeza y ella apartó la vista, sobresaltada por su expresión impasible.

Carney movió las lamas de la persiana para tapar la vista desde el exterior. Estaba más delgado, o raro, como si hubiera dormido mal.

—Bonita caja fuerte —dijo Pepper.

—¿Qué tiene de malo?

—¿Aparte de lo pequeña que es?

—Sí.

—Que es una Ellsworth, y a mí siempre me hace feliz ver una Ellsworth. Pero no es bueno tener una caja que haga feliz a un ladrón.

El comentario dejó a Carney de mal humor hasta el término de la entrevista.

—Me acerqué al piso de la chica en Convent, estuve en el restaurante —dijo Carney—. Las visitas de Duke, todo comprobado.

—Pues claro —dijo Pepper—. ¿Tú crees que me invento las cosas?

Carney le pagó por el trabajo y luego le dijo que tenía que vigilar a otra persona: Biz Dixon.

—Es un amigo de mi primo Freddie.

Pepper se encogió de hombros.

—Crecimos juntos —añadió Carney.

Pepper conocía al tal Biz Dixon y no tenía buena opinión de él. Pertenecía a la nueva generación de gángsteres de Harlem: exaltado, salvaje, insignificante. Un par de años atrás Corky Bell había contratado a Pepper para labores de seguridad en la gran partida de póquer que organizaba cada año el primer fin de semana de enero. A Corky le gustaba tener en la mesa a unos cuantos tipos honrados, y esos no van si se sienten amenazados por algún maleante. Eran tres días de póquer en un ambiente relajado, sin sobresaltos, todo bien excepto el año en que se presentó Biz Dixon.

Corky había contratado al camarero que atendía los sábados por la noche en el hotel Theresa. Servía generosas raciones, como cabe esperar en una sala donde se juega. Rosbif con pan de centeno y salsa rosa, y al amanecer, huevos. Un año Corky invitó a Sylvester King e hizo que cantara una versión a capela de su éxito «Summer's Romance». Eran primos, eso lo hizo posible. Además, Corky tenía algo de usurero y aprovechó la breve actuación para cubrir una semana de intereses por el préstamo que le había hecho a su primo King para su nueva piscina en Long Island. Según explicó Corky, la piscina tenía forma de riñón y disponía de una cajita que expulsaba a intervalos regulares un vapor de jazmín, que es un conocido afrodisíaco.

Un contable blanco de nombre Fletcher, de Connecticut, le estaba puliendo el dinero a Dixon. El tal Fletcher no dijo ni mu cuando Dixon empezó a pincharle –¿Cómo es que sigues, teniendo un seis? ¿Por qué juegas esa mierda de cartas?–, lo cual sulfuró al traficante, y de qué manera. El contable era un tipo normal que iba de visita a los barrios pobres como esas chicas blancas de Park Avenue que van los fines de semana a Mel's Place. Normales y delincuentes necesitan mezclarse de cuando en cuando a fin de reafirmarse en el camino que cada cual ha tomado. La partida de Corky Bell era un lugar donde ocurría eso.

Esto es, si tipos como Biz Dixon no jodían la marrana. En honor a la verdad, el modo en que Fletcher dijo «Trío de reyes» y luego se subió las gafas tuvo un deje provocador, pero nada del otro mundo. Dixon le arrojó el whisky a la cara y se puso en pie de un salto. Pepper se interpuso, lo agarró del cuello de la camisa y lo sacó a la calle. Dixon estaba más que furioso. El traficante había llevado consigo un guardaespaldas, pero Pepper se figuró que habrían oído hablar de algunas de las cosas que él había hecho, porque se acoquinaron y no pasó nada. Una vez terminada la partida, Fletcher le dio una propina de cien pavos, que Pepper empleó para comprarse una manta eléctrica.

—Conozco a Dixon –dijo.

—¿Significa que pasas?

—No. Solo significa que ese tío no puede verme. –Se rascó repetidamente con los nudillos el mentón mal afeitado. Duke y miss Laura estaban conectados; Pepper no entendía dónde encajaba el camello–. ¿Qué tiene que ver Dixon con Duke?

—Mira, tengo que ocuparme de una cosa antes de hacer otra, y antes de eso debo hacer algo más.

A Pepper no le pagaban suficiente para tratar de entender qué había querido decir Carney. Es más: le daba absolutamente igual. Antes de largarse echó una última mirada a la Ellsworth. Meneó la cabeza.

Le pidió el coche a Tommy Lips para la siguiente fase. Dixon reconocería a Pepper aunque hubieran pasado bastantes años y el colectivo de enemigos hubiera ido en aumento, de ahí que Pepper reclutara a Tommy Lips. Habiendo tantos elementos de los que ocuparse personalmente, iba a necesitar un socio. Tommy Lips dejó un visible contorno oscuro en el respaldo del sillón reclinable cuando se levantó para estrechar la mano de Pepper. Le agradecía el trabajo y no paró de repetírselo hasta la saciedad.

Fueron dos o tres días de recorrer Harlem en coche siguiendo a Biz Dixon. Era un niño bonito, mulato, cachas de tanto ejercitarse en el patio o lo que hubiera en Dannemora. Pepper no podía comentar nada sobre instalaciones recreativas en la cárcel, pues no había tenido aún el placer. Dixon se mantenía a dieta y dedicaba el mismo celo a sus cabellos, que solía lucir en engominados rizos sueltos.

Carney le había dicho que Dixon dormía en un piso de la Quinta, y desde allí Pepper lo estuvo siguiendo a una serie de lugares habituales: la casa de su madre en la Ciento veintinueve; dos pisos de amiguitas en Madison con la Ciento doce y la Ciento dieciséis, y una sucesión de mediocres restaurantes chinos y de pollo frito. Un día almorzó con Freddie. Pepper tomó buena nota de ello.

Luego estaba el asunto del trabajo. Hasta el último de ellos, los miembros de su banda pertenecían al mismo clan de jovencitos que uno se encontraba ahora en el uptown, gente boba y vengativa. Medio tarados. En el Maharaja ponían películas sobre delincuentes juveniles donde todo eran chicos blancos con muy mala leche. No se hacían películas sobre su contrapartida harlemita, la formada por negros no muy negros; pero haberlos los había, llenos de odio por culpa de cómo iban las cosas. Si eran buena gente, se manifestaban y protestaban con la intención de arreglar lo que más detestaban del sistema; si eran mala gente, acababan trabajando para elementos como Dixon.

—Míralos —dijo Tommy Lips—. Los odio. ¡Métete la camisa por dentro!

No había la menor duda de que los jóvenes hampones eran muy desaliñados. Tommy Lips aborrecía su comportamiento tanto como envidiaba su vitalidad. Había estado fuera de juego desde que un poli le atizara con la porra en la cabeza. De cuando en cuando sufría desmayos y las manos siempre le temblaban. En cualquier caso, para hacer de canguro servía, aunque fuera un poco parlanchín.

—Es absolutamente indecente —dijo.

Pepper siguió a los empleados de Dixon —camellos, gorilas de pacotilla— hasta que pudo identificar al que era menos incompetente y estaba más ajetreado. Según el barman del Clermont Lounge, aquel hispano tan diligente y con orejas de soplillo se llamaba Marco. Su misión consistía en supervisar a los camellos de poca monta que operaban en el principal punto de venta de Dixon, Amsterdam con la Ciento tres. Como estaba cerca de una estación de metro, la mayoría de los clientes eran blancos. Universitarios que daba pena verlos y currantes con hábitos secretos. Empleados municipales con el mono. Otros dos días siguiendo a Marco les permitieron identificar el sitio donde guardaban la droga; era a dos manzanas de allí, también junto a Amsterdam, en el apartamento situado en el sótano de una casa.

—Estas alimañas nos están invadiendo —dijo una tarde Tommy Lips. Las moscas de un montón de basura junto al cual habían aparcado los estaban martirizando—. ¿Has ido por la Primera Avenida últimamente?

—Si quieres que vaya, primero consígueme un tanque —dijo Pepper.

—He estado tomando clases por correspondencia, ¿sabes? —dijo Tommy Lips—. Ojalá lo hubiera hecho hace años. Podría habérmelo montado en alguna otra parte, lejos de este sitio.

—No me digas.

Habiendo seguido de cerca a sus dos objetivos, el banquero y el traficante, Pepper tenía claro que estaban en el mismo negocio. En Harlem había yonquis evidentes,, los que se balanceaban al compás de una música que escuchaban por dentro, y luego estaban los ciudadanos de quienes uno jamás pensaría que están enganchados. Personas normales con empleos honrados que se acercaban a los hombres de Dixon, pillaban, y salían disparados hacia sus madrigueras. Y luego estaba Duke. Duke mercadeaba a diario, haciendo sus propias entregas en restaurantes y clubes, vendiendo otro tipo de droga: influencia, información confidencial, poder. Uno ya no sabía quién se metía qué, pero estaba claro que media ciudad iba hasta las cejas de una cosa u otra.

De vuelta en el despacho de Carney, Pepper sacó su libretita y le hizo un informe completo al vendedor de muebles. Mencionó el almuerzo con Freddie en aquel local de pollo frito.

—No estaba trabajando para él. —Carney dijo esto como si quisiera dejar claro que era una afirmación.

—Yo no he visto que lo estuviera.

Carney asintió con la cabeza.

—Dixon y él se criaron juntos.

Pepper no tenía nada que añadir, de modo que dijo:

—Bueno, ¿y ahora? —Estas costillas ya estaban listas para comer.

—Nada. Eso es todo —dijo Carney, y le pagó lo que le debía por seguir a Dixon.

Al cabo de un par de días un viejo compinche suyo reclutó a Pepper para un trabajo en Baltimore. Esto lo llevó al sur unas cuantas semanas. En la playa de Delaware se dio el gustazo de comer cangrejos. Ignoraba si Rose seguía viviendo allí, pero resultó que así era. Veinte años es bastante tiempo. Ambos estaban más viejos, gordos y tristes —«lo cual es la trayectoria generalizada»— y pasaron un par de días muy agradables.

La primera noche tras su regreso, Pepper estaba en Donegal's y, mira por dónde, aparece Biz Dixon en el programa de noticias *Report to New York*. El alcalde Wagner, un tipo de la brigada antivicio y un corrillo de polis posando frente a una mesa atiborrada de ladrillos de heroína. En parpadeante blanco y negro. Felices como gorrinos en la mierda.

Trabajo de campo para la poli.

Pepper le pidió al barman que le pasara el condenado teléfono.

El puto vendedor de muebles le había tenido currando para la poli.

A principios de septiembre aparecieron en la prensa de Nueva York dos noticias aparentemente no relacionadas entre sí. Una era apenas un suelto; la otra ocupaba más y era más relevante.

El suelto trataba de la detención de un proxeneta de Harlem, Thomas Andrew Bruce, también conocido como Cheap Brucie. «Rostro familiar para las fuerzas del orden», Thomas Bruce fue arrestado durante una redada en un club nocturno de la zona, acusado de promover la prostitución en cuarto grado. El asunto mereció tres párrafos en el *Amsterdam News*, único periódico que mencionó algo al respecto.

La otra noticia, publicada unos días más tarde, trataba sobre la desaparición del prominente banquero Wilfred Duke, en otro tiempo alma de Carver Federal Savings. «No hemos sabido nada —declaró a un periodista la señora Myrna Duke, esposa del desaparecido—. Ni una palabra». El señor Duke era un conocido hombre de negocios negro, y la noticia de su desaparición fue recogida asimismo por la prensa blanca del centro.

Pocas personas entendieron que ambas noticias estuvieran relacionadas. Tres de ellas —Ray Carney, miss Laura y Zippo— estaban en o cerca del 288 de Convent Avenue el miércoles 6 de septiembre a las 21.30. La reunión había sido concertada a toda prisa.

El inspector Munson había prometido a Carney avisarle de cuándo iban a trincar a Cheap Brucie. El trato que Carney le había propuesto semanas atrás en su despacho —el narcotraficante a cambio del proxeneta— estaba a punto de hacerse realidad.

Sin embargo, Munson no le avisó con antelación. El proxeneta fue arrestado el martes por la noche; Munson telefoneó a Carney poco después de las tres de la tarde del día siguiente.

—Estaba ocupado, ¿qué quiere que le diga?

Carney se frotó la sien mientras caminaba de un lado a otro de su despacho. Tenía que improvisar sobre la marcha.

—¿Cuándo sale Brucie? —dijo.

—Mañana a primera hora si pagan la fianza. No lo sé.

A través de la ventana de su despacho, Carney vio a Marie en la sala de exposición: estaba registrando los números de serie de los modelos Argent expuestos. Ella le saludó con la mano; él hizo lo propio.

Oyó cómo el inspector expulsaba ruidosamente el aire.

—No parece muy agradecido. Usted me hizo un gran favor, yo se lo devuelvo.

Según lo veía Carney, Munson no era el único que había salido beneficiado por la redada a los puntos donde traficaba Biz Dixon.

Unas semanas antes, el inspector le había dicho a Carney que nadie del distrito 28 estaba dispuesto a tocar a Dixon, visto el tipo de mercancía que estaba colocando. Como su material era de muy buena calidad, Dixon servía de tapadera a un italiano que se pasaba por el forro la prohibición impuesta por su clan a todo tipo de narcóticos y no quería ver su nombre mezclado en ello. Pero, en opinión de Munson, cazar a Dixon podía tener ventajosas consecuencias en otros ámbitos. En la jefatura central de la policía, sometida a presión por Wagner para que ofreciera resultados de cara a la iniciativa antidroga del gobernador Rockefeller. En la propia Oficina de Narcóticos, ansiosos por detener a un tipo que no estuviera pagando tributo (o no el suficiente), o que tuviese un rival capaz de pagar por partirles las rodillas. Sería ventajoso incluso para el alcalde, que el mes siguiente se enfrentaba a una prueba de fuego con las primarias. Para castigar a Wagner por desentenderse de la maquinaria, los jefes del Tammany estaban poniendo toda la carne en el asador para apoyar a su candidato Arthur Levitt. O sea que al alcalde le vendría bien un titular favorable.

El 31 de agosto, justo una semana antes de las primarias, los agentes antidroga arrestaron a Biz Dixon. Veintidós cargos por posesión de narcóticos con intención de comerciar, por vender droga a policías y otros delitos menores. Se le confiscaron catorce mil dólares en metálico, aparte de los billetes —a saber cuántos— que los polis se embolsaron durante la redada. Así pues, qué importaba si al final el alijo confiscado no era nada del otro mundo y hubo que añadir droga de otras batidas para que quedara bonito ante las cámaras. Salió en la prensa y en las noticias de la noche. Las fotos quedaron estupendas. Se verían la mar de bien con un marco adecuado, colgadas en la pared de una oficina municipal pintada de vomitivo verde industrial.

¿Qué sacaba Munson de todo ello? Carney no tenía claro qué era lo que en el fondo pretendía el inspector con el trato que habían hecho. Dar lustre a su reputación como jugador. Apaciguar a los competidores de Dixon que le pasaban sobres. Sea como fuere, Munson pasó la información a los de narcóticos, los cuales siguieron la pista para comprar mercancía como agentes encubiertos y organizar su propia red de vigilancia, y todo salió a pedir de boca.

—Quieren saber quién es mi informador —le dijo Munson—. Vamos a dejar que se devanen los sesos. Esta semana me adoran. La próxima, quién sabe. Pero esta semana me adoran. —Añadió que él había cumplido su parte del trato y había hecho que detuvieran a Cheap Brucie—. Querrá saber por qué.

Carney respondió que, en efecto, sentía curiosidad.

—Ese tipo raja a las chicas. Yo nunca aceptaría dinero de un chuloputas ni le serviría de tapadera —dijo Munson—, y los tíos que lo hacen no me merecen ningún respeto.

Sonaba demasiado trillado. No sería la primera vez que detrás de una aparente superioridad moral se escondía un interés personal. Unos años más tarde, cuando la partida y las apuestas habían cambiado y tener una relación duradera con un compañero con quien te entendías bien era un activo valiosísimo, Munson le reconoció a Carney que Cheap Brucie tenía a un contacto en la comisaría que velaba por él, y que Munson odiaba a ese tipo porque una vez le abrió la nevera portátil y le birló el almuerzo. Un sándwich de ensalada de huevo en el que llevaba pensando todo el día. «Y el muy hijoputa tiene el valor de llamarse policía».

En el fondo, quizá no era a base de sobres como funcionaba la ciudad, sino a base de rencores y desquites.

Carney colgó el teléfono tras hablar con el inspector. Eran las tres y media de la tarde. Si Cheap Brucie salía en libertad al día siguiente, solamente disponían de una noche para hacerlo. Era miércoles, no martes o jueves, los días en que Duke iba normalmente a su cita en el 288 de Convent Avenue.

Carney sabía que miss Laura estaba decidida. Haría lo que estaba planeado aunque tuviera que cargárselo todo a las espaldas y recorrer todo Broadway desde Battery Park hasta los Cloisters.

Carney informó a Rusty y Marie de que estaría fuera el resto del día.

—Vale, jefe —dijo Rusty—. Eso ya va teniendo mejor aspecto.

—Es verdad —corroboró Marie.

Carney se tocó el bulto debajo del ojo derecho. Había sido un día tan frenético que ni se acordaba de que tenía el ojo a la funerala.

El viernes anterior, el vendedor de muebles fue noqueado nada más salir del portal de su edificio. Carney chocó de espaldas contra la puerta y se deslizó hasta el suelo. Pepper le propinó un directo de campeonato. No le había gustado nada el propósito hacia el que Carney había orientado su trabajo.

—¿Me tuviste haciendo labores de vigilancia para la poli?
—dijo Pepper.

Carney estaba mareado. Dos quinceañeros que estaban en la acera de enfrente dejaron de driblar la pelota de baloncesto y los miraron boquiabiertos. Carney levantó la vista hacia Pepper e intentó incorporarse. La última vez que alguien le había atizado así, había sido su padre. Carney no recordaba por qué motivo, qué era lo que había hecho mal esa vez.

—Si no fueras el hijo de Mike Carney, te juro que te hacía picadillo aquí mismo —dijo Pepper.

Y se fue sin más. A Carney le ardía el lado derecho de la cara. A trompicones, volvió a subir a casa. Elizabeth había salido con los niños. Carney vio que tenía la carne lívida y descolorida alrededor del ojo. ¿Qué excusa podía dar? Últimamente no se hablaba de otra cosa que de yonquis y demás, así que optó por culpar al tráfico de drogas. Un drogadicto le había pegado un puñetazo gritándole no sé qué, y luego había seguido su camino sin molestarse siquiera en robarle la cartera. «Alguien debería hacer algo para acabar con todos esos camellos». Una representación de cómo se sentían las personas decentes en los últimos tiempos: las cosas se han salido de madre, las sombras se han apoderado del mundo.

El ojo se le cerró. La piel hinchada, de un tono cárdeno y moteado. Tardó veinticuatro horas en poder abrir de nuevo el ojo. Daba pena verle, de modo que Rusty se encargó de atender a la clientela que acudió el fin de semana del día del Trabajo, atraída por las ofertas. Dos días más tarde la policía trincaba a Cheap Brucie, y el reloj inició la cuenta atrás para encargarse del asunto de Duke, tanto si Carney estaba preparado como si no.

Antes de subir a Convent, Carney se detuvo un momento para mirar el rótulo de su tienda. CARNEY'S FURNITURE. Si le arrestaban por lo de Duke, ¿le embargarían la tienda? Había invertido muchísimas horas en evitar que una mitad de sí mismo se mezclara con la otra, pero ahora iban a chocar. Aunque, bien mirado, ya compartían despacho, ¿no? Había estado engañándose.

Miss Laura se reunió con él en el Big Apple. Fue así como Carney supo que la aventura estaba a punto de terminar: que ella accediera a verle en el restaurante. La camarera de ese día era la tercera muñeca rusa: más menuda aún pero con idénticos rasgos. La magnitud del desdén para con Carney era el mismo. Cuando él tomó asiento, la camarera le preguntó a Laura:

—¿Conoces a este tipo?

—No mucho, la verdad —contestó ella, y ambas soltaron una risita.

—Las camareras... —dijo Carney.

—Son hermanas —dijo miss Laura—. ¿Qué tienes ahí? —Refiriéndose al ojo morado.

—Me pegaron un puñetazo.

Ella frunció los labios desdeñosamente y luego se frotó las yemas de los dedos haciendo el gesto de «págame». Carney soltó veinte dólares.

Antes de tratar de determinar cómo iban a hacerlo, ella le maldijo por el tiempo que habían perdido. Carney le echó la culpa a Munson y dejó que ella se desahogara: lo que había detrás de aquel enfado era miedo. Un miedo que venía de antiguo. El tipo podía salir en libertad al día siguiente y necesitaría chicas sobre las que descargar su ira. Ella estaba decidida a delatar a Duke, pero solo si Carney se ocupaba antes de Cheap Brucie: así se lo había exigido aquel día de julio en que hicieron el trato. «Tú deshazte de Cheap Brucie, y yo me encargo del resto».

Cuando Carney saltaba al Hudson de chaval, a veces le entraba un poco de aquella agua en la boca. Era lo que servían en el Big Apple bajo el nombre de café.

—¿Cómo hacemos para que venga un miércoles? —dijo—. Y por la noche.

—Ese es el problema.

—Podrías decirle que estás en un apuro. O que se lo contarás a su mujer...

Ella se encogió de hombros.

—A ese le importa un comino que yo esté en un aprieto o que necesite pasta. Y su mujer le importa todavía menos. —Tiró la ceniza de su cigarrillo en el cenicero metálico—. No se puede amenazar a Duke, créeme, porque lo único que consigues es que se ponga como una moto.

Carney miró hacia el apartamento de miss Laura. Si lo hacían, era allí donde ocurriría.

—Le voy a decir que venga porque quiero estar con él —dijo ella.

—¿Y ya está?

—Sí.

Luego estaba el problema de Zippo. Carney tendría que localizarle para decirle que el plan estaba en marcha.

—¿Tú sabes dónde anda ese negro? —preguntó miss Laura.

La pregunta tenía sentido, porque el fotógrafo era un culo de mal asiento.

Carney lo había reclutado a última hora. Estaba claro que necesitaba a alguien que hiciera las fotos. Había comprado la Pathfinder porque la propaganda de Polaroid decía que era fácil de usar. Y, lo más importante, no era necesario llevar la película a un laboratorio. Una ojeada a las fotos que planeaba tomar y luego llamarían a la brigada antivicio.

Después de unas pruebas con la cámara, quedó claro que Carney no servía para eso. «Algunas personas son buenas para ciertas cosas y para otras no», le dijo Elizabeth. En plan amable. Los niños y ella tuvieron mucha paciencia con sus repetidos intentos de ser uno de esos padres competentes que salían en los anuncios de la tele y las revistas, capaces de capturar en imágenes momentos más o menos importantes de la vida familiar. Fracasó delante de la tienda de muebles, con el nombre de la familia estampado en lo alto; en Riverside Park, con el Hudson discurriendo sereno y susurrante a su paso; y frente a la torre de vigilancia contra incendios en el parque Mount Morris, después de llevar a su familia un poco más allá de donde había tirado el cuerpo de Miami Joe envuelto en la alfombra Moroccan Luxury.

Necesitaba incorporar a otro elemento.

Zippo era la persona ideal.

Especialista a ratos perdidos en cheques al descubierto, y proveedor a jornada completa de fotos eróticas y pelis porno, Zippo conocía a Freddie del barrio, pero Freddie no se dejaba ver el pelo. Linus había pagado la fianza para sacarlo de la cárcel cuando lo trincaron junto con Biz Dixon por hacerse el gallito. Freddie no telefoneó a su madre ni a Carney pidiendo ayuda; llamó al blanquito. Luego, una vez en libertad, fue a ver a tía Millie para decirle que estaba bien y desapareció una vez más.

A Elizabeth la horrorizó enterarse de que Freddie había pasado la noche en The Tombs. La cárcel de la ciudad tenía muy mala fama. «¡Ese sitio es espantoso!». Carney confiaba en que su primo no lo hubiera pasado demasiado mal. Lo último que deseaba cuando urdió el plan era que le hicieran daño a Freddie. ¿Cómo iba a imaginar que se vería mezclado? Bah, había sido mala suerte y nada más… aunque ojalá su primo lo interpretara como una señal para enderezar de una vez por todas su rumbo. Freddie era muy testarudo, sí, pero quizá aprendiera alguna lección.

Un «cliente» habitual de Carney —debía de tener un pozo mágico del que salían teles portátiles Sony por estrenar— era amigo del fotógrafo y organizó un encuentro en Nightbirds. ¡La de veces que su padre se había reunido en aquel local con compinches diversos! Para planear un robo, o para celebrar la culminación de otro.

Zippo apareció con su típica pinta desastrada, larguirucho y desgarbado, las mangas de su camisa azul demasiado cortas. Carney no le veía desde hacía años. Zippo conservaba aquella extraña energía suya, nervioso y desafiante, como una paloma del Bronx.

—¿Sigues teniendo cámara? —le preguntó Carney. Lo último que sabía de él era que el novio furioso de una de sus modelos le había puesto fuera de circulación.

—Aquello fue un revés temporal —dijo Zippo—. Bueno, si quieres llamar «revés» a la oportunidad de reflexionar seriamente sobre cómo mejorar tu vida.

Era la primera vez que Carney oía describir la cárcel en esos términos. Entonces se acordó de que Zippo siempre había ido dando bandazos por la vida, como un conductor ebrio arañando bordillos a las tres de la mañana: en un momento era una persona, y al siguiente era otra. «Competencia perturbada», lo etiquetaría Carney más adelante.

—Vuelvo a trabajar —dijo Zippo, y miró hacia atrás por encima del hombro para demostrar que era discreto—. ¿Tú y la parienta queréis que os haga unas fotos de...?

—Mi mujer está al margen de esto. Se trata de otra cosa. De tu especialidad: rollo erótico.

—Ah, bien, bien.

—Pero con una de las personas dormida.

—Bueno, sí, hay mucha demanda de eso también. Señoras haciéndose pasar por muertas. Hombres fingiendo ser tumbas. Escenas de cementerio...

Para impedir que siguiera extendiéndose, Carney le contó el plan al detalle. Y tan pronto hubo mencionado a la víctima, Zippo aparcó cualquier posible recelo.

—¡Odio a esos cabrones de Carver Federal! —dijo—. ¿Sabes que me pusieron en una lista? —Se había entretenido destrozando un posavasos, cuyos pedacitos blancos estaba convirtiendo ahora en una montaña.

¿Cuántos años tenía Zippo? ¿Dieciocho, diecinueve? ¿Era quizá demasiado joven para el trabajo?

—Tendría que ser in fraganti —dijo Carney.

—In fraganti, in follanti, tú mandas. —Zippo hizo hincapié en su idoneidad para la misión—. Hace años yo iba más de fotógrafo artístico, no sé si me entiendes. —No era el primer cliente de Nightbirds, y tampoco sería el último, que rememoraba las promesas perdidas de tiempos pasados—. Yo quería ser uno de los grandes cronistas gráficos, como Van Der Zee. O Carl Van Vechten. La vida y las gentes de Harlem. Pero siempre he tenido una suerte penosa, tú ya lo sabes. Cada vez que me sale una oportunidad, la pifio. Ahora la cosa va de tetas y de gente que se hace el muerto.

—Bueno, creo que el dinero te vendrá bien —dijo Carney.

—No, si no es por el dinero —dijo Zippo.

Barrió los detritus del posavasos hacia la palma de su otra mano y preguntó cuándo era el día. Acordaron un precio por la fotografía y el revelado.

Y ahora, sin previo aviso, había llegado el momento de actuar. Eran las cinco. El número de teléfono que constaba en la tarjeta que le había dado a Carney estaba fuera de servicio. En el reverso, Zippo había escrito a lápiz una dirección. Cogió un taxi.

Photograph by André estaba encima de una floristería, en la Ciento veinticinco con la Quinta. La escalera crujía de tal forma que, si se venía abajo, nadie podría decir que no le hubieran advertido. Carney llamó a la puerta del estudio y una mujer de mediana edad salió pasando junto a él a toda prisa, nerviosa y mirando hacia otro lado para que no la reconociera.

El estudio consistía en una sola habitación de grandes dimensiones, con un sofá cochambroso y unas sillas junto a la puerta, y luego un espacio con focos, un reflector, un parasol… Y más allá había una serie de telones de fondo apoyados los unos en los otros, además de diversas piezas de atrezo. Una escena de playa —cielo azul, mar azul— tapaba a medias un telón que representaba una biblioteca con estantes repletos de tomos encuadernados en piel.

Zippo no se inmutó por la llegada de Carney. Un gato negro corrió hasta sus pies y él lo levantó y se lo llevó al pecho.

—Ya estamos —dijo—. El marido de la señorita está destinado en Alemania, en una base aérea, y le ha pedido que le envíe fotos para acordarse de ella.

—¿Has estado fumando de eso?

—Es que ella estaba muy rígida y me ha parecido que así se soltaría un poco —dijo Zippo—. ¡Y así ha sido! No es fácil ponerse delante de la cámara. La sociedad nos carga de complejos, ya sabes.

—Es esta noche —dijo Carney—. Tiene que ser esta noche. Zippo asintió muy serio.

—Tengo que cerrar. Este lugar no es mío, es de André. Por eso aparece su nombre por todos lados.

Los dos caminaron cuatro manzanas hasta donde Carney había dejado la camioneta. Tenía la sensación de que iba a ser una noche de camioneta, una noche de a ver si nos libramos de la mala suerte. ¿Iba a necesitar la caja de la pickup? No le gustaba nada la idea de meter cuerpos en la trasera de su vehículo, muertos o no muertos. Una vez, bueno, mala suerte; dos veces es como que uno empieza a acostumbrarse.

El fotógrafo llevaba al hombro una bolsa grande de plástico duro. La tenía preparada cuando Carney había llegado al estudio, pese a que Zippo no podía saber que iban a hacerlo esa misma noche.

—Es que tuve un presentimiento —le explicó—. Yo, en mi trabajo, tiro siempre de instinto.

Zippo trasteó con el dial de la radio y buscando en las frecuencias bajas encontró un locutor beatnik que mascullaba desganadamente. Aparcaron frente al edificio donde estaba el apartamento de miss Laura, de modo que Carney pudiera ver la ventana desde el asiento del conductor. Según habían acordado, cortina abierta quería decir que estaba sola. Carney le dijo al fotógrafo que no se moviera de allí y fue andando hasta Amsterdam en busca de una cabina.

—Dice que intentará venir —le informó miss Laura.

—¿Que intentará? O viene o no viene.

—Es lo que hay. Dice que tenía una reunión.

Carney volvió a la camioneta y puso a Zippo al corriente.

—Esperar —dijo Zippo—, siempre esperar. A veces hago encargos para un abogado blanco especialista en divorcios, Milton O'Neil. ¿Te suena? Ese que sale en todas las cajas de cerillas. El trabajo consiste en pillarlos en pleno acto, o sea que la espera se hace muy larga.

—Zippo.

—¿Qué?

—¿Tú todavía provocas incendios?

La más famosa de sus acciones había sido la que consumió el solar vacío de St. Nicholas. Unos trapos que había en la basura prendieron, todo empezó a arder, y el barrio entero salió a ver cómo los bomberos hacían su trabajo. El fulgor primitivo del fuego y las hipnóticas luces de los camiones de bomberos parpadeando sobre los edificios vacíos y los rostros embobados lo hicieron todo más hermoso. Zippo tendría catorce o quince años. Un tío de su madre vivía en Riverdale y era rico gracias a una patente, aquellos soportes para cepillos de dientes que todo el mundo tenía encima del lavamanos. Una historia real de «inmigrante triunfa en la vida». El tío fue quien pagó el tratamiento de Zippo.

—Yo provocaba incendios porque entonces no sabía que me bastaba con verlos en mi mente —explicó Zippo—. No era necesario hacerlo. Por eso a la gente le gustan mis fotos eróticas. Verlo puede llegar a ser lo mismo que hacerlo.

—¿Y eso es lo que has aprendido? —El tono paternalista, que Carney solo utilizaba con Freddie, encasilló a Zippo en la categoría de alma perdida que necesitaba que le abrieran los ojos.

—Mira, no pensaba sacarlo porque no es asunto mío, pero como tú me preguntas cosas que tampoco son asunto tuyo… ¿se puede saber qué te pasó en el ojo? Está todo a la virulé. Tienes una pinta que da puta pena.

—Me pegaron un puñetazo —dijo Carney.

—Bah, eso me pasa a mí cada dos por tres —dijo Zippo.

A las ocho y cuarto Wilfred Duke, vestido con un traje marrón claro de raya diplomática y silbando alegremente, llamó al timbre del piso de la tercera planta en el 288 de Convent. Las finas manos de ella corrieron la cortina.

El vendedor de muebles y el fotógrafo esperaron. Era la primera noche desde el mes de junio que Carney se saltaba la fase del primer sueño. En días posteriores, intentaría determinar en qué momento comenzó realmente aquel asunto de Duke. ¿Fue quizá a resultas de que arrestaran al traficante, aquella maniobra final? ¿Empezó acaso con la vuelta a la *dorvey* y el intenso pergeñar planes durante aquellas noches de estío, o el día en que el banquero hizo algo que exigía un desquite? ¿O era tal vez un efecto de la idiosincrasia de cada cual, grabada a fuego en el molde? La corrupción en el caso de Duke. El culto al rencor en el clan de los Carney. Si uno creía en la sagrada circulación de los sobres, todo cuanto acaecía era consecuencia de que un hombre hubiera cogido un sobre y no hubiera cumplido con su trabajo. Un sobre es un sobre. Si se altera el orden, todo el sistema se resquebraja.

—Vamos —dijo Carney, dándole un codazo a Zippo, que se había quedado dormido.

Zippo levantó la vista hacia la ventana y su cortina descorrida.

—He soñado que estaba en una camioneta —dijo.

Miss Laura les abrió desde arriba. Al llegar al descansillo del segundo piso, Carney pensó: Ha matado a Duke. El banquero está tirado en la cama con el cráneo reventado, y ahora Zippo y él tendrían que ayudarla a encubrir el asesinato. Si es que no había llamado ya a la poli y se había largado por la puerta de atrás, cargándolos a ellos literalmente con el muerto. Era ella, no Carney, quien lo había tramado todo desde el principio.

Carney se sintió aliviado al ver a Wilfred Duke tendido sobre las lustrosas sábanas rojas, con los brazos extendidos y la boca abierta, su pecho subiendo y bajando plácidamente. Aún llevaba puesto el traje y los zapatos, aunque el nudo de la reluciente corbata amarilla estaba aflojado, como si hubiera metido la cabeza en un lazo corredizo. Incluso parecía sonreír. Miss Laura tenía los brazos cruzados y miraba fijamente al banquero. Bebió un poco de una lata de Rheingold.

—Muy bien —dijo Zippo, frotándose las manos—. ¿Y es una escena de cementerio? Porque ese traje no le pega mucho...

—Olvídate ya de rollos fúnebres —dijo Carney—. Creí que te lo había dejado claro. Aunque habrá que moverlo, eso sí.

—El muy cabrón —dijo miss Laura. El efecto de las gotas duraría un buen par de horas—. Le he dado el doble de la dosis. Para ir sobre seguro.

—A ver si lo vas a envenenar.

—Respira, ¿no?

—¿Has oído hablar de Weegee? —dijo Zippo—. Seguro que has visto fotos suyas aunque no te suene de nada. Solía hacer escenas de crímenes…

—Zippo, échame una mano con esta pierna.

Miss Laura estaba apoyada contra la chimenea, contemplando a Duke y tirando la ceniza de un pitillo en la alfombra Heriz.

Semanas atrás, Carney había propuesto limitarse a unas cuantas fotos de Duke en la cama abrazado a una miss Laura sugerentemente vestida. Sería suficiente con unas poses escandalosas. En todo caso, suficiente para que el oprobio y la vergüenza cayeran sobre él, para excomulgarlo de una parte de la buena sociedad harlemita. Y que perdiera algunos de sus negocios. Nada de muy mal gusto. Ella estuvo de acuerdo. Pero luego se lo pensó mejor.

—Duke no es así —le dijo a Carney en su siguiente encuentro—. Creo que deberíamos mostrarlo como realmente es.

—¿A qué te refieres?

—Tendría que ser una serie de imágenes donde se vieran sus diferentes facetas, como cuando la revista *Screenland* publicó páginas y páginas de Montgomery Clift en diferentes escenas de películas.

—El tiempo se nos echará encima —dijo Carney.

—Atrezo y decorados diferentes, así es como lo veo yo.

—Pero eso…

—Eso es lo que haremos —dijo miss Laura—. ¿Después de lo que te ha costado idear todo el plan? Eso es lo que quieres en realidad.

Y se hizo cargo de la coreografía, como el chófer se ocupa del vehículo para la fuga y la caja fuerte es cosa del ladrón.

Había llegado el momento de poner manos a la obra.

—¿Listos? —dijo miss Laura, apagando su cigarrillo.

—¿Puedo poner un disco? —preguntó Zippo. Ella señaló el aparato Zenith con la lata de cerveza. Zippo puso *Mingus Ah Um* y colocó la aguja en el primer corte.

Luego abrió su bolsa de material fotográfico y Laura fue a por sus cosas.

La empresa Burlington Hall, de Worcester, Massachusetts, llevaba en el negocio de los muebles desde mediados del siglo XVIII y era famosa en el mundo entero por su impecable manufactura y su exquisita atención al detalle. Dicen que el príncipe Alfonso de Portugal hizo que transportaran una de sus camas con dosel a través de ciénagas y barrancos y montes hasta su residencia de verano en el Amazonas, a fin de que su heredero pudiera ser concebido en la cama más lujosa del mundo y en uno de los lugares sagrados del planeta. Pero resultó que su mujer era estéril, lo cual no fue óbice para que el príncipe y su esposa no gozaran de los más esplendorosos sueños de sus por lo demás cortas vidas. Si Francis Burlington, el fundador de la empresa, hubiera visto el despliegue de parafernalia erótica que miss Laura guardaba en el guardarropa lacado de 1958, con su regia silueta y sus magníficos cajones, se habría quedado horrorizado.

O agradablemente complacido. Como vendedor que era, Carney sabía que no debía presuponer nada sobre los gustos de un desconocido. Intentó no hacer conjeturas sobre para qué servían todos aquellos objetos ni en qué parte del cuerpo se aplicaban. Apuntaban hacia un dominio más allá de la postura del misionero, hacia algo que a él se le escapaba. Le quitó los zapatos a Duke mientras Zippo se afanaba con la cámara y sus objetivos y Laura pautaba el orden de los acontecimientos.

—¿De dónde es eso? —preguntó Zippo—. Vi algo parecido en *Crispus Catalog*.

—Es francés —dijo ella.

«Pof». La combustión de la bombilla del flash sonó inquietante, como un monstruo quebrando huesos. A Carney le estaba enfureciendo la conversación trivial entre Laura y Zippo: «Sostenle la cabeza», «¿Puedes levantar un poco esa pierna?». ¿En esto se había convertido su mundo normal? Apretó con un dedo el bulto que tenía debajo del ojo hasta hacerse daño.

«Pof». Carney trazó mentalmente la línea entre la recepción en el Dumas a principios del verano y esta obscena velada de venganza. Los ladrones de poca monta, los rateros borrachos, los delincuentes pirados con los que había tenido tratos desde que empezara a vender algún que otro televisor o una lámpara sin apenas uso... nada de ello le había preparado para una banda tan dispar como la de esta noche. ¿Era esto la venganza, la grotesca coreografía que estaba teniendo lugar en el apartamento de miss Laura? ¿Era así como se sentía uno al vengarse? Carney no tenía la sensación de estar vengándose.

—Pues el tío es muy fotogénico —dijo Zippo.

«Pof». La piel de miss Laura resplandecía. Ella sí que era la venganza personificada: fiera y decidida a todo, ajena a la piedad. Humillación: esa era la palabra que había empleado Elizabeth para describir el rechazo a Carney por parte del Dumas. Wilfred Duke podía hacer lo que se le antojara porque era quien tenía el dinero: podía embargarte, podía tardar meses en concederte un préstamo, podía coger el sobre que le dabas y mandarte a tomar por culo.

«Pof». Así era como funcionaba el maldito país, pero de cara al mercado de Harlem era preciso cambiar de discurso, y ahí entraba en juego Duke. Aquel tipejo era el establishment blanco pero oculto tras una careta de negro. Su moneda de cambio era la humillación, pero hoy miss Laura le había birlado la cartera.

—Yo, en realidad, lo que quiero es dedicarme al cine —dijo Zippo.

Carney aguantó diez minutos y luego se fue al recibidor. Cuando Zippo le llamó al cabo de un rato, Wilfred Duke dormía entre sábanas de raso azul y el guardarropa estaba cerrado y con el pestillo echado. Miss Laura se había puesto unos vaqueros y una camisa a cuadros azul marino. A sus pies tenía una maleta grande de color rojo. Cheap Brucie le había presentado a Duke. Cuando el banquero volviera en sí, presentaría una queja al administrador del inmueble. Miss Laura echó una mirada a su alrededor y dijo:

–Se acabó lo que se daba.

Zippo estaba terminando de recoger su material.

–Quedarán unas copias muy bonitas –comentó–. Cuando las tenga, se las llevaré al tío del periódico.

–Empezaremos por ahí, a ver qué pasa.

–¿Y a este lo dejamos aquí arriba? –preguntó Zippo.

Miss Laura emitió un ruidito de desdén.

–Que se quede durmiendo la mona, tal como hablamos –dijo Carney–. A veces te despiertas y resulta que has ido a parar a un sitio de lo más extraño.

En cuanto salieron los tres a la calle, Zippo se marchó a toda prisa. Iba canturreando por lo bajo cuando dobló la esquina hacia la Ciento cuarenta y dos.

–Tengo la camioneta allí –dijo Carney, e hizo ademán de coger la maleta roja, pero miss Laura le apartó la mano. Ella misma la depositó en la caja de la camioneta antes de montar en el asiento del acompañante.

Carney puso el motor en marcha y echó una última ojeada a la ventana del tercer piso con la cortina descorrida. Mierda. Tendríamos que haberle puesto un bicornio a lo Napoleón.

8

Era un cálido y resplandeciente día de sábado del mes de septiembre. El plan de Elizabeth era recoger a Carney en la tienda a eso del mediodía e ir los cuatro de pícnic a Riverside Park. Llevar a los niños a la zona de juegos infantiles de Claremont. Estaría bien hacer algo los cuatro juntos el fin de semana, para variar. «Tú eres el jefe. A la tienda no le pasará nada».

Carney se examinó el ojo en el aseo de su despacho. Ya tenía mejor aspecto. No se veía tan mal en la foto. Cuando salió, los repartidores estaban esperándole para que firmara el albarán de la caja fuerte.

—Esta le durará toda la vida —dijo el jefe de la cuadrilla.

—Espero que al menos me sobreviva —dijo Carney.

La caja Hermann Bros. parecía una pieza de artillería, letal en su negra imperturbabilidad. Hizo girar el asa de cinco radios, un movimiento casi líquido. Los estantes del interior estaban vacíos, pero si Carney quería forrar las gavetas de nogal con un material suave, en la Ciento veinticinco había un montón de lugares donde comprarlo.

Estaba colocada en el sitio ideal, formando triángulo con el sofá y la butaca con respaldo de lona Collins-Hathaway. A diferencia de esos dos muebles, la Hermann no habría que cambiarla una vez al año por otra mejor. Carney había tardado semanas en dar con un comerciante de Missouri que tenía dos en un rincón de su almacén. Al lado de la Hermann, la Ellsworth parecía un pigmeo. Les dio unos dólares a los repartidores para que se llevaran la caja fuerte vieja.

«Un hombre debe tener una caja lo bastante grande para guardar sus secretos», le había dicho Moskowitz. Con esta le bastaría por el momento.

Llegaron Elizabeth y los críos, y Carney obligó a Rusty a que les hiciera una foto. Rusty sabía manejar la Polaroid Pathfinder porque también tenía una. Solía ir con su novia Beatrice a Coney Island, y en la pared junto a su mesa había clavado con chinchetas algunas fotos tomadas en la playa. Rusty le fue enseñando el procedimiento mientras los hacía colocarse ante la entrada de la tienda.

—Hay que esperar un poco —dijo—. No tires del respaldo antes de tiempo.

—He de tener más paciencia, ya lo entiendo —dijo Carney.

Todo salió a pedir de boca. Elizabeth y Carney posando el uno junto al otro, los niños delante. May consiguió sonreír de manera más o menos convincente. John salía con los ojos muy abiertos, prueba de que le costaba mucho permanecer inmóvil, pero había que fijarse mucho para notarlo. A sus espaldas, del otro lado de la luna de cristal, los modelos de la temporada de otoño quedaban en sombras, visibles apenas, como ágiles animales selváticos asomando de entre la vegetación. La luz del sol daba a las letras del rótulo un aire de proclama real.

Una semana después, Marie eligió un marco apropiado para la fotografía, que estaría colgada durante muchos años en la pared del despacho. El recuerdo de aquel día le levantaba el ánimo a Carney cuando se sentía hundido.

—¿Lo ves? —dijo Rusty—. Es más fácil de lo que pensabas.

Carney le dio las gracias y echaron a andar hacia el oeste en dirección al parque.

—¿Cómo lo está llevando tu padre? —preguntó él.

—La cosa no pinta bien —dijo Elizabeth.

Ciertamente, eran tiempos de grandes tribulaciones para buena parte de la élite negra. La *Harlem Gazette*, némesis local de Wilfred Duke, disfrutó mucho con las fotos hechas en el apartamento de miss Laura. Una vez más, no había sido necesario convencer a otros para joder a Duke; la propuesta se vendía por sí sola. El periódico publicó tres de las fotografías en primera plana de su edición del viernes, y anunciaba más para el sábado: EL ESCABROSO NIDITO DE AMOR DEL BANQUERO. Los detalles más lúbricos —así como el rostro de Laura— estaban tapados con franjas negras, de modo que el lector se las apañara para imaginar la obscena verdad.

Era lógico mantener un perfil bajo después de aquello, más aún en el caso de alguien tan vanidoso y controlador como Wilfred Duke. Se le había visto por última vez el jueves de aquella semana, saliendo de su despacho en el Edificio Mill. Candace, su secretaria, no informó de nada fuera de lo normal.

El sábado la *Gazette* publicó lo que acabaría llamándose la serie «Safari». Los artículos que acompañaban a las fotografías citaban a enfadados clientes de Carver explicando cómo Wilfred Duke les había arruinado la vida dejándolos sin casa. Las fotos, pese a ser poco nítidas, eran prueba de una escasa higiene mental; las declaraciones de los clientes daban fe de una generalizada corrupción moral.

El lunes la prensa se hacía eco de la desaparición del banquero, y el martes informaba de que Duke había desfalcado el capital para financiar la fundación del Liberty National. El dinero recaudado por Duke, gracias en su mayoría a las aportaciones de destacados miembros de la comunidad de Harlem que durante décadas habían sido sus amigos, socios y compañeros de club, ascendía a más de dos millones de dólares. En un principio no fue posible determinar con cuánto dinero exactamente se había fugado Duke; las primeras estimaciones daban a entender que el banquero había arramblado con todo, o casi todo, el capital inicial. La policía emitió una orden de busca y captura. Los Duke tenían una finca en Bimini; las autoridades bahameñas habían sido puestas sobre aviso.

Carney y su familia estaban esperando a que el semáforo se pusiera en verde.

—Es posible que mis padres tengan que vender la casa —dijo Elizabeth—. Papá ha invertido todo el dinero en Liberty y ya estaban acribillados a deudas. Muchas de sus amistades habían aportado dinero; el éxito estaba asegurado. Hace unos días el doctor Campbell le dijo a mi madre que quizá tendrían que declararse en bancarrota. Es todo tan estúpido…

—¿Quién es estúpido? —preguntó May.

—Tu abuelo y sus amigos —contestó Elizabeth.

—Cuando eres amigo de alguien durante tantos años —dijo Carney—, piensas que le conoces.

—Normal que les haya robado el dinero a todos —repuso ella—. Duke siempre ha sido un corrupto.

—Huir así y montártelo por tu cuenta no es nada fácil —dijo Carney—. Que me lo pregunten a mí. Debe de haberse visto sometido a mucha presión.

Aquella noche en el apartamento de miss Laura, la ejecución del plan le había provocado náuseas. Aquello no era venganza, era degradación; había descendido varios peldaños más en la cloaca para convertirse en otro de los actorzuelos del sórdido teatro neoyorquino. Pornógrafos, furcias, chulos, camellos, asesinos: esos eran sus nuevos compañeros de elenco. Faltaba añadir a los malversadores.

Pero esto… esto sí era venganza. Esta sensación permanente y sin la menor fisura. Era el sol en la cara un sábado por la tarde; era el mundo sonriéndote brevemente. Carney no había previsto que Duke se fugaría, pero este giro de los acontecimientos no le decepcionó. La cosa había hecho daño donde más dolía, y no a un hombre solo, sino a muchos. Era una pena que Duke nunca llegara a saber que todo lo había planeado él, pero el trato había sido ese desde el principio. ¿Y Pierce? ¿Habría invertido él también? Le llamaría para ver si quedaban un día para almorzar. Seguro que conocía detalles que no habían llegado a los periódicos: quién había salido peor parado, quién estaba en las últimas. Hacía demasiado tiempo que no comían juntos.

Se preguntó dónde estaría ahora miss Laura. Aquella noche, Carney la había dejado en la esquina de la Treinta y seis con la Octava como ella le pidió. Port Authority o Penn

Station. ¿Habría autobuses o trenes a esas horas, o es que pensaba pasar la noche en un hotel? Si ella hubiera querido que lo supiese, se lo habría dicho.

—No habría sido capaz de hacer la maleta si hubiera sabido que Brucie estaba suelto —dijo miss Laura—, listo para rebanarme el pescuezo. Te obliga a mirar lo que les hace a otras para que sepas lo que te puede hacer a ti. —Encendió un cigarrillo con un mechero de latón—. Ahora tendrá demasiadas cosas en la cabeza como para ir a por mí. Y no voy a ser la única que ponga tierra de por medio; verás en cuanto se enteren de que está entre rejas.

—No era a Carney a quien le hablaba, y tampoco estaba claro a quién. Se miró un momento la cara en el retrovisor y bajó para coger su maleta de la trasera. Carney se apeó también.

Allí estaba: el último sobre. Le dio los quinientos dólares y ella se metió el sobre por dentro del sujetador.

—Te investigué, sabes —le dijo ella. Estaban solos en la esquina, en medio de uno de esos remolinos típicos de Nueva York que todo lo barren—. Cuando te marchaste después de nuestro primer encuentro, pensé: ¿Qué tendrá contra Duke un hombre como él? Y luego me dije: Le ha sacado los cuartos como hace con todo el mundo. Por eso está cabreado.

—Y eso hizo.

—Luego pensé: ¿Qué voy a sacar yo de esto? ¿Qué es lo que quiero sacar? —Hizo un gesto con la mano abarcando la sucia ciudad en torno a ellos, aquella montaña de hormigón y frío acero—. No puedo quedarme aquí y tampoco puedo volver a casa. Así que me quedan muchos sitios adonde ir. —Miró a Carney—. Anda, vete.

Y él se fue.

Miss Laura llevaba razón: Cheap Brucie estaba pero que muy ocupado. Una vez en libertad bajo fianza, la tomó con una de sus chicas a la que acusaba de haberle tendido una trampa. Ella, envalentonada tras la detención de Brucie unos días antes, acudió a la policía y volvieron a arrestarlo, esta vez por un delito de lesiones. Esto lo supo Carney a través de Munson. El tipo iba a pasar una buena temporada a la sombra.

Carney se subió a John a los hombros. El niño le tapó los ojos y él hizo como que se tambaleaba: ¡Ay, que me caigo! Carney le agradecía a su mujer que hubiera propuesto esta salida. No cenaba en casa todas las noches, pero seguían comiendo los cuatro juntos más a menudo que antes. Era muy agradable. La noche de lo de Duke estuvo en vela toda la primera fase de sueño, revisando mentalmente los detalles, y cuando regresó tras haber dejado a miss Laura estaba demasiado tenso como para dormir. Finalmente el sueño le venció de madrugada, y al despertarse volvía a estar sincronizado con el mundo de las personas normales; expulsado del remoto país de la *dorvey*, como si jamás hubiera estado allí. ¿Qué sentido tenían, aquellas horas de oscuridad? Quizá le habían servido para mantener separadas las dos facetas de su personalidad, el Carney de medianoche y el Carney de día, y ya no lo necesitaba. Suponiendo que alguna vez lo hubiera necesitado. Quizá no era más que una invención suya y en realidad no había facetas que separar: todo era él y siempre había sido así.

Al pasar frente a Nightbirds miró que no estuviera Freddie sentado a la barra, contando alguna de sus ocurrencias. No le vio.

Mientras el pequeño John le tiraba de las orejas, Carney hizo un recuento de lo que había costado todo. Los quinientos dólares pagados a Duke, eso entraba en los gastos generales con el resto de los sobres. Luego estaba lo de Pepper, miss Laura y Zippo. Tommy Lips y el coche. A eso había que añadir las comisiones de Rusty, que no habría tenido que pagar si él hubiera estado más en el despacho. Ateniéndose a su contabilidad interior —aunque no a los libros propiamente dichos—, ¿había manera de desgravar el dinero de lo de Duke en concepto de costos asociados?

Cualquier auditoría, incluso la más chapucera, pondría al descubierto sus pecados. Descontando el ojo a la virulé, había sido todo muy placentero.

PARTE TRES

TRANQUIS
1964

«… tal vez deberías cambiar de número,
¿sabes? Un cambio de onda, a ver qué tal.
Puede que todo este tiempo hayas estado jugando al número que no debías».

1

El 547 de Riverside Drive estaba orientado al parque en un tramo que por lo general era bastante tranquilo. Hasta después de mudarse, los Carney no cayeron en la cuenta de lo mal que habían dormido todos esos años por culpa del tren elevado. Como ocurría con tantas otras cosas —el ruido del tráfico en la calle, vecinos peleándose en el piso de arriba, el recorrido a oscuras desde la esquina hasta el portal—, su efecto no podía medirse hasta que desaparecía. En ese sentido, el metro era como un mal pensamiento o un mal recuerdo, una molestia y un susurro persistentes. En primavera, las crías de paloma salían de su cascarón en la azotea del 547 y un concierto de arrullos despertaba a la familia casi todas las mañanas, pero quién no preferiría eso al tren elevado, quién no preferiría esa nueva vida al rechinar de metales.

Era un apartamento en el tercer piso frente al extremo norte de la loma donde habían colocado la tumba de Grant. En vez de al Hudson, sus ventanas miraban a las copas de unos robles durante gran parte del año, y el resto a una ladera con arbustos marronáceos.

—Eso se llama tener una vista de las estaciones —dijo Alma.

La mujer estaba de morros después de que John hubiera rechazado darle «un abrazo a la abuelita». Por regla general, John no se hacía de rogar ante las inmerecidas exigencias de afecto por parte de los adultos; Carney lo interpretó como un indicio de que el niño era de buena pasta.

—En invierno todas esas hojas verdes habrán desaparecido —dijo Leland.

—Sí —dijo Carney—. Es lo que pasa con los árboles.

Rezó interiormente para que Elizabeth volviera cuanto antes de la cocina con las galletas caseras. Preguntó a sus suegros si les gustaba vivir en Park West Village, el complejo residencial próximo a Columbus adonde se habían mudado.

—¡Nos encanta! —dijo Alma—. Van a abrir un supermercado Gristedes cerca.

Era su tercer apartamento desde que vendieran la casa de Striver's Row. Habían dejado el primero porque, en cuanto cambió el tiempo, la zona se convirtió en el bazar del drogadicto. La habían visitado una tarde de nevada y les había parecido bastante tranquila.

El segundo apartamento estaba en un bonito edificio de Amsterdam. Tenían de vecino a un juez, y al fondo del pasillo a un pastor protestante. Llevaban allí seis meses de alquiler cuando les alarmó un olor muy raro. Los Jones pensaron que sería un ratón que habría muerto en su escondrijo. Luego, un líquido entre marrón y rojizo empezó a gotear del techo, lo cual les hizo ir corriendo a avisar al conserje, quien tras una rápida investigación determinó que el fluido procedía de los restos putrefactos del vecino de arriba. Semejante filtración inesperada a través de un suelo de mala calidad apuntaba a problemas estructurales de mayor envergadura; en eso estuvo de acuerdo todo el mundo. Los Jones se fueron a vivir al hotel Theresa hasta recalar por fin en Park West Village. En cuanto al vecino de arriba, hacía muchos años que no tenía contacto con amigos ni familia y el municipio le dio sepultura en Hart Island una tarde de domingo cualquiera.

Últimamente había habido muchos traslados y gente que se había ido del barrio. Leland cambió la sede de su empresa, antes en Broadway con la Ciento catorce, para instalarse en un espacio más barato de la Ciento veinticinco. Carney y Elizabeth pudieron utilizar por fin los ahorros para irse a vivir junto al río, al bulevar con el que tanto habían soñado. En el edificio no había segregación y eran numerosas las familias negras con niños. Elizabeth ya había hecho un par de amistades. A lo largo de los años no había habido muchos cambios de inquilinos, lo cual quería decir que los apartamentos estaban en muy buen estado. Las zonas comunes se veían bien iluminadas y cuidadas. Había un lavadero en el sótano del edificio con una batería de flamantes lavadoras Westinghouse, un grupo de vecinos muy activo, y, por supuesto, el parque estaba a dos pasos.

La tienda de muebles seguía siendo un pilar de la Ciento veinticinco con Morningside, y el negocio iba viento en popa tanto sobre cubierta como en las bodegas.

En la nueva sala de estar los niños tenían espacio de sobra para poder tumbarse a sus anchas. Sobre la gruesa alfombra Moroccan Luxury, May ojeaba sus tebeos de Richie Rich tarareando de cualquier manera canciones de la Tamla Motown mientras John hostigaba a una flota de Matchbox con su brontosaurio de juguete. Ese año Carney optó por Argent para el mobiliario de su casa: un sofá modular de tres piezas con estructura de madera secada al horno y una hercúlea tapicería azul y verde. Sentado en el sofá con las piernas estiradas y un tobillo encima del otro, Carney se permitió a regañadientes un momento de satisfacción. Pasó las yemas de los dedos por los cojines de tweed para tranquilizarse mientras sus suegros cotorreaban.

Elizabeth llegó por fin con las galletas. La cocina de la nueva vivienda era mucho más acogedora que la anterior, aunque solo fuera porque se veía todo un batallón de tejados en lugar de un sórdido conducto de aire. Marie les había pasado algunas recetas, y, a juzgar por el aroma seductor de las galletas, esta debía de ser una de las suyas. Elizabeth agradeció a su marido con una sonrisa que estuviera aguantando el tipo.

Los críos se lanzaron a por las mejores.

—¿Eso es de la Exposición Universal? —preguntó Leland. El pequeño dinosaurio.

Carney le dijo que sí. En mayo habían ido en metro hasta Flushing para ver la feria. «Esto es lo que llaman "Queens", chicos». Pensaba que el montaje de la exposición les decepcionaría porque la publicidad había sido exagerada, y por otro lado los periódicos habían clamado al cielo en sus editoriales por el coste que ello supondría para la ciudad, pero resultó que estaba muy bien. Dentro de unos años May y John lo recordarían sabiendo que habían participado en algo muy especial. La petrolera Sinclair Oil había repartido versiones en plástico de su mascota, un brontosaurio, en el pabellón Dinolandia. John dormía con el animalito debajo de la almohada.

—A nosotros también nos gustaría llevar a los niños —dijo Leland—. Max y Judy nos contaron que el Futurama es digno de verse.

May y John se pusieron a chillar de contento. El terreno para juegos infantiles era inmenso y había demasiadas cosas para ver en una sola visita. Con la coartada de llevar a los nietos, Alma y Leland podrían mezclarse con los plebeyos.

—Me parece bien —dijo Carney.

—Suponiendo que no hayan saqueado ya todo aquello —intervino Alma.

—Mamá —dijo Elizabeth—, no creo que incendiar la exposición sea una de sus prioridades.

—¿Han incendiado la exposición? —preguntó John—. ¿Por qué?

—A saber de lo que son capaces esos estudiantes activistas —dijo Alma.

—¿Ahora estás en contra del movimiento de protesta? —dijo Elizabeth—. ¿Con todo lo que han conseguido para los Viajeros por la Libertad?

—A mí no me preocupan tanto los estudiantes como los vagos que se les enganchan —dijo Leland—. ¿Visteis cómo dejaron ese supermercado de la Octava, el que está junto a la iglesia metodista episcopal? —Su corbata estilo ascot era la cosa más ridícula del mundo, y ahora, con el calor de julio, resultaba patética. Leland estaba junto a la ventana, respirando con la boca abierta entre sorbo y sorbo de limonada–. Un día lo saquean de arriba abajo, y al siguiente le prenden fuego. ¿Qué sentido tiene hacerle eso a una tienda de tu propio barrio?

–¿Y por qué ese policía mató a un chaval de quince años a sangre fría? –dijo Elizabeth.

–Parece ser que tenía una navaja –dijo Alma.

–Al día siguiente dicen que encontraron una navaja y tú les crees.

–La poli, ya se sabe –dijo Carney.

–A mí me gustaría volver a «El Mundo en Miniatura» –dijo May, y Elizabeth cambió de tema.

Los disturbios se habían ido extinguiendo. Al principio hacía un calor de mil demonios y la mecha prendió con facilidad. La lluvia del miércoles sofocó las marchas de protesta y el descontento generalizado en Harlem, y para la noche siguiente la violencia en Bedford-Stuyvesant se había ido apagando también. La gente temía que se produjera otro incidente u otro enfrentamiento entre policía y manifestantes. Esa siguiente erupción era el motivo de que se hablara de los disturbios como quien habla del mal tiempo. No había nubes a la vista, pero de repente uno volvía la cabeza y el cielo estaba encapotado.

Carney dijo que tenía que ir al despacho para solucionar unos asuntos y se escaqueó de la visita de sus suegros.

El trayecto a pie hasta la tienda era un poco más largo ahora, pero así Carney podía disfrutar de unas cuantas manzanas tranquilas antes de reinsertarse en la locura de Harlem. Una vez que pasabas bajo el tren elevado –si mirabas arriba era como si le hubieran puesto rejas al cielo– y cruzabas Broadway, volvías a estar en pleno bullicio urbano.

Muy cerca de la boca de metro que había en la esquina de la Ciento veinticinco, la tienda de Lucky Luke, el zapatero remendón, estaba en un estado ruinoso, medio quemada. ¿Era el mejor limpiabotas de la zona? Ni de lejos.

Un gigantón embutido en un mono amarillo salpicado de manchas le gritó algo a Carney, y este se puso alerta. Pero luego lo reconoció: aquel señor le había dejado paga y señal hacía cosa de un año a cuenta de una mesita y sillas para el desayuno. Jeffrey Martins, se llamaba. Carney le saludó agitando un brazo en alto. La vida moderna, con su primitiva división entre amigos y enemigos, los había mantenido separados, pero el contacto se recuperaba rápido. Pasado lo peor de los disturbios, la gente evaluaba a los desconocidos para ver si entraban o no en el espectro de la indignación. ¿La cara que ponían era una forma de decir «Hay que ver, qué tiempos tan extraños estos», o los puños cerrados transmitían un mensaje de «Es increíble que la policía haya vuelto a salir indemne»? ¿La persona que tenías delante había echado tres cerrojos a la puerta de su piso y aguardado en la oscuridad a que pasara la tormenta, o le había rajado la cara a un agente con una botella? Esos eran tus vecinos.

Algunas manzanas estaban intactas y ese era el Harlem que reconocías. Pero al doblar la esquina te encontrabas dos coches volcados boca arriba como escarabajos, un indio de la tienda de tabaco decapitado delante de una hilera de escaparates hechos añicos. La entrada de una tienda de comestibles incendiada era como un túnel al inframundo. Furgonetas de Sable Construction con el motor en marcha delante de los inmuebles más afectados, mientras operarios tiraban paneles de pladur y capas de aislante saturadas del agua de los bomberos. El departamento de sanidad pública había hecho un magnífico trabajo y las aceras estaban limpias de basura y escombros; gracias a ello la caminata era menos inquietante, como si los locales en ruinas los hubieran traído de otra ciudad peor que esa.

Mientras caminaba por la Ciento veinticinco, Carney se puso a pensar en los impresionantes pabellones de la Exposición Universal. En Flushing, Queens, a unos pocos kilómetros de Harlem, la feria mostraba las maravillas del futuro. Cómo no, a Carney le había encantado todo el montaje del Futurama –las pulcras bases lunares, las estaciones espaciales que iban girando lentamente, el cuartel general submarino–, pero lo más asombroso eran las demostraciones de lo que ya había conseguido el género humano. En una de las salas los Laboratorios Bell tenían teléfonos con pantallas en las que podías ver la cara del interlocutor; en otra sala computadoras gigantescas hablaban entre sí por medio de cables de teléfono. En el Parque Espacial había réplicas a tamaño real del cohete Saturno V, la nave espacial Gemini y un módulo de alunizaje. Objetos inverosímiles que habían estado en el espacio exterior… y regresado intactos a la Tierra después de recorrer toda aquella distancia.

No era necesario viajar hasta tan lejos, no hacían falta cohetes de tres fases ni cápsulas tripuladas ni complicados cálculos telemétricos para ver de qué otras cosas éramos capaces los humanos. Si Carney caminaba cinco minutos en cualquier dirección, las inmaculadas viviendas de una generación eran la sala para chutarse de la siguiente, edificios miserables testificaban a coro el abandono generalizado, mientras que los comercios eran una exposición de vandalismo tras varias noches de protestas violentas. ¿Cómo había empezado todo este follón? Esa semana había sido porque un policía blanco había matado a un chico negro desarmado tras dispararle tres veces. Típicas habilidades estadounidenses. Pasen y vean: somos especialistas en hacer maravillas y en cometer injusticias, y siempre tenemos las manos ocupadas.

Harlem había recuperado la calma, o lo que se entiende por calma en Harlem. A Carney le tranquilizaba que las protestas hubieran terminado, por muchos motivos. De entrada, por la seguridad de la gente en general. Solo había muerto una persona, lo que era un milagro, pero había habido centenares de heridos de bala, cuchillo, porra y otros objetos contundentes. Carney había telefoneado a tía Millie para interesarse por ella (Pedro y Freddie no estaban en casa) y ella le explicó que el hospital parecía un campo de batalla: «¡Diez veces peor que la peor noche de sábado!».

Aparte de los larguísimos turnos que tenía que hacer se encontraba bien, gracias por llamar.

Y Carney también se alegraba del fin de los altercados por sus colegas comerciantes. Supermercados, licorerías, tiendas de ropa y de electrodomésticos –las cuatro primeras víctimas de rigor– habían sido saqueados a conciencia. Habían arramblado con todo, y luego habían cogido una escoba y se habían llevado hasta el polvo. Carney sabía de primera mano lo difícil que era para un comerciante negro persuadir a una compañía de seguros para que le hiciera una póliza. Los saqueos y los actos de vandalismo habían arruinado a mucha gente. Vidas enteras echadas a perder, tal cual.

La mayor parte de los destrozos se concentraba al este de Manhattan Avenue; Muebles Carney quedaba al otro lado de la frontera. Las tiendas de muebles no eran una prioridad entre los saqueadores por problemas obvios de portabilidad. Eso sí, cualquiera que conociese a fondo el barrio sabía que Carney no solo vendía muebles, sino también televisores y bonitas lámparas de mesa, ¿y qué decir del tío que estaba cabreadísimo porque Carney no había querido fiarle y ahora tenía sed de venganza? Un sofá no puedes cargártelo a la espalda, pero en cambio puedes lanzar un cóctel molotov contra un escaparate. Por eso mismo Carney y Rusty habían pasado cuatro noches seguidas en la parte delantera de la sala de exposición, cada cual con un bate de béisbol comprado en Gary's Sports, la tienda que había un poco más allá. La persiana de seguridad bajada, todas las luces apagadas, montando guardia en la exquisita comodidad de sendos sillones Collins-Hathaway, cuyas virtudes los vendedores no habían exagerado ni una pizca a lo largo de todos esos años.

La mitad de los negros de Harlem contaba la anécdota de su abuelo allá en el Sur que se pasaba la noche entera sentado en el porche escopeta en ristre, esperando a que el Ku Klux Klan viniera a joder por algún incidente ocurrido en el pueblo. Negros legendarios. Carney y Rusty bebían Coca-Cola y mantenían la tradición de la vigilia nocturna. En la mayoría de dichas anécdotas, a la mañana siguiente la familia hace las maletas y pone rumbo al Norte dando por terminada su época en tierras sureñas. Era el inicio de un nuevo capítulo en la crónica ancestral. Pero Carney no pensaba moverse de donde estaba. Al día siguiente subía la persiana, daba la vuelta al cartel de CERRADO por el de ABIERTO, y esperaba la llegada de clientes.

El negocio se resintió. Era un buen momento para tener cristales reforzados.

Pero, por encima de todo, Carney agradecía el clima de tranquilidad porque tenía concertada una cita importante, algo que llevaba orquestando desde hacía años: un cara a cara con la empresa Bella Fontaine. A saber qué no habría visto el señor Gibbs, el agente de ventas regional, en el programa de Walter Cronkite o en *The Huntley-Brinkley Report*. Escaparates destrozados, policías haciendo frente a maleantes, jovencitas con sonrisas maníacas lanzando ladrillos a fotógrafos de prensa. Obligar a Biggs a abrirse paso en medio de aquel pandemónium era mucho pedir, tanto más cuanto que Bella Fontaine nunca había tenido un distribuidor de raza negra.

El miércoles por la mañana Carney había logrado convencer al señor Gibbs de que no cancelara su expedición a Harlem. «¿Acaso sueno como si mi tienda estuviera ardiendo? Aquí tenemos abierto como cualquier día». Pero Carney era un don nadie; de no haber sido por la entrevista de Gibbs con All-American en Lexington, en el midtown blanco, y con unos contables de Suffolk County, nunca habría subido al avión en Omaha. El uptown estaba ardiendo, pero en el Manhattan blanco los comercios ni se habían enterado.

El cartel donde decía que Muebles Carney era un negocio propiedad de negros seguía en el escaparate, al lado de uno amarilleado por el sol sobre la posibilidad de comprar a plazos. Carney sonrió: bien mirado, los dos rótulos combinaban bien. Marie había hecho el de PROPIEDAD DE NEGROS en su casa y lo había llevado a la tienda el lunes siguiente a que mataran al chico. «Así nos dejarán en paz», dijo. Y cuando empezaron los altercados en el centro de Brooklyn, Carney le dijo que se quedara con su madre y su hermana, que Rusty y él ya se apañarían. Tras una ronda de sollozos y disculpas, Marie finalmente accedió. El jueves dio la impresión de que ya no había peligro, y a la mañana siguiente Marie se presentó puntual en la tienda como si nada hubiera pasado.

Por si las moscas, el cartel se quedaría donde estaba.

—Ni una sola venta —dijo Rusty—, pero la gente mira mucho el sofá Argent, eso sí. Alucinan con el tapizado en espiga.

—Ya me he dado cuenta.

Cinco años atrás Collins-Hathaway era un caballo ganador; ahora la clientela se decantaba por Argent gracias a sus pulcros diseños y a su aire elitista. Relleno Airform dentro del nuevo tejido Velope resistente a las manchas: todo un exitazo. «¿Conoce usted el Proyecto Manhattan, donde reunieron a los mejores científicos del mundo? —preguntaba Carney a sus clientes—. Pues eso es lo que ha hecho Argent, pero cambiando la bomba atómica por una tela resistente a las manchas». Con eso solía bastar para que el cliente se animara a sentarse y probarlo.

Carney le dijo a Rusty que se marchara temprano. Con dos críos en casa, Rusty ya no se apuntaba como antes a cerrar él la tienda, aparte de que la semana se había hecho muy larga por la vigilancia nocturna. El martes, mientras estaban aburridos montando guardia dentro de la tienda, Carney le había nombrado subdirector de ventas. Rusty, sabiendo que su jefe no encontraría el momento de hacerlo, tomó la iniciativa de encargar una etiqueta con su nombre y cargo. Mientras esperaba a que le llegase, pegó una versión provisional en una insignia de piloto de la Pan Am que había conseguido quién sabía dónde.

—¿Qué te parece?

No estaba mal.

—Ha quedado muy bien —dijo Carney. De todos modos, apenas entraban clientes.

Le dio a Rusty unos cuentos que Elizabeth había comprado para sus críos. «¿Has ido a saquear?», le había preguntado Carney al sacarlos ella de la bolsa. Habría sido todo un espectáculo: Elizabeth chapoteando entre cristales de un escaparate roto para robar alguna cosa. Si hubiera nacido a pocas manzanas de allí, no habría sido nada de extrañar.

Rusty le dio las gracias por el regalo, y durante dos horas no hubo más novedad que el lento y fúnebre discurrir de los coches patrulla.

Después de echar el cierre, Carney se instaló en su despacho para trabajar en un eslogan para el nuevo anuncio que pondría en *Amsterdam News*. El viejo estaba quedando anticuado, y a Carney le había dado por rumiar mientras estaba de guardia nocturna.

«El sofá modular Argent…». A él le gustaban los anuncios prácticos, pero había obstáculos que salvar. Higgins, el hombre que se encargaba de maquetar los anuncios en el periódico, era un tipo testarudo con una vena arrogante que uno asociaba con lo más rastrero del funcionariado municipal. «Entonces ¿es este el mensaje que quiere comunicar al público?», como si Higgins estuviera muy familiarizado con la historia y la realidad contemporánea del mobiliario doméstico. En una ocasión Carney había utilizado la palabra «diván» y resultó que Higgins tenía un primo llamado Devon; un responsable de cuentas que estaba por allí tuvo que intervenir antes de que llegaran a las manos. Conclusión: Si un tío tiene ganas de poner un anuncio y los medios para hacerlo, publicadle el anuncio y ahorraos la censura para la primera plana.

Carney estaba inspirado y mordaz.

«Diseñado con la mente puesta en el manifestante violento…».

«Después de un largo día combatiendo a la Autoridad, ¿qué mejor que apoyar los pies en un flamante puf Collins-Hathaway?».

«Presentamos el nuevo sillón reclinable Collins-Hathaway

de tres posiciones: ¡por fin una sentada en la que todos estaremos de acuerdo»!

Alguien aporreó la puerta de Morningside. No estaba citado con ninguno de los habituales, pero era noche de sábado y cualquiera podía necesitar algo de pasta para sus correrías nocturnas. Carney atisbó por la mirilla. Luego hizo entrar a su primo tras asegurarse de que nadie le hubiera seguido.

—¿Qué hay?

Freddie no había estado tan esmirriado desde que iban a séptimo; hasta la pubertad no fue más que un saco de huesos. Tenía la piel tornasolada y su camiseta a rayas rojas y naranjas estaba empapada en sudor. Traía un maletín de piel con herrajes dorados y un cierre diminuto.

—¿Dónde te habías metido? —preguntó Carney, y le puso una mano en el hombro como si quisiera asegurarse de que su primo estaba realmente allí.

Freddie se desembarazó de él.

—Quería hacerte una visita para ver cómo estabas... bueno, tú y los demás. —Se apoltronó en la butaca de lona—. La gente se ha vuelto bastante loca estos días.

—Estamos todos bien —dijo Carney—. Oye, ¿has hablado con tía Millie?

—Pensaba ir a verla al salir de aquí. Se llevará una sorpresa.

—Eso te lo aseguro yo.

Freddie, que no había soltado el maletín, se lo llevó al pecho con delicadeza, como si tuviera un palomar en la azotea y aquella fuera su campeona de vuelo. Carney le preguntó qué llevaba dentro.

—¿Aquí? ¡Oh, bueno! Mira, tengo que contarte cómo descubrí lo que estaba pasando: ¡yo estaba metido! Fue el sábado por la noche, sabes, la noche grande.

Freddie había ido a pie hasta Times Square para ver *Molly Brown siempre a flote* —su debilidad por Debbie Reynolds era verificable y venía de antiguo—, y de regreso una extraña vibración se había apoderado del metro. Todo el mundo nervioso, asustado, mirando de reojo. El calor hizo que la gente empezara a gritarse. Desde el asesinato, las noticias hablaban a menudo de grupos de jóvenes que hostigaban a los pasajeros blancos y a los maquinistas del metro.

—Eran las nueve —dijo Freddie—. Salgo del metro para comer algo y me encuentro las calles a tope de gente. Puño en alto, enarbolando pancartas. Gritos de «¡Queremos a Malcolm X! ¡Queremos a Malcolm X!» y «¡Fuera polis asesinos!». Algunos incluso llevaban fotos del poli asesino en plan «Se busca: Vivo o muerto». Yo tenía hambre, no quería saber nada de aquella historia. Solo intentaba conseguir un sándwich.

El Congreso por la Igualdad Racial, el CORE, había encabezado las protestas desde la muerte del chaval y había organizado una manifestación el viernes y luego otra el sábado frente a la comisaría del distrito 28.

—Alguien dijo que estaban allí dando discursos, y pensé: Igual yo también soy un activista. ¿Por qué no? Ya sabes que me gustan las militantes negras, tan serias y tal, siempre hablando del cambio. La última vez que estuve en Lincoln's me puse a charlar con una tía del CORE. Se parecía a Diahann Carroll, ¿sabes? Podría haber sido su hermana. Pero no tragó. Entonces va y me dice que ella busca un universitario, y yo le contesto: Yo estudié en la…

—UCLA —añadió Carney.

—Exacto. ¡La Universidad del Chaflán de Lenox Avenue! —Un viejo chiste privado.

Freddie siguió a la multitud camino de la comisaría de la Ciento veintitrés, donde un secretario local del CORE con gafas con montura oscura de carey y una pajarita roja enumeraba una serie de exigencias: el comisario en jefe Murphy tiene que dimitir; hay que crear de una vez por todas el comité de revisión de quejas ciudadanas.

—Negros por un lado gritando «¡Asesino! ¡Asesino!», mientras por otro un hermano joven decía por un megáfono: «¡El cuarenta y cinco por ciento de los policías de Nueva York son unos asesinos neuróticos!». No veas el follón. Ojalá me hubiera quedado en el metro. Y los polis sin inmutarse. Habían levantado barricadas para mantener acorralada a la gente. Todos con el casco puesto porque saben que el personal les va a tirar lo que haya más a mano. Y entonces un puto policía saca un supermegáfono y dice: «¡Largaos! ¡A casa todo el mundo!». Y la gente responde a coro: «¡Ya estamos en casa!».

»Una señora mayor me tenía clavado el codo en el estómago, imagínate si estábamos apretados. ¡Y un calor! Todo aquel montón de negros cabreados en un sitio tan pequeño, furiosos de verdad, pero yo lo único que quería era un sándwich, o sea que empiezo a tirar hacia la Ciento veinticinco y hay un montón de gente frenética diciendo que la policía ha pegado y arrestado a varios del CORE. ¡Eso sí que no! ¡Bum! ¡Y se armó la de Dios! Gente saltando las barricadas de la poli. Gente tirándoles de todo desde las azoteas: ladrillos, botellas, tejas rotas. Coches volcados, ventanillas rotas a pedradas.

»Y yo: Joder, ¿de dónde saco un sándwich con todo este barullo?

»En la Ciento veinticinco, todo cerrado o a punto de cerrar por culpa de la situación. El cubano donde ponen el pepinillo en la carne, cerrado. Jimmy's y el Coronet's con las luces apagadas. Ahí sí que me entró un hambre que no podía más. ¿Sabes cuando quieres algo mucho y ves que no puedes conseguirlo? Pues eso. Unos tíos pasan cadenas por los hierros de unas persianas de seguridad y luego las arrancan tirando marcha atrás con los coches. Después rompen los cristales y se cuelan dentro. Yo no pido mucho. Me pones algo entre dos rebanadas y ya soy feliz. Pero, coño, ¿de dónde saco yo un puto sándwich en medio de este jaleo? Gente gritando, gente corriendo de acá para allá, y yo: Mierda, esto de los disturbios te corta totalmente el rollo.

Freddie no tuvo más remedio que salir pitando del barrio y meterse en Gracie's Diner.

—Al final conseguí zamparme un sándwich de pavo. Y estaba bueno. Pero, tío, qué salvajada —dijo—. Te aconsejo que nunca te metas en un follón así, joder, no. Linus y yo decidimos encerrarnos en casa y dejar pasar el tiempo.

—Ya. —O sea desconectar del mundo y pasar varios días colocados.

—A los beatniks les daban en toda la cabeza. ¿Y tú qué hiciste?

—Elizabeth y los niños apenas salieron de casa —dijo Carney—. Tenían algunas actividades pero se cancelaron porque eran en la misma manzana que la comisaría, así que imagínate. Yo estuve aquí, Rusty me hizo compañía. —Le explicó a Freddie el plan de vigilancia nocturna. Un grupo de gente pasaba a toda leche en una dirección y al cabo de un rato volvía corriendo en dirección contraria, perseguido por una cuadrilla de polis blancos. Ahora hacia acá, ahora hacia allá. Pero la tienda, como Freddie pudo comprobar, no había sufrido daños—. Bueno, ¿y qué es eso que llevas ahí dentro? —volvió a preguntar Carney.

—¿Esto? Necesito que me lo guardes unos cuantos días.

—Freddie…

—Linus y yo nos montamos una estafa y hubo gente que se cabreó. Tipos bastante duros. Y ahora tenemos que pasar desapercibidos una temporadita. ¿Podrás hacerme este favor?

—¿Qué es?

—Lo único que puedo decirte es que la cosa está que arde.

—Freddie, estás como una cabra —dijo Carney. Había mucha policía por el barrio intentando que la cosa no se desmandara, coches patrulla, polis en las esquinas, y Freddie paseándose por allí con un maletín de Madison Avenue que evidentemente no era suyo. ¿Drogas? No sería capaz de traer algo así a la tienda, ¿verdad?—. ¿En qué lío me estás metiendo?

—Que soy tu primo, hombre. Necesito que lo escondas. No cuento con nadie más.

Desde la Ciento veinticinco con Morningside no se oía el metro, pero Carney estaba oyendo otro tren, un tren que cumplía su condenado horario y estaba ya entrando en la estación y abriendo las puertas, tanto si estabas listo como si no.

—Vale —dijo.

—¿Para qué es la caja fuerte, si no? —dijo Freddie.

—Te he dicho que vale.

—Dentro de unos días vengo a recogerlo.

—He dicho que vale.

Carney giró el asa de la caja fuerte Hermann Bros. e introdujo el maletín. Cerró la caja y dio unos golpes en el oscuro metal para causar más efecto.

—¿Tú dónde estarás?

Freddie le pasó las señas de una pensión en la calle Ciento setenta y uno, habitación 306.

—Vendré a buscarlo dentro de unos días, Ray.

—¿Y si lo abro?

—Yo que tú no lo haría. Algo podría salir volando.

Cuando Freddie se marchó, Carney cerró de un portazo la puerta de Morningside. Se quedó mirando la Hermann.

Y entonces tuvo otra idea: «Un sofá confortable dura más que las noticias del día: es para toda la vida».

Carney conocía al señor Díaz, el dueño de MT Liquors, de verle en las reuniones de comerciantes de la calle Ciento veinticinco. Era un inmigrante puertorriqueño de muy buena pasta, salvo en el tema de la delincuencia. Despreciaba a carteristas, drogadictos y atracadores. Orinar en la vía pública era una cruzada personal para él, se entiende que defendiendo la postura contraria.

Cuando le destrozaron el escaparate el sábado por la noche, el señor Díaz tardó menos de veinticuatro horas en poner una luna nueva. Y volvió a hacerlo cuando se la rompieron la noche siguiente. Aunque los saqueadores le habían limpiado la tienda y no quedaba otra cosa que robar aparte de la caja registradora, por lo demás reventada y vacía, volvieron a romperle el escaparate. Díaz cambió otra vez la luna. Hasta cuatro veces se repitió el baile. Aquel hombre, ¿era un monumento a la esperanza o a la locura? Era un individuo empeñado en agarrarse a una solución imposible. ¿Hasta cuándo se empeña uno en salvar lo que ya ha perdido?

2

El día siguiente era domingo. En principio la idea era salir después de comer para ir a New Century, en Union Square, a ver los modelos de Bella Fontaine para la temporada. Verlos en persona, no en un catálogo, una imposición de manos. All-American quedaba más cerca, en la Cincuenta y tres, pero Carney no quería que le reconocieran. Por miedo al sabotaje o al ridículo, por temor a que si mostraban demasiado entusiasmo por el producto, luego él se sintiera fatal si la cosa se iba al traste. La pegatina de la compañía era una gozada: VENDEDOR AUTORIZADO DE BELLA FONTAINE escrito alrededor de una imagen de Poseidón emergiendo de las aguas con un tridente dorado. Carney ya se imaginaba una igual en su escaparate, a la izquierda conforme se entraba en la tienda. A la vista de todo el que pasara por allí.

Bella Fontaine estaba en racha desde que la revista *Life* publicara aquellas fotos de Jackie aposentada en un canapé de la marca en la terraza acristalada de la mansión que los Kennedy tenían en Hyannis Port. A Carney le gustaban sus modelos desde la convención de la Asociación de Mobiliario para el Hogar en el 56. Fue la primera y última vez que asistió al sarao de la asociación —demasiados blancos, demasiados peluquines, demasiadas americanas a cuadros—, pero no había olvidado el subidón de pasearse por allí. Era como adentrarse en el Futurama de la Exposición Universal, la misma sensación de quedar anonadado ante el enorme despliegue de maravillas. «Minimalismo audaz y sin embargo acogedor». La nueva ola escandinava y la irrupción de los nuevos plásticos. Se abrió paso entre casetas y piezas exhibidas (la Miss Montana del año anterior posando en biquini entre muebles de jardín St. Mark) hasta llegar al recinto de Bella Fontaine. Que entren esos rayos de sol, esos coros celestiales, porque está claro que una aparición divina acaba de manifestarse en el interior del Complejo de Exposiciones Bridgeport, junto a la interestatal 79.

La colección Montecarlo de Bella Fontaine rotaba lentamente sobre la plataforma giratoria, bajo los fluorescentes que sacaban destellos al acabado en haya del conjunto para comedor. La elegante mesa de hojas abatibles; el espacioso buffet de varias puertas; el aparador con sus bordes biselados y el mueble bar escondido en su interior. Todo ello trastocaba ideas preconcebidas sobre el arte de recibir en casa. El eslogan de Bella Fontaine era como una canción de cuna salida de un reino de lujo: «Belleza, tacto y durabilidad: Muebles para un nuevo estilo de vida». Carney le susurraba estas palabras a May cuando era un bebé, para calmarle los cólicos. «Empiece con un par de piezas y vaya añadiendo a su gusto». Normalmente funcionaba.

La convención volvió a animarse y el bullicio fue en aumento. Carney se acercó al representante de Bella Fontaine para conseguir un catálogo. Era un blanco de cara sonrosada y traje azul claro que le saludó con evidente desprecio racial. «Verá, es que no atendemos a caballeros de raza negra», dijo, y le dio la espalda para hablar con dos hombres rollizos de acento texano.

Y ahora por fin, al cabo de ocho años, Carney se las había apañado para tener un cara a cara con el señor Gibbs. Podían observarse avances en materia racial por todo el país; quizá la industria del mobiliario para el hogar se hubiera puesto a la altura del cambio.

Carney estaba yendo hacia la boca del metro cuando un hombre le agarró del brazo.

—Alto ahí, hermano —dijo.

No le apretaba con fuerza. Fue el tono lo que hizo que Carney se detuviera. Era un individuo enjuto de piel marrón rojiza, como si fuera antillano. Cuando Carney se volvió para mirarle, el hombre le retorció el brazo y se lo sujetó dolorosamente contra la espalda. Llevaba gafas oscuras a lo James Bond y un camisa hawaiana de tonos azules y blancos sobre una camiseta blanca. Estilo no le faltaba.

A Carney no le habían atracado nunca, en parte porque su aspecto no llamaba la atención; nadie sabía con exactitud lo que llevaba encima. La parte clandestina de su negocio la manejaba con mucha discreción y siempre fuera del horario laboral. Se apartaba de yonquis y pirados en cuanto estos se dejaban notar. Moskowitz sabía lo que Carney se estaba sacando con los artículos de lujo, pero no con el resto, las monedas y demás que dejaba a otros comerciantes en tal o cual distrito de la ciudad. Puestos a compararlo con el típico mafiosillo del uptown, Carney tenía aspecto de… bueno, de vendedor de muebles.

Munson, el poli, quizá se había olido algo. Una noche, borracho perdido, le había abordado en Nightbirds y había propuesto un brindis a la salud de Carney. «Por el mayor don nadie de Harlem». ¿Un cumplido por mantenerse siempre al margen, o un comentario sobre la cantidad de pasta que ganaba?

«Si usted lo dice», había replicado Carney, y echó un trago de cerveza.

Pero el que ahora le estaba haciendo una llave no era Munson. El desconocido lo condujo hasta la esquina. Ningún transeúnte notó nada fuera de lo normal. ¿Acaso le obligaría a volver a la tienda e intentaría hacerle abrir la caja fuerte? Como era domingo, Marie no trabajaba, pero Rusty cuidaba de la tienda e igual se le ocurría hacer algo y acababan los dos muertos.

—Por aquí —dijo el desconocido.

Un Cadillac DeVille de color verde lima esperaba en el cruce con el motor en marcha. El hombre abrió la puerta de atrás, hizo subir a Carney y luego entró él.

Al volante estaba Delroy, por lo tanto el director del montaje era Chink Montague. A menos que el tío fuera por libre o se hubiera pasado a la competencia.

—Saluda a Chet the Vet —dijo Delroy, y arrancó hacia Broadway.

Chet the Vet enseñó unos caninos de oro.

—Cuéntale lo de la guerra, Chet.

Por la edad que aparentaba, Carney supuso que había estado en Corea.

—Un puto ejército de blancos —dijo Chet.

—Le llaman «el Veterinario» porque estudió para curar animales. Solo duró un mes.

—Aquello no era para mí —concedió Chet.

—Delroy —dijo Carney—, ¿qué está pasando aquí?

—Tendrás que preguntarle al jefe.

Carney buscó sus ojos en el retrovisor, pero Delroy evitó su mirada.

Habían pasado cinco años desde que Chink Montague enviara a Delroy y Yea Big a la tienda de muebles para recuperar el collar robado de su novia. El objeto de aquella visita era intimidar a Carney, pero el resultado fue una buena publicidad, pues Chink empezó a derivar trapicheos a Muebles Carney a cambio de una comisión. Cada semana Delroy y Yea Big iban a buscar el sobre, y cinco años era mucho tiempo. Un observador imparcial tal vez habría podido catalogarlos como una especie de colegas.

A Carney y Delroy, en todo caso. Una mañana de enero, unos chavales que estaban jugando a lanzarse un balón de fútbol americano descubrieron a Yea Big en el parque Mount Morris, el cuello ceñido por un cordón de ventana de guillotina. Llevaba una semana desaparecido cuando la nieve, al fundirse, dejó a la vista su cadáver entre cagadas de perro y colillas congeladas. Eso había sido el año anterior, en el inicio de la guerra entre Bumpy Johnson y Chink Montague. Bumpy

Johnson había salido de Alcatraz en el 63 tras cumplir condena y se había propuesto reclamar el imperio que había perdido once años atrás. Jerry Catena, un jefecillo de la familia Genovese, le daba su respaldo, mientras que Chink actuaba bajo los auspicios de los Lombardi; el conflicto entre ambos se convirtió en una guerra por persona interpuesta para hacerse con el control del crimen organizado en Harlem. Y que Chink fuera el protegido de Bumpy le dio al conflicto un aire bíblico.

«Nos tratan como a marionetas», le dijo Delroy a Carney cuando fue a buscar el sobre semanal. Llevaba días sin dormir apenas. Se pasó un dedo por la cicatriz de la mejilla como si arrancara de su vaina unos guisantes invisibles. «Mientras nosotros nos matamos, esos espaguetis hijoputas se pegan un hartón de reír». Aquello dio lugar a un par de semanas muy calientes, hasta que acordaron una tregua y se repartieron el barrio a tajadas como los carniceros chapuzas que eran.

Tras la muerte de Yea Big, Delroy iba a recoger el sobre él solo. Ahora Carney y él tenían muchas cosas en común: ambos eran marionetas, cómplices en la delincuencia, residentes en Harlem, Estados Unidos de América (aquí, un trocito de himno nacional). Compartían ciertas metas. Delroy fue el primer cliente de Carney cuando la tienda volvió a abrir tras la ampliación; el mafioso necesitaba otro juego de mesita y sillas de desayuno para su última novia. Había hombres que conmemoraban un nuevo amor regalando un deslumbrante collar o unos elegantes pendientes de su joyería favorita. A Delroy le gustaba regalar juegos de mesita y sillas. «Estas chicas de ahora no tienen ni idea. ¿Cómo vas a darle de comer a tu hombre si no tienes un sitio como Dios manda donde sentarte?». Un argumento de verdadero peso. Delroy tuvo una temporada muy fructífera en lo que a amores se refiere; en un solo año compró tres mesas redondas modelo Riviera de Collins-Hathaway. Carney le hizo una rebaja en la última.

¿Acaso Chink pensaba que Carney le estaba escamoteando dinero? ¿O es que alguien le había tendido una trampa?

Delroy aparcó el DeVille en la Ciento cincuenta y cinco con Broadway, enfrente de Sid the Sud Clean. La mascota del rótulo era una imitación de Don Limpio, un negro con la cabeza como una bola de billar y camiseta blanca marcando músculos. Amplia sonrisa de psicópata. Chet the Vet hizo bajar a Carney del coche y lo llevó al interior de la lavandería.

EL MEJOR CENTRIFUGADO DE LA CIUDAD. Una espuma blanca golpeaba mansamente contra la puerta de las lavadoras. Señoras mayores empaquetaban monedas y hombres mayores con sus últimos calzoncillos limpios arrastraban los pies por la cochambrosa lavandería. Aquel sitio era la antesala de la muerte para viejas lavadoras automáticas, solo había que ver los brincos que daban las máquinas. ¿Cree que podrá hacer algo, doctor? ... «Pueden ser días, tal vez semanas. Ahora todo está en manos de Dios». Cada moneda empujaba a las lavadoras hacia la chatarrería. O, lo más probable, al solar vacío más cercano.

El sofocante calor de julio, sumado al que despedían las gigantescas secadoras, hacía insoportable estar allí. Apenas podía oírse nada por encima del ruido infernal de las máquinas y de los ventiladores que removían el aire caliente. Y, probablemente, de eso se trataba.

ÚLTIMO LAVADO A LAS 19.00. En esos momentos, aquello sonaba como una advertencia.

Chet the Vet condujo a Carney hasta la oficina, dejando atrás las máquinas expendedoras de Salvo, Biz e Instant Fels. La trastienda estaba en penumbra; casi toda la luz procedía de la puerta que daba al callejón. Chink Montague estaba sentado en una butaca con ruedas tapizada en piel de color verde, una pierna cruzada sobre la otra y las manos entrelazadas. Enormes anillos de diamantes sobresalían de sus dedos como verrugas.

Chink se había hecho tristemente célebre por su habilidad con las armas blancas, pero ya no tenía aspecto de ágil y veloz navajero. La gente recordaba todavía el temerario sadismo de su primera campaña, después de que Bumpy Johnson fuera recluido en Alcatraz. Esa sanguinaria demostración de ambiciosas intenciones había dado sus frutos a lo largo de los años, pero Chink había ido aprendiendo otros métodos. Como el truco publicitario de los jamones. Bumpy había estrenado los regalos de cortesía por Navidad, repartiendo pavos con una camioneta a la gente necesitada de Harlem. Chink cogió el testigo y empezó a repartir jamones gratis el día antes de Pascua, a veces a personas que ignoraban que había asesinado a su marido o a su hijo, o que tenían tanta hambre que eso les importaba poco. Últimamente era más habitual verlo convertido en centro de atención que amenazando con cortarle el cuello a un pobre diablo, rodeado de sus secuaces en el bar del hotel Theresa o bien invitando a una ronda general en uno de sus clubes, el 99 Spot o el Too True.

Y en este lugar, detrás de una de las innumerables tapaderas de la ciudad, donde los agentes del poder manejaban sus palancas y sus pedales. A veces el negocio no era el negocio a menos que los paletos y los mojigatos salieran fuera, ajenos al hecho de que dentro los estaban jodiendo a base de bien.

El gerente de la lavandería era un tipo esquelético que llevaba una camiseta de tirantes con manchas de sudor. En casa del herrero, cuchara de palo. Estaba apoyado en la puerta del aseo y se rascaba el cuello. Chink Montague chasqueó los dedos y el hombre se escabulló al momento.

El gángster explicó que le estaban restaurando el suelo de la oficina que tenía encima del 99 Spot.

—Estos contratistas... —dijo—. Juran que la reforma no va a llevar mucho tiempo y luego resulta que tardan el doble. Hoy hace mucho calor aquí, pero me gusta oír el golpeteo de las máquinas. Como si ahí al lado estuvieran dándole una paliza a alguien.

Un cliente dijo a grito pelado que una lavadora se le había tragado el dinero. Chet the Vet asomó la cabeza. A saber la cara que puso, pero el cliente calló al instante.

—La primera vez que hablamos —le dijo Chink a Carney—, te pedí que me buscaras una cosa. Alguien me contó que había un nuevo perista en la zona y que era muy discreto.

—Procuro no meterme donde no me llaman —dijo Carney.

—Y yo le estaba echando un cable a una joven y prometedora estrella, la señorita Lucinda Cole. Ahora está en Hollywood. ¿Has visto alguna película suya?

—Sí, esa del orfanato en la que cantan.

—*Miss Pretty's Promise*. En esa estaba bastante bien. Debería haber sido la protagonista, pero se ve que allí piensan de otra manera. —Sonrió para sí—. Si a alguien le interesa, yo podría contarle un par de cosas sobre quién es ella en realidad.

En la pared, detrás de la mesa, había un póster de Sid the Sud King, posando en plan genio de la lámpara como si acabara de lavar por arte de magia las ropas de una mamá y sus dos críos, que enseñaban sonrisas grotescas. El patio donde estaban era uno de esos que se veían en los reportajes sobre esas nuevas urbanizaciones de Long Island, como Levittown o Amityville, en las que los negros no podían comprar ni alquilar. ¿Debería tener yo una mascota?, pensó Carney.

—Aquel objeto de su propiedad no llegó a aparecer —dijo Chink—, pero tú y yo iniciamos una provechosa asociación, así que no hay mal que por bien no venga, ¿verdad?

Carney asintió con la cabeza.

—Si tú haces una buena venta, más vale que me des una tajada. Y si resulta que alguien necesita un perista, yo puedo enviarlo a esa tienda de muebles de la Ciento veinticinco. Si algo cae en mis manos y yo creo que eres la persona a quien hay que llamar, te llamo, ¿no es cierto?

Gracias a ese acuerdo, Carney había podido ampliar la tienda y mudarse a Riverside Drive. Carney y Chink solo habían hablado cara a cara en una ocasión, seis meses después del atraco al Theresa. Yea Big y Delroy se dejaron caer para el cobro semanal y luego llevaron a Carney hasta un Cadillac de color cereza aparcado frente a la tienda. Chink estaba en el asiento de atrás. Bajó la ventanilla, miró por encima de sus gafas de sol y le dio un buen repaso a Carney. «Vale, bien», dijo el gángster, y el Cadillac arrancó. *Vale, bien* era un contrato vinculante, firmado en tinta o en sangre, eso ya dependía de ti.

—Ha sido un acuerdo provechoso —dijo Carney—, y por tu parte siempre has sido razonable. Espero que te hayas sentido satisfecho.

—Por eso les dije a Delroy y Chet que fueran corteses. Ese tío que vende sofás, traédmelo a la lavandería, que charlaremos un rato. —Se subió las mangas—. Se trata de tu hermano. Ha estado enredando por ahí y me gustaría tener unas palabras con él.

—Mi primo.

Chink fulminó a Delroy con la mirada.

—Creí que habías dicho que era su hermano.

—Primo —dijo Delroy.

—¿Es verdad eso? —le preguntó a Carney.

—Sí.

—Pues quiero hablar con tu primo.

—Vale.

—«Vale», no. ¿Dónde? Dime dónde está.

—Hace meses que no le veo —dijo Carney—. Ahora se junta con otra gente. El otro día hablé con su madre por los altercados, y dice que ella tampoco le ha visto.

—Su madre, ¿eh? —dijo Chink—. ¿Y tú qué opinas de todas esas correrías por el barrio la semana pasada?

—Es lo de siempre. La poli hace lo que le da la gana y luego la gente quiere hacerse oír.

—¿Sabes lo que pienso yo? Pues pienso que hicieron mal en parar. Todos esos hermanos cabreados, aquí y en todas partes. Deberían haber prendido fuego al barrio entero y luego ir bajando. Midtown, downtown, Park Avenue... —El gángster parodió una explosión con las manos—. Incendiar toda esa mierda...

—Sería malo para el negocio —dijo Carney—. Al menos en mi sector, el mobiliario para el hogar.

—«Malo para el negocio». —Chink se frotó la mandíbula—. ¿Tú tienes idea de cómo funciona la lotería de los números? ¿Eso de apostar unos billetes? Hay mucho pringado suelto, es cuestión de hacerles soltar la pasta; en el fondo solo quieren fumarse algo. Quiero decir que tal vez deberías cambiar de número, ¿sabes? Un cambio de onda, a ver qué tal. Puede que todo este tiempo hayas estado jugando al número que no debías.

Hizo un gesto de cabeza en dirección a Chet the Vet y Delroy y luego continuó:

—Si ves a tu primo, quiero ser el primero en saberlo. —Se volvió hacia la mesa y empezó a tararear un desconsolado «My Heart is a Pasture», el tema central de *Miss Pretty's Promise*.

Ya en la calle, Carney se encaminó hacia el Cadillac.

—Oye, el jefe no ha dicho nada de que te hiciera de chófer —protestó Chet the Vet.

—Nos vemos en el coche —le dijo Delroy a Chet.

El antaño estudiante de veterinaria lanzó un escupitajo a la alcantarilla y cruzó la calle.

Delroy miró por encima del hombro e hizo señas a Carney de que se acercara.

—Te voy a contar una cosa —dijo—, porque una vez me hiciste un descuento en aquella mesa que le regalé a Beulah. Y quiero que escuches con atención. He visto a ese negro cagarse en todo, le he visto en acción. Le he visto arrancarle los párpados a un tío porque pestañeaba demasiado. Cuando habla como hoy, en plan raro y calmado, es que la cosa está que arde. O sea que si ves a tu primo, más te vale estar por la labor. O vamos a acabar todos bien jodidos.

El Cadillac torció en dirección este y Carney esperó a que se perdiera de vista. Luego cruzó hacia Amsterdam y subió hasta la Ciento setenta uno, donde giró otra vez hacia Broadway.

Hacía años que Carney no pasaba por aquel tramo de Broadway, desde que dejara de comprar muebles usados. ¿Cómo era que Freddie había decidido venir a parar aquí? Pues porque no iba a toparse con nadie de los viejos tiempos. Y eso que se lo había montado bien para pasar desapercibido, en el downtown con Linus. Y entonces Carney lo vio: el viejo teatro reconvertido en sala de cine, el Imperial. Sesión doble. Freddie y él podían tirarse todo el día dentro, ver las dos pelis –generalmente de vaqueros, bastante malas– y luego mirarse y, sin necesidad de cruzar palabra, decidir que repetían. Raras veces conseguían ver cuatro películas seguidas, porque algún viejo guarro se metía en su fila para intentar algo y ellos salían corriendo y riendo como locos a la calle.

Parecía cerrado desde hacía mucho. «El teatro donde la gente ve cine». A esto lo llamaban publicidad agresiva. La pensión de Freddie estaba justo enfrente.

Tenía que sacar el maletín de la caja fuerte, hubiera lo que hubiese dentro. Carney había barajado la posibilidad de forzar el endeble cierre, pero imaginaba que dentro podía haber cosas de lo más peregrino: heroína, lingotes de oro, estroncio 90 en un estuche de plomo con letras en ruso. Con tenerlo una sola noche en su caja fuerte ya había cumplido con su obligación familiar más que de sobra. Lo que tenía que hacer Freddie era coger el maletín, largarse del barrio y no volver hasta que las cosas se hubieran calmado.

¿A qué idiota se le ocurre estafar a Chink Montague? ¿O estafar a alguien con suficiente poder como para movilizar a Chink en su nombre? Era Freddie quien había puesto a Carney en el radar del hampa con lo del Theresa, y ahora le jodía una vez más. «Yo no quería meterte en un lío». Sí, eso estaba bien cuando eran unos chavales. No se podía comparar que tía Millie te pegara un viaje con el cepillo del pelo, o que Big Mike se quitara el cinturón, con los problemas de la vida adulta. Si se daba prisa, todavía le quedaría tiempo para ir a ver lo de Bella Fontaine en Union Square.

No había ningún motivo para que Carney se hubiera fijado en el lado oeste de Broadway con la Ciento setenta y uno, todas aquellas veces que había ido al Imperial. Cafetería, tienda de tabacos, peluquería, el insignificante portal del número 4043 de Broadway. La pensión se llamaba Eagleton; como el sitio donde él pasó su infancia, era un edificio que no merecía un nombre propio pese a las ambiciones de sus arquitectos.

El destino sabe cómo descargar un rayo sobre ciertos lugares para que uno no vuelva a verlos nunca de la misma manera. Carney se disponía a abrir la puerta —en algunos puntos, el metal asomaba gris bajo la pintura roja— cuando un blanco de corta estatura con una larga barba enmarañada salió en tromba de la pensión sujetándose con la mano un sombrero marrón de ala corta.

—¡Cuidado! —le espetó el hombre.

Llevaba una mugrienta bolsa de lona colgada del hombro y echó a andar con paso decidido y un balanceo de codos hacia la boca del metro.

Carney entró en el edificio. Las paredes color chartreuse del vestíbulo estaban cubiertas de una fina e inexplicable capa de grasa. Era como haber entrado en un restaurante barato de cinco plantas. No había nadie en la recepción. Carney oyó que alguien tiraba de la cadena del váter y se apresuró a subir las escaleras antes de que volviera el empleado.

En cada planta había seis habitaciones. En el segundo piso un inquilino estaba viendo *The Andy Griffith Show* con el volumen a tope; en el cuarto de al lado se oía un anuncio de Ford, también a todo volumen, y un tercer inquilino simplemente se quejaba de «ellos» a gritos.

La habitación 306 estaba en silencio. Una brisa empujó la puerta un par de centímetros. Por el resquicio, el espejo apoyado en la pared reveló pocos detalles. Carney dijo «¿Freddie? ¿Linus?», y luego entró.

Llevaban solo unos días viviendo allí, pero su primo y su colega se habían montado un nidito. Las sábanas de la cama individual estaban sucias y revueltas, y en el suelo había un lecho improvisado con cojines viejos de sofá. En un rincón habían amontonado una montaña de basura formada por botellas de refresco, latas de cerveza y papel encerado saturado de grasa; un enjambre de moscas sobrevolaba la pila haciendo locas acrobacias. Freddie y Linus habían traído su ropa metida en fundas de almohada, que ahora descansaban medio desinfladas al pie de la ventana.

—¡Freddie! —dijo Carney en voz alta, antes de abrir la puerta del baño por si había alguien dentro.

Pero Linus ya no podía oír nada. Yacía retorcido dentro de la bañera en una postura muy rara, de costado, como si hubiera querido romper el hierro fundido a golpes de espalda. La sobredosis le había dejado los labios y las yemas de los dedos azules. En contraste con el blanco de la bañera, incluso sucia como estaba, se veían casi morados.

3

Elizabeth apartó la sábana y fue al cuarto de baño.

—No me dejas dormir con tanto suspiro —dijo.

Carney no había parado de suspirar desde hacía horas, a menudo acompañándolo de un «Hostia puta» a modo de mantra. Se arrepentía de todos los chistes que había hecho en los últimos años a expensas del amigo de Freddie, los comentarios insultantes por su pinta de beatnik o de vagabundo del Bowery. La familia de Linus lo había encerrado en un manicomio, unos médicos lo habían atado a una camilla y le habían metido un millón de voltios en el cuerpo. Linus cayó en el hoyo de la drogadicción y el hoyo se convirtió en su fosa. Las burlas de Carney habían sido un modo de desfogarse, de expresar su decepción y su preocupación por su primo Freddie. Y ahora pensaba en Linus y en lo último que vio el pobre antes de morir: el surco de óxido provocado por el grifo goteante de la bañera, como si fuera una herida que supuraba.

¿Estirabas la pata rápido cuando te morías así? Carney confió en que hubiera sido rápido.

¿Y Freddie? ¿Habría vuelto de comer alguna cosa por ahí, o de pillar, y se habría encontrado el cadáver de su amigo, o fue lo primero que vio nada más levantarse de la cama? Debía de estar muy asustado. Y triste. Aparte de atemorizado por las posibles repercusiones del último golpe que hubieran dado juntos. Una puerta no cerrada con llave, y entornada, en un edificio como el Eagleton; seguro que alguien había llamado ya a la policía. Un indigente aprovecha la ocasión para ver si puede arramblar con algo y se lleva una sorpresa mayúscula.

Nadie podía identificar a Carney salvo el tío antipático con el que había tropezado en el portal, el de la barba enmarañada. ¿Qué hace un tipo así cuando vuelve a casa y ve que hay polis rondando por allí, o se entera de lo ocurrido pasados unos días: irse de la lengua o callar como un muerto?

Elizabeth volvió a la cama y se acurrucó junto a Carney con un brazo sobre su pecho.

—Mañana los dejarás muertos —dijo.

—Son tantas cosas... —Cuando trataba de concentrarse en la reunión con Bella Fontaine, en escenificar la visita, el suelo parecía ceder bajo sus pies y Carney se veía de nuevo en la habitación 306, a punto de abrir la puerta del cuarto de baño.

—Vas a hacer historia. —Los dos rieron.

—No creo que «El primer negro en convertirse en distribuidor autorizado de Bella Fontaine» dé para un titular de prensa. No es como si hubiera descubierto un millón de maneras de aprovechar un cacahuete.

—¿Qué?

—George Washington Carver.

—Oh. George Washington Carver. El hecho de que no sea de conocimiento público no significa que no ocurra. Has trabajado como un burro.

—Para estar a la altura de mi mujer —dijo Carney, apretándole la mano.

Black Star Travel había abierto dos filiales en el último año. Y como Dale Baker, el director general de la empresa, pasaba la mitad del año en Chicago y Miami, alguien tenía que llevar la sede central. Y Elizabeth fue la elegida. Mejor sueldo y mejor horario una vez que hubieron ampliado la plantilla, algo que gustaba a los críos, y a Carney también.

Elizabeth ganaba tanto que a veces Carney se planteaba abandonar por completo su actividad como perista clandestino. A decir verdad no necesitaban ese plus; y, visto con objetividad, era un negocio insostenible. No tenían por qué correr riesgos innecesarios. Ahora que Freddie volvía a involucrarlo en enredos delictivos, dejar todo eso cobraba más sentido que nunca.

—Voy a ver si duermo —dijo.

Y al momento estaba otra vez igual. Bien, supongamos que Freddie viene a por el maletín y se larga a Tombuctú. Alguien está vigilando la tienda e informa a Chink de que Freddie ha pasado por allí y Carney no ha dicho esta boca es mía. Por un momento tuvo la horrorosa visión de una cámara de tortura, el sótano de la lavandería: alguien tirando un cubo de agua para que la sangre del suelo corra hacia el desagüe. ¿Y quedar con Freddie en otro sitio para hacer la entrega? Pero ¿y si alguien le seguía? Otra vez en la cámara de tortura, una bombilla pelada colgando sobre una mesa cubierta de relucientes objetos afilados, envases de detergente de colores chillones apilados hasta el techo. Carney estaba en un serio aprieto.

Estaba a punto de quedarse por fin dormido cuando se le ocurrió que la sobredosis de Linus podía no ser un accidente. «Hostia puta», dijo, y esta vez en voz alta. Elizabeth se tapó la cabeza con la almohada.

¿Dónde podía estar Freddie?

Fue a coger una manta del armario y pasó el resto de la noche en el sofá.

Pese a que le preocupaba que el hombre de Bella Fontaine pudiera cancelar su visita debido a los altercados, la reunión seguía en pie. Con tanto jaleo, no había habido mucho tiempo para preparativos. Carney les dijo a Rusty y a Marie que llegaran media hora antes a la tienda para repasar la reunión. Rusty declamó su discurso sobre Argent y Collins-Hathaway mientras Carney escuchaba, atento a cualquier posible fallo. Sin duda el señor Gibbs debía de tener una idea preconcebida sobre cómo andaba y hablaba un vendedor de muebles negro, y también sobre el aspecto que tendría la tienda; Rusty y él le demostrarían que no tenía ni puñetera idea. Carney se avergonzó de sentirse aliviado porque seis años en la ciudad hubieran pulido el acento paleto de Rusty.

Hacía meses que Marie no traía dulces horneados a la tienda, pero ese día se presentó con una bandeja de galletas de manzana caramelizada con trocitos de pecana encima, «tal como las comen allí, o eso he oído». «Allí» quería decir Nebraska. Si esa era la clase de dulce que les gustaba, pensó Carney, a saber qué otras costumbres primitivas no se arrogarían como propias los blancos de Nebraska.

Carney ordenó la mesa de su despacho y se puso tenso cuando le vino a la memoria el cuerpo frío y retorcido de Linus. Se lo quitó como pudo de la cabeza. Ya había visto un muerto en la habitación donde se hallaba ahora: Miami Joe. Pero la bañera de la pensión… a Carney le recordaba un útero por la forma en que Linus estaba hecho un ovillo contra las paredes de hierro fundido.

—¿Estáis listos? —preguntó alzando la voz.

Marie levantó un pulgar como habría hecho un piloto en una película de guerra.

El señor Gibbs llegó a las once y cinco.

Era más joven de lo que Carney se había imaginado, de complexión delgada y con una franja de pecas sobre la nariz y las mejillas. Tenía el pelo castaño cortado a riguroso cepillo y llevaba puesta una camisa blanca de manga corta y una corbata marrón oscuro. Con la mano derecha sostenía una cartera negra y con la otra una americana de sirsaca a rayas colgando de la espalda.

Carney le dio la bienvenida.

—¿Qué le parece este calor? —dijo—. ¿Qué tiempo hace ahora en Omaha?

Al fondo de la tienda, Rusty estaba inclinado sobre la mesa de Marie, ambos fingiendo conversar.

El señor Gibbs sonrió y luego volvió la cabeza en dirección a la calle. Carney no tuvo la menor duda de que el hombre había visto más negros en los últimos cinco minutos que en toda su vida.

El comercial explicó en un tono afable los aburridos detalles de su viaje al este cada seis meses. Dijo que por regla general le bastaba con una llamada telefónica para resolver sus asuntos, pero que estaba bien ver la cara de los clientes.

—Usted ya me entiende, señor Carney.

—Puede llamarme Ray.

—Tiene aquí montada una bonita tienda —dijo Gibbs.

Por motivos evidentes, era fundamental conocer en persona a los distribuidores potenciales. Para ver si encajaban. Bella Fontaine tenía su propio sello como empresa; no siempre combinaba bien una cosa con otra. Y por supuesto, dijo, estaba el problema de la ubicación. Que dos establecimientos locales acaben atacándose como caníbales por culpa de la competencia no sería una buena idea.

A Carney los eufemismos le producían dolor de cabeza. Tendría que preguntarle después a Elizabeth hasta qué punto era un insulto lo del canibalismo.

El señor Gibbs quiso saber desde cuándo estaba en el negocio de los muebles y Carney se lo contó todo. El capital inicial había sido un «plan de ahorro específico» y no un buen fajo de dinero robado que su padre había escondido en un neumático viejo. La importancia de la fidelización, de conservar la relación con el cliente, de conocer a fondo el barrio y sus habitantes. Carney mencionó los altercados de la semana anterior —«La ciudad puede que cambie, pero todo el mundo necesita un sofá de buena calidad»— para enlazarlo con un comentario sobre la oleada de inmigrantes de los estados del Sur. «Han venido para quedarse. Están formando una familia y, como cualquier familia, necesitan amueblar su casa».

Después de hacerle un pequeño recorrido por la sala de exposición, Carney llevó a Gibbs al despacho. Se disponía a reconducir su discurso hacia las virtudes concretas de Bella Fontaine y dar un pequeño rodeo hablando de la armonía racial, cuando Marie le distrajo.

Dos polis blancos (no podían ser más que polis) se dirigían muy decididos hacia el despacho de Carney.

—Oigan, señores, por favor —dijo Marie, pero ellos hicieron caso omiso.

Rusty preguntó a los hombres en qué podía servirles. Los polis se materializaron en el umbral del despacho con cara de pocos amigos. Eran al mismo tiempo rollizos y fornidos, como luchadores de televisión, aunque sus movimientos eran más rápidos de lo que uno esperaba, dado su aspecto de mazacote.

—Soy el inspector Fitzgerald del distrito 33 —dijo el más alto de los dos—, y aquí mi compañero Garrett. Estamos investigando una muerte ocurrida anoche en el barrio, una persona que falleció.

Redundantes como luchadores de televisión: les gustaba machacar.

No habría pasado nada de no haber estado presente el señor Gibbs.

A petición de Carney, los polis enseñaron sus placas con irritada resignación. El de cara de vaca, Garrett, miró de arriba abajo a Gibbs como si hubiera sorprendido a un narcotraficante en plena transacción. El señor Gibbs se había quedado boquiabierto y empezó a parpadear a toda velocidad.

Fitzgerald sacó una libreta. Garrett se miró el reloj y resopló audiblemente.

—Oigan —dijo Carney—, este caballero y yo estamos...

—Yo tendría que ir marchándome —dijo el señor Gibbs, y se puso de pie.

Los polis se apartaron para dejarle pasar.

Carney acompañó al representante regional de Bella Fontaine. Marie y Rusty estaban junto al sillón Collins-Hathaway granate, totalmente anonadados. La secretaria se llevó una mano a la boca.

—Quizá no haya sido buena idea esta visita —dijo el señor Gibbs mientras serpenteaba entre los modelos de la sala de exposición—. Lo de la semana pasada. Esta situación tan desagradable...

—Mire... —empezó a decir Carney, pero lo dejó ahí.

No estaba dispuesto a suplicarle unas migajas a un blanco. Que le den por culo. Y otro tanto a los polis.

El señor Gibbs recorrió un par de metros de acera y se quedó contemplando el tumulto de Harlem. Sus hombros se vencieron.

—¿Cómo salgo de aquí? –dijo.

—¡Rusty! –gritó Carney.

Y mientras el flamante subdirector de ventas ponía al señor Gibbs en manos de la agencia metropolitana de taxis, el jefe volvió a su despacho. Si salía airoso de esta nueva y no programada entrevista, tendría tiempo de sobra para subirse luego por las paredes.

Se sentó a su mesa y los inspectores permanecieron acechantes en el umbral. Fitzgerald tomó la palabra mientras su compañero utilizaba su visión de rayos X para controlar la situación en un segundo plano.

—Anoche murió un joven en una casa de huéspedes de la Ciento setenta y una –dijo Fitzgerald–. ¿Conoce el Eagleton? Se llamaba Linus Van Wyck. Tenemos entendido que usted le conocía.

—¿Van Wyck?

—Como la autopista.

Carney tenía fe en sus dotes de vendedor, y más si jugaba en casa. Los platos especiales del día: sorpresa, tristeza, curiosidad. En efecto, conocía a Linus, era amigo de su primo Freddie.

—¿Qué fue lo que pasó?

—¿Cree que estaríamos aquí si lo supiéramos? ¿Su primo es Frederick Dupree?

—Sí.

Según el gerente del inmueble, explicó el inspector, Freddie fue el último en ver a Linus con vida.

—Lo detuvieron hace un tiempo por posesión de drogas; ¿lo sabía usted?

Porque Freddie estaba comiendo con Biz Dixon cuando la policía arrestó al traficante. Un arresto que Carney había orquestado. Negó con la cabeza. Garrett se paseó por el despacho, ojo avizor. El corcho con sus notas clavadas con chinchetas pareció reclamar su atención.

—Han retirado los cargos —dijo Fitzgerald—. No sé por qué razón. ¿Su primo consume narcóticos?

—No que yo sepa.

Fitzgerald levantó la vista de su libreta.

—¿Y usted?

—¿Yo qué? A Linus solo le vi una vez.

Garrett se detuvo frente a la caja fuerte y dio un tirón al asa, como de prueba. El asa ni se inmutó.

—¿Cuándo fue que se vieron? —preguntó.

—Hace años.

—¿Su padre era Michael Carney? —dijo Fitzgerald.

—No estábamos muy unidos.

Los inspectores se miraron.

—Un tipo duro de pelar, si es el que yo pienso —dijo Garrett. Desalojó con la punta de la lengua un resto de comida que tenía entre las muelas—. ¿Cuándo fue la última vez que vio a Frederick Dupree?

Carney fue respondiendo a sus preguntas. Cuando tuvo claro que el gerente del Eagleton no le había involucrado todavía, cerró el pico. Así lo había hecho toda su vida, encubriendo a Freddie. Buena práctica para lo de ahora: Chink Montague, los dos polis.

¿Quién más iba a por Freddie?

Garrett se puso tenso y dijo:

—¿Qué es eso?

—¿El qué? —preguntó Carney.

—Eso. —Garrett señaló hacia la sala de exposición.

Carney no tenía muchos clientes de la policía, que él supiese al menos, pero por regla general se decantaban por piezas decorativas más bien poco prácticas. Una escultura Egon que llevaba dos meses colgada de la pared no había atraído la atención de ningún cliente. Era un sol de cuatro palmos de diámetro y con tres capas de rayos de cobre partiendo de un centro de latón pulimentado. El toque final para decorar una sala de estar moderna, o eso se dijo a sí mismo Carney. Pero nadie picó, ni siquiera cuando Marie le puso la etiqueta de saldo. El inspector Garrett dijo que se la reservara hasta el miércoles; era día de paga, aparte de que le debían las horas extra por los disturbios.

—Pero eso no quita que queramos saber algo de su primo —añadió—. Ese Linus venía de una importante familia de Park Avenue. ¿Usted sabía que era de clase adinerada?

—Solo le vi esa única vez.

—Freddie quizá pensó que podía sacar tajada de ese jovencito que iba de tirado por la vida —prosiguió Garrett—. Según la familia Van Wyck, les habían desaparecido cosas. Supuestamente robadas.

—Además —dijo Fitzgerald—, esa gente tiene contactos. De hecho… —No terminó la frase—. Mire, si ve a ese primo suyo, le dice que se pase por comisaría. Y usted llámenos; no le conviene estar mezclado en esto.

—Por fin, menos mal —dijo Rusty en cuanto se marcharon los policías. Entre Marie y él intentaron levantarle el ánimo al jefe.

Carney les dijo que no era más que un pequeño contratiempo. Después telefoneó al hotel donde se hospedaba Gibbs y dejó un mensaje para él, aunque dudaba mucho de que se lo devolviera.

La decoración del Club Dumas no había cambiado en varias décadas, salvo por la ausencia ahora del retrato de cuerpo entero de Wilfred Duke que colgaba en la biblioteca, con un aplique de bronce que le confería un halo de persona fiable y majestuosa. A raíz del «desafortunado incidente», como lo llamaban los miembros del club, una noche invernal varias personas anónimas descolgaron el retrato y le prendieron fuego con queroseno en plena calle.

Ni Wilfred Duke ni el dinero por él malversado habían vuelto a aparecer, aunque Patrick Carson, dentista de la élite de Harlem, juraba haber visto fugazmente al banquero en desgracia durante una fiesta de Fin de Año en Bridgetown, Barbados. Carson se abrió paso entre el gentío pero no logró alcanzar a Duke. Otros recordaban que el banquero había mencionado alguna vez tener ascendencia barbadense, lo cual daba credibilidad a la anécdota. Se recurrió a los servicios de un detective privado, pero sin éxito.

Lo que sí había cambiado eran los criterios de aceptación de ingreso en el club. Las quiebras, las familias arruinadas en mayor o menor grado, y los percances de todo tipo causados por la traición de Duke, dieron pie a una campaña para conseguir sangre nueva. En su calidad de recién investido vicepresidente del Dumas, Calvin Pierce se aseguró de que los futuros miembros representaran a todo el espectro de la vanguardia harlemita. Raymond Carney, empresario local, tuvo el placer de recibir una invitación para ingresar en el club. Fue aceptado sin el menor contratiempo.

El suegro de Carney seguía estando en las listas pero se había visto apeado del liderazgo del club. Siendo de la vieja guardia, y compinche de Duke, Leland era visto con recelo por la mayoría de los otros socios. Ya no iba tanto como antaño.

El mismo día de la debacle de Bella Fontaine, Carney había quedado con Pierce para tomar una copa en el club. Fue el primero en llegar y, como tenía ya por costumbre, se puso a toquetear su anillo Dumas para matar el tiempo mientras esperaba. Pidió una cerveza.

A las seis el salón empezó a llenarse. Carney levantó su jarra en dirección a Ellis Gray, el cual le dedicó aquella maliciosa mirada suya, como si fueran cómplices de algún fraude. Ahora que gozaba de una posición de influencia, Carney podía apreciar el alcance de la soberanía del club sobre Harlem. Una conversación, un guiño, una promesa entre aquellas paredes, tenía su permanente y contundente manifestación fuera de ellas, en la vida de personas concretas y en su destino a largo plazo.

Como, por ejemplo, las protestas de la semana anterior: habían provocado una alteración de las energías dentro del Dumas. Pontificando un poco más allá estaba Alexander Oakes, el vecino de Elizabeth cuando eran pequeños. Alexander continuaba su imparable ascenso en la oficina del fiscal; sus jefes se aseguraron de que apareciera junto a Frank Hogan, fiscal del distrito de Manhattan, durante las ruedas de prensa sobre la muerte del muchacho. Solo era cuestión de tiempo que el bueno de Alex se metiera en política: era el tipo ideal. Estaba sentado junto a la chimenea en compañía de Lamont Hopkins, director de la sucursal de Empire United Insurance. En las próximas semanas, y según aceptara o rechazara reclamaciones, Hopkins iría dando forma a la nueva versión de Harlem. Para retirar escombros y reedificar, Sable Construction seguía siendo la empresa de referencia. Ellis Gray, su hipócrita propietario, era un habitual en las catas de whisky que se celebraban semanalmente en el Dumas, y en ese momento estaba intercambiando chistes sobre polacos con James Nathan, el encargado de préstamos empresariales en el Carver Federal y por tanto quien decidía qué entidades se hacían con los espacios demolidos o qué negocios eran merecedores de un rescate financiero, una forma de separar a los hundidos de los salvados.

Hombres pequeños con grandes planes, se dijo Carney. Si este lugar era la sede del poder y la influencia negros en la ciudad de Nueva York, ¿dónde estaba su contrapartida blanca? En algún local del centro donde tenían lugar los mismos tejemanejes, solo que a una escala mayor. Con apuestas más altas. No obtenías respuestas a preguntas así a menos que estuvieras en el meollo. Y no se las contabas a nadie.

Pierce sacó a Carney de sus cuitas con una palmada en el hombro. Se sentó en el sillón rojo de enfrente y pidió por señas su bebida habitual.

—Te he visto en la tele —dijo Carney.

—Estos días no paro —dijo Pierce, aflojándose la corbata.

Casos como el de James Powell —el chico muerto a tiros por la policía— eran la especialidad de Calvin Pierce, gran defensor de los derechos civiles; después de telefonear a la funeraria, le llamabas a él.

El chico había sido abatido cinco días atrás en Yorkville, Upper East Side, a la altura de las calles Setenta. Patrick Lynch, de raza blanca y superintendente de un edificio, estaba regando la acera y pidió a unos estudiantes que se apartaran para no salpicarlos; un poco más abajo estaba la escuela de enseñanza media Robert F. Wagner, que impartía clases de verano. Cuando los chavales se negaron a moverse, Lynch les espetó: «Negros asquerosos, os voy a limpiar a manguerazos», y los regó a conciencia. Para desquitarse, los chavales le lanzaron botellas y cubos de basura, además de un par de insultos subidos de tono, lo cual hizo que más alumnos de verano se sumaran a la fiesta.

El teniente Thomas R. Gilligan, de treinta y siete años, no llevaba uniforme porque estaba fuera de servicio. Se había detenido a mirar el escaparate de una tienda de electrodomésticos y al oír barullo fue a investigar qué pasaba y agarró a James Powell, un chico de noveno curso que se había sumado al grupo de alumnos airados. Según los testigos Powell no iba armado, pero Gilligan sostenía que el chico sacó una navaja. Le descerrajó tres tiros.

Dos días más tarde, Harlem explotó.

—Tenemos por un lado a la gente, que está furiosa y con razón —le dijo Pierce a Carney—. Y por otro está el cuerpo de policía. ¿Cómo van a justificar esta mierda? ¡Otra vez igual! Y luego están el Ayuntamiento y los activistas. Y al fondo de todo una vocecita que apenas se oye: la familia del muerto. Han perdido a un hijo. Alguien tiene que hablar en su nombre.

—¿Van a poner una denuncia?

—Y la ganarán. Sabes perfectamente que a ese cerdo de poli no lo van a echar. —Su voz adoptó un tono de sermón—. ¿Qué mensaje estarían enviando, que la policía de Nueva York es responsable? Les demandaremos, sí, y va a ser un proceso largo, de años; el Ayuntamiento acabará pagando porque pagar millones y más millones siempre será más barato que poner un precio real al hecho de matar a un muchacho negro.

—No ha estado mal —dijo Carney.

Una de las mejores peroratas que le había oído a Pierce. Varios socios que estaban cerca se habían vuelto para mirar y siguieron con lo suyo al ver que era Pierce haciendo uno de sus numeritos.

—En una ciudad como Nueva York —dijo—, tienes que guardarte este tipo de cosas como último recurso.

Se pusieron al día sobre sus hijos y esposas. La mujer de Pierce, Verna, le estaba dando la lata con Lenox Terrace; dos de sus amigas se habían mudado allí y no hablaban de otra cosa. Que si gente famosa en el ascensor, que si los servicios y las comodidades…

—Pero si una cosa le fastidia —dijo Pierce— es que la gente vaya por ahí alardeando. ¿Qué tal tú por Riverside Drive?

—Deja que te pregunte una cosa —dijo Carney—. ¿Te suena de algo la familia Van Wyck?

—¿No querrás decir *Wike*?

—Wyck, como la autopista.

—Se pronuncia *Wike*, pero sí. Son de la élite de esta ciudad desde tiempo inmemorial. Estás hablando de cabrones holandeses de la primera hornada. Gente capaz de alquilarles a los indios lenape sus propias tierras, imagínate.

—Vaya.

—Pues sí. Robert Van Wyck fue el primer alcalde de Nueva York, allá por mil ochocientos y pico. Y todavía van de eso, como si fueran de la realeza. La última vez que fui a ver a los Yankees, llevaron al abuelo Van Wyck a donde se sientan los cazatalentos, detrás del plato del bateador, y casi lo transportaban en litera como a un marajá. —Pierce sacó su pitillera—. Están metidos en todo, desde la política hasta la banca, pero su especialidad son los bienes inmuebles. Habrás visto esas plaquitas con las letras VWR en muchos edificios del midtown, ¿no? Pues son las siglas de Van Wyck Realty. —Echó un vistazo alrededor y se inclinó hacia delante—. ¿Qué pasa?

—Ya ha pasado.

—No me digas que fueron a tu tienda a mirar sofás. Yo los veo más bien comprando en el centro. —Pierce se abstuvo de insistir. Sacó un Chesterfield King de la pitillera y lo encendió. VWR tenía fama de hacer dinero a expensas de las mudanzas ajenas, explicó Pierce. Según la leyenda popular, la calle Treinta y cuatro era un cementerio cuando empezaron a poner los cimientos del Empire State, pero Van Wyck tuvo visión de futuro y levantó su propio edificio de oficinas justo enfrente—. Y mira ahora. —Perdieron el concurso para edificar una parte del Lincoln Center, pero fueron lo bastante listos como para construir un gran complejo residencial en Amsterdam, a punto para cuando inaugurasen el centro de artes escénicas.

—Son unos pillos, vaya.

—Aquí la pillería es la clave del triunfo. —Pierce levantó una ceja en alusión al conjunto de los miembros del Dumas—. No fue mi caso; yo acababa de entrar en Shepard, pero una vez tuvimos que encargarnos de un caso de homicidio imprudente. Parecía chupado, imprudencia temeraria. Condiciones de peligrosidad en un solar en construcción: una grúa se viene abajo y aplasta a dos hombres. El contratista es VWR y la obra está cerca de la sede de la ONU. Pretendían conseguir un vergonzoso acuerdo extrajudicial. Un empleado de VWR estaba dispuesto a declarar que su jefe le había ordenado sobornar al inspector de la obra y que llevaban años recurriendo a esa práctica. Lo teníamos todo controlado desde meses antes del juicio.

—¿Y…? —Carney se estaba acalorando por momentos.

—El tipo no se presentó. Quería cumplir con su deber de ciudadano o lo que sea. Es un hombre de pro, felizmente casado, y ¡puf!, desaparece del mapa. —Pierce hizo una pausa para que Carney asimilara la situación—. Tres semanas después lo encuentran en New Jersey con la cabeza casi separada del torso por un tajo en el cuello. Parecía un dispensador de caramelos PEZ. Al carajo el pleito, claro. Es lo que

hay. No digo que sucediera nada truculento, solo estoy diciendo lo que pasó. —Hizo señas para que le sirvieran de
nuevo—. Si algo he aprendido en mi oficio es que la vida es
barata, y cuando las cosas empiezan a ponerse caras, se vuelve aún más barata.

4

Era de Linus, a juzgar por las iniciales L.M.P.V.W. grabadas en la piel. Regalo de alguien que en algún momento había creído en él y en sus proyectos. Carney hizo saltar el cierre del maletín con el abrecartas que su vecina de abajo le había regalado al terminar sus estudios universitarios; porque a la mujer le daba pena que no tuviera a nadie que le cuidase, o porque creía en sus proyectos.

Dentro del maletín había documentos personales de diversa importancia —una tarjeta del día de San Valentín firmada por una tal Louella Mather; un cromo de 1941 de los Yankees, con Joe DiMaggio y Charley Keller— y la esmeralda más grande que Carney había visto jamás. La gema estaba engastada en un collar de platino con diamantes, y flanqueada a cada lado por seis esmeraldas más pequeñas pero igualmente espléndidas; sostenida por cualquiera de los dos extremos del collar, la esmeralda central era la cabeza de una magnífica ave de presa, con las otras piedras curvándose como alas. Carney cerró el maletín y retrocedió un paso. Aquel día, cuando bromeó diciendo que el maletín podía contener estroncio 90, no andaba desencaminado; había estado expuesto a una radiación muy antigua.

Lo que le había empujado por fin a abrirlo fue la llamada de tía Millie el martes a primera hora. Carney había vuelto a pasar mala noche. Cuando sonó el teléfono a las seis de la mañana, acababa de dormirse. La primera vez no contestaron. Y cuando Elizabeth cogió el teléfono a la segunda, Carney oyó desgañitarse a tía Millie desde su lado de la cama: alguien le había saqueado el piso. Carney se vistió al momento.

Su tía había estado llorando; Carney lo notó enseguida al ver sus ojos hinchados, como cuando Pedro y ella reñían. Pero se había tragado las lágrimas para convertirse en Millie la Rabiosa, el Terror de la Ciento veintinueve. Había terminado el turno a las cuatro de la mañana, y al llegar a casa se lo encontró todo patas arriba. «Si no llego a estar en el hospital —le dijo muy convencida a Carney—, te juro que los habría echado a patadas. ¡Cómo se atreven! ¡Entrar en mi casa y dejármelo todo hecho un asco!». Tía Millie se dejó dar un pequeño abrazo de ánimos, pero el contacto la hizo estremecerse, porque ella no quería que le dieran ánimos. Ella quería guerra.

Habían hecho un trabajo minucioso, fueran quienes fuesen los autores. Cojines acuchillados, estanterías despojadas de sus novelas baratas, tablones del pasillo levantados para ver si había algo escondido debajo. La cocina era un horror: cualquier envase mayor que una lata de sopa Campbell había sido vaciado y examinado a fondo. Harina, alubias, arroz, manitas de cerdo encurtidas: todo ello formaba ahora un repugnante montón sobre el viejo embaldosado a cuadros. Carney volvió a cerrar los cajones del dormitorio mientras tía Millie iba recogiendo la ropa tirada por doquier.

Era cierto que podría haber echado a patadas a un yonqui o al mindundi del sobrino de su vecina de arriba —tía Millie seguía siendo una experta con el cepillo para el pelo, su arma de preferencia—, pero los que habían entrado en su casa no eran delincuentes de pacotilla. Tenían un objetivo claro. Habían actuado a conciencia. Buscaban algo en particular.

Una horrible sensación se instaló en ambos mientras contemplaban el caos; tía Millie la combatió esforzándose por ver qué podían haberse llevado.

—¿Por qué lo habrán hecho? —dijo, y agarrándole el brazo a Carney, susurró—: ¿Tú crees que Freddie estará metido otra vez en algún lío?

—Hace días que no le veo —dijo Carney—. No he oído nada.
—Era su respuesta para todas las partes interesadas, que, por lo visto, no dejaban de aumentar.

—De tal palo, tal astilla —dijo su tía—. Andará por ahí perdido.

Pedro era un trotamundos. Cuando Carney era poco más que un muchacho, el padre de Freddie pasaba como una tercera parte del año en Nueva York y el resto en alguna otra parte, corriendo sus aventuras. Su propio padre, deducía Carney, había hecho creer a su futura esposa que era un hombre fiable y legal cuando la cortejaba. Pedro era un bala perdida cuando conoció a tía Millie y jamás intentó hacerse pasar por otra cosa. Ni tía Millie ni su primo Freddie habían expresado opinión alguna sobre los «viajes» de Pedro, y ya de pequeño Carney había aprendido a no hacer preguntas al respecto. Fue una de las pocas veces que su madre le riñó. «Cada cual tiene sus asuntos; tú ocúpate de los tuyos».

Freddie idolatraba a Pedro. Uno sabía cuándo estaba en la ciudad porque Freddie no hablaba de otra cosa, mientras que cuando estaba en el Sur, era como si su padre no existiera. Como un interruptor, ahora apagado, ahora encendido. Hasta que Freddie llegó a la adolescencia y andar detrás de las chicas se convirtió en lo más importante; es decir, cuando imitar al mujeriego de su padre se convirtió en una manera de venerarlo. A tenor del aspecto desaliñado que Freddie tenía últimamente, cabía pensar que las mujeres ya no eran su máxima prioridad.

Tía Millie cogió una lamparita del suelo y la colocó en su sitio.

—Al menos tú no tomaste a Mike como ejemplo —dijo.

Carney asintió con la cabeza, y fue a comprobar que no hubiera nadie escondido debajo de la cama o en el armario.

—Estos yonquis… —dijo—. Para conseguir una dosis son capaces de cualquier cosa.

Llegó Gladys, la vecina de al lado, con una escoba, y Carney dijo que le pediría a Marie que les echara una mano con la limpieza. Su tía y su secretaria iban juntas al cine de vez en cuando, sobre todo si el protagonista era Rock Hudson. No supondría ninguna tragedia prescindir de Marie durante unas horas. Además, últimamente Carney recibía demasiadas visitas inesperadas.

Cuando llegó a la tienda, fue derecho a la caja fuerte. ¿Qué había temido encontrar en el maletín: paquetes de heroína, de hierba? El collar con la esmeralda era peor todavía; las drogas se explicaban por sí mismas. Freddie había dejado de aparecer por la tienda para pasarle joyas u oro, y jamás se había presentado con algo de tanto valor. ¿Acaso Linus y él habían desvalijado a los Van Wyck, habían robado literalmente las joyas de la familia, tal como insinuaban aquellos polis? ¿O no tenía nada que ver con problemas entre Linus y su familia, y Freddie y su amigo habían estafado a algún pez gordo que ahora quería desquitarse? Aunque le devolviera el maletín a su primo y lo mandara a tomar por culo, seguía estando en el punto de mira por ser pariente suyo. Demasiado tarde: Carney había pringado.

Munson le hizo señas desde la acera.

Carney cerró la tienda. Eran las doce y media del mediodía. Rusty y Marie tenían vacaciones pagadas, y la tienda solo abría al público cuando a Carney le parecía seguro dejar la puerta principal abierta. A modo de explicación, le echaba las culpas a la ausencia de transeúntes después de los altercados, exagerando de pasada la posibilidad de nuevos incidentes. A sus dos empleados les dijo: «Nos veremos cuando las cosas se calmen».

Saber que ellos estaban a salvo le supuso un alivio mayor del que había imaginado.

El inspector estaba sentado en el capó de su sedán marrón oscuro encendiendo un Winston con la colilla del anterior. Hacía mucho que Carney no veía a Munson a la luz del día. El poli estaba pálido y más hinchado, su aspecto era casi andrajoso después de tanto ir de acá para allá. Su cara seguía siendo la prueba incontestable de su afición a la bebida, colorada y salpicada de capilares rotos. Comer gratis por cuenta de comerciantes de la zona y clientes sospechosos lo estaba desfigurando.

Su estado de ánimo era el habitual despreocupado.

—Me figuraba que antes o después pasaría por aquí —dijo Munson—. ¿Por qué no me acompaña a recoger el correo? —El correo: ahora llamaba así a los sobres semanales—. Ni la lluvia ni el aguanieve —dijo mientras Carney se instalaba en el asiento del acompañante—. Pero los disturbios siempre te fastidian el horario.

—Estamos todos en el mismo barco.

—No hay que permitir que la gente piense que eres olvidadizo. Tengo que hacer la ronda antes de que crean que el dinero es suyo y se lo gasten. —Munson señaló con la cabeza la tienda de muebles—. Usted ha salido bien parado.

—Casi todo ocurrió por esa zona de ahí —dijo Carney, refiriéndose al lado este de la Ciento veinticinco.

—Sí, yo estaba. —Munson condujo hasta la altura de un quiosco diminuto, a una manzana de la tienda, y aparcó. Carney nunca había entrado allí. Grant's Newspaper & Tobacco, casi enfrente del Apollo. Durante años, en invierno, los mugrientos banderines rojos, blancos y azules de la fachada habían restallado feroces a merced del viento, mientras que en días de mucho calor pendían lánguidos como ahora.

—¿Buck Web otra vez de vacaciones? —dijo Carney.

—Pues sí, ha ido a pescar.

Era la broma recurrente de Carney: ¿Dónde está Buck? Como los chanchullos de Munson, cabía suponer, no entraban en sus competencias policiales, Carney casi nunca veía al compañero del inspector. Probablemente Buck estaría por ahí ocupándose de sus propios sobres. Munson dijo que volvía enseguida y entró en la tienda de tabacos.

La marquesina del Apollo prometía la actuación de los Four Tops, pero la taquilla aparecía parcialmente tapada por un letrero blanco de CANCELADO. Y, a todo esto, él sentado en el asiento delantero del coche de un poli. Se preguntó a cuántos chavales negros habrían dado una paliza Munson y sus compinches antes de meterlos en el asiento de atrás camino de comisaría. Carney deslizó los dedos por el plástico: de fácil limpiado. En el oficio de Munson la tapicería de tela estaba fuera de lugar.

—¿Ha estado alguna vez en esa partida? —dijo el inspector a su regreso.

Carney no sabía de qué le estaba hablando.

—Grant… bueno, ahora el hijo de Grant… tiene montada en la parte de atrás la partida de dados más antigua de Harlem. ¿No? ¿Nunca?

Carney se frotó la sien.

—¿Está a una manzana de su tienda y nunca ha entrado a jugar? —insistió Munson—. Ya, claro, esas cosas no le van. El hijo de Grant me contó que tuvo la partida abierta durante todo el tiempo que duraron los disturbios. Nadie quería marcharse, y si lo hacía, ya había otro llamando a la puerta a la espera de una oportunidad. Mientras la calle era un infierno, ahí dentro todo seguía como de costumbre.

Carney compraba los periódicos en otra parte; el aspecto destartalado de la tienda de Grant desanimaba a los no enterados, que era lo que se pretendía. O sea que el tipo tenía montado un negocio con el juego. Seguramente Freddie lo sabía. El coche del poli había transformado a Carney en un paleto total, como si no conociera ni su propia calle.

Munson recorrió otra manzana y se detuvo a pocos metros de Lenox. El inspector entró a toda prisa en la tintorería Top Cat, un establecimiento que Carney recordaba haber visto desde siempre allí, aunque tampoco había sido cliente; prefería la tintorería del señor Sherman, era más acogedora. Podía ser que hubiera presentido que Top Cat no era muy legal y su faceta de ciudadano íntegro lo hubiera empujado a evitarla.

Munson volvió a subir al coche.

—Ese trabaja para Bumpy Johnson en la lotería ilegal —dijo.

—¿Usted cobra un sobre de Bumpy y también lo abandona a su suerte? —dijo Carney.

Un hombre se tambaleó hacia el coche de Munson tras salir de un taxi. El poli tocó el claxon.

—Estaba esperando a que me saliera con algo parecido —dijo Munson—. Joder, le pido disculpas, ¿vale? Fíjese en mi cara de «Joder, le pido disculpas», porque es como la Medusa: solo la verá una vez.

Y dicho esto, el inspector procedió a contarle a Carney sus actividades durante los días de disturbios, como preludio para justificar por qué no había impedido la intervención de los polis de homicidios.

—En cuanto lo oí por la radio —dijo Munson—, supe que se iba a armar un follón del carajo. ¿Un chaval muerto a tiros? ¿Y con este calor? Esto no es un polvorín, sino la puta fábrica de municiones. —Munson tenía que irse de vacaciones a Rehoboth, en Delaware, con unos colegas del cuerpo de policía. El tío de uno de ellos tenía un bungalow cerca de la playa. Por lo visto había allí mujeres a las que les gustaba ir a tomar una copa de vez en cuando—. Dijo que a una de ellas le gusta bailar en cueros y que hace todo un número con zapatos de putón cantando temas de Patti Page. —Entonces mataron a aquel chaval y no pudieron ir.

Los dos primeros días, Munson estuvo al mando de un equipo de vigilancia. Fueron a iglesias de negros y a la NAACP, para ver cómo se lo habían tomado. Y al CORE, por supuesto, pues esos días estaban armando mucho alboroto.

—Dos de mis hombres son universitarios, tienen pinta de agitadores judíos pro derechos civiles, y los otros dos son negros jóvenes de esos que llevan el librito de ensayos de James Baldwin en el bolsillo de atrás. Los veteranos refunfuñan porque hay demasiados polis negros en el cuerpo, pero ¿quién si no se va a meter en esos sitios? ¿Un puto irlandés que hace años que no sabe lo que es cumplir el horario laboral? ¿Yo? En cambio, mis chicos se sientan allí y nadie se fija en ellos.

—Hizo una pausa—. Sé que usted no está metido en política, por eso se lo estoy contando.

Hubo que hacer un rápido chequeo de activistas y agitadores conocidos. Jefatura quería saber si esa gente estaba aprovechando la situación, avivando el fuego. El equipo de Munson asistió aquel viernes por la tarde a la protesta del CORE en la escuela Wagner, y estuvo también en la funeraria la tarde siguiente, mezclándose con la multitud para identificar a los cabecillas. Hicieron gestos de asentimiento ante el sentido común mostrado por los verborreicos Musulmanes Negros en una esquina de la Ciento veinticinco. Hubo nuevos informes. Se abrieron expedientes. «Teníamos que asegurarnos de que nadie saliera con alguna idea». Munson explicó que su mujer daba clases de dibujo a niños de primaria y había ayudado a pintar las pancartas de protesta.

—Bueno, las ideas ya las teníamos —dijo Carney—. Demasiado tarde para eso.

Munson se encogió de hombros.

—Harlem, Harlem, Harlem —dijo con cierto desdén. Puso el coche en marcha—. Y entonces pasó lo del sábado. —Tan pronto estallaron los disturbios, a Munson le tocó bajar a las trincheras como uno más, sofocando brotes, trincando a los alborotadores—. Con uno de esos cascos idiotas en la cabeza para que alguien no convirtiera mis sesos en huevos revueltos.

Huelga decir que el correo, la circulación de sobres, se vio afectado. Cinco días después las cosas no habían vuelto aún a la normalidad, y el comisario en jefe Murphy y sus lugartenientes se afanaban en prevenir otra ronda de protestas y actos vandálicos. De haber sido una semana normal, Munson se habría enterado de que unos polis de la brigada de homicidios de Washington Heights habían bajado al distrito 28 para investigar un cadáver.

—Si alguien viene a mi casa, qué menos que saludar, ¿no? —dijo el inspector—. Habría hablado primero con ellos y les habría explicado que eras un ciudadano íntegro. Y además te habría puesto sobre aviso.

—Tenía una entrevista importante y se fue todo al carajo.

—Ya, pero ¿qué quieres?, ellos tenían un fiambre en Park Avenue. Esa es otra.

Esta vez paró delante de Beautiful Cakes, un poco más abajo sin dejar la Ciento veinticinco. La tienda era una de las víctimas predilectas de los chistes de Elizabeth, pues todos los pasteles y dulces de plástico que había en el escaparate estaban adornados de una capa de polvo salpicada de moscas difuntas. Y si mirabas hacia el fondo, en la penumbra, la pastelera siempre estaba fumando o cortándose las uñas.

«¿Dónde has comprado esta preciosa tarta de cumpleaños?».

«¡Dónde va a ser! En Beautiful Cakes».

Munson se apresuró a entrar no sin antes hacerle una reverencia a una joven que empujaba un carrito de bebé. La mujer tenía un trasero prodigioso. Munson la dejó pasar y miró hacia Carney guiñando un ojo.

Gibbs. Carney no había vuelto a saber nada de él desde la abortada reunión. La centralita del hotel le cogía los mensajes, pero el representante no contestaba ninguno. En la sede de Bella Fontaine en Omaha lo único que le dijeron es que estaba fuera en viaje de negocios. A su regreso del piso de tía Millie, Carney telefoneó a Wilson, de All-American, para ver si Gibbs se había presentado por allí. Carney tuvo que aguantar el típico humor del Blanco Paternalista acerca del caos en los barrios negros. «Parece que hay temporal por ahí arriba, ¿no?». Superada esta fase, el de All-American no aportó ninguna pista. «Pues no me comentó nada. ¿Qué tal os fue? El tío dispara con bala, ¿eh?».

Pero, bien mirado, ¿qué iba a decirle Carney a Gibbs? «El muerto era compañero de fatigas de mi primo, además de yonqui, pero fue una sobredosis accidental (o quizá no, a saber), y como puede comprobar usted mismo, el tráfico peatonal en la Ciento veinticinco es bastante impresionante».

El polizonte blanco se entretuvo en la pastelería más tiempo que en las paradas anteriores. Carney se acordó de cuando Pepper quiso que lo acompañara para localizar al tramposo de

Miami Joe, las tapaderas y escondites que le había hecho ver durante el recorrido. Sitios que Carney nunca había visto se hacían repentinamente visibles, como cuevas que la marea baja pusiera al descubierto, revelando sus oscuros propósitos. Nunca habían dejado de estar allí, ofreciendo su propia ruta al submundo. Esta vez, con Munson, estaban yendo a lugares que Carney veía a diario, locales a dos pasos de su casa, sitios por los que había pasado desde que era un crío, y el inspector se los estaba descubriendo como tapaderas. Cada puerta era una entrada a una ciudad diferente… no, eran entradas diferentes a una sola enorme ciudad secreta. Tan próxima, tan cercana a todo lo que uno conocía, solo que subterránea. Bastaba con saber mirar.

Carney rio para sus adentros y meneó la cabeza por la forma en que lo había expresado, como si él no formara parte. Su propia tienda, si uno sabía cómo llamar, si conocía el santo y seña, te garantizaba la entrada a ese mundo de delincuencia. Nunca podías saber qué pasaba con la demás gente, pero sus naturalezas privadas nunca estaban demasiado lejos. La ciudad era una única y miserable vivienda repleta de individuos, y la pared que había entre ti y el resto de la gente era muy endeble.

Volvió Munson, eructando y dándose golpes en el pecho con el puño cerrado como si tuviera acidez.

—Pasteles… —dijo Carney—. A ver si lo adivino: ¿es una casa de putas?

—Mejor que no lo sepa, Carney —dijo Munson—. Por cierto, eso me recuerda la otra razón de que esté usted solo ante Fitzgerald y Garrett.

—Vaya, ¿hace un momento me pedía disculpas y ahora me dice que estoy solo?

—¿Ha leído el periódico?

—¿Qué le hace pensar que leemos los mismos periódicos?

Munson alcanzó el *Tribune* del asiento de atrás, lo abrió por la página 14 y se lo pasó a Carney.

«La policía está investigando la muerte de Linus Millicent Percival Van Wyck, miembro de la conocida dinastía inmobiliaria. Van Wyck, de 28 años y emparentado con Robert A. Van Wyck, quien fuera el primer alcalde de Nueva York en 1898, fue hallado muerto el domingo por la noche en un hotel de Washington Heights...».

«Hotel», qué gentileza. Criado en Manhattan, el chico había estudiado en St. Paul's School y en la Universidad de Princeton, y su último empleo conocido era en el bufete de abogados Betty, Lever & Schmitt. Un currículo muy formal, muy de la vieja escuela, le pareció a Carney, digno de un maletín de piel con tus iniciales grabadas. ¿Desde cuándo se conocían, Freddie y el joven Van Wyck? «No se ha determinado aún con exactitud la causa de la muerte, si bien las autoridades la han calificado de sospechosa. Cualquier información...». En la foto que acompañaba a la crónica se veía a Linus de adolescente con el pelo a cepillo y una petulante sonrisa de club náutico.

Millicent Percival... Con ese nombre hasta el tío más duro se habría tirado a las drogas.

—Esa es la versión oficial —dijo Munson—. De lo que no hablan es de la tremenda bronca que la familia Van Wyck le metió al alcalde. El amigo de su primo... él es Park Avenue. Era. —El inspector se encogió de hombros—. Y, claro, ahora están presionando. Y cuando digo presionando me refiero a lo que haces cuando pisas una cucaracha con el zapato. O sea que la oficina del alcalde le mete la bronca a la jefatura central, y luego el comisario en jefe hace lo propio con sus hombres, y así todo el mundo cabreado. La mierda siempre va cuesta abajo. Todos a la caza del amiguito de Linus y lo que robó.

Van *Wike*: Munson lo pronunciaba correctamente, tal como había hecho Pierce.

—¿Lo que robó? ¿Y qué robó? —dijo Carney.

—Dígamelo usted.

Entonces cayó en la cuenta: Munson llevaba todo el rato sometiéndolo a interrogatorio.

—¿Por qué no vamos a pie? Es una tontería coger el coche para recorrer una manzana, aparcar, otra manzana más...

—Tengo coche, ¿qué quiere que haga? ¿Ir andando como un gilipollas? No entiendo la pregunta.

—Yo me bajo. —Carney dobló el periódico y llevó una mano a la manija de su puerta.

—Eh, señor Vendemuebles.

—¿Qué?

—Este rollo va muy en serio. No quisiera estar en la piel de su primo. Ni en la suya tampoco…

Carney abrió la puerta.

—¿Conoce la Sterling Gold? —le preguntó Munson.

Sterling Gold & Gem era una venerable joyería situada en Amsterdam, a diez manzanas de allí. Las polvorientas bombillas color naranja del rótulo de la fachada se encendían y apagaban para simular movimiento, como un galgo dando vueltas en el canódromo. Los jóvenes enamorados conocían los anillos de compromiso y de boda que se exhibían de cara al público, mientras que la trastienda, con sus piedras sin tallar y su mercancía robada, atraía a un tipo de clientela de peor reputación. Debido a sus insultantes tarifas, Abe Evans, el dueño, era un perista y prestamista de último recurso, pero tenía la política de garantizar a los morosos un periodo de gracia de una semana antes de que sus gorilas fueran a partirle al cliente una pierna u otro apéndice de su elección. Era un novedoso truco de marketing, lo de dejar lisiado a gusto del consumidor, aunque en cierta ocasión, estando en Nightbirds, Carney había oído decir que se trataba de un sello distintivo de la mafia estonia. ¡Lo que no aprende uno!

—Alguien forzó la entrada y puso el local patas arriba —dijo el inspector—. No, no eran saqueadores. Ocurrió anoche. Lo destrozaron todo, un desastre; vitrinas reventadas, la alarma empieza a sonar, pero ojo a esto: Abe Evans dice que no se llevaron nada. —Munson siguió con la mirada a un tipo rollizo con sombrero de ala corta que pasaba por detrás de Carney, luego volvió a centrar su atención en él.

—Entonces ¿para qué tanto destrozo? —dijo Carney.

—Eso quisiera yo saber —respondió Munson—. Puede que fuera para enviar un mensaje a los que tienen un negocio ilegal, como diciendo que van a levantar las piedras a ver qué hay debajo. Alguien con pasta y mucha influencia está diciendo: Busco algo que es mío.

Carney cerró la puerta del coche. Recorrería antes las tres manzanas hasta la tienda yendo a pie.

Una vez allí, se encontró con que la puerta no estaba cerrada con llave. Las luces sí estaban apagadas, pero la llave no estaba echada. No eran Rusty o Marie que habían ido a buscar algo.

El bate de béisbol estaba en el despacho, al lado de la caja fuerte. Pegado a la pared, avanzó hacia la parte del fondo. Al llegar al sillón reclinable Argent, se detuvo y aguzó el oído. Después dio una voz.

Freddie contestó a gritos desde el despacho:

—¡Hola, Ray-Ray!

Estaba sentado en el sofá comiéndose un bocadillo italiano de Vitale's, con una botella de Coca-Cola reposando sobre la caja fuerte. Chink Montague, inspectores de homicidios, matones contratados por gente con pasta… todo el mundo buscando a este hijo de su madre y el tío estaba aquí en su despacho zampándose un maldito sándwich submarino.

—Tengo llave —dijo su primo. Siguió masticando—. ¿Te acuerdas de cuando nació May, que tuviste que ir corriendo al hospital donde estaba Elizabeth? Rusty aún no trabajaba aquí. Me pediste que cerrara la tienda y me diste la llave.

—Eso fue hace siete años —dijo Carney.

—Como no me dijiste que te la devolviera, supuse que querías que me la quedara. ¿Por qué me miras así? —Freddie esbozó una sonrisita—. Alégrate de no haberme dado la combinación de la caja.

5

A Linus se le ocurrió estando en St. Augustine, si Freddie no recordaba mal.

–Él no era de ceñirse a una sola cosa –le explicó Freddie a Carney–. Tenía ideas; un día esto y al siguiente lo otro.

Por ejemplo, una «tecla borradora» en las máquinas de escribir, un tapón especial para evitar que los niños puedan abrir los frascos de medicinas. Un sistema boca a boca para que los yonquis supieran qué médicos eran proclives a extender recetas de morfina y en qué farmacias vendían jeringuillas sin hacer preguntas; o ¿qué tal unas «Páginas Amarillas para Drogatas» donde constaran los médicos y farmacias más turbios y accesibles de cada semana? Eran planes disparatados o con abundancia de fallos; se hablaba de ello una vez y ya no volvían a mencionarse. Lo del golpe fue diferente.

–Linus sacaba el tema cada dos por tres y no paraba de rumiar mientras volvíamos en coche –dijo Freddie–. A esas alturas ya éramos como hermanos.

Carney se lo tomó como el insulto que pretendía ser, y ver que le había afectado fue algo que complació a Freddie. ¿Cuánto tiempo hacía que no estaban así los dos solos, charlando como en los viejos tiempos? Entonces como ahora, era Freddie quien evitaba que se crearan silencios. Demasiados silencios hacían que te diera por pensar. Freddie el cuentista, el narrador; Carney el tío formal, su público. Les había funcionado durante mucho tiempo.

La puerta principal de Muebles Carney estaba cerrada con llave. La ventana del despacho que daba a la sala de exposición tenía la persiana bajada. Aquel despacho era como el camarote del capitán de un submarino: *Torpedo*, silencioso y profundo. El mundo ignoraba lo que se cocía allí, en la oscuridad abisal, y los de abajo no tenían ni idea de lo que pasaba arriba.

No era este el primer viaje submarino de Freddie. Desde su paso por The Tombs hacía ya tres años, solía echar mano de esta analogía para referirse a sus diferentes exilios de la sociedad decente. Las literas metálicas de la cárcel, atornilladas a las paredes grises de la celda, le recordaron a los aposentos de la tripulación en *Viaje al fondo del mar*, si bien estos tenían menos bichos y estaban menos apretujados. Cuatro catres para seis hombres. Freddie dormía acurrucado en el suelo empapado de orines. Cuarenta y ocho horas en la cárcel lo dejaron casi para el arrastre. Seguía teniendo pesadillas salpicadas de siniestros detalles semiolvidados: cucarachas entrándole en la oreja como si fuera un Cotton Club para insectos; un gusano nadando en las repugnantes gachas que les daban de comer, enroscándose en su lengua.

Desde pequeño había oído hablar del Centro Penitenciario de Manhattan a tíos lo bastante idiotas como para dejarse trincar. Freddie no entendía a los imbéciles que se jactaban de haber estado presos: ¿para qué hacer alarde de tu estupidez? Pero entonces lo trincaron a él. Los narradores se habían quedado cortos al describir lo abyecto del lugar. La primera vez que se puso en la cola del rancho un guardia le arreó en toda la cabeza con una cachiporra. Freddie cayó al inmundo suelo, doblado por el dolor. Años después seguía despertándose a veces con un zumbido. ¿Por qué? Freddie no había oído que el funcionario le llamara. Tambaleándose, fue a sentarse a una de las mesas con su bandeja; la cena consistió en un trozo de mortadela tiesa y una rebanada de pan mohoso. Dos mesas más allá, un tío asqueroso le pegó una dentellada a otro en el lóbulo de la oreja por acaparar el kétchup. Qué mal se comía allí.

Más tarde, en su «camarote», dejó de ahuyentar a las ratas —por la noche correteaban a sus anchas— cuando uno de sus compañeros de celda tuvo a bien advertirle de que «si las zurras, les entran ganas de morder».

Nunca le había hablado a Carney de aquellos dos días y no pensaba hacerlo. Si llamó a Linus para que pagase la fianza fue porque estaba demasiado jodido para aguantar un sermón. Linus no le echaría en cara que la culpa fue suya por ir a comer pollo con Biz Dixon (¡como si no conocieran a otros maleantes aparte de Biz!). Linus no le diría que era culpa suya el haberse puesto gallito con los de antidrogas cuando arrestaron a Biz (¡como si uno pudiera resistir el impulso natural de ser insolente con la poli!).

Linus pagó la fianza y lo celebraron el resto del fin de semana del día del Trabajo fumando canutos y bebiendo ron; la cosa funcionó tan bien que decidieron alargar el asunto una semana más, y después otra. Ya tenían buena relación antes de que Freddie pasara por The Tombs, pero el arresto sirvió para confirmar que estaban en la misma nave y compartían el mismo descabellado destino. ¡Inmersión! ¡Inmersión! En el fangoso mar de los estupefacientes. Estaban en el mismo submarino, el apartamento de Linus en Madison: el USS *Colocón*.

—Siento que te pillaran —le dijo Carney. Separó dos lamas de la persiana y echó un vistazo a la calle. Todo despejado.

—No fue culpa tuya —dijo Freddie.

El resto de ese otoño y el invierno fue apenas un murmullo. Linus contrató a un abogado y el caso fue sobreseído. Freddie dormía casi todas las noches en el sofá de la sala de estar, hasta que venció el alquiler de su piso y se instaló definitivamente en casa de Linus. Se despertaban, iban a dar una vuelta por Greenwich Village y Times Square, después se colocaban, hacían mofa de los culebrones que veían en la tele, luego iban al cine, apoyaban los pies en el asiento de delante y se echaban algún sueñecito, y al llegar la noche hacían la ronda de bares diversos y algún que otro oasis en tal o cual sótano, propulsados por el ímpetu que da el vicio. Meaban contra la pared de los edificios, dormían hasta el mediodía. Si Freddie se enrollaba con alguna chica —una estudiante o una mecanógrafa con tres copas de más—, Linus sabía esfumarse en el momento apropiado. Al día siguiente, Freddie aparecía como por arte de magia en el sofá cuando Linus se levantaba luciendo aquel extravagante pijama suyo de archiduque, o bien se presentaba a media tarde una vez cumplida la misión y trayendo una caja de donuts. Se llevaban muy bien.

A veces iban hasta Jersey en el Chevy Two-Ten de Linus para apostar en las carreras en el Garden. Linus era copropietario de un purasangre, Hot Cup, regalo de cumpleaños de su tío abuelo James, que era un especialista en la materia y para el cual uno no podía considerarse hombre si no tenía un caballo de carreras. No obstante el copetudo pedigrí de Hot Cup (su padre, General Tip, era toda una leyenda entre los amantes del circuito de derbis), en la pista era un ejemplar bastante distraído, apático y taciturno. Al igual que su medio propietario, Hot Cup era de buena familia y de buena crianza, pero absolutamente incompetente.

La familia Van Wyck suscribía estas y otras aventuras mediante el envío de cheques cada segundo viernes de mes siempre que Linus cumpliese con las exiguas obligaciones de su cargo, a saber: presentarse acicalado y pulcro en actos familiares y benéficos; y visitar el bufete de Newman, Shears & Whipple para firmar donde le dijeran que firmase. «Me alegro de verle, señor Van Wyck». «Eso de trabajar no sirve para nada —solía decir Linus—, pero el horario es inmejorable». La ropa buena la tenía en el apartamento de sus padres; para trabajar se ponía el uniforme y, una vez que fichaba para salir, volvía a disfrazarse de beatnik.

Un día se largó para ir a la fiesta del noventa y seis cumpleaños de su abuela y no volvió. Al cabo de tres días, llamó por teléfono a Freddie desde el Bubbling Brook, un psiquiátrico de Connecticut; su familia lo había secuestrado cuando salía del ascensor con el fin de endiñarle otra ronda de psicoterapia. ¡Al loquero! Los Van Wyck cogían periódicamente por sorpresa a su descarriado hijo y lo despachaban a tal o cual centro autorizado de entre el archipiélago de establecimientos para el recalibrado mental que salpicaban el área de confluencia de los tres estados. La primera estancia de Linus en uno de esos centros fue cuando estudiaba en Princeton. Lo pillaron en la residencia estudiantil chupándosela a un lugareño, o quizá fue al revés, Freddie no lo recordaba bien. Y, hala, ¡al loquero!

A Freddie le traían sin cuidado las inclinaciones sexuales de Linus, y este sabía que Freddie pasaba de eso y nunca intentó nada.

—Bueno, que yo recuerde —dijo Freddie, y se encogió de hombros—. Casi todo el tiempo estábamos de colocón.

Sin Linus, el apartamento de Madison Avenue era pequeño y silencioso. Nadie que tirara la basura por el bajante del pasillo, nadie que le riera las gracias cuando se burlaba de los blancos que salían por la tele. Estar con Linus le recordó los viejos tiempos, cuando Carney y él iban a su bola. Tía Nancy había muerto, tío Mike estaba quién sabía dónde, su madre haciendo turnos dobles en el hospital, Pedro en Florida: así pues, los dos chavales estaban solos, libres para pergeñar planes a cuál más loco. Pero entonces Big Mike volvió a casa y se llevó a Carney. Fin de la historia.

A los pocos días, Freddie se quedaba mirando la alfombra del salón de Linus y haciendo un repaso de sus meteduras de pata, recientes y no tan recientes. La puta bruma de los meses perdidos. Las temporadas de agradable pero inane vagabundear, de hacer de machaca para asesinos, su breve pero histórico paso por la cárcel. El atraco al Theresa y las primeras vivencias con armas de fuego y tipos duros. El compartimento submarino quedó inundado por la marea negra de sus pensamientos, Freddie corrió a cerrar la escotilla… pero le entró miedo otra vez y bajó la vista…

Estuvo yendo de bar en bar durante un par de semanas y finalmente aceptó el rapto de Linus como una señal —de Jesucristo, o de Dios, o de la Energía Misteriosa— de que debía cambiar. Decidió empezar de cero. Alquiló un piso en Hell's Kitchen, en la Cuarenta y ocho, dos plantas por encima de un restaurante chino. Linus tenía sus psiquiátricos; la versión Freddie de centrarse a lo bestia era buscarse un trabajo normal, o varios. Como un pringado cualquiera. O como un anacoreta clamando en el desierto aunque el cielo no le responda. De reponedor en un Gristedes de Lexington, de cajero en Black Ace Records, la tienda de discos en Sullivan, de dependiente en la sección de calzado de una tienda de deportes de Fulton Street, en el puto Brooklyn. Para conocer chicas, el mejor de los tres curros era el de la tienda de discos.

—Me estaba montando un Ray-Ray —le dijo Freddie a su primo—. Ya sabes, mantener un perfil bajo, llevar una vida aburrida. —Como en la época en que Carney estudiaba en la universidad y Freddie no conseguía sacarlo de su piso—. No sabes lo celoso que me ponía cada vez que decías que no podías salir —continuó Freddie—. Estaba más solo que la una. Y luego, cuando terminaste los estudios, tú tenías algo y yo no. —¿De qué le habían servido a Freddie todas aquellas noches?

Le dio por los libros. No de texto, novelas baratas: *Hermanas desconocidas*, *Sábado violento*, *De nombre: Jezebel*. Historias en las que nadie se salvaba, ni los culpables (asesinos y demás) ni los inocentes (huérfanos secuestrados en terminales de autobús, bibliotecarias empujadas al mundo del vicio). Él siempre pensaba que las cosas les iban a ir bien. Pero nunca era así, y Freddie olvidaba esa lección tan pronto cerraba el libro. Eterno optimista cuando cogía una nueva novela de los expositores giratorios. Los libros le ayudaban a matar el tiempo, lo mismo que el televisor de la casa de empeños y alguna que otra chica con la falda arrugada. ¿Era su tipo? No, pero con eso Freddie ahuyentaba un poco la oscuridad.

Las pocas veces que iba a ver a tía Millie, ella le felicitaba por su aspecto saludable. «¿Te has echado una novia que te hace feliz?». Freddie se pasaba a ver a Carney y su familia, pero siempre manteniendo en secreto su vida formal como lo había hecho cuando su vida era cualquier cosa menos formal. Le gustaba que May y John le llamaran tío Freddie, como si conocieran su identidad secreta.

—Yo te preguntaba en qué andabas metido —le recriminó Carney—, y tú siempre contestabas en plan «Bueno, voy a mi aire». ¿Por qué no dijiste nada?

—Es que iba a mi aire. Así es como lo llaman —contestó Freddie.

Su misión: volver a la palestra en cuanto estuviera de nuevo centrado. Freddie imaginaba que cuando fuese el momento sonaría un gong, un tañido resonante que haría salir volando a las palomas. Que acojonaría a toda la mitad oeste de Manhattan. Empezó a fumar en pipa, y las noches cálidas se instalaba en la escalera de incendios con vistas a la calle Cuarenta y ocho; el andamiaje de hierro era como un periscopio que le permitía ver el lento pero agitado discurrir del Hudson mientras en el equipo de alta fidelidad el saxo de Ornette Coleman aullaba y gemía, extrayendo del gaznate de la ciudad sus últimos estertores. En sus propios momentos de soledad, su primo Carney se había labrado ciertas ambiciones: montar un negocio, formar una familia. Ahora que Freddie se paraba a pensarlo, se sentía muy confuso: lo único que sabía era que no quería ser el mismo de antaño. Volver a entrar por la ventana, poner la otra cara del disco, regresar al periscopio. Escrutar el horizonte.

Todo acabó al toparse un día con Linus delante del Cafe Wha?, y sin pensarlo dos veces se apuntaron a otra gira y la nave se sumergió en las aguas negras y fue como si el mundo jamás hubiera sabido de ellos.

Al cabo de un mes estaba de vuelta en el sofá de Linus. Para entonces, este había caído en el caballo y se pinchaba a diario. Freddie esnifaba de vez en cuando, pero había visto a demasiada gente hecha polvo como para no tener un poco de miedo. En una ocasión —eran las dos de la madrugada e iban en metro hacia Harlem—, Freddie le habló de Miami Joe y de los buenos tiempos, cuando hacían la ronda por los garitos más molones del barrio. No dijo nada del atraco ni del asesinato de Arthur, como tampoco del no muy vikingo funeral de Miami Joe en el parque Mount Morris, pero sí comentó que Florida debía de ser un sitio cojonudo, por cómo se lo había descrito el gángster. «¿Nunca has estado?», le preguntó Linus.

¿En Florida? Pero si lo más al sur que había estado nunca era Atlantic City...

Al día siguiente estaban de camino en la autopista. Submarino nuevo, mismos cometidos. «Cuatrocientos metros y cerrando». El submarino de Freddie era cualquier lugar donde se viera apartado de la gente normal: una cárcel; dar tumbos con un colega en una burbuja de disipación. Esta vez se trataba de un Chevy Two-Ten granate del 55, y la ruta era el profundo y proceloso Sur. «Evitad que el sonar nos detecte. Silencio absoluto».

El viaje fue muy agradable. Se ciñeron a las grandes ciudades, era más fácil pillar si tenías vista. «En materia de drogas, Linus era como un explorador indio». Se quedaron tirados en St. Augustine por culpa de un pinchazo. «Es la ciudad más antigua de América. Unos hijoputas españoles reclamaron aquello como suyo en el siglo XVI; lo pone en todos los souvenirs». El mecánico era un viejo bastante enrollado y enseguida pudieron reanudar la marcha, pero era la primera tarde de sol en varios días y decidieron relajarse un tiempecito en el motel Conquistador.

Linus reservó habitación mientras Freddie esperaba en el coche, como hacían cuando viajaban juntos. Freddie compró unos bañadores baratos en la tienducha que había enfrente y se lanzó a la piscina. La mujer del gerente salió disparada del despacho enarbolando una barra de cortina torcida al grito de «¡Saca tu negro culo del agua!». Al día siguiente, cuando fueron a desayunar, habían vaciado totalmente la piscina.

«¡Serán cabrones!», dijo Linus. Quería llamar a la policía, o a la prensa. Su familia tenía contactos dentro de la CBS en Nueva York.

Freddie le dijo que despertara. En vez de abandonar la ciudad, alquilaron un bungalow amueblado a cuatro manzanas del mar. Para entonces se habían convertido en una pareja de greñudos que daba pena ver. A modo de explicación por haber admitido a esos dos bichos raros, la casera alegaba que su hijo se había largado a San Francisco. A ver, el cielo era inmenso y el clima mucho mejor. El barman de un local para negros, en Washington Avenue, traficaba un poquito para ganarse unas perras extra. Linus y Freddie decidieron pasar el invierno en St. Augustine.

Por las tardes jugaban al gin rummy mientras se pasaban el matamoscas, y por las noches compartían el limitado menú y siempre se acostaban con menos hambre.

Freddie recordaba vagamente haber oído algo en las noticias sobre problemas raciales el verano anterior. Resultaba que St. Augustine estaba justo en el meollo del movimiento pro derechos civiles.

—De haberlo sabido —dijo Freddie—, le habría dicho a Linus que siguiera conduciendo hasta pelar las putas llantas. Unos chavales de catorce o quince años habían organizado una sentada en el Woolsworth's y el juez los condenó a seis meses de reformatorio. A unos tíos que protestaban por un mitin de los cabrones del Klan les pegaron una buena paliza, ¡y luego van y los arrestan por dejarse pegar! Una noche estábamos tomando unas cervezas en un local y de repente vemos desfilar por la calle a los del KKK, muy chulos ellos. Claro, yo soy de Nueva York y aquello me venía de nuevo. ¿O sea que así viven los negros aquí en el Sur, con el KKK campando a sus anchas? —Freddie soltó un suspiro—. Últimamente no puedes ir a ninguna parte sin encontrarte alguna movida de estas.

La Conferencia Sur de Liderazgo Cristiano armó la bulla de costumbre durante todo el invierno, la NAACP igual. Un día, yendo por la calle, unos polis blancuchos los tomaron por estudiantes que iban a manifestarse, cuando bastaba con ver la pinta que tenían para darse cuenta de que no lo eran. «No me jodas, tío –le dijo Linus al dependiente que le ordenó salir de un colmado–. Solo quiero comprar unos refrescos».

La gota que colmó el vaso fue cuando se enteraron de que venía Martin Luther King. Menudo cóctel: King, polis blancuchos, el KKK.

–Yo le dije a Linus: Hora de pirarse. El tío no puso objeción; al fin y al cabo su familia le había cerrado el grifo, y si quería pasta tenía que volver a Nueva York y hacer el numerito. –Y encima al barman aquel lo trincaron por corrupción de menores, o sea que adiós camello. Freddie consultó el parte meteorológico: en Nueva York hacía buen tiempo–. Yo me había liado con una maestra de preescolar, era una tía maja, pero ¿qué se le va a hacer? ¿Discutir con la madre naturaleza?

No habían cruzado la línea fronteriza de Georgia cuando a Linus se le ocurrió el plan.

–Yo ya le había contado lo del Theresa –dijo Freddie.

–¿Todo? –¿Lo de Miami Joe envuelto en una alfombra?

–Éramos hermanos. Se lo conté todo. –Freddie no se disculpó para nada–. Linus me cosía a preguntas: ¿Cómo hicisteis para saber quién estaba de servicio? ¿Y el ascensorista? Iba dándole forma al plan. Estaba decidido a llevarse por delante a su familia. Quién sabe lo que eso significaba para él: quería joderles, quería la pasta, quería la aventura. Ellos se lo debían. Y el dinero que le pasaban no cubría todo eso.

–¿Viste a Pedro cuando estuvisteis por allá? –preguntó Carney.

–No se me ocurrió.

Linus alquiló un pisito en Park con la Noventa y nueve. Daba sobre las vías del metro. Aquello estaba a once manzanas de donde vivían sus padres, pero la ciudad era totalmente distinta. En un momento dado Linus empezó a tomar notas. Cómo se llamaban los conserjes, qué ascensorista tenía problemas de vejiga, cuántas puertas había entre la verja de la entrada de servicio de la calle y las escaleras de la parte de atrás. Y se fue desenganchando. «Lo suficiente para que no me entren las náuseas», según sus palabras.

Freddie apartó la vista de Carney para tragarse la pena: Linus en la bañera, Linus frío y quieto. Carney se retrepó en su butaca y le dio su tiempo.

—No es que estuviéramos allí fuera plantados con un cronómetro para controlar las idas y venidas —prosiguió Freddie—, pero fuimos muy meticulosos. Yo creo que el plan no tenía fallos. Es mucho más fácil cuando se trata de allanar tu propia casa.

Lo tenían todo planificado, pero lo fueron postergando. Excusas: una gente de teatro que Linus conocía de la universidad iba a montar una fiesta; los dos tenían una resaca de aúpa; parecía que iba a llover.

—Y entonces el poli aquel mató al chico. Había policía por todas partes, pero lo que más les preocupaba era que se armase un cristo en Harlem.

La radio dijo que habían enviado cien agentes a la manifestación del CORE en el instituto del chaval asesinado y que estaban desplegando efectivos por todo Harlem para cortar de raíz posibles disturbios. Park Avenue y la calle Ochenta y ocho estaban menos vigiladas que nunca.

«Hagámoslo esta noche», dijo Linus. Era viernes. Sus padres tenían que asistir a un acto para recaudar fondos para enfermos de polio y no volverían hasta las once como muy pronto. «Hacen que corra el alcohol para que la gente saque el talonario». Gretchen, la vieja ama de llaves de los Van Wyck, solía vivir en el apartamento —cuando Linus era un crío y tenía pesadillas se metía en la cama de la anciana—, pero había muerto hacía cosa de tres años. La nueva chica vivía en el Bronx y se marchaba a las siete de la tarde. El plan requería que Linus subiera con el ascensorista a las ocho y media, bajara por la escalera de incendios, abriera la puerta que daba al callejón y dejara apenas entornada la verja de la entrada de servicio.

El viernes 17 de julio, a las 20.41, Freddie se puso en camino hacia el uptown. En Park Avenue llamaba la atención por motivos evidentes, de modo que no podía matar el rato apoyado en una cabina de teléfono. Entró en el Soup Burg de la Setenta y tres con Madison y se sentó a la barra. Se entretuvo contemplando las burbujitas de grasa de color naranja que flotaban en la sopa de pollo con fideos mientras esperaba a que su reloj marcase la hora convenida. «El reloj activo para los hombres de acción». Por el camino había reflexionado sobre el gran imponderable del día: ¿Sería capaz Linus de no meter la pata? Freddie le había visto medio grogui, durmiéndose de pie, vomitándose encima, cagándose en la cama. El verano anterior se había encontrado a Linus en plena sobredosis, morado y con espasmos, y tuvo que dejarlo delante del Harlem Hospital; solo hubiera faltado que un poli lo pillara al volante del coche de un blanco. ¿Tenía Linus el empuje y los cojones para llevar a cabo un golpe así? Su familia se enteraría de que les había robado... ¿Estaba dispuesto a llegar hasta el final? Si la verja de la entrada de servicio no se movía...

Dio un largo rodeo por Lexington, dobló la esquina y no aminoró el paso cuando se acercó y empujó la verja. Estaba abierta apenas un par de centímetros. Entró. Eran las 21.01.

El apartamento de los Van Wyck era un dúplex situado en las plantas decimocuarta y decimoquinta. Subir por la escalera de incendios fue un coñazo, pero Linus estaba esperando en la puerta de atrás. Su expresión jubilosa le recordó a Freddie otras trastadas que habían hecho juntos: cuando su familia le envió el cheque dos veces por error y fueron a comer filetes y gambas; o aquella vez que pasaron por delante del Cha Cha Club mientras unos repartidores hacían una entrega y birlaron una caja de schnapps. Lo de hoy era más gordo. Y la sonrisa de Linus más grande.

La puerta de atrás daba a la cocina. Freddie ya había estado en esos enormes palacios de seis o siete habitaciones. Más arriba de la calle Noventa y seis estaban divididos en tres apartamentos, y más abajo de la Noventa y seis eran oscuras madrigueras, llenas de polvo y de pelo de gato y libros, como los pisos de los padres de las estudiantes que él se ligaba en el downtown. La residencia de los Van Wyck era tan complicada que requería dos plantas para definirse a sí misma, y el doble de habitaciones. Paredes de tres metros y medio de alto con paneles de arriba abajo, suelos de parquet con composiciones masónicas. Una mansión en las alturas.

Al ver la cara que ponía Freddie, Linus dijo: «Mira esto». Retiró una gruesa cortina de color mostaza que había en el comedor. «En noches como esta...». La humedad transformaba Park Avenue, dotando de un halo vaporoso a las farolas de la calle y las ventanas de los apartamentos. Así, la avenida se veía menos envarada. Inexplicablemente amable, como un poli blanco que no se metiera contigo sin que supieras por qué. Park Avenue acojonaba a Freddie: los edificios tenían un empaque especial, como si se sintieran tranquilos y a gusto en su propio poderío. Eran jueces, y como tales decretaban que lo que tú considerabas tuyo, aquello con lo que soñabas y por lo que luchabas, era una pobre imitación de lo que ellos poseían. Pero hoy la calle parecía amable. Desde esa perspectiva, al menos.

—Me acordé de cuando tú me hablabas de Riverside Drive —le dijo Freddie a Carney—, de lo mucho que te gustaba. Ese extremo de la isla, mirando por encima del agua, como si lo pusieras todo en perspectiva. Aquí nosotros, ahí el agua, y al otro lado más tierra, formando todos parte de la misma cosa. Pero Park Avenue, con esos antiguos edificios enormes mirándose cara a cara, repletos de viejos blancos... bueno, la sensación no tiene nada que ver. Es un desfiladero. Y tú le importas una mierda tanto a los de un lado como a los del otro. Si quisieran, si así lo decidieran, podrían ir juntándose poco a poco y aplastarte. Así de pequeño te hacen sentir.

Aquella noche, concedió Freddie, Park estaba precioso.

Linus le fue enseñando el dúplex. Los cuadros que había en las paredes eran de eso que llaman arte moderno; el resto de la decoración era típica de ricachones.

La caja fuerte estaba en la biblioteca. Libros muy dignos y elegantemente encuadernados tanto en los anaqueles como en vitrinas de cristal. Mientras Linus rodeaba el enorme escritorio de nogal, Freddie echó un vistazo a una hilera de tomos. Mucho *Cartas completas del barón de Tal y Cual, Volumen 6*, pero ni asomo de *Gatitas de largas uñas* o *Tenía derecho a matar*.

En la pared de detrás del escritorio había un retrato al óleo de Robert A. Van Wyck, primer alcalde de la recién constituida ciudad de Nueva York. En el marco había unos goznes. Empujabas y, con un clic, el cuadro giraba dejando al descubierto la puerta de una caja fuerte empotrada.

—¿De qué tipo era? —preguntó Carney.

—Y yo qué coño sé.

Linus conocía la combinación. Su padre le dejaba jugar con la caja fuerte cuando era pequeño y guardar dentro sus cromos de béisbol. Su padre, Ambrose Van Wyck, el patriarca, la sombra bajo la cual palidecía todo lo demás.

—Todo el mundo lo pronuncia Van *Wike* —dijo Carney.

—Qué chorrada. Es Van Wyck.

Linus le pidió a Freddie que sostuviera el maletín abierto mientras él iba sacando cosas de la caja. «Creía que había más», dijo.

Y entonces Freddie se fijó en el collar.

—Casi me da un ataque —le dijo Freddie a Carney—. Tendrías que ver el tamaño de esa piedra.

—Lo he visto.

—Ah.

A las 21.31 de la noche del robo, el padre de Linus dijo: «Deja eso».

Allí estaba el patriarca, en pijama, mirándolos desde el umbral. El mismo tipo de pijama que le gustaba a Linus: rojo con ribetes blancos y las iniciales en la pechera, solo que menos descolorido. Van Wyck padre tenía setenta y tantos; Linus había sido un añadido de última hora a la dinastía. Flaco y arrugado, de clavículas para arriba el hombre recordaba a un escroto con cuatro pelos mal puestos, pero sus ojos azules eran malvados, y a Freddie le vino a la memoria lo que Linus le había contado una vez, cuando su padre se quitó una pantufla y le cruzó siete veces la cara por decir «¿Puedo?» en lugar de «¿Me permites?».

Tenía un vaso de leche en la mano. Ambrose Van Wyck guardaba su bastón de madera de haya en el paragüero del recibidor, en el piso de abajo. No lo utilizaba dentro de la vivienda; una lástima, porque le entraron muchas ganas de hincárselo a su hijo en el pecho para rubricar cada sílaba de la diatriba que estaba creciendo en su interior. La visión de su hijo pequeño había llegado a causarle dolor, un dolor casi físico, pero eso fue años atrás. Había hecho las paces con el fracaso de su vástago. Si uno se aplicaba el tiempo suficiente a roer sus decepciones, estas acababan perdiendo todo su sabor. Linus jamás ocuparía el magnífico despacho de Ambrose en la planta vigesimocuarta ni posaría para que le hicieran un retrato a fin de colgarlo junto a los de sus antepasados. Los hijos de los socios de Ambrose —aquella cohorte de soplapollas arios— serían quienes gobernaran el barco de VWR en un futuro cercano, y con la muerte de Ambrose aquella dejaría de ser una empresa Van Wyck. Pues que así sea. El niñohombre que tenía delante era solo un tecnicismo; Ambrose Van Wyck consideraba las construcciones su verdadera prole. Altísimas columnas, oficinas bulliciosas cual colmenas, sedes en diversas partes del mundo, complejos de uso mixto de varias manzanas de anchura y tan llenos de familias que eran pueblos en sí mismos. Cuando Ambrose miraba hacia Park Avenue y más allá por el ventanal del comedor, reconocía sus propios rasgos en los bloques de apartamentos de ladrillo blanco y las agujas estilo art déco, el inmisericorde combinado de acero y hormigón le devolvía su propia cara. El símbolo del clan Van Wyck era una placa de latón atornillada junto a la entrada principal, en afirmación de paternidad: VWR. ¿Y este hombre que tenía ante él? Un desconocido con quien podría cruzarse en el metro. Suponiendo que Ambrose tomara el metro. Cosa que no hacía. El metro era una jaula mugrienta para gente mugrienta.

Y en cuanto al compinche de su hijo… Ambrose llevaba viviendo toda su vida en este apartamento y, que él supiese, en sus setenta y cinco años ningún maldito negro había puesto los pies en su casa.

«Ah, estás aquí», dijo Linus.

«Cuando me enteré de que íbamos a sentarnos con los Lapham, decidí quedarme en casa, lógicamente».

Según explicó Linus más tarde, todo venía de una vendetta entre gente de sangre azul. Su madre había tenido una aventura con el marido, o quizá fue su padre quien tuvo un lío con la esposa, o tal vez fueron las dos cosas a la vez, o una de ellas ocurrió como desquite de la anterior; el caso era que a su padre aún le escocía aquella historia.

«Me ha parecido oír algo –dijo Ambrose Van Wyck–. No podía ser nadie más que tú. Mira, estoy demasiado cansado para ocuparme de tus estupideces. Mete eso dentro otra vez y espera en tu habitación hasta que vuelva tu madre».

Linus dudó un momento y, tras cerrar la caja fuerte, dijo: «Nos marchamos».

Hay cosas que un padre le puede decir a un hijo que otros no deberían oír. Veredictos y afirmaciones hirientes, mezquindades disfrazadas de principios magnificados por el tiempo, rencores de honda raigambre. Un testigo puede hacer que estas cosas se vuelvan imborrables de un modo que no lo serían si no hubiera alguien más escuchando. Desde luego, es mejor no oír cómo le hablan a tu amigo de la forma en que lo hacía Ambrose Van Wyck. La humillación todo lo salpica. Uno la asume como propia y acaba pasándolo mal, como si la tristeza de tu propia infancia resurgiera con toda su crudeza. En solo dos minutos, Freddie volvió a tener cinco años allá en la Ciento veintinueve, muerto de miedo bajo la mesa de la cocina mientras su padre enumeraba los defectos de su madre en clave sádica.

Una cosa en concreto hizo que Linus se abalanzara sobre el patriarca Van Wyck para poner fin a su arenga: «Es como si se repitiera una y otra vez lo de aquel día en Heart's Meadow». El vaso de leche cayó al suelo enmoquetado. No sería exacto afirmar que padre e hijo pelearan cuerpo a cuerpo.

—Fue más bien un agarrarse de los antebrazos y zarandearse.

Linus se contuvo para no hacer daño al viejo, y este, pese a la furia que lo dominaba, ya no tenía edad para dar mucha guerra. Fue una batalla de baja intensidad, un mutuo temblar y sacudirse. Freddie salió en silencio al pasillo. Sin prisa pero sin pausa, Linus superó sus reticencias, pegó un empujón y el viejo cayó de culo y jadeando en un butacón de cuero rojo.

A las 21.41, Linus y Freddie bajaron corriendo por la escalera de atrás.

En ningún momento Ambrose Van Wyck había dado muestras de apercibirse de la presencia de Freddie.

Los disturbios no habían empezado aún pero se oían sirenas a cada momento. Una reyerta en el andén del metro, chavales haciendo trastadas en un bar: el prefacio a los altercados de veinticuatro horas después. Según el plan original, la familia de Linus no debía enterarse del robo hasta el día siguiente como muy pronto. No lo asociarían de inmediato con el granuja de su hijo, es lo que pensaron. Ahora se habían quedado sin esa ventaja de inicio.

Recogieron algo de ropa en el piso de la calle Noventa y nueve. «¿Adónde?», preguntó Linus.

El Eagleton fue lo primero que se le ocurrió a Freddie. Una vez, Miami Joe le había pedido que fuera allí a ver a alguien y que este le daría un arma, para un trabajo. No le dijo a Freddie qué iba a recoger, pero el peso de la bolsa de papel marrón hablaba por sí solo. Bajó las escaleras temblando como un flan y salió a la calle. El Imperial estaba allí mismo.

—Solíamos ir todos los días —dijo Freddie.

—Las ratas… —dijo Carney.

—¡Cómo les gustaban las palomitas!

La asociación con el antiguo cine hizo que Freddie se acordara entonces del Eagleton. Era un sitio perfecto donde esconderse. A Freddie le tocó la cama; Linus durmió en el suelo, con el maletín y su batín por almohada. Al día siguiente, cuando Freddie se despertó, Linus no estaba y el maletín tampoco. ¿Habría ido a pillar? ¿A pedir perdón a su familia? En cualquier caso, Freddie estaba demasiado nervioso para quedarse en la habitación. *Molly Brown siempre a flote* fue el primer anuncio que vio en la sección de cine mientras iba ese sábado hacia el downtown. Y encima salía Debbie Reynolds. Lo demás ya se lo había explicado a Carney: la primera noche de los disturbios.

Linus había vuelto al Eagleton. Estaba colocado perdido, la espalda contra la pared y el culo encima del maletín para despertarse si alguien intentaba quitárselo. En vísperas del robo le había hablado a Freddie de las joyas de su abuela: collares de diamantes, pulseras con piedras preciosas, una caja llena de monedas de oro, todo un tesoro pirata que había pasado por la caja fuerte. El único objeto notable que habían conseguido llevarse era el collar de esmeraldas, y entre los polis, los pirados y las jornadas de protesta, era impensable hacer nada. Aquella esmeralda era demasiado grande para Abe Evans y el Árabe, los dos peristas que Freddie conocía.

—Tranquilo, que a ti no pensaba meterte en eso.

No podían asomar la nariz hasta que las cosas se calmaran. De la Ciento setenta y uno para arriba el ambiente parecía tranquilo: no había negros con horcas y teas ardiendo, ni polis, ni «los hombres de mi padre», que Linus no había mencionado hasta entonces. ¿Detectives privados? ¿Exmilitares? «Hacen trabajos para él. Se aseguran de que todo funcione». Después de explorar un poco, Freddie y Linus encontraron un bar irlandés en la Ciento setenta y seis que admitía a clientela marginal y un griego con una comida decente y máquinas de discos de sobremesa que no funcionaban. Hicieron varias incursiones.

El lunes por la tarde Freddie sintió que le reconcomía algo y decidió llamar a Janice, la vecina de al lado en la Noventa y nueve. Janice se alegró de saber de él; alguien había entrado a robar en el apartamento de Linus. Se oyó un estruendo en el auricular: era el metro pasando frente al piso de Janice, como música de suspense —violines frenéticos— en una película de acción. El conserje había llamado a la poli al ver que la puerta del piso colgaba de uno de sus goznes. Freddie le dijo a Janice que debían varios plazos de la *Encyclopaedia Britannica*, esa gente no se anda con chiquitas.

El casco del submarino no soportó tantas toneladas de presión. El agua entraba como un géiser por las grietas en el carenado, los indicadores de profundidad dejaron de funcionar, la nave entera iluminada por una anémica luz roja: descendiendo sin parar. Linus, todavía jadeante tras el robo y la pelea con su padre, se asustó mucho al enterarse de que habían entrado en el piso. Necesitaban un lugar seguro para el botín, dijo, y ya había decidido cuál: la tienda de Carney.

—Hostia, no —dijo Freddie—. Yo de ninguna manera pensaba implicarte, pero Linus insistió en que era la mejor solución. —No pudo reprimir una sonrisa—. Le caías bien, sabes. Siempre que me quejaba por algo que me habías dicho, o de alguna pelea que habíamos tenido años atrás, Linus me decía que tú solo intentabas cuidar de mí, y que ojalá él hubiera tenido a alguien así.

Freddie se atragantó por la emoción y fue al cuarto de baño. Carney echó otro vistazo a la sala de exposición. Nadie había visto entrar a su primo en la tienda. O sí le habían visto, habían avisado pidiendo refuerzos y estaban esperando para entrar por la fuerza, o para agarrarle en cuanto saliera a la calle.

Freddie volvió. Dejar el maletín al cuidado de Carney les hizo sentirse mejor. Aun teniendo Washington Heights como frontera, la noche del sábado fue para ellos como revivir los viejos tiempos, como cuando Linus pagó la fianza para sacar a Freddie de la cárcel. Entraban a cada garito cuando estaba empezando la marcha y se iban antes de que el ambiente se amuermara; y en cada parada se encontraron a hedonistas y beodos similares a ellos.

—No había luna llena, pero parecía que la luna llena éramos nosotros, haciendo que todo el mundo se volviera como loco.

—Fue la primera gran noche después de las protestas —dijo Carney—. La gente tenía ganas de desinhibirse.

—¿Esto también me lo tienes que estropear?

El domingo por la mañana Freddie fue a desayunar al griego y se permitió sentarse cómodamente disfrutando de la lectura del periódico como un ciudadano normal.

—Me engañaba a mí mismo —dijo. Estuvo fuera el tiempo suficiente para que su amigo muriera de una sobredosis—. Como te decía antes, Linus se colocaba menos mientras estuvo planeando el robo, pero en cuanto llegamos al uptown volvió a las andadas y de qué manera. —A Freddie le había dado por la priva, de modo que no se sentía con derecho a decirle nada.

—¿Tú crees que fue un accidente?

—Que te jodan.

—No estoy insinuando que lo hiciera a propósito, hombre —dijo Carney—, pero quizá había alguien más en el piso cuando tú no estabas. —Le contó a Freddie que alguien había entrado en casa de tía Millie, y lo de los polis de homicidios que se presentaron en la tienda con órdenes de arriba—. Parece que molestasteis a alguien.

—Nadie le haría una cosa así a Linus. —Se quedaron un rato callados, pensando, y luego Freddie añadió—: No sé qué hacer.

—Tienes que largarte ya. Te hará falta dinero.

Freddie señaló la caja fuerte con la cabeza.

—Me llevaré eso. —Refiriéndose a la esmeralda.

—Ya —dijo Carney.

Pero iba a necesitar ayuda. Necesitaba a Pepper.

6

Pepper dobló el periódico cuando vio entrar a Carney en Donegal's. Hizo una seña al camarero, y este se alejó hacia el otro extremo de la barra, cerca de la calle. El tipo llevaba una camiseta sin mangas, amarilleada, dejando al descubierto sus musculosos brazos y el obsceno tatuaje de Betty Boop que empezaba en un bíceps y terminaba en el otro. ANTES Y DESPUÉS, podía leerse por debajo de los codos.

Carney señaló el taburete. Pepper le concedió permiso. No había cambiado de uniforme; podía ser que el mono vaquero descolorido fuera el mismo que llevaba la primera vez que se habían visto, después de lo del Theresa; tenía una manchita de sangre de Miami Joe en el dobladillo.

—Buford pensaba que venías a entregar una citación —dijo Pepper—. Siempre tiene a punto un bate de béisbol por si aparece un funcionario del juzgado...

—Estás igual —dijo Carney.

—¿Qué pasa, necesitas que haga algún trabajito más para la poli?

—Yo no lo vi así.

—No había otra manera de verlo.

Carney estuvo a punto de decirle que había hecho un gran servicio a la comunidad librándola de un tipejo como Wilfred Duke, pero después de tres años ya se sentía en paz con el hecho de que hubiera sido una simple venganza.

—No pensé en las consecuencias que podía tener para ti, en eso te doy la razón —dijo.

Pepper hizo crujir el cuello.

—Confieso que fue un gustazo ver cómo les daban su merecido a todos esos negros honorables. ¿Es cierto que el tío se largó con toda la pasta?

—Parece ser que está en Barbados. Tiene familia en la isla.

—Allí los negros te la meten doblada en menos que canta un gallo afónico —dijo Pepper.

Carney había sentido un cosquilleo al ver el neón verde de Donegal's, y ahora que estaba dentro del local tenía la certeza de haber estado allí hacía muchos años. La grotesca e incorpórea sonrisa flotando sobre el letrero BUENA CERVEZA CON BUENOS AMIGOS. El polvoriento tarro de huevos duros que contenía los mismos huevos duros que décadas atrás. Pepper había sido compinche de su padre, o sea que no era de extrañar. Carney tenía en la cabeza una idea fantasiosa de Donegal's debido a lo que Pepper le había contado del local, cuando en realidad él ya lo conocía. Había imaginado que se encontraría con maleantes de traje cruzado y hombreras, ceñudos expertos en contusiones, pero los parroquianos del miércoles tarde no eran muy diferentes de los viejos cascarrabias que jugaban al ajedrez en el parque e igual intercambiaban peones que agravios, solo que en Donegal's bebían en taza y no de una petaca.

Carney entonces era un crío; ¿su padre le había dejado allí para ir a hacer algún trabajito? «¿Vigiladme al chaval, que voy a partirle las piernas a un tío?». Subido a un taburete, la cabeza asomando apenas sobre el empañado barniz de la barra. Tenía que ser muy pequeño para que su padre no lo hubiera dejado solo en el piso. ¿Y dónde estaba su madre? Todos los que podían dar alguna respuesta habían muerto.

—Tú solías venir aquí con mi padre —dijo Carney.

—Montones de veces. Aquí fue donde... —Pepper cortó en seco. Raramente sonreía, y ahora puso fin a su sonrisa de forma tajante—. El camarero que había entonces era un maleante —prosiguió—, como nosotros. O sea que si terminábamos un trabajito, él nos abría para celebrarlo aunque fuera tarde. Por esas ventanas de ahí veías amanecer. Oías pasar las camionetas de los periódicos. Ishmael, se llamaba. Lo mataron. De eso hará, qué sé yo, diez años o así. —Su semblante se ensombreció—. ¿Qué es lo que quieres, Carney? ¿Venderme un sofá?

Carney no cometió el mismo error de la última vez. Se lo contó todo, desde la amistad de Freddie con Linus y su adinerada familia, hasta el robo interrumpido y lo que pasó después. Pepper sabía lo del Theresa y sabía lo de Duke; nadie estaba tan al tanto acerca de sus actividades delictivas. Mejor hablar claro.

Carney acabó de contarle. Pepper se rascó el cuello, miró al techo con aire pensativo y luego dijo:

—Como la autopista, ¿eh?

—Mucha gente piensa que se pronuncia *Wike.*

Pepper se encogió de hombros. En la película de la tarde, una de Lee Marvin, se produjo un tiroteo y toda la gente del bar miró hacia el televisor. ¿Para pillar algún truco? ¿Para criticar? El coche del malo se alejó a toda velocidad y los clientes del Donegal's volvieron a sus asuntos.

—Aprovechar los disturbios… —dijo Pepper—. Si yo tuviera algo en marcha, seguro que habría hecho lo mismo. Si todo el mundo está corriendo como pollos descabezados, es buen momento para un golpe.

—Pero la gente no estaba actuando así porque sí —dijo Carney—. Tenían sus buenas razones.

—¿Y desde cuándo les importa eso a los blancos? ¿Acaso van a meter al poli ese en chirona?

El camarero levantó la cabeza del boletín con los resultados de las carreras.

—¿Meter en la cárcel a un poli blanco por matar a un chico negro? —dijo—. Ahora dime que el Ratoncito Pérez existe.

—Buford sabe cómo va la cosa —dijo Pepper.

—La prensa hablando de «saqueos» —continuó Buford—. Que les pregunten a los indios. Este país se fundó arrebatando cosas a los demás.

—¿Y qué me dices de cómo llenaron los museos? Tutankamón y demás.

—Eso digo yo. Me alegro de que se levantaran y plantaran cara —dijo Buford—. Pero veréis cómo dentro de unos días es como si no hubiera pasado nada. —Se trasladó al otro extremo de la barra y volvió a encender el puro que había estado fumando.

¿Como si no hubiera pasado nada? A Carney le pareció el colmo del cinismo. Por ejemplo, tras los disturbios del 43, los pantalones que su padre había birlado en Nelson's le duraron dos años enteros antes de necesitar un recambio. Menos da una piedra.

Pepper y él veían las cosas de diferente manera, pero Carney había ido a Donegal's —arriesgándose a otro puñetazo en la cara— porque aquel tipo tenía otra perspectiva de cómo funcionaba el mundo. Que era justo lo que Carney necesitaba en ese momento. Cinco años después del atraco al Theresa, otro collar los había reunido de nuevo, un collar que hacía que el de Lucinda Cole pareciera salido de una máquina de chicles.

—Quiero contratarte para temas de seguridad —dijo Carney—. Por si se presenta alguien más.

—Que parece lo más probable —dijo Pepper—. Mira, ya sé que no te interesan mis consejos. Tú no eres de los que aceptan consejos y eso a mí me la suda, pero… pasa de ese tío. Es un perdedor. Esto se acabó.

—No, no se ha acabado. Piensa largarse.

—Es de los que se meten en líos sin buscarlos. Tu padre habría dicho: Que le den. Aunque sea de la familia. Aunque hubieras sido tú.

—Precisamente por eso —dijo Carney.

Pepper torció el gesto y pidió otra cerveza.

—¿Qué piensas hacer con el botín, eh? Eso que tienes guardado en la caja fuerte. ¿A quién se lo vas a pasar?

—Sé de un tío que puede moverlo.

—Pues si… —Pepper echó otro trago de Rheingold—, pues si toca material de ese calibre, es que tiene las espaldas bien cubiertas y el culo también. Pero ¿y si eso quiere decir que te puede dejar colgado de buenas a primeras?

—No, es legal.

—En esta ciudad dudo que haya nadie que lo sea del todo.

El interés de Pepper indujo a Carney a pensar que aceptaba. Pepper no hizo nada por desmentir su suposición.

Carney le propuso una cifra, y el otro dijo que tenía en mente alguna cosa de la tienda.

—Lo que necesites —dijo Carney—. ¿Cuál es tu situación en casa ahora mismo?

—¿Situación?

—Me refiero a los muebles. ¿Comes en la cocina? ¿Tienes un sitio aparte para comer? —Carney sabía que no podía decir: «¿Recibes invitados a menudo?».

—¿Tengo pinta de querer que la gente sepa cómo es el lugar donde vivo?

—Vale, pues un sofá.

—Pero que tenga una palanca para cuando quieras poner los pies en alto.

—Entonces un sillón reclinable.

—Eso. Un sillón reclinable. —Cerraron un trato por las labores de seguridad y demás contingencias.

Carney dejó unos billetes sobre la barra para pagar la cerveza de Pepper y se levantó.

—Tu padre solía decir que de mayor ibas a ser médico —dijo Pepper—, de lo listo que eras, pero que también eras listo para saber que se gana más pasta fuera de la ley.

—¿Y quién quiere ser médico? —dijo Carney.

La sombra que proporcionaba el cerro donde estaba la tumba de Grant mantenía su apartamento protegido del calor. Había poco tráfico en Riverside. Cuando Carney intentaba relajarse en el salón tras un largo día de trabajo en la tienda, los gritos de los chavales en el parque solían ponerle de los nervios, pero hoy eran una muestra de normalidad. Matones metiéndolo a la fuerza en un coche, polis blancos irrumpiendo en su tienda, altercados callejeros, magnates del negocio inmobiliario… Era agradable fingir que su mundo todavía se acordaba de girar conforme a su vieja y estable órbita.

Y entonces Pepper dijo: «Estoy aquí», y el planeta de Carney se tambaleó de nuevo. Le dio a Pepper las llaves de la tienda, tal como habían acordado. Desde la reunión en Donegal's unas horas antes, la imagen de Pepper sentado a su mesa montando guardia le provocaba un acceso de risa. «Cogerás la otomana a juego y te correrás de gusto».

—¿Al chico lo tienes a buen recaudo en alguna parte? —preguntó Pepper.

—Está en Brooklyn —respondió Carney. El nuevo escondite de Freddie era un cuchitril cerca de Nostrand Avenue.

—No quiero que sea un estorbo.

Tampoco Carney lo deseaba. ¿Le iba a agradecer Freddie sus esfuerzos cuando lo hiciera subir a un tren o un autobús con todo aquel peligroso dinero encima? Antes de que el autobús arrancara de la terminal de Port Authority (quizá sería mejor la de Greyhound en Newark) y Freddie se perdiera de vista rumbo al Oeste, ¿le daría las gracias, o pensaría quizá que Carney se lo debía?

Las malditas ardillas del parque habían estado muy descaradas todo el verano —eso era una historia aparte—, y Carney pensó que era una ardilla lo que le había tocado la pierna. «¡Papi!», dijo John, agarrándose a los muslos de su progenitor. Al ver que los niños tenían restos de tierra en la ropa —y John un buen arañazo en la rodilla—, Carney dedujo que Elizabeth los habría llevado a jugar al parque infantil.

No se le ocurrió otra cosa que presentar a Pepper como un amigo de su padre; grave error, pues Elizabeth le invitó a cenar con ellos. Y cuando Carney puso una excusa, ella insistió. «Tenemos comida de sobra». Le fastidiaba que su familia nunca se comiera lo que sobraba del estofado (solía quedarle seco, como demostraba la estadística), así que tener otro comensal era una buena ayuda para acabárselo todo.

Contrariamente a lo que Carney esperaba, Pepper no opuso resistencia —¿un residuo de educación o de curiosidad?—

y así quedó la cosa. Estrechó muy serio la mano de los niños, como si May y John fueran gerentes de banco encargados de revisar su solicitud de préstamo.

Nada más salir del ascensor, ya se olía a carne guisada. «La hostia», dijo Pepper, complacido, y no se disculpó por blasfemar delante de los críos porque ni siquiera se le ocurrió. Carney le fue enseñando el apartamento y Pepper no dijo nada hasta que llegaron a la sala de estar y dio su veredicto: «Bonita distribución». Parecía registrar las medidas de cada habitación y comprobar los ángulos desde la ventana como si estuviera valorando las posibilidades defensivas-ofensivas de un escondrijo. Elizabeth fue a sacar el estofado del horno.

Los niños, como solían hacer a menudo antes de cenar, haraganeaban tirados en la alfombra con sus tebeos y sus juguetes, compartiendo de vez en cuando con los adultos alguna tontería incongruente y apremiante. Carney, que normalmente se apoltronaba en el sofá Argent, no quiso dar una imagen de clase media acomodada delante de su invitado, mientras que Pepper se tomó su tiempo hasta que por fin optó por sentarse en el sillón. Se cruzó de brazos.

Los hombres hablaron muy poco. En un momento dado, John fue a por su programa de la feria para enseñárselo a Pepper, y este comentó:

—La Exposición Universal… ¿Qué más se inventarán esos blancos?

Elizabeth le dijo a May que cogiera las servilletas buenas y se sentaron todos a la mesa. El estofado llevaba zanahorias y patatas, y por la mañana Elizabeth había hecho un pan de maíz. La cocinera puso buena cara cuando vio a Pepper servirse una generosa ración. Carney llevó a la mesa dos latas de cerveza Schlitz.

—¿De qué se conocían usted y el padre de Raymond? —preguntó Elizabeth.

—¿Conocía al abuelo? —dijo May. Había compartido vivencias con uno de ellos y sentía curiosidad por el otro.

—Del trabajo —dijo Pepper.

—Ah —dijo Elizabeth.

—No de ese —intervino Carney, antes de que ganara terreno la imagen de unas rodillas rotas y sanguinolentas—. ¿Recuerdas que te conté que mi padre trabajaba a veces en Miracle Garage?

—Ah, sí, el taller —dijo Elizabeth.

—Yo no podría trabajar con Pat Baker —dijo Pepper—. Es más falso que un predicador rural.

Elizabeth miró de reojo a Carney pero no hizo comentarios.

—¿Y a qué se dedica usted ahora? —preguntó en cambio.

Pepper le lanzó una mirada a Carney. No para que le echase un cable, sino para informarle de que su tarifa acababa de aumentar. Carney quizá tendría que añadir una mesita auxiliar en la que poder dejar una cerveza o un cuenco con uvas.

—Hago un poco de todo —contestó Pepper.

—¿Me pasas las patatas? —dijo Carney—. Madre mía, qué ricas están.

Pese a las reticencias iniciales, Elizabeth le sacó más información a Pepper que Carney en todo el tiempo que le conocía. Dónde vivía actualmente (cerca de Convent), dónde se había criado (Hillside Avenue, en Newark), si tenía alguna amiga con la que salir por la ciudad (no desde que le clavaron un cuchillo en las tripas, por error, una larga historia). El pequeño John fue a sentarse en el regazo de May y le preguntó al invitado cuál era su color preferido.

—Me gusta ese verde brillante que tienen los parques de aquí en primavera.

Para Elizabeth, Pepper era otro pintoresco personaje del Harlem de Carney, un lugar que no casaba del todo con la versión que ella conocía, la de Striver's Row. Era uno de los tipos más extraños que se había echado en cara, pero últimamente le gustaban más esa clase de tipos.

Con los codos apoyados en la mesa, Elizabeth entrelazó los dedos y preguntó:

—¿Cómo era Raymond? Quiero decir de pequeño.

—Pues más o menos igual. Pero más bajito.

—Siempre que venía a casa —dijo Carney—, Pepper me traía alguna cosa: un peluche, un pequeño vagón de madera. A mí me encantaba.

John se desternilló al oír aquello, captando lo absurdo de la situación, y a los demás les hizo gracia también. Las comisuras siempre caídas de la boca de Pepper se enderezaron formando una tensa línea, su manera de expresar que estaba a gusto.

Elizabeth contó que los teléfonos de la oficina habían empezado a sonar otra vez. Con la gente de fuera no había habido problema, pero durante la semana de las protestas no habían recibido una sola llamada de clientes neoyorquinos.

—Nadie quiere irse de vacaciones sabiendo que la casa de al lado está en llamas —dijo.

Carney le explicó a Pepper que su mujer trabajaba en la agencia Black Star Travel, pero luego hubo que aclararle de qué iba la cosa ya que Pepper, según dijo, no era «mucho de hacer vacaciones».

Por un lado, estaba en boca de todo el mundo, lo que la gente comentaba en el barrio por puro instinto de supervivencia. «Rooker, ese poli que ronda por la Sexta, va siempre a por los negros. No se te ocurra asomar la cabeza por la manzana de los italianos a partir de las siete. Te quitan la casa por retrasarte una vez en el pago del alquiler». Pero tanto Black Star como otras agencias de viajes, y las diversas guías de viajes negras, cogían esa importantísima información local y le daban alcance nacional, accesible para todo aquel que la necesitara. En la pared del despacho de Elizabeth tenían un mapa de Estados Unidos y del Caribe con chinchetas y rotulador rojo indicando las ciudades, pueblos y rutas promocionadas por Black Star. Cíñete a la ruta y no te pasará nada, comerás, dormirás y respirarás tranquilo; pero si te desvías, cuidado. Trabajemos juntos y podremos subvertir ese perverso orden. Era un mapa de la nación negra dentro del orbe blanco, parte de algo más grande pero con una identidad propia, independiente y con su propia constitución. Si no nos ayudábamos entre nosotros, estábamos perdidos.

Así era como Carney se lo pintaba a sí mismo mientras su mujer le vendía la moto a Pepper como si este fuera un cliente. Pepper se tragó el discurso con mucha paciencia. Masticaba, saboreando la comida, encajado entre John y May como si fuera un excéntrico tío carnal. Al fin y al cabo era como un pariente, pertenecía al clan de su padre. Carney levantó su cerveza y propuso un brindis por la cocinera. Era miércoles por la noche, cena con la familia, y ambas partes de él estaban presentes en la mesa, la honrada y la torcida. A partir un piñón.

7

Se llevó un susto cuando ella le agarró del brazo: Sandra, la camarera de Chock Full o'Nuts. Carney se dirigía al metro para ir a la tienda de Moskowitz. La esmeralda que llevaba en su cartera de piel le hacía sospechar que todos los transeúntes poseían visión de rayos X. Pendiente de un posible pistolero o de un gorila con mandíbula de hierro y barba de dos días, no reparó en que la camarera se le acercaba.

Fuera de la cafetería, Sandra era igual de locuaz y vivaracha. Le preguntó por la familia; Carney le había ido enseñando fotos, cortesía de su Polaroid Pathfinder. Sandra dijo que había vivido «el drama de la semana pasada» sin mayores problemas. Un patán había lanzado un ladrillo contra la ventana del local que daba a la Séptima y tuvieron que tapiarlo todo hasta que la cosa se calmó. Ahora volvían a tener abierto. «La gente necesita su café», afirmó.

Carney se disculpó por no haber pasado por allí; estaba muy liado. Ella volvió a tocarle el brazo y le dijo que no se iban a mover de sitio.

Unos minutos más tarde Carney estaba en el metro, tarareando la cancioncilla publicitaria de Chock Full o'Nuts: «Un café tan bueno que ni un millonario puede pagarlo…». Ya, pero un millonario puede comprar todo lo demás. Puede comprar a la policía, al Ayuntamiento, a matones anónimos para que cumplan sus órdenes. Carney se acordó del miedo de aquellos días que siguieron al atraco al Theresa, el miedo a que el asesino de Arthur pudiera ir a por él o su familia. Pero ahora Freddie y Linus habían desencadenado un conflicto de diferente magnitud, habían hecho cabrear a gente rica que era tan corrupta como los gángsters pero no necesitaba esconderse. Actuaban sin tapujos, daban fe de sus fechorías o las hacían grabar en placas de bronce que ponían en fachadas de edificios.

Por descontado que cuando todo esto quedara atrás Carney se pasaría por Chock Full o'Nuts para tomar una buena taza de café de verdad, pero antes tenía que poner esto en marcha. Pepper había aceptado, y eso le ahorraba a Carney el peliagudo asunto de abordar a alguno de sus clientes de la parte clandestina para ver si conocía a alguien. En conjunto, los matones de Harlem no le impresionaban. Tanto si uno hablaba de construcción, de poesía o de traseros femeninos, los Walt Whitman, los Pepper, de un determinado campo no eran fáciles de encontrar. En el negocio de la violencia y del caos pasaba otro tanto; la mayoría de los practicantes no superaba la media. Carney se alegraba de que Pepper le hubiera perdonado, aunque tenía la sospecha de que lo había hecho en consideración a su padre, rollo hermanos de sangre o una antigualla parecida.

Tras su primera charla sobre el trabajo en cuestión, Pepper no había intentado convencerle de que pasara de ayudar a Freddie. Bastantes dudas tenía ya Carney al respecto. Sin contar la debacle de Bella Fontaine y su representante el señor Gibbs, Freddie había vuelto a traer de nuevo la sensación de peligro. Cuando eran pequeños y su primo desataba la ira paterna y aguardaban los dos en su habitación a que llegaran los azotes, Freddie siempre le salía con un patético «Lo siento, no quería meterte en un lío». Nunca se le ocurría que las cosas pudieran salir mal, que la trastada pudiera torcerse por un motivo u otro y hubiera consecuencias. Porque consecuencias las había siempre.

Carney ya no tenía que hacerlo más. Su primo era un adulto. ¿Qué nombre ponerle a esto: Operación Freddie, Operación Van Wyck? También podría llamarlo Operación Carney, porque quería demostrar que era capaz de mover un enorme pedrusco como aquel, darles a probar a los putos ricos su propia medicina. Esta vez putos ricos blancos. Aquí no se trataba de un aparato de radio estropeado que un tío hasta las cejas de coca había chorizado del piso de una viuda. El collar de esmeraldas era mítico, una pieza de leyenda.

Encontró un asiento libre en el vagón. Sacó la octavilla y la desdobló; la había redescubierto en su cartera al ir a comprar fichas. La semana anterior, en medio de las protestas, una joven universitaria le había parado en la calle Ciento veinticinco. Era lunes por la mañana y Carney estaba contemplando por primera vez las terribles consecuencias del fin de semana. La estudiante llevaba un pantalón blanco holgado y una camiseta ceñida a rayas verdes y blancas. Dado el ambiente crispado que reinaba en la calle, su determinación y su jovialidad eran toda una declaración de principios. La chica le cogió de la muñeca y le puso una octavilla en la palma de la mano:

INSTRUCCIONES:
UNA BOTELLA VACÍA
LLENAR DE GASOLINA
UTILIZAR UN TRAPO COMO MECHA
ENCENDER EL TRAPO

¡LANZAR BOTELLA
Y
MIRAR CÓMO CORREN!

Cuando Carney levantó la vista, la chica ya no estaba. ¿A quién se le ocurría imprimir algo así? Era peligroso, fruto de una mente perturbada. Una vez en el despacho, dobló la octavilla y la guardó. No sabía bien por qué.

La mujer blanca que estaba a su lado en el metro leyó el mensaje y frunció el ceño. Por eso no hay que fisgonear lo que leen los demás. Carney volvió a guardar el papel en su cartera. No pasaba nada por conservarlo; era como un talismán o un himno perverso al que uno podía recurrir en un momento dado.

Volviendo al plan: Freddie estaba en su escondite de Brooklyn, Pepper cuidaba de la tienda por si se presentaba alguien. El siguiente era Moskowitz. ¿Contaba el hombre con suficiente efectivo en su caja fuerte Hermann Bros., o Carney tendría que esperar varios días? Por teléfono no le había dado muchas explicaciones; eso, sumado al hecho de que se vieran por la tarde y no por la noche, le habría dado a entender al joyero que el asunto era serio.

En la zona del centro no había el menor indicio de que la ciudad de Nueva York hubiera sufrido un asedio la semana anterior. La ciudad negra y la ciudad blanca: superpuestas la una a la otra, ignorándose mutuamente, separadas y conectadas por vías.

Moskowitz estaba muy ocupado; Carney se cruzó con cuatro clientes mientras subía las escaleras. Ari, el sobrino que solía sentarse al lado de Carney durante las clases, le saludó con un gesto de cabeza y se excusó ante la joven pareja que miraba extasiada los collares de diamantes. Junto a la vitrina Ventura había otro hombre; quería comprarle algo a su querida. Una de las clases más interactivas de Moskowitz había consistido en analizar las diferentes actitudes a tomar en cuenta cuando un cliente quería comprar algo para su esposa o bien para su amante, y cómo ajustar el discurso para convencerle según fuera el caso. Ari llamó a la puerta del despacho y asomó la cabeza. Después le hizo una seña a Carney.

Moskowitz estaba junto a la ventana contemplando el tremendo ajetreo de la calle Cuarenta y siete. Dos ventiladores estaban dirigidos hacia su butaca ejecutiva, girando hacia un lado y hacia el otro y empujando el aire caliente. Moskowitz bajó la persiana y saludó a Carney con su reserva de costumbre.

—Esta vez es algo muy grande —dijo Carney.

—Lo suponía —dijo Moskowitz—. ¿Sus colegas de Harlem se han vuelto ambiciosos?

A Carney no le gustó el tono. Abrió la cartera y puso el collar de los Van Wyck sobre el vade del escritorio de Moskowitz, al lado del cenicero a rebosar.

—Guarde eso —dijo el joyero, echándose hacia atrás.

—¿Qué?

—Necesitaba verlo, pero no quiero ni mirarlo. Usted ya sabe por qué.

Carney volvió a guardar el collar de esmeraldas.

—Es muy peligroso —dijo Moskowitz—. La gente está haciendo preguntas, seguro que ya lo sabe. No podría mover eso ni aunque quisiera.

—¿Han venido a verle?

—Los que pueden mover algo así saben que lo mejor es no tocarlo. Más vale que lo tire al río y se olvide del asunto. O mejor devuélvalo y pida perdón, aunque dudo de que estén dispuestos a concedérselo.

Digamos que no lo pintaba de color de rosa.

—¿Eso es todo? —dijo Carney.

—Creo que es preferible que no vuelva.

Ari le dijo adiós con la mano cuando Carney se marchó, pero este no se apercibió de ello.

Fuera hacía más calor que antes. Carney se enjugó el cuello con un pañuelo en medio del flujo incesante de transeúntes. Uno puede tener la cabeza llena de los más locos pensamientos y la gente pasará por tu lado como si fueras una persona normal. Moskowitz. Seguro que había recibido amenazas. ¿Alguien los había vinculado a los dos, o solo habían ido a verle porque manejaba artículos de mucho valor?

En la esquina de la Séptima, Carney oyó que le llamaban. El tono era el de un empleado desganado, comprometido con su trabajo pero desbordado hasta el punto de no ofrecer más que lo superficial.

—Si tiene usted un minuto, señor Carney.

Era un hombre alto y delgado, de facciones angulosas; a Carney le vinieron a la mente estatuas de fría piedra blanca vistas en algún museo. Hermes, el dios de la velocidad. ¿O era

Mercurio? May había pedido prestado en la biblioteca un libro sobre dioses romanos. Aquel tipo tenía pinta de relajarse en su casa con un cáliz en la mano y una de esas coronas de laurel en la cabeza.

Estrechó la mano de Carney como si llevaran haciendo negocios desde hacía años.

—Me llamo Bench. Ed Bench. Trabajo para el bufete de Newman, Shears & Whipple. —Le pasó una tarjeta. Cartulina gruesa, tipo de letra señorial.

Carney dijo que no entendía.

—Represento a la familia Van Wyck —dijo Ed Bench, ladeando la cabeza—. He venido con el señor Lloyd.

El señor Lloyd, o sea el matón a sueldo, tórax poderoso sosteniendo la recia columna de su cuello y cabeza. No tenía pinta de haber pasado el examen para ejercer la abogacía. Apuntaba a Carney con un revólver que llevaba metido en el bolsillo derecho de la americana. Lucía una falsa sonrisa bobalicona, a fin de pasar por uno de los turistas que contemplaban boquiabiertos la Gran Ciudad.

—Caminemos un rato, Carney —dijo Ed Bench.

Carney miró hacia atrás. El tal señor Lloyd los seguía a poca distancia, el arma apuntando de costado, la misma sonrisa. A Carney se le aceleró el pulso; los ruidos de la calle —bocinazos, petardeos, insultos— sonaban el doble de fuerte, como si alguien hubiera subido el volumen de la radio.

—¿Cómo está su primo? —preguntó Bench.

—No le he visto.

—Qué raro. Nos han dicho que son ustedes como hermanos, que harían cualquier cosa el uno por el otro. ¿Le importaría darme eso?

El señor Lloyd tosió para dar énfasis a la petición. Carney le entregó su cartera.

Ed Bench echó un rápido vistazo para cerciorarse de que dentro estaba lo que buscaban.

—¿El resto? —dijo.

—Es todo. Si alguien dice otra cosa, se equivoca.

—Los otros artículos. Me refiero a los otros artículos.

Estaban parados en el semáforo de la Cuarenta y nueve con la Séptima. Carney trató de hacerse una idea de lo que estaba pasando. ¿Le habían seguido desde Harlem? ¿Estaban a solo dos pasos en el metro mientras él reflexionaba sobre sus cuitas? Al abogado —suponía Carney que era el que llevaba los trapos sucios de los Van Wyck— le interesaban más las otras cosas que Linus había birlado de la caja fuerte. No se le había ocurrido revisar a fondo los documentos, demasiado pendiente de la esmeralda.

—Yo no los tengo.

—Carney... —dijo Ed Bench.

El señor Lloyd le hincó el cañón de la pistola en la espalda.

Ed Bench hizo un gesto y el señor Lloyd retrocedió. El abogado los condujo hasta la esquina opuesta.

—Hace un siglo —dijo— todo esto eran pastos. Midtown. Times Square. Y entonces a alguien se le ocurrió la idea de construir. Luego compró más tierras y construyó más. Unas cosas dan resultado y otras no. Los Van Wyck no edificaron aquí en la Séptima, sino allí. —Señaló hacia la Sexta—. El campo de la esquina oriental. Si esto eran pastos, aquello era un auténtico fangal. Y ahora mírelo. No tienes por qué ser el primero. El segundo es un buen puesto. Si tienes vista para intuir lo que va a dar resultado, ser el segundo es lo de menos.

Carney divisó a un agente de policía al otro lado de la calle; estaba bebiendo una Coca-Cola con una pajita, con aire de bovina serenidad. Por un momento, Carney barajó la absurda hipótesis de que un negro avisara a un poli para quejarse de que dos blancos le estaban amenazando.

Ed Bench vio al policía fruncir empáticamente el ceño ante el ruego de Carney.

—Usted es una persona inteligente, Carney —dijo—. Un empresario. No sé si es consciente de que su actual iniciativa no va a dar resultado. —El abogado enseñó la dentadura—. ¿Ha pensado en lo que podría pasarles a usted y a su familia?

Moskowitz había traicionado a Carney dándoles el soplo a los Van Wyck. Aquellos dos tíos se presentan en la joyería, le aprietan las tuercas y le dicen que avise si aparece el collar. Porque quienquiera que esté en posesión de esa esmeralda tiene el maletín con el resto de las cosas.

Tiempo atrás, cuando trincaron a Buxbaum, Carney y Moskowitz habían temido que pudiera cantar. Fuera o no un gallina, Buxbaum había mantenido el pico cerrado. Todavía estaba cumpliendo condena en Dannemora. En cambio era Moskowitz, el anciano caballero, el profesor, quien al final había delatado a Carney.

Hay que joderse.

—¡Eh! —dijo Ed Bench.

La obra *Johnny Dandy*, protagonizada por Blake Headley y Patricia De Hammond, llevaba representándose en el Divinity Theater de Broadway desde el fin de semana del día de los Caídos. La crítica había repartido bofetadas a diestro y siniestro. La acción y los diálogos estaban tan cargados de eufemismos, eran tan opacos en significado e intención —ahora aburridos, ahora inquietantes—, que nadie tenía claro de qué iba la obra, si es que entendían algo, no digamos ya disfrutarla. ¿Qué era, una tragedia o una farsa? Un reflejo tan fiel de la vida misma resultaba irresistible. Cada noche, una pantomima de la vida moderna se desarrollaba en el escenario. Lleno siempre hasta la bandera. Pero una hernia discal de Blake Headley cortó en seco el éxito de *Dandy*; la sosa y mecánica interpretación de su sustituto rompió el hechizo. No hubo ningún otro montaje de la obra, salvo un intento vanguardista en Buenos Aires que no pasó del primer entreacto a causa de un incendio provocado. El autor de *Johnny Dandy* se trasladó a Los Ángeles y se hizo un nombre como guionista de westerns para televisión. A las 15.42, hora en que terminaba el primer pase, las puertas del teatro vomitaban centenares de espectadores entusiastas a la ya congestionada calle Cuarenta y nueve.

El South Ferry 306, cuyos autoproclamados dominios eran veintidós kilómetros de la línea IRT entre South Ferry y la confluencia de Van Cortlandt con la Doscientos cuarenta y dos, tenía que llegar a la parada de la calle Cincuenta a las 15.36, pero llevaba retraso porque un guardavías había informado de la presencia de algo que se arrastraba entre los raíles en Herald Square. La investigación subsiguiente determinó que se trataba de un mapache despistado. A veces ocurría, algo se torcía. El tren chirrió al entrar en la estación de la calle Cincuenta a las 15.45, con nueve minutos de retraso sobre el horario previsto. La salida que daba a la calle Cuarenta y nueve era cómoda y popular. Un vagón de tren o de metro recoge especímenes y la estación los libra del cautiverio. Hombres y mujeres salían de los vagones, se apretujaban de nuevo en los torniquetes y subían las escaleras para alimentar el de por sí enloquecido flujo de Broadway.

Aprovechando la conjunción de esta afluencia de gente, Carney echó a correr como lo habría hecho si su primo Freddie acabara de mangar un tebeo del expositor de Manson's y el viejo Manson los persiguiera machete en mano por Lenox; corrió como si su primo y él hubieran tirado un puñado de petardos a los cubos metálicos de basura frente al 134 de la calle Ciento veintinueve Oeste, provocando el pánico general. Corrió como si fuera un chaval convencido de que el mundo de los adultos con todo su poder adulto iba a darle la paliza del siglo. Había gente y coches. Fintó, esquivó, regateó, serpenteando entre comerciales desaliñados y matronas renqueantes, colándose entre palurdos de andares lentos y gente sofisticada de movimientos enérgicos, como si fuera un fragmento de celuloide deslizándose por las bobinas de un gigantesco proyector de cine, metraje perdido de una peli de serie B.

Se desembarazó de Ed Bench y del señor Lloyd al cabo de dos manzanas —al final aquel resultó no ser el dios de la velocidad— y siguió corriendo otras diez, pero a menor ritmo, porque no estaba en buena forma. Habían terminado de construir otra sección del Lincoln Center y el acceso sur de la estación de la calle Sesenta y seis volvía a estar abierto.

El collar había desaparecido, tal cual. Sí, uno puede tener la cabeza llena de los más locos pensamientos y la gente se sentará a tu lado en el metro como si fueras una persona normal. Carney se sintió a salvo durante todo el trayecto, hasta que llegó a la tienda y vio a Pepper.

Últimamente Pepper ya no era el de antes. Sin duda tenía que ver con la cuchillada que le habían dado en el estómago cuando lo de Benton. Al principio todo había ido sobre ruedas. Era un robo de manual, camión lleno de abrigos y chaquetones, tranquila noche de domingo. Pepper había sido reclutado por Dootsie Bell. En los viejos tiempos Dootsie Bell había sido un atracador de primera. Raudo y con una voz de ogro que paralizaba a los pringados. Luego vino la jeringuilla. El único remedio que se buscó fue la Biblia. Sí, de acuerdo, a ciertas personas les va bien un poco de Jesús y tal, pero nadie quiere tener de socio en un golpe a un tío que te salga con lo de «No hagas a los demás...». Dootsie le aseguró a Pepper que el conductor estaba atado y amordazado. La hoja del cuchillo le entró hasta la espalda.

Una semana tirado en un muermo de sala de hospital. Tíos que ingresaban, tíos que recibían el alta. Un día después de volver a su apartamento en la Ciento cuarenta y cuatro, la caldera dejó de funcionar. El casero se pasó varias semanas poniéndole excusas hasta que Pepper le dio un ultimátum. Semanas duras, de esas en las que te das cuenta de que te lo has montado para que nadie tenga nada contra ti, lo cual significa que tampoco nadie tiene nada para ti: ayuda, una palabra amable. Pepper disponía de tiempo de sobra para reflexionar al respecto y finalmente decidió que no iba a cambiar un ápice sobre cómo había vivido su vida, pero que tirar para adelante le permitía a uno hacer cambios sobre la marcha si le venían bien.

La tripa le fastidiaba mucho más de lo que estaba dispuesto a reconocer. No podía trabajar. El primer golpe que le salió fue robar la nómina de una fábrica de vidrio en New Brunswick. A medias con Cal James; un primo de su chica trabajaba allí y conocía todos los entresijos. A la media hora de estar observando la fábrica y las pautas de seguridad, Pepper empezó a sentir retortijones y se desmayó en el coche. Consiguió volver a la ciudad como pudo y tuvo que tirarse una semana en cama. Lo siento, Cal. Después de aquello no aceptó ningún otro trabajo. Una voz interior le decía: «¿Seguro que quieres hacer eso?». Era la voz de su sentido común, que tantas veces le había salvado el pellejo. Aquello estaba ahora fuera de su alcance.

Se pasaba horas en Donegal's. Antes, cuando entraba en el bar, había gente que le caía bien, o con la que al menos había hecho algún trabajo: tenían algo en común. ¿Adónde habían ido a parar todos ellos? Claro, a la cárcel, al cementerio; pero aparte de eso. No existían planes de pensiones para ladrones de cajas fuertes, atracadores y timadores jubilados. Si miraba a su alrededor, Pepper se daba cuenta de que los parroquianos de Donegal's eran viejos delincuentes que ya no tenían edad para según qué trabajitos, cuya sesera estaba hecha una mierda tras diez años entre rejas, o eran tan gafes que nadie quería trabajar con ellos. Tíos así, además de él. Por eso se alegró aquella tarde al ver entrar a Carney. A veces, el semblante de Big Mike parecía apoderarse del rostro de su hijo, en la mirada y el ceño, y era como volver a ver a su amigo.

Una noche estaban los dos en Donegal's, él y Big Mike, y Pepper se puso a divagar sobre la naturaleza del universo. Entonces Big Mike dijo: «¿Sabes cuál es tu problema?». Pepper respondió que no, que se lo dijera él.

«Que no te cae bien nadie», dijo Mike.

Pepper le contestó que le caían bien muchas personas, pero no la gente. Big Mike le caía muy bien. Cualquier semejanza entre padre e hijo desapareció de un plumazo en cuanto el vendedor de muebles abrió el pico, pero fue bonito ver aquel brillo en su mirada. Aunque durara tan poco. Si Carney no hacía caso de su consejo de pasar del perdedor de su primo,

Pepper trabajaría para él. La convalecencia había reafirmado el vacío que colmaba su vida. Un sillón reclinable le sería de gran ayuda.

Puso manos a la obra tan pronto llegó a la calle Ciento veinticinco. Primero subió la persiana de la tienda y a continuación buscó entre el manojo de llaves la que abría la puerta principal. En ese momento, una voz atiplada dijo a sus espaldas:

—¿Cómo es que ese hombre tiene la tienda cerrada todo el día?

No era un cliente. Las gafas de sol y la pinta de aficionado al jazz cuadraban con la descripción que Carney le había dado de Chet the Vet, uno de los matones de Chink Montague. Pepper hizo caso omiso y abrió la puerta.

—Oye, tú, te estoy hablando.

Pepper se encaró al hombre con la resignación de quien descubre que el retrete sigue atascado después de marcharse el fontanero.

—¿Quién eres? —dijo Chet.

—El vigilante.

—Busco a tu jefe.

—Aquí me tienes.

Chet the Vet atisbó hacia la penumbra de la tienda. Luego miró a Pepper de arriba abajo. La actitud de aquel hombre le desconcertaba.

—Volveré —dijo.

—La tienda no se va a mover.

Chet the Vet se marchó. Por dos veces volvió la cabeza, y en ambas se vio desafiado por la mirada de Pepper.

El turno de vigilancia empezó con un sándwich de ensalada de huevo y un batido de leche del Lionel's de Broadway. La noche del miércoles fue tranquila y Pepper tuvo la oportunidad de estudiar las relativas ventajas del reclinable Argent y la suave acción hidráulica que proclamaba el anuncio. Un mueble de calidad, pensó Pepper, aunque le habría gustado que la tapicería tuviera algo más de textura.

El Argent fue como morder la manzana prohibida. Al día siguiente, Pepper aprovechó para echar un vistazo al material promocional que tenía Carney. Así se hacía una idea de otras alternativas en cuanto a sillones reclinables. Su garita de centinela era el despacho, con las luces apagadas. Había dejado la persiana ligeramente entreabierta, de forma que pudiera controlar la sala de exposición y la calle pero sin ser visto. Examinó los catálogos acercándoselos a la cara en la semioscuridad. Ruedas con bloqueo, tapizado a prueba de manchas, palanca de activación. Había un modelo ultramoderno con bandeja giratoria incorporada, perfecta para ver la tele. Sí, pero él no tenía televisor.

¿Cuánto tiempo había pasado desde que dejara de utilizar la tienda como contestador automático? ¿Tres años? Los muebles eran diferentes —cambiaban según los gustos del momento—, pero Carney había mantenido el negocio en marcha. Había hecho un buen trabajo. Su padre habría estado orgulloso de él, aunque se tratara de un negocio decente. Carney se parecía en unas cosas a su padre y en otras no; Pepper no le guardaba ningún rencor por lo de Duke, el traficante y los polis. Big Mike nunca se había reprimido a la hora de vengarse, y eso su hijo lo había heredado.

Estiró las piernas. En el bolsillo trasero de su mono había algo. Era uno de los panfletos que los activistas repartían la semana anterior en la calle Ciento veinticinco:

TRANQUIS,
EL MENSAJE HA SIDO ENTREGADO
Llevamos años reclamando a gritos puestos de trabajo, escuelas decentes, casas limpias, etc.
Algunos se hacían los sordos.
Les hemos dicho un montón de veces que si los negros no veíamos avances reales, se iba a armar la gorda.
Algunos se hacían los sordos.
Pero hoy todo el mundo ha recuperado ambos oídos.
El mensaje ha sido entregado

El panfleto se lo había dado uno de esos hermanos jóvenes que solían verse en las sentadas, con una de esas camisas africanas que estaban tan de moda últimamente. «Échale un vistazo», le dijo a Pepper, como si él fuera un patán sureño y hubiera que enseñarle cómo funcionaba la Gran Ciudad. El joven se escabulló al recibir una incendiaria mirada por parte de Pepper. «Tranquis». Nadie escucha. ¿Tú escuchas lo que dice la cucaracha antes de que la aplastes? Estuvo a punto de tirar el panfleto a la basura, pero al final se lo guardó otra vez en el bolsillo.

A las 15.32 dos blancos se aproximaron a la puerta principal. Los clientes daban media vuelta al ver el cartel de CERRADO, pero aquellos dos hicieron visera con la mano y pegaron la cara al cristal. Eran jóvenes y de aspecto pulcro, con uniformes de la compañía del gas que estaba claro que no eran suyos. No eran unos pringados como muchos matones, que empezaban a jadear después de unos cuantos puñetazos. Estos tíos estaban en forma y hacían vida sana, parecían astronautas. La nueva generación. Podrían haber sido sus hijos. Pepper se llevó la mano al punto en que el cuchillo se había hundido hasta el fondo. Siempre le dolía antes de liarse a golpes.

Se separaron. El astronauta pelirrojo fue hasta la esquina y miró por Morningside, la otra entrada a la tienda. El astronauta rubio caminó en dirección contraria, hasta el muro que separaba la tienda del bar de al lado. Regresaron a la puerta principal, hablaron un momento entre ellos y se largaron.

A los cinco minutos estaban de vuelta. El astronauta pelirrojo se inclinó para cargarse el candado de la persiana y luego la subió mientras su compañero fingía consultar unos papeles. Ir disfrazado de camarero o de portero había sido para Pepper el mejor salvoconducto para moverse entre gente blanca. Del mismo modo, en un barrio negro, un blanco con un uniforme de aspecto oficial puede entrar sin problemas casi donde quiera. El uniforme de poli transmite un mensaje, el de operario de un servicio público transmite otro, siempre que no hayan venido a cortarte la luz. El pelirrojo abrió fácilmente la puerta con una ganzúa y su compañero metió en el interior una caja metálica con ruedas. Seguramente un soplete de acetileno.

Una vez dentro sus movimientos se ralentizaron; había empezado la cacería. Avanzaban en tándem: un paso al frente, pausa, reconocimiento, un paso más. El pelirrojo se encaminó al despacho de Carney y el rubio en dirección a la mesa de Marie. Ya en la sala de exposición, el rubio soltó la caja y ambos echaron mano a sus Colt Cobra. Siguieron progresando hacia el fondo, atentos como depredadores.

Pepper estaba en desventaja, ya que no llevaba pistola. Su última arma de fuego había sido la de un solo uso que había empleado en el atraco y que había visto por última vez en el suelo del Cadillac de Dootsie Bell antes de que este lo dejara tirado enfrente del Harlem Hospital. Pepper había quedado con Billy Bill esa misma noche para comprar una pipa. Ahora, lo único que tenía a mano era un bate de béisbol y un cuchillo de caza.

Para empezar, el bate. Pepper le atizó un tremendo batazo al astronauta pelirrojo por debajo de las costillas, y luego le dio de lleno en la nuca con todas sus fuerzas. Había dejado entreabierta la puerta del despacho y atacó cuando el tipo se puso a su alcance; ahora el astronauta sí que estaba viendo muchas estrellas. Apenas pasaron segundos antes de que el grito atrajera a su compañero. ¿Qué hacer? ¿Buscar el Colt Cobra o utilizar al astronauta abatido? El ruido del revólver al caer había quedado amortiguado, por lo tanto tenía que estar sobre la alfombra. Pero no había tiempo para ponerse a gatas y buscarlo.

Pepper puso el filo del cuchillo en la garganta del pelirrojo cuando el otro apareció en el umbral. Cierta clase de hombre habría disparado igualmente, pero el rubio no era de esos.

—Atrás, amigo —dijo Pepper. El pelirrojo gritó al sentir que la presión del cuchillo aumentaba—. Ahora vamos a levantarnos, ¿eh?

Así lo hicieron. Pepper intuyó que el otro estaba intentando adivinar su siguiente movimiento. Le hizo avanzar un paso hacia la entrada. El astronauta se movía lentamente, pensando en aprovechar la primera oportunidad. Pepper alargó un brazo para cerrar la puerta del despacho y puso al hombre de espaldas contra la misma. Luego presionó el botón del pomo para echar el pestillo.

El astronauta le clavó un codo en el vientre y acto seguido un puñetazo en la mandíbula. Pepper se había estado protegiendo el estómago ladeando el cuerpo, y eso fue lo que aprovechó el otro. Desde fuera, el rubio probó a abrir la puerta del despacho y finalmente cargó con el hombro para echarla abajo. El pelirrojo derribó a Pepper y lo inmovilizó contra el suelo.

La ventanita estalló hacia el interior ante el peso de la otomana Collins-Hathaway que el otro lanzó contra el cristal. Las lamas de la persiana quedaron todas retorcidas. La alfombra: Pepper vio la culata del arma que había caído. El pelirrojo la vio también y ambos se arrastraron por el suelo, forcejeando para hacerse con ella. Pepper llegó antes, giró sobre sí mismo e hizo fuego contra la figura enmarcada en la ventana del despacho. Erró el disparo. Acto seguido, golpeó al pelirrojo en el cráneo con la culata.

La última vez habían sido manchas de sangre en la alfombra; esta vez en la ventana.

La ventana se abrió.

—Tranquis —dijo Pepper—. Si veo moverse algo, disparo. —Agarró al astronauta pelirrojo y continuó hablándole a su socio—: Ve hacia el escaparate. Ahora voy a salir con este hijoputa. —Ordenó al pelirrojo que abriera la puerta del despacho.

Fue algo raro: la silueta del hombre blanco y al fondo la calle Ciento veinticinco, que no parecía registrar la violenta tragedia que se desarrollaba en el interior. En la acera de enfrente, una jovencita practicaba con su hula-hop. El disparo no había llamado la atención de los refuerzos policiales en la zona. De momento.

Por el modo en que apuntaba con su revólver, estaba claro que el astronauta rubio pretendía dispararle a la cabeza. Quizá después a la barriga, para rematar la faena.

—Más vale que tires eso —dijo Pepper—, a no ser que quieras quedarte sin compañero.

El rubio se inclinó para depositar su arma en el suelo y luego levantó las manos.

—Ahora largo de aquí cagando leches —dijo Pepper.

Como los jóvenes de Harlem gustaban de decir, el mensaje había sido entregado.

Carney vio el cristal roto y corrió a llamar por teléfono desde su despacho. Elizabeth no contestaba. Estaría en la agencia, o en el parque, a saber…

—Sé de un tipo que compraría el soplete, si tú no lo quieres -dijo Pepper.

—¿El qué?

—Eso de ahí. Lo traían para abrir la caja fuerte. —Hizo una pausa—. No, a J.J. lo trincaron. Seguro que habrá algún otro.

—Oye, mira, tengo que ir a casa.

Sacó el maletín de Linus de la caja fuerte Hermann Bros. Pepper le dijo que la dejara abierta.

—Así no la reventarán si vuelven.

Carney cogió el dinero en efectivo; Freddie lo iba a necesitar ahora que estaba descartado mover la esmeralda.

Echó un vistazo rápido a los documentos que había en el maletín. Planos de un gran complejo de oficinas en Greenwich Street; importantes, tal vez, pero seguro que se podían reemplazar. Debajo de los planos había unos documentos legales sobre asuntos inmobiliarios, con el nombre de Linus y la empresa familiar. En uno de los documentos se otorgaban al señor Van Wyck poderes notariales sobre su hijo. ¿Se trataba de eso solamente? Ya tendría tiempo de averiguar qué era lo que había puesto tan nerviosa a la familia Van Wyck. Ahora tenía que ocuparse de la suya.

Mientras Carney cerraba la tienda, Pepper le preguntó si aún tenía la camioneta de su padre. Dijo que les vendría bien. Fueron a buscarla y partieron a toda prisa hacia Riverside Drive.

De repente, a Carney le impactó de nuevo: el collar había desaparecido. Y a ellos ni siquiera pareció importarles cuando él lo entregó. Hizo sonar el claxon frente al semáforo en rojo. Elizabeth y los niños.

—Están bien —dijo.

—Puede —dijo Pepper.

—Freddie. —Tal como Carney pronunciaba el nombre de su primo cuando eran chavales y él los ponía en fila para zurrarles el trasero. *Freddie.*

—Esta noche me quedaré delante de tu casa en la camioneta —dijo Pepper—. Y mañana traeré a alguien para que vigile a tu familia.

Un bache tremendo hizo sacudirse el vehículo, uno de esos cráteres con su propio código postal. Pepper gimió de dolor, llevándose la palma de la mano al abdomen, por debajo del corazón.

—¿Te han pegado? —Carney le dijo que tenía muy mala cara.

Pepper murmuró algo sobre hombres del espacio.

Cuando llegaron, Elizabeth estaba tumbada en el sofá y los niños chinchándose entre ellos. Elizabeth saludó a Pepper.

—Me está ayudando a trasladar unos muebles, ahora que no tengo a Rusty —dijo Carney. Le había explicado a su mujer el cierre de la tienda alegando que Marie y Rusty se merecían un descanso después del follón de la semana anterior, aparte de que la gente estaba demasiado conmocionada para ir a mirar muebles.

Elizabeth bromeó diciendo que, como Marie no estaba, ella tenía que hacer también de secretaria.

—¿Qué quieres decir?

Elizabeth alcanzó la libreta.

—Te ha llamado un tal Ed Bench. Dice que te pasó su tarjeta…

Carney llamó al abogado desde la cabina de teléfono que había en la esquina.

Tenían a Freddie.

8

Bajó por Park Avenue. Le parecía lógico, seguir la línea de casas sucias de hollín hasta donde terminaban bruscamente en la Noventa y seis y se convertían en los mundialmente famosos regimientos de elegantes bloques residenciales, que a su vez daban paso a los mastodontes empresariales a partir de las calles Cincuenta. Park Avenue era como una de aquellas gráficas de sus libros de economía que ilustraban un caso práctico de negocio próspero: números de calles de Manhattan en el eje x y dinero en el eje y. «He aquí un ejemplo de crecimiento exponencial».

—Es la Cincuenta y uno —dijo Carney.

—Ya —dijo Pepper.

Carney no se había acostumbrado aún a ver el Pan Am Building cerniéndose sobre la calle Cuarenta y cinco, tapando parte del cielo. Seguían creciendo: los edificios, las montañas de dinero.

Los conos naranja estaban donde Ed Bench había prometido, a medio camino entre la Cincuenta y uno y la Cincuenta, en el lado oeste de la avenida. Pepper fue a apartarlos para que Carney pudiera aparcar.

Enfrente estaba el número 319 de Park, tras una valla festoneada de pasquines anunciando el nuevo disco de Frank Sinatra con la orquesta de Count Basie. Era un edificio de más de treinta pisos y estaba revestido de paneles metálicos azul claro. Los paneles llegaban solo hasta la mitad, todavía lo estaban construyendo. Pero el ascensor ya funcionaba y el suelo de la decimoquinta planta estaba colocado, según le había dicho el abogado.

Cuando salió de la cabina de teléfonos, Carney le explicó la conversación a Pepper. La voz impasible, la serena declaración de hechos. Habían pillado a Freddie saliendo de casa de su madre.

«Te avisé de que lo jodería todo», le dijo Pepper.

Carney asintió. Conociendo a su primo, seguro que quiso ir a ver a tía Millie para que le sacara del apuro. Si Moskowitz se hubiera dado prisa en soltar la pasta del collar, Freddie se habría largado en un autobús sin ir a verla.

Ed Bench le dijo que llevara «las pertenencias del señor Van Wyck» a una dirección de Park Avenue a las diez de la noche. Ellos, a cambio, les devolverían a Freddie. Bench le pasó un momento el teléfono a Freddie, que apenas si tuvo tiempo de graznar: «Soy yo».

—Están en su territorio —declaró Pepper—. Conocen el terreno.

—¿Crees que cumplirán su palabra?

Pepper soltó un gruñido. ¿De qué no eran capaces esos tíos? Habían puesto patas arriba el piso de tía Millie, destrozado la Sterling Gold & Gem, habían entrado armados en la tienda de muebles. Ellos no habían matado a Linus; Linus habría cantado dónde estaba el maletín si le hubiesen apretado las tuercas. Por lo que contaba Pierce, una vez se habían cargado al testigo de un juicio antes de que pudiera declarar. Suponiendo, claro, que hubiera que creer a Pierce. Los interrogantes seguían en pie: ¿Qué iban a hacerle a Freddie? ¿Y lo soltarían o no?

—Me muero de hambre —dijo Pepper.

—¿Qué?

—Antes deberíamos comer algo.

—Bench no me ha dicho que podía traer a alguien.

—Tampoco te ha dicho que no pudieras, ¿no? Somos viejos amigos, esa pandilla de los Van Wyck y yo.

Fueron en la camioneta hasta Jolly Chan's, en Broadway.

A medida que el verano tocaba a su fin, cada día oscurecía más temprano. El restaurante estaba a tope, ya que era la hora de cenar. Cuando entraron, una mujer joven ataviada con uno de esos vestidos chinos largos dio la bienvenida al «señor Pepper». Tenía como un aire de brusca confianza en sí misma; los condujo hasta donde Pepper y Carney se habían sentado la última vez, y retiró un poco la mesa para que Pepper pudiera tomar asiento donde más le gustaba. De espaldas a la pared, como solía decir Carney padre, para que nadie te pillara por sorpresa. Hasta hacía muy poco Carney no había entendido la sabiduría que encerraba ese consejo.

—Chan murió —dijo Pepper—. Esa es su hija, ahora es quien lleva el negocio.

Pidió pollo frito y patatas; Carney arroz frito con cerdo. Un chico que llevaba los cordones de los zapatos sin atar les dejó una tetera en la mesa e hizo una breve reverencia.

Carney abrió el maletín. ¿Qué era lo que quería Van Wyck? Examinó el traspaso notarial de poderes. Linus le había otorgado sus derechos a su padre hacía tres años. Cada dos por tres al loquero, problemas con las drogas: era una buena jugada, apartar a ese hijo del negocio inmobiliario familiar. ¿Linus buscaba ese documento o simplemente se lo encontró allí en la caja fuerte? Muerto él, carecía de valor; su familia ostentaba el control de sus posesiones. A no ser que hubiera hecho testamento, pero ¿acaso los jóvenes hacen redactar sus últimas voluntades? Bueno, si tenías dinero, quizá sí.

—¿Y eso? —preguntó Pepper.

—Cartas de amor —dijo Carney. Sacó la tarjeta de San Valentín de una chica llamada Louella Mather (por la letra y la fecha, se deducía que Linus y la chica eran muy jovencitos entonces) y una carta.

Carney le leyó por encima a Pepper unos cuantos párrafos. Aquello parecía sacado de las novelas baratas que leía Elizabeth, en las que siempre salía una dama blanca de vaporoso vestido, escapando candelabro en mano de un castillo al borde de un acantilado. La señorita Mather se explayaba sobre una noche con Linus en el patio, luego la hoguera en la playa. «Cuento los días que faltan para que nos veamos de nuevo en Heart's Meadow». Era un nombre con regusto a confesiones en la glorieta bajo un intermitente claro de luna. Romanticismo aparte, Linus y la joven dama nunca llegaron a estar juntos, eso Carney lo sabía.

Pepper se distrajo mirando a una chica con unos pantalones rojo chillón que pasaba por la acera, y Carney lo interpretó como una señal para que dejara de leer. Estaba guardando la carta en su sobre amarillento cuando reparó en un papelito doblado. Era nuevo y no tenía que ver con la carta de amor. En el folio de papel grueso constaban cinco hileras de números escritos a máquina. Carney se lo mostró a Pepper.

Pepper soltó un gruñido.

—¿Qué es? —dijo Carney.

—Por la cantidad de dígitos, diría que son números de una cuenta bancaria.

Carney volvió a mirarlos detenidamente.

—¿Y cómo lo sabes? —preguntó.

—¿Tú dónde crees que guardo yo la pasta? —dijo Pepper.

Carney no supo si le estaba tomando el pelo. Dinero guardado en el extranjero. ¿Blanqueo? ¿Evasión de impuestos? ¿Era por eso por lo que perseguían a Freddie? Lo último que había dentro del maletín era el cromo de béisbol de 1941 con Joe DiMaggio y Charley Keller, pero no hubiera tenido sentido montar todo aquel tinglado por una tontería de cromo.

Pepper y Carney mataron el rato en el restaurante chino. En lugar de profecías o números de la suerte, los papelitos blancos que había dentro de las galletas de la fortuna anunciaban la compañía United Life Insurance. Pepper dejó una propina desorbitada.

Volvieron a la camioneta. Carney la había hecho repintar, pero el ruido que hacía al girar la llave de contacto delataba su antigüedad. Hacía años que ya no vendía muebles poco usados y utilizaba la camioneta sobre todo para hacer la ronda de los mercadillos, para llevar monedas o relojes antiguos a los especialistas. Tal como estaba marchando su negocio, y el de Elizabeth, podían permitirse un coche nuevo, algo deportivo pero práctico a la vez, pero a Carney le gustaba la camioneta porque era como una especie de camuflaje. Los niños todavía podían apretujarse en el asiento de delante, y a él le gustaba tenerlos allí a los tres en fila y extender la mano para que no se golpearan contra el salpicadero si tenía que frenar en seco.

—Todavía pita —dijo Pepper, cerrando la puerta.

—Es una buena camioneta.

Carney tomó una decisión: comprar un coche decente para la familia a finales del verano, antes de que May y John crecieran demasiado. Y concentrarse en lo que tenía que hacer ahora.

Cuando habían salido esa tarde de la tienda de muebles, Pepper había dejado junto a sus pies una tartera metálica. Ahora procedió a abrirla. Dentro había dos Colt Cobra.

—Se dejaron esto —dijo, examinando las armas.

Carney sacó la suya.

—De Miami Joe —dijo.

La había encontrado bajo el sofá meses después de que Pepper lo matara en su despacho. Desde entonces había estado guardada en el cajón inferior de su mesa, debajo de una copia del disco *Ebony*, con Lena Horne en la cubierta.

A Pepper no pareció sorprenderle.

—¿Sabes usarla?

Un día, cuando Carney iba al instituto y su padre estaba fuera, unas ratas llevaban horas chillando detrás del edificio. Era impensable que alguien pudiera oírlas y no volverse loco. Carney sabía dónde guardaba su padre la pistola. En el estante del armario donde su madre solía poner las cajas de los sombreros, Big Mike tenía una caja de zapatos con balas y cuchillos y lo que más tarde dedujo Carney que era un garrote casero. Y la pistola del mes. El día de las ratas escandalosas se trataba de un revólver de cañón corto calibre 38, que en la palma del Carney de trece años parecía una rana gorda y negra. Hizo un ruido estruendoso. No supo si le había dado a alguno de los roedores, pero el caso es que salieron huyendo en estampida. Carney pasó verdadero miedo durante semanas ante la idea de que su padre pudiera descubrir que había estado hurgando en sus cosas. Meses más tarde, cuando abrió la caja de zapatos, vio que dentro había una pistola diferente.

Le dijo a Pepper que sabía usarla.

Pepper respondió con un gruñido y se guardó uno de los Colt Cobra en un bolsillo interior de su anorak de nailon.

Ahora que habían llegado al lugar concertado, la pistola de Miami Joe le pareció una estupidez. Durante los últimos cinco años Carney se había dicho a sí mismo que, si algo se torcía, siempre podía echar mano de la pistola tirada debajo del sofá. Seguridad secreta, como esos billetes de emergencia que uno se mete en el zapato por si las moscas. Pero ahora estaban en Park Avenue, una de las calles más caras del mundo. El edificio que Van Wyck había elegido para la entrega estaba valorado en decenas de millones de dólares; era un símbolo del poder que concentraba aquel hombre, del capital y las influencias que sostenían su codicia. Mientras que él, Carney, solo contaba con la pistola de un muerto y con un gángster decadente que no tenía ni para comprarse unos pantalones nuevos.

—¿Listo? —dijo Carney.

—Estuve echándole una ojeada al Egon.

Carney le miró.

—El sillón reclinable con sistema de mecanismo suave. En tu despacho. El catálogo. Y también una lámpara de pie.

—Sí, claro —dijo Carney—. Normalmente tardan en llegarme entre cuatro y seis semanas.

Un diminuto cerrojo aseguraba las puertas de contrachapado que había delante del 319 de Park, junto a un cartel en el que se leía: INMOBILIARIA VAN WYCK: CONSTRUYENDO EL FUTURO. Cuando Pepper y Carney accedieron al interior, los sonidos de la ciudad quedaron amortiguados como por arte de magia. La placa de bronce ya estaba colocada: VWR. El cristal de la entrada al vestíbulo estaba recién instalado y aún tenía tiras entrecruzadas de cinta adhesiva blanca. El suelo estaba cubierto por cartones llenos de polvo, y nubes grises de estuco salpicaban las paredes.

Un guardia de seguridad blanco estaba sentado en una silla plegable junto a los ascensores. Se quitó las gafas de leer —estaba haciendo sopas de letras— y miró a Carney y a Pepper con evidente irritación. Una mano bajó hacia su cintura, en las cercanías de su pistolera. Señaló hacia el panel acristalado donde estaba el directorio del edificio; unas letras blancas parecían flotar en un lago de fieltro negro: SUITE 1500. Único ocupante.

Dentro del ascensor todavía por terminar, una placa en blanco esperaba el certificado de inspección. Aún podían volverse atrás.

—¿Cómo sabes qué banco? —dijo Carney.

—Ya tardabas en preguntarlo —dijo Pepper. Parecía agotado—. ¿A ti te gusta este calor?

Carney pensó: Bueno, Freddie se lo ha guisado, pues que se lo coma. ¿Y luego qué? ¿Vaciar las supuestas cuentas bancarias y largarse a alguna isla como hizo Wilfred Duke? Fue una fantasía de corta duración, un breve periplo entre planta y planta: Elizabeth le abandonaría ipso facto cuando se enterara de su faceta delictiva. Ella misma llamaría a la poli si unos matones se presentaban en casa de Leland y Alma buscándolos a ellos dos.

El ascensor emitió un cristalino y alegre «ping» y abrió sus puertas.

El pasillo de la decimoquinta planta estaba enmoquetado en rojo; recios pilotes y una serie de paneles de mármol de imitación lo recorrían de punta a punta. Carney se fijó en que las luces del techo eran esos globos Miller que se habían puesto de moda en los edificios de oficinas. Una flechita de latón señalaba hacia la suite 1500.

—Muy alto, ¿no? —dijo Pepper—. La última vez que estuve más arriba de una décima planta…

Sacó el Colt Cobra de su anorak. Carney había dejado su arma en la guantera de la camioneta después de decírselo a Pepper. No iba a disparar, así que no tenía sentido llevarla encima. La estupidez de ese argumento se haría evidente a su debido tiempo.

Las luces de la recepción estaban encendidas. Ni un alma. Ed Bench gritó: «Aquí dentro, caballeros», desde algún punto del pasillo. Olía a pintura, tan fresca que parecía que las paredes verde claro pudieran mancharlo a uno desde un palmo de distancia. Mamparas hasta la altura del pecho separaban las enormes habitaciones en zonas individuales de trabajo, pero faltaba todo lo demás: sillas, mesas, etcétera. Entonces Carney recordó que varias empresas se habían mudado al Pan Am antes de que estuviera acabado. Había tantos negocios urgentes que atender que los edificios no podían seguir el ritmo, el dinero los empujaba hacia delante. Dentro de una semana todos aquellos espacios estarían repletos de hombres con traje de raya diplomática hablando por teléfono a grito pelado.

Pero antes había que poner fin a otra clase de negocio.

La puerta de la sala de juntas estaba abierta. Dentro estaba Ed Bench en compañía de dos hombres con traje de franela gris y solapa estrecha. Se ajustaban a la descripción que Pepper había hecho de los astronautas. Bench estaba sentado a la cabecera de la enorme mesa oval, un teléfono blanco con interfono junto a su brazo. Había doce asientos vacíos. Mesa y sillas eran de la nueva línea de otoño de muebles Templeton para oficina. Que Carney supiese, aún no habían salido al mercado. El skyline siempre cambiante del midtown se perfilaba a contraluz más allá de la pared acristalada que daba a la calle.

Pepper saludó con la cabeza a los hombres del espacio, que permanecieron inmutables. Estaban uno a cada lado de Ed Bench y apuntaban con sus armas hacia el umbral, donde se encontraban Pepper y Carney. Se los veía más cómodos con traje hecho a medida que con el disfraz de operarios de la compañía del gas; esta madriguera corporativa era su hábitat natural.

A juzgar por su reacción, Ed Bench había sido puesto al corriente del guardaespaldas del vendedor de sofás, pero su rústico atuendo provocó que al abogado se le arqueara una ceja.

Pepper apuntaba todo el tiempo al pelirrojo; le caía especialmente mal.

—Mi cliente se alegra de haber recuperado el collar —dijo Ed Bench—. Le encantará saber que han traído el resto de las cosas.

—¿Dónde está Freddie? —preguntó Carney.

Ed Bench señaló el maletín.

—¿Está todo?

—El caballero le ha hecho una pregunta —dijo Pepper. Miró brevemente a su espalda, no fuera que hubiese algún invitado imprevisto acechando. Imposible, gracias a las mamparas—. ¿Qué tal si vamos al grano?

La mirada de los dos astronautas dejó ver que solo esperaban un pretexto para actuar.

—¿Han aparcado donde les dije? —preguntó Ed Bench, haciendo bajar la temperatura del ambiente.

—Sí —dijo Carney.

Ed Bench marcó un número de teléfono, dijo «OK» y colgó.

—Si se acerca a la ventana, lo verá.

Pepper, sin dejar de apuntar al frente, le dijo a Carney:

—Adelante.

Carney caminó sin apresurarse. La camioneta de su padre estaba justo enfrente del edificio.

—No tardará —le tranquilizó Ed Bench.

—Van Wyck —dijo Carney—. Debe de estar destrozado por lo de su hijo…

—Linus era especialista en buscarse problemas. Se había juntado con un mal elemento.

Dos hombres aparecieron por la Cincuenta y uno. Cargaban con una figura inerme, la depositaron en la caja de la camioneta y se retiraron. Tal vez fuera Freddie. Quienquiera que fuese, no se movía.

—¿Qué le pasa? —preguntó Carney.

—Está vivo —dijo Ed Bench.

El astronauta rubio emitió un sonido indeterminado.

—El señor Van Wyck no lo vio con buenos ojos —dijo Ed Bench.

—¿Eso qué coño significa? —dijo Pepper.

—Introducir a su hijo en las drogas. Reírse...

¿Introducir? Eso era totalmente falso.

—¿A qué se refiere con reírse? —dijo Carney.

Ed Bench se percató de la nueva postura de Pepper.

—Cuando robaron en el apartamento. Linus y su padre forcejearon y el señor Van Wyck cayó. El amigo de Linus se echó a reír. —Ed Bench se acarició el mentón—. El señor Van Wyck no lo vio con buenos ojos.

El astronauta pelirrojo abrió la boca por primera vez:

—Tuvimos que ponerlo a tono.

Más tarde, Pepper explicaría que ese era el principio básico: Deja que los blancos crean que te pueden joder a base de bien y ellos te joderán a base de bien.

Fue dos meses después de aquella noche en Park Avenue. El verano se había evaporado y el otoño se acercaba sigiloso como un ladrón al acecho. Estaban en Donegal's. Carney se había pasado por allí para saber qué tal le iba a Pepper con el reclinable Egon y la lámpara de pie Pagoda.

—Decías que no le veías ningún sentido, a la revuelta —dijo Carney—. Todo sigue como está, o sea que todas esas protestas fueron en vano.

—Y en eso tengo razón —replicó Pepper—. La justicia no dijo ni pío sobre ese poli, ¿verdad? El tío conserva su placa, ¿no es cierto? Pero en lo que se refiere al hecho de que yo les disparara a esos tíos... será que uno empieza por poco y va subiendo de nivel.

¡LANZAR BOTELLA

Y

MIRAR CÓMO CORREN!

Aquella noche en el 319 de Park, Pepper empezó por poco, metiéndole una bala en la boca al astronauta pelirrojo. El instinto hizo que este abriera fuego con su calibre 38. Erró el disparo. La bala del astronauta rubio alcanzó a Pepper justo encima de la cadera izquierda, a lo que este respondió disparándole una vez a la cara y dos al vientre. Todavía hizo dos disparos más para acabar del todo con el pelirrojo, que se agitaba sobre la mesa de reuniones como si lo hubieran electrocutado. La última bala hizo que dejara de moverse.

—Espina dorsal —dijo Pepper—. Les da por hacer cosas raras.

A juzgar por la cara que puso, Ed Bench nunca había visto tan de cerca matar a dos hombres a quemarropa. Pálido por pedigrí, ahora lo estaba aún más. En cuanto a Carney, tampoco había visto nada igual, pero no tenía la carga psicológica de preguntarse si él sería el siguiente.

—Te han dado —dijo.

La sangre se escurría entre los dedos de Pepper.

—Tengo que echarle un vistazo —dijo. Refiriéndose a la herida—. Deberíamos terminar con esto.

Carney puso el maletín encima de la mesa.

—Haga lo que quiera —le dijo al abogado.

—¿Estás seguro? —preguntó Pepper.

—Sí. —No había vuelta atrás.

—Mierda, al menos coge las pistolas —le dijo Pepper—. A ver si este idiota nos va a disparar.

Carney hizo lo que le decía, y no porque Ed Bench estuviera en condiciones de ir a por ellos. Miró el cuerpo del astronauta pelirrojo. Su sangre había salpicado la cara y la camisa del abogado. Ed Bench movía la boca pero no le salían palabras. Si se actúa con rapidez, las ultramodernas fibras de la moqueta para oficinas Templeton previenen las manchas.

El ascensor esperaba al fondo del pasillo. ¿Cuánta gente que trabajara en los edificios colindantes podría dar parte del tiroteo? Carney no había comprobado si había luces encendidas en alguna oficina que tuviera la sala de juntas en su línea de visión.

—¿Es grave? —preguntó.

—Bueno, es una herida de bala. —Pepper dejó unas volutas rojas al pulsar el botón de VESTÍBULO. Limpió las letras.

Abajo, el guardia de seguridad saltó de su silla al ver abrirse las puertas del ascensor y rápidamente se alejó hacia el ascensor del extremo opuesto. No supuso ningún estorbo. ¿Cómo viajaba el sonido de un disparo? No había coches patrulla aguardando al otro lado de las puertas de contrachapado. Pepper salió renqueante a la calle y permitió que Carney le echara una mano. Cruzaron la mediana que separaba los carriles, deteniéndose apenas para que pasara un Rolls-Royce gris. Los que iban dentro no dieron indicios de fijarse en ellos.

El que estaba tirado en la caja de la camioneta era Freddie, un bulto con la ropa ensangrentada. Graznó cuando Carney le puso una mano en el pecho.

—Dame las llaves —dijo Pepper.

Carney se las dio y se subió a la parte de atrás. Las damas siempre habían sentido debilidad por su primo, especialmente en su época gloriosa, antes de que bebiera y se drogara demasiado. *Guaperas*: lo había heredado de Pedro tal como Carney había heredado de Big Mike la vena delincuente. Esas damas difícilmente habrían podido reconocerle: le habían dejado la cara como un mapa.

Tenían que ir al hospital. Carney le había dado las llaves a Pepper sin pensar, y solo cuando la camioneta arrancó a trompicones cayó en la cuenta de que el hombre pretendía conducir con una herida de bala en el costado. ¿Había orificio de salida? ¿La poli los seguía de cerca? ¿A qué distancia estaba el hospital? La camioneta dio un giro de ciento ochenta grados y Carney se tendió junto a Freddie, pasándole un brazo por debajo de la cabeza. Un momento después notó el brazo húmedo. Estaban los dos tumbados boca arriba y Park Avenue parecía un cañón, un desfiladero, como había dicho Freddie, los edificios como riscos verticales en movimiento contra el cielo oscuro. Carney se acordó de las noches tórridas de verano cuando Freddie y él se echaban a dormir sobre una manta en la azotea de la calle Ciento veintinueve. El alquitrán irradiaba el calor acumulado durante el día, pero aun así se estaba más fresco a la intemperie. Bajo el inmenso y eterno ajetreo del cielo nocturno. La vista se va adaptando. Una noche Freddie dijo que las estrellas le hacían sentirse pequeño. Los chavales no sabían nada de constelaciones más allá de las Osas y Orión, pero no era necesario saber el nombre de algo para saber lo que sentías por dentro; a Carney, contemplar las estrellas no le hacía sentirse pequeño o insignificante, sino reconocido. Las estrellas tenían su espacio y él el suyo. Todos tenemos nuestro puesto en la vida –personas, estrellas, ciudades–, y aunque nadie cuidaba de Carney y tampoco nadie creía que fuese capaz de conseguir nada serio, él estaba seguro de que llegaría a ser algo. La camioneta iba dando tumbos hacia el uptown. Y miradle ahora: de acuerdo, no tenía una placa de latón en un rascacielos, pero todo el mundo sabía que la esquina de la Ciento veinticinco y Morningside era suya, como atestiguaba su apellido en grandes letras mayúsculas, CARNEY, a la vista de todo el que pasara por delante.

El morro de la camioneta golpeó la trasera del coche aparcado delante, a velocidad suficiente como para que los que iban tumbados detrás pegaran un salto. Las luces de la entrada del hospital los inundaron. Pepper ayudó a Carney a bajar a su primo. Dos jóvenes celadores aparecieron con una camilla.

–¿Y tú, no piensas entrar? –dijo Carney.

–Ya estuve hace poco. Necesito un respiro. –Pepper se alejó dos pasos, la palma de la mano pegada al costado–. Sé de un tío. –Dio dos pasos más.

Carney entró en el hospital a la par que los camilleros. Cuando le cogió la mano a Freddie, este se movió un poco y la cabeza le quedó medio colgando.

–Yo no quería meterte en un lío –dijo.

9

UN NUEVO COMPLEJO DE CALIDAD DE INMOBILIARIA VAN WYCK. Carney tardó un año y medio en recorrer la distancia hasta el solar en construcción del downtown. Había tenido muchísimo trabajo. ¿Volvería Marie a la tienda cuando su bebé ya no fuera tan pequeño? Rodney, su marido, era de los que consideran una amenaza para su virilidad el que una mujer aporte dinero a la familia. Tracy, la chica nueva, estaba aprendiendo pero no tenía nada que ver con Marie, que sabía cuándo cerrar el pico y cuándo apartar educadamente la vista. Carney no tenía claro cuál sería la reacción de Tracy cuando se diera cuenta de que allí había algo turbio.

Hora de almorzar en Rector con Broadway. Una avalancha de oficinistas se desparramaba por las avenidas. Puestos ambulantes de perritos clientes, platos especiales en el autoservicio, filetes sangrantes para peces gordos en sus mesas reservadas. ¿Por qué precisamente hoy? De entrada, el contrato con Bella Fontaine. Enviarlo por correo a la sede de Bella Fontaine en Omaha le trajo a la memoria todo lo sucedido aquel bochornoso mes de julio. El asesinato de James Powell, los disturbios, y luego la peligrosa urgencia de la semana siguiente: el calor a la baja y lo que le hicieron a Freddie. Firmar con Bella Fontaine después de dieciocho meses de renovada persecución del señor Gibbs convertía aquellos acontecimientos en un espejismo.

Recapacitó: las consecuencias permanecían, pero las razones se habían vuelto fantasmagóricas, insustanciales. Harlem se había sublevado, ¿y para qué? El chico no había resucitado; el gran jurado rehabilitó al teniente Gilligan; y los chicos y las chicas de raza negra seguían cayendo ante los golpes y las balas de policías blancos racistas. Freddie y Linus ya no estaban en este mundo —su robo parecía no haber ocurrido jamás—, mientras que Van Wyck continuaba levantando edificios.

Freddie aguantó un par de meses en coma. Presión en el cerebro. Sus últimas palabras: «Yo no quería meterte en un lío». Carney sabía que su primo había tenido celos del Harlem Hospital por las muchas horas que le había privado de su madre, los turnos dobles y los turnos de noche. Quería pensar que Freddie había sentido el calor de la mano de ella en los días y noches finales, cuando el hospital reunió a madre e hijo en la cuarta planta. No hubo escapadas nocturnas, ni mentiras sobre dónde había estado, ni desapariciones de un día para otro. Pedro acudió al hospital en cuanto supo lo ocurrido. Después del funeral se quedó un par de días y luego volvió a Florida.

La muerte dejó a Carney sin Freddie y la sensación de pérdida lo acosaba como una aparición, un compañero invisible que le seguía a todas partes, tirándole de la manga o interrumpiéndolo cuando menos se lo esperaba: «Acuérdate de mi sonrisa», «Acuérdate de aquella vez que», «Acuérdate de mí». La voz perdía volumen, pero al cabo de un rato volvía a sonar con fuerza: «Acuérdate de mí», «Tu trabajo ahora consiste en esto», «Acuérdate de mí o nadie más lo hará». En ocasiones la pena era tan grande que parecía capaz de apagar el mundo a su alrededor, de cerrar el flujo de combustible e impedir que la tierra siguiera girando. Pero no. El mundo siguió adelante a trancas y barrancas, como siempre, las luces no se apagaron y la tierra continuó girando de manera que las estaciones se sucedieran, marchitándose y renovándose.

Munson fue a recoger su sobre dos noches después de la visita al 319 de Park. Las autoridades habían aceptado la versión de Carney sobre lo ocurrido a su primo: que Freddie se presentó en la tienda medio muerto tras recibir una paliza de alguien a quien había cabreado mucho. El inspector no dejó entrever si creía o no esa historia, simplemente informó de que no había ningún interés en seguir investigando. A través del *New York Post*, la jefatura de Centre Street hizo saber que el caso Linus Van Wyck estaba cerrado: muerte accidental. Carney le entregó el sobre a Munson y todo siguió como antes.

También Delroy se pasó por el despacho para recoger el sobre de Chink Montague como si todo fuera miel sobre hojuelas. Quienquiera que hubiese puesto a Chink entre la espada y la pared había optado por transigir. Las cosas estuvieron raras entre Carney y Delroy —al margen de la protección que el vendedor se veía obligado a pagar— hasta que el matón empezó a salir con una jamaicana cuyo comedor dejaba bastante que desear. Carney le colocó otro juego de mesa y sillas Collins-Hathaway, con un diez por ciento de rebaja por ser cliente habitual.

Llegó agosto. Carney no sabía si todo había terminado, si Van Wyck no quería nada más de él. El acuerdo se había cerrado, con sangre por ambas partes y agravios en aumento; normalmente, estas cosas bastaban para poner fin a una guerra entre mafiosos, y, aparentemente, parecía que en este caso las hostilidades tocaban también a su fin. A fin de cuentas, el señor Van Wyck tenía lo que quería. Carney padeció insomnio durante mucho tiempo, pero cuando llegaba la mañana Elizabeth estaba allí junto a él, los críos haciendo ruido al otro lado del pasillo, y su mundo parecía intacto. De momento. Cuando Pepper pasó a recoger su sillón reclinable, Carney le preguntó si creía que aquello había terminado. Pepper había perdido kilos durante su convalecencia pero conservaba todo su malévolo aplomo: «De no ser así, yo no lo vería con buenos ojos».

Carney llegó a Barclay con Greenwich. En el cruce, un taxi le dio un golpecito a un sedán verde y los conductores se apearon de un salto y empezaron a gritarse: dos tíos blancos con la cara colorada comportándose como monos de la selva.

Carney siguió la valla de contrachapado para torcer por Barclay, donde la cosa estaba más tranquila. El cartel en la valla que rodeaba el solar en construcción anunciaba INMOBILIARIA VAN WYCK: CONSTRUYENDO EL FUTURO. Una enorme grúa amarilla transportaba por el aire un tramo de tubería de acero de grandes dimensiones. Se bamboleó como un surfista cabalgando una ola y desapareció detrás de la valla.

Carney se dirigió hasta el ventanuco abierto en el contrachapado. Aquellas aberturas siempre le habían parecido algo pensado para niños; May siempre quería que la izara para atisbar lo que hacían dentro. Y ahora ahí estaba él, con la nariz pegada al cristal de la ventanita. El hoyo era de cuatro pisos de hondo, nunca había visto nada igual. ¿Un aparcamiento subterráneo? ¿O es que había que cavar tanto para sostener los rascacielos que se construían ahora? Simple cuestión de física. Toda esa cantidad de tierra y roca ya estaba prevista. Si uno lee los artículos sobre el proyecto del Battery Park, sabe que se necesitará un millón de toneladas de relleno para ensanchar la isla hasta ese punto. Cuanto más alto era el edificio, tanto más había que cavar, y después crear más isla para dar cabida a todo lo demás que pensaban construir. Una locura, y muy ruidosa.

En la acera de enfrente el edificio de la New York Telephone Company se erguía en todo su esplendor art déco, una elegante réplica en granito de los advenedizos de acero y cristal que lo rodeaban. Las casas de campesinos que ocupaban antes el solar en construcción no habían supuesto una amenaza para su dignidad. Una hilera de anodinos edificios comerciales de tres plantas, vestigios del antiguo downtown. Carney lo había consultado: según los archivos municipales, Linus Van Wyck había sido propietario de tres de ellos desde 1961, los números 101, 103 y 105 de Barclay Street. La compañía Van Wyck los adquirió el 2 de agosto de 1964, ocho días después de morir Linus, el mismo día en que cerró la compraventa de seis inmuebles adyacentes en Greenwich. Por estas fechas dentro de un año, todo ese espacio estaría ocupado por un edificio de oficinas de cincuenta y seis plantas, el proyecto más ambicioso de VWR hasta la fecha. Funcionando mucho antes de que terminaran de construir el World Trade Center y listo para sacar partido al megacomplejo urbanístico situado una manzana más al sur. El World Trade Center iba a transformar la ciudad, si había que creer lo que decían Rockefeller y los periódicos que Carney llevaba en el bolsillo.

Está muy bien llegar pronto. No es preciso ser el primero, según la filosofía Van Wyck. Con que tengas visión de futuro es suficiente.

Carney solo disponía de unos documentos municipales y de la información de segunda mano que le había proporcionado Freddie. El negocio familiar pone la finca a nombre de Linus para evadir impuestos; escuchar a su suegro regodearse de cómo le daba por culo al gobierno le había enseñado a Carney cómo son los ricos y cómo se aferran a su dinero. Para no quedarse sin su asignación, Linus firma allá donde le dicen, y siempre que tienen que internarlo el poder notarial entra en acción. ¿Acaso el objetivo del robo fue hacerse con ese papel para de ese modo liberarse, y lo de las joyas solo había sido un cebo para que Freddie picara y le echase una mano? ¿O acaso Linus solo se dio cuenta de lo que tenía en sus manos una vez que llegó al Eagleton y luego intentó aprovecharlo? Telefonea a su querido papá y le amenaza con una pequeña extorsión teñida de rencores infantiles. Y entonces se produce la sobredosis: ¿cómo cambió eso la situación?

Cabe decir que Pepper tenía razón en que los números de aquel sobre eran de cuentas bancarias en el extranjero. Visto el momento en que se firma el acuerdo de Greenwich Street, es probable que VWR necesitara la pasta que había ido amasando a fin de tirar el proyecto adelante. Heart's Meadow. Ambrose Van Wyck mete los números de cuenta en una vieja carta de amor que le recuerda de qué forma las cosas podrían haber sido diferentes para su hijo. Le recuerda qué clase de vida habría podido llevar Linus si le hubieran gustado las mujeres en lugar de los hombres… y las cosas que su muchacho podría haber construido él solo.

Quizá había sido todo por un cromo de béisbol, el de 1941 donde salían Joe DiMaggio y Charley Keller. De cierto valor si uno era forofo del deporte, pero sin valor alguno para el resto de la gente.

Era como intentar descifrar un misterio de la infancia, como por qué un hombre deja solo a su hijo pequeño en un taburete de un tugurio cualquiera. Aquellos que conocían la historia habían muerto o se negaban a hablar. Solo quedaban las repercusiones y los tímidos intentos de uno por encontrarle sentido.

Un agente de policía intervino para poner paz entre los dos conductores. Luego cada cual siguió su camino y el tráfico pudo reanudarse. Carney consultó su reloj. Hora de terminar con esto.

Ya que estaba en el downtown, quería ver por última vez el taller de Aronowitz. Por los viejos tiempos. Había visto las protestas en las noticias locales. Ciudadanos airados manifestándose entre los enormes cubos llenos de piezas de radio antes de que los tribunales fallaran contra ellos: NO A LAS EXPROPIACIONES PARA BENEFICIO PRIVADO: SALVEMOS EL DOWNTOWN. Plegarias escritas con plantilla sobre cartón. Carney llegaba demasiado tarde, según pudo descubrir al torcer por Greenwich. Lo habían tirado todo abajo.

El barrio había desaparecido, arrasado. Todo cuanto había cuatro manzanas al sur del edificio de la compañía telefónica y cuatro manzanas al este de la infame autopista del West Side había sido demolido y borrado del mapa para dejar sitio al futuro World Trade Center, incluidos los semáforos y los carteles indicadores. Era como el día después de una ruinosa batalla. Manzana tras bulliciosa manzana de Radio Row, los almacenes textiles y las tiendas de sombreros de mujer y los puestos de limpiabotas, los restaurantes baratos, incluso las marcas en la acera donde los puntales del tren elevado habían sido fijados con remaches al hormigón: escombros y nada más. Los edificios de la ciudad vieja se alzaban imponentes en torno al lugar arrasado, una herida de otro tipo.

Ver tu ciudad patas arriba era toda una experiencia. Carney había experimentado una sensación de irrealidad durante los disturbios, cuando la violencia había transformado las calles que él tan bien conocía. Pese a lo que todo el país vio en las noticias, solo una pequeña parte de la comunidad había echado mano de ladrillos, bates de béisbol y queroseno. La devastación de aquellos días no era nada comparado con lo que tenía ahora ante sus ojos, pero si uno metiera la rabia y la esperanza y la furia de las gentes de Harlem dentro de una botella e hiciera con ello una bomba incendiaria, los resultados serían parecidos a esto.

Las bolas de demolición se habían marchado a por sus siguientes víctimas. Ahora el terreno arrasado era pasto de remolques y camiones volquete a la espera de la fase número dos: excavar. Más tierra y más piedras para construir más isla para más edificios. Un día rellenarán los ríos de punta a punta para ampliar Manhattan.

Aronowitz e Hijos había cerrado mucho antes. Un día Carney había pasado por allí para saludar —hacía años que no utilizaba los servicios de Aronowitz— y vio que ahora había una tienda de televisores. Un rótulo de neón de color morado que relampagueaba enfáticamente: ELECTRIC CITY. El nuevo propietario, un hombre que hablaba muy deprisa con acento nasal típico del Bronx, había asumido el alquiler de Aronowitz pero no tenía ni idea de adónde se había marchado después de entregarle las llaves.

—No tenía muy buena cara —dijo el hombre.

—Nunca la tuvo —dijo Carney.

Fue a echar un último vistazo al solar del WTC. La próxima vez que pasara por allí, estaría todo muy diferente. Así eran las cosas.

Se dirigió hacia el tren. Tenía que hablar un momento con su contacto en gemas raras y estaba descartado hacerlo por teléfono. La oficina estaba en la Noventa y nueve a la altura de la Segunda Avenida y ese día los metros eran un desastre debido al reventón de una cañería de agua en el East Side.

Después había quedado con Elizabeth. Se habían enterado de una casa en Striver's Row y era jornada de puertas abiertas. Una ganga. Riverside Drive estaba muy bien, pero resultaba muy difícil desdeñar una buena oportunidad en Striver's Row. Si podías aprovecharla. Era una preciosa manzana de casas, y algunas noches, cuando hacía fresco y todo estaba en calma, era realmente como si no vivieras en la ciudad.